# La PRIMA MEDIA NON SI SCORDA MAI

*Impaginazione e redazione:* Paola Gerevini

www.battelloavapore.it



Pubblicato per PIEMME da Mondadori Libri S.p.A.
I Edizione 2019

ISBN 978-88-566-7291-6

Anno 2019-2020-2021 Edizione 1 2 3 4 5 6 7 8 9 10

Finito di stampare presso Grafica Veneta S.p.A.
Via Malcanton, 2 – Trebaseleghe (PD)
Printed in Italy

# La PRIMA MEDIA NON SI SCORDA MAI

3 STORIE PER SOPRAVVIVERE AL PRIMO GIORNO DI SCUOLA

IL BATTELLO A VAPORE

Christine Nöstlinger

# FURTO A SCUOLA

Traduzione di Mario Sala Gallini
Illustrazioni di Andrea Guerrieri

# PARTE PRIMA

## Misteriose sparizioni nella terza D

# 1

*Nel quale non vi è ancora nessuno sviluppo narrativo, ma vengono soltanto presentati i personaggi principali della storia.*

Ottl aveva capelli corti e ispidi di un intenso color rosso carota, e grandi orecchie a sventola sporgenti dal cranio come manici da una tazza. Era alto, magro e ricoperto di lentiggini. Queste ultime, però, non assomigliavano neanche un po' a quei graziosi punticini che talvolta adornano con garbo i delicati nasini delle bambine. Si trattava, nel suo caso, di grosse macchie color caffellatte che ricordavano piuttosto il mantello chiazzato di un cane da caccia. Era come se, accidentalmente, si fosse trovato a passare davanti a un pittore intento a decorare una parete con tinte marroni servendosi di una pistola a spruzzo.

A stupire, nelle lentiggini di Ottl, era soprattutto la grandezza. Sulla guancia sinistra ne aveva una che, per forma, ricordava il continente africano, e che si estendeva dallo zigomo, dove era situato il Cairo, fino al Capo di Buona Speranza, poco più su del mento. E sulla pancia, proprio di fianco all'ombelico, ce n'era un'altra, enorme, a forma di cuore: un grande cuore con una specie di piccolo gambo sotto, proprio in mezzo, che ricordava il disegno dell'asso di picche nel gioco delle carte.

Per questa ragione Ottl, nella sua classe, era soprannominato "Asso di Picche". Tutti lo chiamavano così, tranne Thomas Huber, che lo chiamava sempre "Cammello", per via delle sue lunghe gambe, incredibilmente magre e dalle ginocchia straordinariamente sporgenti. Ma Thomas Huber non contava, perché Ottl non gli stava simpatico. Neanche a Ottl, del resto, Thomas stava simpatico. Quei due proprio non si potevano vedere.

Anche Michael era alto e magro, ma la sua carnagione era di un color caffellatte uniforme. Questo perché il nonno di Michael, che aveva fatto parte dell'esercito americano d'occupazione, era un nero, e sua mamma era una cosiddetta "mulatta", ossia per metà nera e per metà bianca; Michael aveva ancora, come si dice, un quarto di sangue nero (qualcuno dice anche "mulatto di seconda generazione").

Michael aveva una testa piena di riccioli neri e grandi occhi scuri dalle lunghe ciglia arcuate, che destavano l'unanime ammirazione delle ragazze. Il suo indiscutibile fascino era poi accentuato dal fatto che andava in giro vestito quasi sempre come se fosse appena uscito da una sfilata di alta moda: cravatta a farfalla, camicia bianca, giacca blu con tasche a toppa e taschino da cui sporgeva un elegante fazzoletto di seta, pantaloni grigi dalla piega impeccabile. Michael, però, sapeva vestire anche "sportivo": in quel caso indossava, di preferenza, una magnifica giacca bianca, in pelle di gazzella, dall'aria così preziosa e delicata che nessuno osava neppure sfiorarlo con un dito, per la paura di lasciare le proprie spregevoli impronte indelebilmente impresse in quel candore immacolato. Per completare il quadro, va ancora aggiunto che Michael parlava, a detta della stessa insegnante di lettere, "un tedesco limpido e senza ombra di inflessione dialettale", tanto che la sua parlata veniva additata come esempio ai compagni di classe. Il suo soprannome era "il Barone", e non se ne sarebbe potuto immaginare uno più calzante (perfino Thomas Huber non aveva trovato niente da ridire).

Daniel era piccolo e grassottello; i suoi capelli erano biondi, e la sua pelle rosea avrebbe fatto pensare a un ragazzino sportivo, innamorato del movimento e dell'attività all'aria aperta. In realtà, nessuno lo aveva mai visto varcare spontaneamente la soglia del parco per una corsetta o una semplice passeggiata. Così pure, benché fosse indiscutibilmente più in carne del dovuto, mai nessuno lo aveva visto mangiare più del necessario.

Daniel aveva i voti migliori di tutta la classe, eppure raramente lo si vedeva studiare, né si sarebbe detto che, durante le lezioni, si impegnasse più di tanto nel fare attenzione: rimaneva per lo più incurvato sul banco con gli occhi socchiusi e il pollice in bocca, tanto che pareva sempre sul punto di addormentarsi. Di tanto in tanto perfino i professori, che pure lo conoscevano bene, venivano colti dal dubbio e gli gridavano: «Svegliati, Daniel!». Naturalmente, il loro tono non era quello di un vero rimprovero, ma piuttosto quel tono tra il benevolo e lo scherzoso che normalmente gli insegnanti riservano ai primi della classe. Allora Daniel si toglieva il pollice di bocca e, con aria leggermente risentita, borbottava: «Non sto dormendo, sto pensando!».

A che cosa pensasse, nessuno lo sapeva. Era un segreto. Ogni volta che si provava a chiederglielo, le sue risposte erano sempre incredibilmente evasive: «A niente in particolare,» diceva «lascio solo pascolare i miei pensieri nel prato della mia mente».

Oppure: «Penso un po' a questo e un po' a quello, così come mi viene, a ruota libera».

Il soprannome di Daniel era "il Pensatore".

Il Pensatore, il Barone e l'Asso di Picche erano amici per la pelle. La loro amicizia risaliva addirittura ai tempi dell'asilo. Avevano fatto insieme tutte le elementari, e ora, alle medie, si erano sistemati in tre banchi vicini: il Barone sedeva di fianco all'Asso di Picche, e subito davanti c'era il banco del Pensatore. Naturalmente continuavano a frequentarsi assiduamente anche fuori dalla scuola, proprio come ai vecchi tempi.

In qualche modo, anche Lilibeth faceva parte della compagnia. Anche lei, infatti, era andata allo stesso asilo, e poi alla stessa scuola elementare. Questo l'autorizzava a occupare il banco vicino a quello del Pensatore, una posizione da cui sapeva trarre il massimo profitto durante i compiti in classe, quando le riusciva quasi sempre di lanciare una sbirciatina al foglio del suo geniale vicino. Quando poi, come durante le interrogazioni scritte di matematica, non poteva copiare, perché la classe veniva divisa in due gruppi, e immancabilmente il Pensatore faceva parte del gruppo A e Lilibeth veniva assegnata al gruppo B, era il Pensatore stesso a prendere l'iniziativa, provvedendo a risolvere, una volta ultimati i suoi, anche tutti gli altri esercizi del gruppo B, e facendo poi pervenire all'amica le soluzioni su minuscoli foglietti che le faceva scivolare sotto il banco. Perché il Pensatore, naturalmente, finiva sempre i suoi compiti con abbondante anticipo, cosicché si ritrovava con delle intere mezz'ore libere da poter dedicare ad altre attività.

Lilibeth, però, non poteva essere una "vera amica" per il Pensatore, l'Asso di Picche e il Barone. Al di fuori della scuola, infatti, non le era consentito praticamente nulla, e questo fatto la penalizzava enormemente nei rapporti con i compagni. Finita la scuola, Lilibeth doveva precipitarsi a casa per la strada più veloce. «Dalla scuola a casa nostra ci vogliono esattamente dieci minuti!» era solita ripeterle sua madre, che aveva cronometrato personalmente il tempo. Così, se per caso

Lilibeth si presentava a casa un quarto d'ora dopo la fine delle lezioni, trovava sua madre ad aspettarla con un'espressione grave e corrucciata. Se poi tra la fine delle lezioni e il momento in cui Lilibeth, trafelata, tagliava il traguardo di casa erano già passati venti minuti, la madre si faceva trovare sulla porta, in lacrime, e appena la vedeva apparire cominciava a dirgliene di tutti i colori. Difficile immaginare quello che sarebbe successo nel caso di un ritardo di mezz'ora.

«Forse chiamerebbe la polizia» pensava Lilibeth. «O magari la troverei stesa a terra, colpita da un attacco di cuore!»

La mamma di Lilibeth non era cattiva, era soltanto esageratamente apprensiva, ed era sempre in ansia per quello che poteva capitare alla sua bambina: bastava il più piccolo ritardo, e subito si metteva a pensare che Lilibeth fosse stata investita da un tram, o che fosse stata travolta da un pirata della strada! Quando, addirittura, non si convinceva che fosse incappata nelle grinfie di un pericoloso maniaco, o fosse rimasta vittima di un delitto. Ogni volta che sui giornali si dava notizia di qualche aggressione, cosa che accadeva abbastanza spesso, le sue paure si moltiplicavano, e la signora Schmelz scongiurava la figlia di fare ancora più in fretta, implorandola di coprire l'intero tragitto tra scuola e casa in non più di otto minuti.

«Lilibeth, tesoro,» le diceva «fallo per amor mio: potrei morire all'idea che ti succeda qualcosa del genere!».

Nel pomeriggio, dopo la scuola, a Lilibeth non era permesso di uscire da sola. E d'inverno, quando faceva buio presto, se Lilibeth, dopo pranzo, doveva fermarsi a scuola per la lezione pomeridiana di ginnastica, la madre veniva a prenderla personalmente all'uscita. La stessa cosa avveniva, sotto Natale, quando Lilibeth doveva intrattenersi a scuola per le prove del coro. Quando la figlia andava a nuotare, la madre l'aspettava, sfogliando nervosamente una rivista, sulle gradinate deserte della piscina. E se Lilibeth andava a pattinare, la madre, dalle tribune, non la perdeva un attimo di vista.

Per una ragazza così strettamente sorvegliata, così attentamente protetta ventiquattr'ore su ventiquattro, uno può provare della compassione, può anche arrivare a volerle bene, ma per una "vera amicizia" ci vuole altro. Così la pensavano il Barone, l'Asso di Picche e il Pensatore. Per una "vera amicizia" uno deve poter investire il proprio tempo libero, e Lilibeth non aveva tempo libero.

Thomas Huber, però, la vedeva diversamente. Lui non avrebbe avuto niente in contrario, ma proprio niente, a stringere con Lilibeth una "vera amicizia". Fin dal primo giorno di scuola, proprio davanti al portone, prima ancora di mettere piede in classe, se ne era perdutamente innamorato. Per lui, il problema della poca libertà di cui godeva la sua amata non avrebbe costituito alcun ostacolo: si sarebbe adattato molto volentieri a trascorrere interi pomeriggi pigramente accovacciato nel salotto di Lilibeth giocando a domino, o a carte, mentre la madre di lei lo rimpinzava di dolci. E questo benché non amasse il domino, né le carte, né i dolci: tanto grande era il suo amore per lei! Ma era una passione non corrisposta. Chi non andava d'accordo con il Barone, con l'Asso di Picche e con il Pensatore, si diceva Lilibeth, non poteva essere suo amico. Così, Thomas Huber poteva continuare a mandarle bigliettini pieni di stupide galanterie e di ardenti dichiarazioni d'amore, se la cosa lo divertiva: ma che non si mettesse in testa di riuscire, in quel modo, a farle cambiare idea!

# 2

*Dove si presenta al lettore la giornata scolastica tipo degli studenti della terza D, mentre da alcuni piccoli segnali comincia a farsi strada il sospetto che in quella classe ci sia qualcosa che "puzza".*

Quindici banchi, e dietro ogni banco due sedie: l'arredamento della terza D era tutto lì. Dieci sedie, all'epoca dei fatti di cui stiamo per riferire, erano vuote, e dieci metà di banco inutilizzate: i ranghi della terza D erano stati decimati da un'epidemia di influenza.

Martina Mader, dal suo posto nell'ultimo banco della fila accanto alla finestra, starnutì.

La professoressa Meier, che in quel momento stava spiegando alla lavagna, la ammonì: – Mani davanti alla bocca! O vuoi attaccarla anche ai tuoi compagni di banco?

Martina, con aria risentita, indicò la sedia vuota del suo vicino: – Schneider è già malato, è lui che l'ha attaccata a me! – protestò.

– E questa ti sembra una ragione per starnutirmi sul

collo? – si intromise Thomas Huber, che occupava il banco proprio davanti a quello di Martina.

Così dicendo, si passò una mano sulla nuca come per asciugarla, rendendo con quel gesto evidenti le sue ragioni davanti a tutti.

– Comunque, io la mano davanti alla bocca l'avevo messa! – si difese Martina.

Contrasse il viso in una smorfia, alzò entrambe le mani all'altezza della bocca e starnutì di nuovo. Un discreto numero di minuscole goccioline riuscì, passandole tra le dita, a superare la barriera delle mani.

– Ci risiamo! – strillò esasperato Thomas Huber, e questa volta si asciugò le guance, perché al momento dello starnuto era voltato verso Martina.

– Thomas, vai a lavarti la faccia! – ordinò la professoressa Meier.

Thomas si alzò e si diresse verso il lavandino di fianco alla lavagna.

Lilibeth alzò la mano: – Signora professoressa, manca il rubinetto! – fece osservare.

– Ti sbagli, Lilibeth, il Rubinetto è al suo posto – replicò la professoressa Meier.

– No che non mi sbaglio! – ribatté Lilibeth. L'intera terza D assentì. – È da una settimana che manca. Qualcuno l'ha portato via.

La professoressa lanciò un'occhiata alla fila di banchi dal lato della porta e allungò la mano puntando il dito verso un ragazzotto pallido e occhialuto.

– E quello allora chi sarebbe? – domandò.

Tutta la terza D scoppiò in una grande risata. Il ragazzotto pallido si alzò, spinse sul naso i grossi occhiali dalla vistosa montatura nera e spiegò con calma: – Non si riferisce a me, ma al rubinetto del lavandino.

Wolfgang Hahn, detto "il Rubinetto", perché aveva sempre la goccia al naso, si rimise a sedere, e tutti risero di nuovo. Una lezione di latino può essere talmente noiosa che la più piccola occasione di svago viene accolta dagli studenti come un'autentica manna dal cielo.

La professoressa guardò il lavandino e si accorse che effettivamente mancava il rubinetto: al suo posto rimaneva solo un grosso dado di ferro, al quale presumibilmente il rubinetto doveva essere stato fissato.

– Puoi andare a lavarti in bagno – disse rivolta a Thomas Huber.

Thomas si avviò verso la porta, ma proprio in quel momento scattò su l'Asso di Picche: – Non c'è bisogno che vada in bagno, so io come fare! – esclamò.

Thomas si bloccò e rimase a guardare l'Asso di Picche dirigersi con passo sicuro verso il lavandino, estrarre una pinza dalla tasca dei pantaloni, afferrare il dado di ferro e, tenendo la pinza stretta con forza, iniziare a farlo ruotare in senso orario. Un attimo dopo, l'acqua zampillava allegramente nel lavandino.

– Si accomodi, Maestà! – scherzò l'Asso di Picche facendo una bella riverenza verso Thomas Huber.

Quest'ultimo si avviò con un certo sussiego verso il lavandino e, passando davanti all'Asso di Picche, non si lasciò sfuggire l'occasione per apostrofarlo con quel nomignolo di sua invenzione: – Grazie, Cammello!

Poi si fece scorrere un po' d'acqua nelle mani unite a coppa e ci si sciacquò la faccia soffiando e sbuffando come se fosse sul punto di annegare. Tutta la classe seguì con molta attenzione l'intera operazione. I ragazzi si interessano sempre enormemente di tutto quello che non ha niente a che vedere con la lezione.

– Thomas, credo che possa bastare! – intervenne la professoressa Meier.

Thomas si allontanò dal lavandino agitando le mani nell'aria e facendo piovere gocce in tutte le direzioni.

L'Asso di Picche afferrò di nuovo il dado con le pinze e borbottò: – Ma che cosa...

Il getto d'acqua aumentava a vista d'occhio e, a giudicare dalla facilità dei movimenti dell'Asso di Picche, si sarebbe detto che il dado non opponesse più alcuna resistenza.

– Questo maledetto affare si dev'essere spanato... – borbottò.

– E ora come la fermiamo l'acqua? – domandò preoccupata la professoressa Meier.

– È un bel problema... – ammise sconsolato l'Asso di Picche.

Robert Sedlak, dalla prima fila, alzò la mano: – Signora professoressa, devo andare a chiamare il bidello?

Thomas Huber, che ancora non aveva raggiunto il suo banco, colse la palla al balzo: – Signora professoressa, forse è meglio che io vada a cercare il professor

Meznik: è sicuramente più pratico di rubinetti, e poi non è così antipatico!

– Nessuno va a chiamare nessuno! – strillò la professoressa Meier, che stava cominciando a perdere la pazienza.

Guardò nervosamente l'orologio.

– Abbiamo perso fin troppo tempo! Un rubinetto aperto non sarà poi la fine del mondo! Chiameremo il bidello durante la ricreazione – e si girò verso la lavagna, sulla quale erano scritte alcune parole in latino: LAUDO LAUDAS LAUDAT.

Thomas Huber tornò al suo posto. Solo l'Asso di Picche sembrava ancora indeciso sul da farsi.

– Mi scusi, professoressa – provò a dire timidamente – ma credo che dovremmo proprio chiamare qualcuno perché...

– Quello che dobbiamo o non dobbiamo fare lo decido io! – lo interruppe bruscamente la professoressa Meier.

– Ma l'acqua nel lavandino...

– Ottl Elterlein! Non voglio più sentirti parlare di quella stupidissima acqua. Se ti sei messo in testa di trasformare l'ora di latino in un corso di idraulica applicata, ti stai sbagliando di grosso! Non credere che non conosca i tuoi trucchi!

Così dicendo, porse all'Asso di Picche un pezzo di gesso nuovo di zecca. – Alla lavagna, prego! – ordinò. – Vedrai che riuscirò a occuparti la mente con qualcosa di più utile!

L'Asso di Picche afferrò il gesso con un'espressione poco convinta, sempre continuando a guardare con aria preoccupata dalla parte del lavandino.

– Bene, Elterlein – proseguì la professoressa. – *Laudo, laudas, laudat*... Sapresti continuare?

L'Asso di Picche la guardò spaventato. – Ma l'acqua...

– Non una parola di più! – strillò la professoressa fuori di sé. Che fosse ormai vicina a un attacco isterico lo si poteva capire facilmente dalla profonda ruga che le si era formata tra le sopracciglia, proprio sopra al naso. Quella ruga era un segno inequivocabile, che tutta la terza D aveva imparato a decifrare: per adesso le sue dimensioni erano ancora nei limiti della norma, ma se si fosse estesa fino all'attaccatura dei capelli, cosa che poteva accadere da un momento all'altro in modo repentino, ciò avrebbe significato con certezza una pioggia di compiti per casa e una sfilza di verbi irregolari da imparare a memoria.

L'Asso di Picche guardò impensierito la ruga sopra il naso della professoressa e scrisse LAUDAMUS: NOI LODIAMO alla lavagna.

– Bene, Ottl! E adesso, "voi lodate"!

L'Asso di Picche scrisse LAUDATIS: VOI LODATE, e la ruga divenne quasi del tutto impercettibile. Scrisse ancora LAUDANT: ESSI LODANO, e la fronte della professoressa tornò liscia come la pelle di un bambino. Tutto sembrava volgere al meglio, quando improvvisamente la situazione precipitò a causa di un nuovo, potentissimo starnuto di Martina Mader.

– Mi ha completamente annaffiato! – protestò vivamente Thomas Huber.

– Non posso farci niente – si difese Martina con una voce flebile e gemebonda. Dal suo naso pendevano due grossi goccioloni di un imbarazzante color giallo-verdognolo.

– Martina, soffiati immediatamente il naso! – ordinò la professoressa.

– Ho finito i fazzolettini! – rispose Martina, e così dicendo si strofinò il naso con la manica del vestito.

– Qualcuno ha un fazzoletto da prestarle? – domandò la professoressa, mentre la piccola ruga faceva di nuovo la sua comparsa alla base della fronte.

Ebbe inizio un'affannosa ricerca: vennero svuotati astucci e ispezionate tasche; l'intero contenuto di zaini e cartelle fu fatto passare al setaccio con gran trambusto, ma invano.

– Li ho finiti tutti – si sentiva mormorare.

Oppure: – Ne ho solo uno già usato!

Improvvisamente, la ruga sopra il naso della professoressa Meier risalì fino all'attaccatura dei capelli. Con passo deciso, si avvicinò alla cattedra ed estrasse dalla sua borsa un fazzoletto di carta. Lo alzò con il braccio sopra la testa, in modo che tutti potessero vederlo, e rimase in attesa che Martina venisse a prenderlo. Ma Martina non si muoveva.

– Credo che non si senta bene – intervenne Susi Kratochwil.

La professoressa allora andò fino al banco di Martina, le appoggiò una mano sulla fronte, e trasalì: – Ma tu scotti, ragazza mia! Non puoi restare qui!

– Anche ieri aveva la febbre – riferì Hansi Dohnal.

– E allora perché sei venuta a scuola? È un'imprudenza! – esclamò la professoressa scuotendo la testa.

Martina starnutì, afferrò il fazzoletto, si soffiò il naso e starnutì di nuovo.

– Perché la settimana prossima c'è il compito in classe – riuscì a bofonchiare tra uno starnuto e l'altro. – E mia mamma ha detto che non devo fare assenze...

Seguirono tre formidabili starnuti, che spazzarono letteralmente via dal banco il prospetto delle quattro declinazioni.

– ...Altrimenti prenderò un altro quattro! – concluse Martina in una specie di singhiozzo.

– Thomas, – sospirò la professoressa – accompagna Martina giù in segreteria e di' che bisogna chiamare a casa perché vengano a prenderla. Aiutala anche a mettere via le sue cose, sii gentile, da sola non ce la fa!

Thomas Huber rispose all'invito con un'occhiata poco entusiasta. Si accinse senza molta convinzione a frugare sotto il banco di Martina e subito ritirò la mano con aria inorridita.

– Bleah, che schifo! – esclamò.

La mano era affondata in una soffice montagna di fazzolettini usati, ancora bagnati fradici.

– Non pretenderà che li tiri fuori io? – domandò tra l'indignato e l'esterrefatto.

La professoressa rispose con un'occhiata perplessa

e si chinò a esaminare la massa di carta infetta sotto il banco di Martina. Proprio in quel momento, il Barone si alzò, andò a prendere il cestino della carta straccia, si avvicinò al banco di Martina, si chinò, infilò stoicamente un braccio sotto al banco e in men che non si dica, senza dire una parola, fece scivolare tutti i fazzolettini nel cestino. Poi si rivolse a Thomas in tono beffardo: – Forse confondi il raffreddore con la peste!

– Grazie, Michael – intervenne la professoressa. – Il tuo aiuto ci è stato prezioso!

Infilò nello zainetto di Martina tutte le cose che erano ancora sparpagliate sul banco e lo consegnò a Thomas. Martina si alzò traballando e starnutì di nuovo. Thomas le si avvicinò non senza una certa riluttanza, la prese per mano e l'accompagnò fuori. La professoressa aspettò che la porta si fosse richiusa ed emise un sospiro di sollievo: – Bene! A quanto pare possiamo riprendere la lezione!

Si diresse verso la lavagna ma, passando davanti al lavandino, si arrestò di colpo e strabuzzò gli occhi. Il lavandino era pieno fino all'orlo, e l'acqua continuava a sgorgare allegramente, minacciando da un momento all'altro di fuoriuscire.

– Santo cielo, qui finiamo tutti allagati! – esclamò con voce insolitamente stridula. Sulla sua fronte, adesso, erano impresse tre rughe, due per il lungo e una di traverso.

– L'avevo detto io che bisognava chiamare qualcuno! – osservò pacatamente l'Asso di Picche.

– E allora cos'aspetti? Corri, presto!

L'Asso di Picche si alzò e si avviò verso la porta. Evidentemente con passo non sufficientemente spedito a giudizio della professoressa, che gli gridò dietro: – Sbrigati, per favore, e non ti addormentare per strada!

Poi gettò ancora un'occhiata preoccupata al lavandino, forse nella speranza che l'acqua, una volta raggiunto il livello di guardia, fosse così comprensiva da iniziare ad ammucchiarsi senza tracimare.

Il Pensatore (che, dal suo banco in prima fila, aveva seguito attentamente tutta la faccenda) si tolse il pollice di bocca e pronunciò le seguenti parole: – La portata di afflusso è superiore al volume di deflusso, perché lo scarico è otturato.

– È da una vita che è otturato – precisò Ferdi Berger.

– E perché nessuno mi ha detto niente? Perché ve ne siete stati lì seduti come tanti babbei ad aspettare l'inondazione? Avete completamente perso il lume della ragione o cosa?

La professoressa Meier stava tremando. Difficile dire se più per la rabbia o per lo shock. Le rughe sulla sua fronte non si contavano più: formavano un disegno continuo, una specie di ragnatela senza capo né coda.

– Possibile che non abbiamo neanche un recipiente per togliere un po' d'acqua? – domandò guardandosi attorno con aria smarrita. Regine Habersack alzò con fare esitante un minuscolo vaso da fiori che stava sul suo banco. Non era più grande di un bicchierino da liquore.

– Habersack, non mi pare il momento di scherzare! – sibilò la professoressa. – Se l'acqua inizia a uscire è un guaio serio!

Il Barone si avvicinò al lavandino, si piegò sulle gambe in modo da trovarsi con gli occhi all'altezza della superficie dell'acqua, li socchiuse leggermente, rimase un istante silenzioso, quindi emise il suo verdetto: – Poco meno di tre millimetri allo straripamento!

– Stabiliamo un piano di evacuazione! – propose Ferdi Berger.

– Basta fare gli spiritosi! – si infuriò la professoressa. – Vi ho detto di cercare un recipiente, piuttosto!

– Non ne abbiamo, professoressa – rispose Lilibeth in tono sinceramente desolato. – E anche nelle altre classi sono sicura che non ne troveremmo. A parte i vasi da fiori, ma quelli sono già pieni d'acqua!

– Ci sarà pure da qualche parte in questo maledetto posto un vecchio secchio o qualcosa del genere! – si spazientì la professoressa.

Proprio in quel momento il Pensatore si alzò e, senza nessuna fretta, si diresse verso il lavandino. Si chinò e aprì una minuscola porticina nel muro, sotto il sifone. Al di là della porticina c'era una piccola nicchia; il Pensatore vi infilò con sicurezza una mano e girò qualcosa. Di colpo il getto d'acqua si arrestò.

– Ho chiuso l'entrata principale – comunicò come se si trattasse di un'ovvietà.

La professoressa Meier barcollò fino alla cattedra e si lasciò cadere pesantemente sulla sedia. Il livello dell'acqua nel lavandino cominciava a calare impercettibilmente; ma non la ragnatela di rughe sulla sua fronte.

– Daniel, spiegami una cosa – domandò con voce ancora tremante. – Hai avuto un colpo di genio improvviso, o hai sempre saputo che l'acqua si poteva chiudere anche da lì?

– Naturale che lo sapevo – ammise tranquillamente il Pensatore. – Volevo solo vedere se ci arrivava anche qualcun altro!

La professoressa respirò profondamente, come se fosse sul punto di iniziare un lungo discorso, un discorso tutt'altro che amichevole a giudicare dalla mappa della fronte, quando la porta della classe si aprì e l'Asso di Picche entrò accompagnato dal bidello.

– Allora, cos'è che va a fuoco? – domandò quest'ultimo con una certa brutalità.

– Niente va a fuoco, signor Stribany, c'è solo una perdita d'acqua – spiegò la professoressa. – Ma – continuò indicando con orgoglio il lavandino – abbiamo chiuso il rubinetto principale, e per il momento siamo fuori pericolo!

Il signor Stribany era il bidello più antipatico di tutta la città. Lanciò un'occhiata furibonda alla professoressa: – Ed è per darmi questa bella notizia che mi ha fatto interrompere il mio spuntino?

– Vede, signor Stribany, – si scusò la professoressa – il fatto è che quando l'ho mandata a chiamare non avevamo ancora trovato il rubinetto principale, e c'era il rischio di finire allagati. Non mi sarei certo permessa...

– Sì, sì, – la interruppe il bidello – conosco la musica. La verità è che è molto più semplice precipitarsi a chiamare il signor Stribany per ogni minima sciocchezza che non provare a far lavorare il proprio cervello!

Si girò verso la porta e in quel preciso istante suonò la campanella, coprendo in parte le sue ultime parole. Alcuni assicurarono di averlo sentito borbottare: "E così anche questa è andata!" (frase con la quale egli avrebbe, appunto, commentato il suono della campanella, che annunciava la fine di un'altra ora di scuola). Secondo altri, le ultime parole sarebbero state invece: "È così guasta e malandata!" (e il riferimento in questo caso sarebbe stato alle precarie condizioni dell'edificio scolastico, con particolare riferimento, si suppone, al cattivo stato dell'impianto idraulico). L'Asso di Picche, infine, che in quel momento si trovava più vicino di tutti al bidello, giurò e spergiurò di averlo sentito bofonchiare: "Ecco, sì, la lista si è allungata!" (frase per certi versi indecifrabile, ma che egli interpretava come un oscuro avvertimento nei confronti della professoressa Meier, responsabile della precipitosa interruzione dello spuntino).

Non appena l'amareggiata e confusa professoressa Meier ebbe lasciato l'aula (l'acqua nel lavandino era ormai quasi completamente defluita), l'intera terza D si rallegrò per il simpatico svolgimento di quell'ora di latino. – Neppure gli esercizi per casa è riuscita a correggere! – esultò Hansi Dohnal saltellando fra i banchi su una gamba sola.

– E si è perfino dimenticata di darci i nuovi compiti! – le fece eco l'Asso di Picche sprizzando gioia da tutti i pori, al punto che, distrattamente, gettò le braccia al collo di un esterrefatto Thomas Huber, che proprio in quel momento stava facendo ritorno in classe.

La campanella suonò la fine della ricreazione. Dopo latino c'era matematica. Al professore di matematica stava molto a cuore che, al momento del suo ingresso in aula, tutti gli alunni si facessero trovare già seduti ai propri banchi; siccome a nessuno verrebbe mai in mente di indispettire in modo gratuito persone tanto importanti come gli insegnanti di matematica, soprattutto pochi giorni prima di un compito in classe, l'intera terza D prese ordinatamente posto, con la sola eccezione di Ferdi Dalmar che, occupando il banco adiacente alla porta, si sistemò in piedi accanto a quest'ultima, con l'aria di un compìto cameriere, per salutare il professore al suo ingresso e richiudere poi disciplinatamente la porta alle sue spalle.

Il Pensatore non vedeva di buon occhio tanto eccesso di zelo.

– Domani porto anche il tappeto rosso – sussurrò acido a Lilibeth infilandosi il pollice in bocca.

Era un fatto del tutto normale che, prima di un'ora di matematica, il Pensatore si lasciasse andare a qualche osservazione di quel tenore; non che giudicasse l'insegnante di matematica immeritevole di tanto rispetto, ma il rispetto, quando era troppo interessato, lo indisponeva. Ed era anche naturale che Lilibeth mormorasse in risposta qualche parola sullo stesso tono. Questa volta però Lilibeth non disse niente. Aveva appoggiato lo zainetto sulle ginocchia ed era tutta intenta a rovistare all'interno.

– Cerchi qualcosa? – domandò il Pensatore.

– Non trovo più il mio portafogli – borbottò Lilibeth continuando a frugare con sempre più visibile apprensione. Stava ancora frugando quando il professore di matematica fece il suo ingresso in aula e Ferdi, ossequiosamente, richiuse la porta. Tutta la classe balzò sull'attenti, compresa Lilibeth che, colta di sorpresa, nell'alzarsi di scatto rovesciò lo zainetto che teneva sulle ginocchia. Riuscì a riagguantarlo per una cinghia ma non poté evitare che tutto il contenuto ne fuoriuscisse sparpagliandosi sul pavimento: libri, quaderni, matite e altri arnesi del mestiere, ma anche un mucchio di cianfrusaglie che non aveva nulla a che fare con la scuola.

– Seduti! – ordinò il professore.

Lilibeth ne approfittò per chinarsi a raccogliere le sue carabattole.

– Cosa stai facendo tu lì sotto? – domandò il professore.

– Mi si è rovesciato lo zainetto – rispose Lilibeth.

– Se tu lo avessi lasciato al suo posto, sotto il banco, non sarebbe successo!

– Stavo cercando il mio portafogli – si giustificò Lilibeth. – Non lo trovo più!

– Come sarebbe che non lo trovi più?

Il professore fissò Lilibeth con un'espressione severa; infilò le mani nelle tasche dei pantaloni e, senza dire una parola, si avvicinò al suo banco.

Lilibeth spiegò: – Prima dell'ora di latino il portafogli era ancora al suo posto, dentro lo zaino... Ne sono sicura... l'ho visto con i miei occhi... E adesso non c'è più, è sparito!

Il professore liberò una mano dalla tasca e allungò il braccio in un ampio gesto circolare, a comprendere l'intera scolaresca. – Ti rendi conto che stai incolpando i tuoi stessi compagni di classe?

– No, io non voglio accusare nessuno... – balbettò Lilibeth scuotendo il capo e diventando tutta rossa.

– Sei proprio sicura che il portafogli prima si trovasse nello zaino? – la incalzò il professore appoggiandosi con entrambe le mani al banco e chinandosi verso di lei fino ad arrivare con il viso a pochi centimetri dal suo. – Matematicamente sicura? Al cento per cento?

– Forse lo hai semplicemente dimenticato a casa – bisbigliò l'Asso di Picche dal banco di dietro.

– In questi casi è piuttosto facile confondersi – confermò il Pensatore.

– Quanti soldi c'erano dentro? – si informò sottovoce il Barone.

– E allora?

Il professore continuava a fissare Lilibeth alzandosi e abbassandosi nervosamente sulle punte dei piedi.

Lilibeth si guardò attorno confusa. – Non so, non ci

capisco più niente! – esclamò risistemando lo zainetto al suo posto sotto il banco e rimettendosi a sedere. – Devo essermi sbagliata!

– Molto bene, cara Schmelz, vedo che hai assunto un atteggiamento più ragionevole. Non ci si lancia a incolpare i propri compagni di classe senza prima aver ben riflettuto!

Il professore andò alla cattedra, aprì il registro di classe e domandò: – Qualcuno è arrivato dopo? Qualcuno è andato via prima?

– Sì, la Mader è andata a casa perché aveva la febbre – comunicò Oliver Schmied nella sua qualità di viceportavoce della classe (il portavoce ufficiale, Michael Hanak, era malato).

Mentre il professore segnava il nome di Martina Mader sul registro, il Pensatore provò a consolare Lilibeth: – Vedrai che lo trovi a casa – le sussurrò.

Anche l'Asso di Picche cercò di tranquillizzarla. – Lilibeth, – le bisbigliò alla nuca – anche a me è già successo una volta: ero sicuro, ma sicuro al cento per cento, di aver messo in cartella il blocchetto dei buoni per la mensa, e quando sono tornato a casa l'ho trovato là, in bella vista sulla mia scrivania!

E il Barone aggiunse: – Certo che lo ritrovi! In questa classe non ci sono ladri!

– Silenzio! – ordinò il professore richiudendo rumorosamente il registro. – Il caso è chiuso!

# 3

*Dove si riferisce di altre misteriose sparizioni, in conseguenza delle quali il morale della scolaresca precipita sotto terra, e di come tra i banchi della terza D inizi a respirarsi una pesante aria di sospetto.*

Il caso non era affatto "chiuso", come si era affrettato a sentenziare sbrigativamente il professore di matematica. Almeno non per Lilibeth, e certo non per sua madre. I caratteri inquieti, si sa, hanno la tendenza ad agitarsi più del dovuto quando vedono qualcosa non andare per il verso giusto, e soprattutto non sopportano di trovarsi di fronte a fatti poco chiari, misteriosi, inspiegabili, o sospetti. La mamma di Lilibeth era la regina dei caratteri inquieti, e l'incomprensibile sparizione del portafogli della figlia fu per lei, com'era logico aspettarsi, una nuova fonte di profondo turbamento. Non tanto per i soldi, e neppure per il prezioso portafogli: a non farla dormire di notte era l'idea che da qualche parte, nell'ombra, all'interno dello stesso edificio dove Lilibeth trascorreva ignara buona parte della giornata, si annidasse, perfido e malvagio, un ladro. «E da un ladro a un rapinatore» diceva tra sé la signora Schmelz «il passo è breve»; d'altra parte, "rapinatore", nella sua catastrofica visione delle cose di questo mondo, era tutt'uno con "feroce assassino", visto che ogni rapina può sempre degenerare in uno spargimento di sangue. Ci voleva molto poco. Bastava che il rapinatore venisse riconosciuto, o che Lilibeth vedendoselo improvvisamente sbucare davanti, tentasse di gridare, ed era fatta: un colpo secco con una chiave inglese o con il calcio di una pistola, ed ecco la povera creatura crollare a terra priva di sensi battendo violentemente il capo sul selciato, e dover dire prematuramente addio ai suoi giorni, vittima innocente della malvagità degli uomini!

Solo con grande fatica, la mamma di Lilibeth era riuscita a resistere alla tentazione di andare a prendere la figlia all'uscita da scuola anche dopo le lezioni del mattino, e persino nelle luminose giornate di sole.

Quanto a Lilibeth, tentava con tutte le sue forze di sottrarsi a quella vita sotto scorta, difendendosi come poteva dagli eccessi di protezione materna. – Guai a te se mi vieni a prendere anche alla mattina! – minacciava. – Guai a te! Giuro che se ti vedo sul portone torno indietro e mi chiudo a chiave nello stanzino della caldaia! E poi butto la chiave nel tombino! Preferisco morire di fame nella cantina della scuola piuttosto che farmi venire a prendere dalla mamma come una bambina dell'asilo!

Tutto ciò serviva. La signora Schmelz, beninteso, sospirava profondamente e, con voce rotta dal pianto, si lamentava che la figlia non avesse ancora un briciolo di sale in zucca, tanto da preferire essere abbandonata a se stessa in una situazione così pericolosa piuttosto che accettare l'aiuto di sua madre; ma di andarla a prendere all'uscita da scuola, se non altro, non parlava più. La madre di Lilibeth era anche molto indignata per il comportamento dell'insegnante di matematica, che aveva in sostanza ignorato il furto del portafogli. Sua figlia, di questo la signora Schmelz era assolutamente certa, non poteva aver perso il portafogli lungo la strada per la scuola: se diceva di averlo visto dentro allo zaino prima dell'ora di latino, ciò significava che prima dell'ora di latino era ancora al suo posto!

Quella faccenda era diventata un suo chiodo fisso, e non passava giornata senza che ci tornasse sopra con lunghe ed estenuanti discussioni, che finivano per esasperare il padre di Lilibeth. – Perché non vai a scuola e ne discuti direttamente con i professori? – si spazientiva. – Se credi che davvero la situazione sia tanto grave, vai a parlarne con il preside e chiedi che faccia intervenire la polizia!

– Per l'amor del cielo, questo mai e poi mai, Ottokar! – rispondeva la moglie agitandosi ancora di più. – Non vado certo a far polemica con gli insegnanti di mia figlia! In questo modo l'unica a rimetterci sarebbe la nostra Lilibeth!

Il signor Schmelz rispondeva sospirando che, a suo

parere, c'erano molti modi di rendere la vita difficile ai propri figli.

Alla mamma di Lilibeth simili allusioni non piacevano. – Cosa vorresti dire con questo, Ottokar? – squillava.

Il padre di Lilibeth allora si limitava a sospirare ancora un paio di volte e non diceva più una parola. Da tempo aveva rinunciato a discutere con la moglie sull'educazione dei figli, e sui limiti della protezione che i genitori devono esercitare su di loro.

Se in casa di Lilibeth non si faceva altro che parlare del portafogli scomparso, a scuola, al contrario, quell'episodio sembrava completamente dimenticato. La stessa Lilibeth, già duramente provata dalle lunghe discussioni in famiglia, non toccava più quel tasto, tanto che il Pensatore, l'Asso di Picche, il Barone e tutti gli altri avevano finito per convincersi che il portafogli fosse misteriosamente ricomparso.

Trascorse così una settimana di tranquilla vita scolastica, con le normali preoccupazioni di tutti i giorni. Ci fu il compito in classe di matematica, e il Pensatore rifornì come d'abitudine la sua compagna di banco di tutte le soluzioni; e questo senza affaticarsi troppo, visto che gli restò ancora il tempo sufficiente per far pervenire al Barone e all'Asso di Picche, su un minuscolo foglietto appallottolato, i risultati di altri due esercizi. Il bidello sistemò un nuovo rubinetto, e tutti gli influenzati, uno dopo l'altro, fecero ritorno ai loro banchi.

Durante gli intervalli, quella settimana, si potevano vedere gli alunni della terza D aggirarsi per la classe con aria molto ispirata, mormorando frasi altisonanti come: "E già fuore tratte han le spade arpeggiatore e re". Oppure: "Giace Sifrido re nel rosso lago del sangue suo, morto nel sangue sta". Per tedesco, infatti, c'erano da imparare a memoria *I tre canti*, una famosa ballata del poeta Ludwig Uhland[1], che sembrava proprio non volerne sapere di entrare nelle teste di quei poveri malcapitati. Questa difficoltà era motivo di apprensione per quasi tutti i componenti della terza D: si spiegavano così le loro espressioni gravi e le fronti corrugate durante il vagabondaggio tra i banchi alla ricerca della concentrazione.

Quello messo peggio di tutti sembrava essere il Barone. Imparare poesie a memoria non era mai stata la sua specialità, ma con frasi come: "Tu m'hai morto il fratello, o traditor" non sapeva davvero da che parte cominciare. Quelle parole scivolavano sul suo cervello come barche sull'acqua.

– ...M'hai morto, m'hai morto... – ripeteva camminando avanti e indietro tra il banco e la cattedra come un'anima in pena. – Non sarà poi così difficile! Tu m'hai morto il fratello, o traditor!

Quando finalmente gli pareva di saperla, passava alla strofa successiva, ma nemmeno un minuto dopo

[1] Qui citata nella traduzione di G. Carducci.

doveva già tornare ad aprire il libro per controllare com'era quella maledetta storia del fratello morto.

Il lunedì della settimana seguente, proprio nell'intervallo che precedeva l'ora di tedesco consacrata alla ballata di Uhland, accadde il fattaccio. Il Barone, in piedi sulla sua sedia, stava declamando a pieni polmoni: – Arpeggiatori, il più bel canto qual di voi mi sa? E un giovinetto esce di schiera fuori snello: in man la spada, arpa al fianco egli ha...

Lilibeth scosse la testa e lo corresse: – No, Michael: in man l'arpa, spada al fianco egli ha!

– Che differenza fa? – si innervosì il Barone. – Se non è zuppa è pan bagnato!

Si rimise a sedere sbuffando e aprì il libro per un ennesimo controllo, tormentandosi con una mano i bei riccioli neri, e scavandosi meccanicamente il naso con l'indice dell'altra.

– Il senso di questa accozzaglia di parole mi sfugge completamente – borbottò.

Lilibeth stava per rispondergli che uno come lui, la cui parlata veniva continuamente additata dall'insegnante di tedesco come un lodevole esempio di bello stile, non avrebbe dovuto avere problemi a capire il senso di una poesia tanto semplice, quando l'urlo improvviso di Martina Mader fece sobbalzare l'intera classe: – Qui non c'è più niente! Non è possibile!

Martina stava in piedi dietro al suo banco e aveva in mano una scatoletta azzurra; la scatola era vuota, e Martina aveva un'espressione sconcertata. Quella scatoletta azzurra serviva a custodire i soldi per il latte che Martina, ogni lunedì mattina, passava a ritirare da tutti quelli che, durante la ricreazione delle dieci, volevano fare merenda con il latte della scuola; alla fine delle lezioni, poi, Martina provvedeva a consegnare al bidello l'intero contenuto della scatola. Con la sola eccezione del Barone, tutti i bevitori di latte, quel lunedì, avevano già versato la loro quota; Martina stava giusto per andare a riscuotere dal Barone quando, afferrando la scatoletta, aveva fatto la terribile scoperta: la scatola, fino a pochi minuti prima rigonfia di monete, si era alzata con la leggerezza di una piuma, e senza produrre il minimo tintinnio!

– Tutti i soldi del latte sono spariti! – urlò ancora Martina.

I declamatori di ballata erranti si fermarono all'istante, ricacciando in gola le parole di Ludwig Uhland, e guardarono increduli verso la scatola vuota agitata da Martina.

Quest'ultima, ora, non fissava più la scatola ma si guardava intorno con aria indagatrice, finché il suo sguardo non cadde su Ferdi Berger. Ferdi era in piedi vicino al cestino della carta straccia, il libro di tedesco e un'arancia sbucciata per metà in una mano, alcuni pezzi di buccia nell'altra.

– Ferdi, – lo aggredì Martina – non sarà mica un altro dei tuoi stupidissimi scherzi?

Ferdi Berger era un burlone di prima categoria, ma non era un cattivo ragazzo. Gli piaceva raccontare barzellette, soltanto che, giusto per informarsi se qualcuno dei presenti le conosceva già, svelava prima il finale, e poi raccontava tutta la barzelletta all'incontrario, risalendo dalla fine verso l'inizio. Se poi qualcuno gli diceva di conoscere quella barzelletta fin dai tempi dell'asilo, la cosa non lo preoccupava affatto, anzi sembrava renderlo ancora più contento di raccontarla. Oppure faceva cose che a lui dovevano sembrare straordinariamente divertenti: cospargeva di colla la sedia di Michi Hanak, scambiava le scarpe nelle borse da ginnastica, infilava un lombrico vivo nella merenda di Lilibeth, distribuiva caramelle ripiene di sale, cuciva insieme le maniche delle giacche, e così via. Nessuno però, a eccezione di Ferdi stesso, trovava divertenti le sue lunghe barzellette rivoltate, né tanto meno i suoi strani scherzi. Difficilmente si sarebbe potuto immaginare un insuccesso più clamoroso, ma la cosa non sembrava intaccare il morale di Ferdi, che ogni giorno, imperterrito, ideava nuove burle, e ogni giorno sfornava nuove imbarazzanti barzellette alla rovescia.

– Ferdi, sciocco babbeo!

Martina si stava avvicinando con piglio rabbioso.

– Se sei stato tu a svuotare la scatola per farmi uno scherzo, ti consiglio di tirare fuori subito tutto fino all'ultimo centesimo, se non vuoi assaggiare uno dei miei sberloni!

Martina era una ragazza robusta, e i suoi sberloni erano proverbiali. Per rendere più concreta la minaccia, alzò il braccio destro in posizione di inizio-sberla. Ferdi, per lo spavento, lasciò cadere le bucce e balbettò: – Te lo giuro sul mio onore! Non ho preso i soldi del latte! È la verità!

– Ne sei proprio sicuro?

Il destro di Martina era sempre sollevato in posizione di tiro.

– Non avrei mai fatto una cosa del genere, Martina! – si scaldò Ferdi. – Te lo giuro! Sarebbe stato uno scherzo di pessimo gusto!

– Aveva giurato anche di non aver nascosto le mie scarpe da ginnastica! – si intromise Susi Kratochwil. – E invece era stato proprio lui!

Susi Kratochwil era una personcina piccola e grassoccia, con la testa che scompariva sotto una montagna di riccioli rossi, dei quali Susi andava molto orgogliosa. La sua inimicizia con Ferdi durava ormai da una decina d'anni: tutto era cominciato da una zuffa nel cortile dell'asilo, e da una manciata di sabbia che Susi, in quell'occasione, aveva gettato in faccia a Ferdi. Da quel momento, gli episodi di guerra si erano moltiplicati, passando per la ferita da morso causata a Susi da Ferdi alle elementari, per arrivare fino alla recentissima sparizione delle scarpe da ginnastica.

– Nascondere scarpe da ginnastica e rubare soldi sono due cose completamente diverse! – si difese Ferdi. – Con i soldi non si scherza! Mi meraviglio che mi conosciate così poco!

Martina lasciò ricadere il braccio: si era convinta che Ferdi diceva la verità. Non che si facesse, a dire il vero, grandi illusioni sulla sua onestà, ma lo aveva visto mentire tante volte, e sapeva che in quelle occasioni Ferdi si metteva a ridacchiare come uno sciocco con un'espressione molto lontana da quella seria e risentita che esibiva adesso.

Il Barone si alzò e, insieme a Lilibeth, si avvicinò a Ferdi e a Martina, che erano ormai circondati dall'intera classe. – Da quando sono spariti i soldi del latte? – si informò.

– Non lo so! – rispose Martina allargando le braccia in un gesto sconsolato. – Li ho raccolti stamattina appena arrivata, poi ho richiuso la scatola col coperchio, l'ho messa sotto il banco, e non ci ho più pensato. Fino a un minuto fa ero certissima che i soldi fossero ancora al loro posto, ma naturalmente la scatola potrebbe essere stata alleggerita anche da un bel po'.

– E quando eravamo in palestra? – domandò ancora il Barone. – Hai lasciato la scatola in classe?

Martina annuì con aria colpevole.

L'Asso di Picche tirò le conclusioni: – Evidentemente durante l'ora di ginnastica qualcuno è entrato in classe e si è preso i nostri soldi –. Poi diede a Martina un colpetto sulla spalla. – Ormai non possiamo più farci niente – la consolò. – Vuol dire che pagheremo semplicemente il latte un'altra volta. Non è poi così grave!

– Parla per te, Cammello, io non ci penso nemmeno! – protestò Thomas Huber. – Per quale ragione dovrei pagare due volte?

Così dicendo si batté con l'indice sulla fronte.

– I soldi li deve tirare fuori quello che li ha presi – sentenziò.

– Scrivi un biglietto e appendilo in bacheca! – sghignazzò l'Asso di Picche. – *Caro ladro, sei cortesemente invitato a restituirci i nostri soldi del latte!*

Ci furono delle risatine, e Thomas Huber diventò rosso fino alla punta delle orecchie, in preda a un evidente accesso di collera.

– Senti un po', stupidissimo Cammello – sibilò – non c'è niente da ridere quando si viene a scoprire che c'è qualcuno all'interno della propria scuola che ruba!

L'Asso di Picche spiegò che non rideva per via del furto, ma per la stupidità di Thomas Huber. A quelle parole, le orecchie di Thomas si trasformarono in due carboni infuocati; incurvò la testa in avanti, come il toro quando si prepara ad attaccare, e stava certo per scagliarsi contro l'Asso di Picche nella parte del torero, quando comparve la professoressa Hufnagel. – Cosa succede? – domandò. – Qualcosa non va?

La professoressa Hufnagel apparteneva a quella categoria di insegnanti sensibili e aperti ai problemi dei ragazzi, che sanno leggere in loro ogni segnale di irrequietezza e cogliere al volo il minimo cenno di preoccupazione.

– Il Cammello continua a provocarmi! Non la smette di prendermi in giro! – strillò Thomas Huber, ma le sue parole furono letteralmente ricoperte da un coro di voci di protesta: la sua disputa con l'Asso di Picche, dicevano quelle voci, era in quel momento un fatto del tutto marginale, di nessuna importanza.

La professoressa Hufnagel provò a mettere un po' d'ordine in quella baraonda: – Ragazzi, adesso, per prima cosa, andate tutti ai vostri posti. Poi uno di voi, con calma, mi spiega quello che è successo. Se parlate tutti insieme non riesco a capire una sola parola.

Il conciliabolo attorno al cestino della carta straccia si sciolse, e ogni componente della terza D raggiunse il proprio banco. Quando tutti si furono seduti, Martina si alzò e riferì la faccenda dei soldi del latte scomparsi.

La professoressa Hufnagel propose di mettersi a cercarli. – Forse invece che nella solita scatola li hai messi da qualche altra parte – suggerì. – O magari sono caduti dalla scatola e sono rotolati in qualche buco del pavimento, o sotto un termosifone!

Martina rispose, in tono risentito, che non soffriva di sonnambulismo, e non era abituata a fare cose di cui poi non si ricordasse più. Da tre anni raccoglieva i soldi per il latte, e mai una volta li aveva messi in nessun altro posto, se non in quella scatoletta azzurra, ed era sempre in quella scatola che ogni lunedì mattina, alla fine delle lezioni, li consegnava al bidello. Che poi delle monete potessero rotolare fuori da un contenitore con tanto di coperchio era una cosa che non stava né in cielo né in terra!

Su questo anche la professoressa Hufnagel dovette convenire. Sembrava preoccupata. Si mise a parlare a lungo, in tono grave e afflitto, dei ragazzi che non hanno nessun rispetto per le cose degli altri, e pregò tutti di fare molta attenzione a non lasciare in giro né soldi né oggetti di valore incustoditi, in special modo in quelle occasioni, come durante le ore di ginnastica, in cui tutta la classe era fuori dall'aula.

– Ragazzi – disse – è una cosa molto brutta, ed è un vero peccato, ma è quasi inevitabile che in una scuola grande come la nostra ci sia qualche pecora nera. Purtroppo, scoprire il ladro non è una cosa semplice: non possiamo metterci a perquisire qualche centinaio di ragazzi! Ho l'impressione che, se non ci assiste un po' di fortuna, molto probabilmente il colpevole riuscirà a farla franca. Il solo modo per essere certi che la cosa non si ripeta, ve lo torno a dire, è quello di non lasciare in giro niente di valore!

Poi sospirò profondamente e disse che si era parlato fin troppo di quella triste faccenda, e non bisognava dimenticare che quella era pur sempre un'ora di tedesco. Michi Hanak fu invitato a recitare per tutti la prima strofa de *I tre canti*.

Mentre Michi sputava fuori pezzi di ballata come una macchinetta, il Pensatore si chinò verso Lilibeth, tolse il pollice di bocca e bisbigliò: – Noi siamo in palestra, uno di un'altra classe chiede di andare in bagno, esce, entra nella nostra classe, si dirige a colpo sicuro verso il banco di Martina, svuota la scatola dei soldi e se ne va indisturbato. Tu riesci a crederci?

Lilibeth scosse la testa.

– Io neppure – borbottò il Pensatore.

– Secondo te com'è andata? – domandò Lilibeth sottovoce.

– In man l'arpa, spada al fianco egli ha – declamò proprio in quel momento Michi Hanak concludendo la sua fatica.

– Vai avanti tu, Daniel – ordinò la professoressa.

Il Pensatore, colto di sorpresa, non fece in tempo a rispondere alla domanda di Lilibeth.

– Tre canti, o re, so io... – iniziò a recitare con l'aria seccata di chi viene disturbato per una stupidaggine sul più bello di un'appassionante conversazione.

Quella di tedesco era l'ultima ora della mattinata. Al suono della campanella, tutti gli allievi della terza D avevano un'aria sconvolta: un'intera ora trascorsa a blaterare versi antichi e ad ascoltare decine di volte la stessa tiritera in bocca agli altri può fiaccare anche i fisici più resistenti, e mettere a dura prova le menti più fresche. Sfiniti, sistemarono libri e matite in zaini e cartelle, e si avviarono verso lo spogliatoio. Dei soldi del latte nessuno parlava più. Adesso tutta l'attenzione era puntata sulla lezione pomeridiana di ginnastica, che avrebbe avuto inizio di lì a tre ore, e sul fatto che il Barone e l'Asso di Picche, cioè a dire, per quanto riguarda la terza D, il meglio del meglio nel campo della palla a mano, dopo quell'estenuante ora di tedesco affermavano di sentirsi completamente svuotati, incapaci nel modo più assoluto di costituire qualunque tipo di minaccia per la porta avversaria.

– Perderemo miseramente – sentenziò l'Asso di Picche spalancando la bocca in un lungo sbadiglio.

– Vai a casa e fatti un bel sonnellino – suggerì Michi Hanak.

Ma l'Asso di Picche rispose che non poteva fare nessun sonnellino, perché aveva una sorella più piccola la quale, lei sì, doveva fare il sonnellino tutti i pomeriggi, ma siccome non ne aveva nessuna voglia, si metteva a strillare così forte che avrebbe svegliato anche una mummia nel palazzo di fronte.

– Tappi nelle orecchie – consigliò il Pensatore. – Funzionano. Mia madre dorme sempre con i tappi. Non senti più niente, solo i battiti del tuo cuore.

Ma l'Asso di Picche disse che i battiti del suo cuore gli facevano impressione, e preferiva ancora gli strilli di sua sorella.

Il Pensatore sistemò le sue scarpe al loro posto, sul ripiano sotto la panca, e si mise in cerca di quelle da ginnastica. Tutto si poteva dire dello spogliatoio della terza D tranne che fosse un posto ordinato: i ragazzi lo chiamavano "la gabbia delle scimmie", e forse le scimmie stesse avrebbero trovato offensivo quell'accostamento. Ogni classe disponeva, nel seminterrato, di una gabbia delle scimmie simile a quella: una cella di pochi metri quadrati con dentro due panche e qualche gancio per i vestiti alle pareti, a cui si accedeva da una porta munita di inferriata, che tutte le mattine veniva aperta dal bidello alle otto meno un quarto in punto, e richiusa un quarto d'ora dopo, alle otto precise, quando la campanella annunciava l'inizio delle lezioni. Chiunque volesse accedere alla gabbia delle scimmie nel corso della mattinata doveva chiedere la chiave al bidello. E anche quando, al termine delle lezioni, i ragazzi dovevano andare a cambiarsi nello spogliatoio, uno di loro doveva domandare la chiave al bidello. La regola era diventata così rigida da quando, qualche anno prima, dagli spogliatoi era sparito un po' di tutto: da allora le gabbie delle scimmie, munite di inferriate, erano diventate delle piccole roccaforti inespugnabili.

Non fosse stato perfettamente al corrente di tutta la minuziosa cerimonia dell'apertura e della chiusura della porta, il Pensatore si sarebbe sentito pronto a giurare che qualcuno gli aveva fatto sparire le scarpe: non si vedevano da nessuna parte. Dopo un'attenta ricerca, però, la scarpa destra venne avvistata nello stretto interstizio tra la parete e la porta spalancata, mentre la sinistra fu dissotterrata, non senza difficoltà, da sotto una montagna di calzature accatastate in mezzo alla gabbia.

– Puah e doppio puah! – esclamò schifato il Pensatore, affondando il braccio nella montagna. – Qui c'è qualcuno a cui puzzano terribilmente i piedi!

L'aria che si respirava nei pressi della montagna ricordava in effetti, fatte le debite proporzioni, l'odore pungente della zona formaggi di un grande magazzino. Il Pensatore alzò gli occhi e si guardò intorno, scrutando gli stimabili colleghi alla ricerca del colpevole.

I suoi occhi incrociarono quelli di Roswitha Fröhlich, che erano pieni di lacrime. Il Pensatore andò a sedersi accanto a lei sulla panca. – Ma Roswitha, tesoro, – provò a consolarla – non è proprio il caso di prendersela in questo modo per una sciocchezza del genere!

Daniel pensava che Roswitha piangesse per *I tre canti*. Non tanto per la morte di Sifrido re in un lago di sangue, ma perché per ben tre volte era stata chiamata a recitare una strofa, e per ben tre volte si era inceppata dopo le prime due parole, balbettando solo sillabe sconnesse. La professoressa Hufnagel non aveva potuto fare altro che segnarle un "insufficiente" sul libretto rosso.

– Un'insufficienza in orale non conta niente – le assicurò il Pensatore. – E nei compiti in classe hai una media buonissima!

Roswitha scuoteva la testa; un grosso lacrimone le scivolava lentamente lungo una guancia. Il Pensatore tirò fuori un fazzoletto dalla tasca dei pantaloni e glielo porse. Roswitha afferrò il fazzoletto, si soffiò il naso e singhiozzò: – Non me ne importa niente dell'insufficienza della Hufnagel! È che i miei soldi sono spariti! Tutti i miei risparmi! Ho trovato il portafogli per terra sotto la panca, aperto e vuoto! Perfino i miei biglietti del tram si sono portati via!

– Possibile? – domandò incredulo il Pensatore.

Roswitha gli mostrò il portafogli vuoto e spiegò che quella mattina lo aveva lasciato nella tasca del cappotto.

– Ascoltate tutti! – urlò il Pensatore. – Anche a Roswitha sono spariti dei soldi!

Nella gabbia delle scimmie non era restata che una metà all'incirca della terza D, ma il coro di esclamazioni e commenti che fece seguito a quella comunicazione produsse un baccano paragonabile allo schiamazzo di sette classi riunite al gran completo.

– Non ci posso credere! – gridava qualcuno.

E qualcun altro: – Questa volta è davvero troppo!

Oppure: – Forse il portafogli è scivolato fuori dalla tasca e i soldi sono caduti!

E ancora: – Guardiamo bene sotto le panche!

Il Barone e il Pensatore strisciarono sotto le panche, cercando tastoni in tutti gli angoli, e quando si rialzarono le loro mani e le loro ginocchia erano dello stesso color grigio scuro del pavimento della gabbia delle scimmie.

Wolfgang Hahn, nella frenesia della ricerca, picchiò una tremenda craniata contro lo spigolo della porta; a Lilibeth si infilò una scheggia in un dito.

Martina Mader fece passare al setaccio giacche e giubbotti.

L'Asso di Picche afferrò gli attaccapanni per i ganci e li scrollò energicamente: ne uscì un polverone che provocò a Roswitha un'immediata ricaduta di raffreddore. Tutto invano: i soldi non saltarono fuori, e nemmeno i biglietti del tram.

Alla fine della ricerca, l'Asso di Picche tirò le sue amare conclusioni. – Ragazzi, – annunciò in tono preoccupato – solo noi possiamo entrare nel nostro spogliatoio, quindi il ladro non può essere che uno della nostra classe.

– Però la chiave ce l'ha il bidello – fece osservare il Barone.

Lilibeth lo guardò confusa: – E con questo? Vorresti forse dire che il signor Stribany...

– Non essere sciocca – la interruppe il Barone in tono risentito. – Non è questo che volevo dire, evidentemente. Pensavo solo che qualcuno potrebbe aver rubato la chiave al bidello!

– Io, però, alla fine delle lezioni, sono andato a prenderla dal signor Stribany – comunicò Michi Hanak. – Era appesa al quadro come tutti i giorni.

Ma il Barone non voleva darsi per vinto. – Il ladro potrebbe averla riportata – insistette.

Lilibeth scosse la testa. – Troppo complicato. Per le cose più semplici vai sempre a immaginare le spiegazioni più contorte!

– E quale sarebbe allora la tua spiegazione semplice? – si infuriò il Barone.

– La mia spiegazione semplice – proseguì Lilibeth per nulla impressionata – sarebbe che nella nostra classe c'è qualcuno che ruba a man bassa! Prima il mio portafogli, poi i soldi del latte, e adesso i risparmi di Roswitha: quel tipo a poco a poco sta mettendo insieme un capitale!

– Perché dici quel tipo? – domandò il Pensatore senza togliersi il pollice di bocca. – Potrebbe essere anche una ragazza. O pensi forse che solo noi maschi possiamo rubare?

Lilibeth alzò le spalle. – Devo andare a casa – tagliò corto. – Mia madre si starà già preoccupando.

Così dicendo, diede un calcio alle sue scarpe da scuola, che volarono in un angolo della gabbia, e si incamminò verso l'uscita, presto seguita da tutti gli altri. Michi Hanak uscì per ultimo, chiudendo a chiave la porta. Poi la processione, in religioso silenzio, risalì le scale del seminterrato. In cima era appostato il signor Stribany, la mano aperta pronta a ricevere la chiave, che Michi Hanak si affrettò a lasciarvi cadere.

– Presto, presto ragazzi – brontolò. – Se dovessi aspettare per ogni chiave tutto questo tempo avrei già fatto la muffa!

– Mi scusi, signor Stribany, – si fece coraggio il Barone – per caso stamattina qualcuno è venuto a chiederle la chiave del nostro spogliatoio?

Il bidello lo guardò spazientito. – Stamattina quando? – si informò.

Il Barone allargò le braccia.

– Che classe siete voi?

– È scritto sul cartellino appeso alla chiave – borbottò il Pensatore.

– Terza D – rispose prontamente il Barone.

– Quelli del rubinetto rotto?

Il Barone annuì.

Il signor Stribany aveva un'aria sempre più truce. – Non voglio altre seccature con voi! – sbraitò. – E comunque la chiave stamattina non si è mossa dal suo posto!

– Ne è proprio sicuro? – azzardò il Pensatore.

Il signor Stribany si gonfiò tutto: – Se ne sono sicuro? Ma con chi ti credi di avere a che fare? E poi cosa significano tutte queste domande? Cos'è, un nuovo gioco? Se vi dico che oggi nessuno è venuto a cercare nessuna chiave, vuol dire che nessuno è venuto a cercare neppure la vostra!

Così dicendo, girò i tacchi e si allontanò ciabattando e brontolando parole incomprensibili.

– Be', credo che per questa mattina non possiamo fare più niente – concluse amaramente l'Asso di Picche.

Nelle teste della terza D adesso c'era solo una gran confusione. Tutti si avviarono pensosi verso l'uscita. Lilibeth, che era quella che aveva più fretta, camminava in testa al gruppo. Appena raggiunto il portone, salutò tutti e partì come un razzo. Era già in ritardo di otto minuti: otto minuti di sofferenze inflitte alla sua povera mamma! Aveva già percorso un centinaio di metri quando venne raggiunta da Martina, trafelata.

– Sai cosa penso? – sbuffò Martina. – Penso che Roswitha voglia solo farsi notare. Lei ha bisogno di essere sempre al centro dell'attenzione, ed è prontissima anche a mentire pur di riuscirci. Siccome qualcuno mi ha rubato i soldi del latte, adesso se ne viene fuori con questa storia che anche a lei sono spariti dei soldi!

– Mi pare che tu stia esagerando – cercò di calmarla Lilibeth.

– Esagerando? Ma non ti ricordi che l'anno scorso ha nascosto lei stessa le sue cose da ginnastica, e poi si è messa a fare il finimondo, sostenendo che le erano state rubate?

– Sì, ma spiegò che lo aveva fatto solo perché non aveva voglia di fare ginnastica – precisò Lilibeth.

– Sciocchezze! – replicò velenosa Martina. – Il fatto è che vuole sentirsi protagonista, e quando attorno a lei si crea qualche caso va in brodo di giuggiole! Perché non è nient'altro che un'esibizionista, te lo dico io! E quando Babsi Binder è stata sospettata di averle fatto sparire le cose da ginnastica, non so se te lo ricordi, lei è stata a guardare senza fare una piega! Non ha battuto ciglio!

A costo di infliggere qualche secondo di sofferenza supplementare a sua madre, questa volta Lilibeth dovette fermarsi. – Sai benissimo che questo non è vero! – disse guardando Martina dritta negli occhi. – Parli così solo perché non la puoi vedere. La verità è che appena Roswitha ha saputo dei sospetti che stavano ricadendo su Babsi, ha subito confessato di essere stata lei a nascondere la borsa!

– Perché si è resa conto di essere con le spalle al muro! Tanto più che era stata vista da Ferdi mentre la nascondeva!

Martina non sembrava disposta a rivedere una virgola della sua posizione.

– Sei sempre così ingenua, Lilibeth – proseguì imperterrita. – Tu non riesci nemmeno a immaginare fino a che punto può arrivare la malizia di una persona come quella, credimi!

Ora Lilibeth doveva girare a sinistra, Martina a destra.

– Vuoi che ti accompagni ancora un pezzetto? – domandò Martina.

– No, grazie, ho molta fretta.

Il semaforo pedonale era verde, e Lilibeth si mise a correre. Era contenta di essersi liberata di Martina. «Quanta cattiveria, quanto veleno» pensò. «Una vera vipera, quella Martina. Sempre pronta a parlare male di tutti!» Poi però, risalendo il vialetto di casa, si mise a ragionare: «E se invece ci fosse qualcosa di vero? Certo che quella Roswitha è davvero un po' strana. Se uno racconta di essere andato al cinema, lei non lo lascia nemmeno finire, e subito si mette a strillare che c'è stata anche lei. E se uno dice di avere ricevuto, per il suo compleanno, un giradischi nuovo, eccola saltare su come una molla pretendendo di averne avuto in regalo uno identico. In fondo, potrebbe anche darsi che sostenga di essere stata derubata solo perché qualcun altro lo è stato...».

Quando fu davanti alla porta di casa, Lilibeth tirò un profondo sospiro. Non era di sollievo: si sentiva come oppressa da un peso. Difficile stabilire se quella spiacevole sensazione fosse dovuta più ai gravi pensieri che le si agitavano per la mente, o all'espressione crucciata della madre, che l'aspettava impaziente sulla soglia, fissando l'orologio con aria di rimprovero.

# 4

*Nel quale, allo scopo di garantire la massima aderenza del racconto alla realtà dei fatti, vengono riprodotti brani originali dei diari del Pensatore.*

Da qualche anno il Pensatore teneva dei diari. Questi diari però non assomigliavano per niente a eleganti album ricoperti in pelle, con chiusura di sicurezza, decorazioni floreali e altre ridicolaggini del genere: il Pensatore riportava i suoi pensieri su comunissimi quaderni a quadretti, formato standard, dalla sobria copertina blu. E di chiavi, lucchetti e serrature non aveva nessun bisogno, perché i suoi pensieri non erano affatto segreti. Tutto al contrario: se il Pensatore aveva finito per abituarsi ad affidare le sue riflessioni a quei quaderni, ciò era in parte dovuto al fatto che la sua produzione di pensieri era diventata talmente esuberante che gli riusciva sempre più difficile trovare qualcuno interessato ad ascoltarli.

Erano pensieri sulla giustizia, pensieri sulla morte e

sulla vita ultraterrena, pensieri sul carattere ereditario dell'avarizia, sull'esistenza di Dio e sull'immensità del creato, oppure disquisizioni sulle possibili forme di vita su altri pianeti, considerazioni sulla cattiveria nel mondo, sui partiti politici e sulla stupidità degli uomini, o ancora riflessioni sul comportamento delle masse, sulla natura ambigua dei rapporti di scambio basati sul denaro, sui buoni voti a scuola, e insomma sulla vita in generale e sotto ogni suo aspetto.

Nemmeno l'Asso di Picche e il Barone, che pure erano i suoi migliori amici, si mostravano particolarmente desiderosi di discutere con il Pensatore quel genere di problemi. Si limitavano a stare ad ascoltarlo pazientemente, facendo di tutto per nascondere gli sbadigli.

Quanto alla madre del Pensatore, la vocazione filosofica del figlio le faceva addirittura terrore. «Daniel,» lo ammoniva inorridita ogni volta che il Pensatore provava a comunicarle qualcuna delle sue riflessioni «un ragazzo della tua età non dovrebbe avere tanti pensieri. Queste cose lasciale da parte per quando sarai più grande, e adesso cerca di goderti i tuoi anni!».

Se il Pensatore rispondeva reclamando il suo diritto a una libera meditazione, e spiegando che uno non può esercitare la censura sui propri pensieri, e che se quelli che spontaneamente gli si presentavano alla mente erano del tipo tradizionalmente riservato a pensatori più grandi della sua età, lui non poteva farci niente, la madre sospirava e lo guardava con un'espressione di compassione. «Povero figlio mio,» diceva «proprio a te doveva capitare questa disgrazia! Dio solo sa se vorrei aiutarti, ma purtroppo io sono una donna!».

La mamma del Pensatore, infatti, riteneva che il pensiero fosse una faccenda per soli uomini. Era un'idea che aveva ereditato da suo padre, il quale a suo tempo le aveva tanto ripetuto quel concetto che alla fine era riuscito a farglielo entrare in testa. Per questo era sinceramente addolorata che non ci fosse in casa nessun uomo con il quale Daniel potesse discutere i propri pensieri su un piano di parità. Qualche volta si domandava se non fosse il caso di risposarsi, per portare in casa qualcuno pratico di pensiero, che ci capisse finalmente qualcosa di quel figlio così speciale. Un paio di candidati erano stati anche presentati al Pensatore, ma la cosa non aveva funzionato. Il Pensatore non aveva dimostrato nessun interesse a conoscere quegli uomini, né tanto meno a discutere con loro i suoi pensieri: in occasione di quegli incontri, si era sempre ritirato in camera sua ad ascoltare musica, regolando il giradischi a un volume così assordante che quei poveretti se ne erano andati via con la testa in fiamme e le orecchie doloranti.

Che fosse quella la ragione per cui nessuno dei candidati, dopo la prima visita, si era più fatto risentire non è una cosa certa, ma appare piuttosto probabile; la madre del Pensatore, in ogni caso, ne era convinta.

Il Pensatore aveva naturalmente anche un padre, uno che, si presume, in fatto di pensieri non doveva essere uno sprovveduto; se però le cose stessero proprio così, il Pensatore non poteva appurarlo, dal momento che suo padre abitava in Svizzera. Stando alla sentenza del tribunale, dopo il divorzio, il padre del Pensatore aveva diritto di vedere il figlio una volta alla settimana, e per due mesi durante l'estate. Ma il signor Ammerring non esercitava questo diritto, e siccome nella sentenza non si diceva che il figlio avesse un uguale diritto di vedere il padre, i due non si incontravano da quasi nove anni ormai.

Il Pensatore non parlava mai di suo padre. Quando qualcuno lo interrogava su questo punto rispondeva: «Non ho un padre, non ne ho mai avuto uno!».

E se l'altro insisteva, facendogli notare che un padre ce l'hanno, o ce l'hanno avuto, tutti, il Pensatore spiegava che il suo era morto quando lui era ancora nella pancia di sua mamma. Perfino al Barone e all'Asso di Picche aveva raccontato quella frottola, ma i due sapevano bene che le cose non stavano affatto così: se lo ricordavano ancora, il signor Ammerring, quando veniva a prendere Daniel all'asilo!

Il Barone e l'Asso di Picche, però, avevano stabilito di non contrariare il Pensatore su quel punto. «Se ha deciso di farlo morire» aveva detto l'Asso di Picche «avrà le sue ragioni!».

E il Barone aveva condiviso quel punto di vista.

Neppure nei diari si sarebbe potuta trovare una sola parola a proposito del padre del Pensatore. Del resto, anche se i rapporti col figlio non fossero stati interrotti da tanto tempo, difficilmente il signor Ammerring avrebbe potuto aspirare a una menzione sui quaderni blu, nei quali nemmeno la madre del Pensatore, né i suoi amici più stretti, avevano diritto di cittadinanza: questo perché, nei diari, il Pensatore non annotava le vicende della sua vita di tutti i giorni, cosa che avrebbe trovato terribilmente noiosa, ma soltanto, appunto, i suoi pensieri.

Così stavano le cose fino al 7 novembre. Ancora in data 6 novembre, il Pensatore aveva dissertato per tre fitte pagine sul carattere innato della stupidità, sostenendo con decisione di non credere alla possibilità che un bambino sia predestinato fin dalla nascita a ritrovarsi un giorno con sette insufficienze in pagella, quando di punto in bianco, in data 7 novembre, sulla prima pagina di un nuovo quaderno, si potevano leggere queste parole:

*7 novembre*

*La faccenda diventa sempre più sporca!*

*Adesso è sparita anche la catenina di Iwan. Una catenina d'oro con una medaglietta di Asterix, d'oro anche quella. Iwan se l'era tolta prima di ginnastica, perché quello di educazione fisica non vuole che teniamo addosso catenine, né orologi, né altri "ninnoli", come dice lui. Iwan l'aveva messa nella tasca di dietro dei suoi jeans. Su questo non ci sono dubbi. L'ho visto con i miei occhi, perché ero vicino a lui mentre mi cambiavo. Poi siamo entrati in palestra.*

*Alla fine dell'ora c'è stata una gran baraonda, perché Thomas Huber e l'Asso di Picche sono venuti alle mani. È vero che in tutto quel parapiglia molti vestiti sono volati per aria, e si sono anche rovesciati un paio di armadietti. Ma i calzoni di Iwan non si sono mossi dal loro posto. Questo lo so con certezza perché io, per non venire coinvolto in quella baruffa, mi sono fatto da parte, e i jeans di Iwan erano proprio nell'angolo verso la finestra dove ho aspettato la fine del combattimento. Per tutto quel tempo sono rimasti tranquillamente appesi a dieci centimetri da me. Quando è entrato quello di educazione fisica, soffiando come un matto nel suo fischietto, Ottl e Thomas hanno subito smesso di picchiarsi. Allora Iwan ha finito di vestirsi, e quando ha infilato una mano in tasca per cercare la catenina, quella non c'era più.*

*Il furto dev'essere avvenuto prima della rissa! Questo vuol dire che dev'essere accaduto durante l'ora di ginnastica, il che dovrebbe ridurre notevolmente la lista dei sospettabili: ammettendo che il ladro sia uno della nostra classe, bisognerebbe cercare tra quelli che durante l'ora si sono allontanati dalla palestra. Ma non mi va di addentrarmi in questo tipo di considerazioni: non è con pensieri del genere che voglio tenere esercitata la mia mente. No davvero!*

*Adesso in classe tutti si danno un gran da fare per scoprire il ladro, quasi fosse un nuovo gioco di società. Sono diventati tutti isterici, e ogni dieci minuti il nome di un nuovo sospettato viene bisbigliato in gran segreto!*

*Il fatto curioso è che ognuno tende a individuare il colpevole in quello che gli sta più antipatico (per esempio: Susi Kratochwil sospetta di Ferdi Berger, e l'Asso di Picche sospetta di Thomas Huber). Il Barone è pronto a giurare che il ladro è uno della terza A, perché quelli della terza A fanno ginnastica con noi. Gli ho chiesto come si spiegava allora il fatto che nella terza A non ci fosse stato ancora nessun furto, e lui ha risposto che non ci trova niente di strano: dice che il ladro dev'essere un tipo furbo, che non frega nella sua classe per non tirarsi addosso i sospetti, e che per questo ha scelto la nostra come suo campo d'azione. Ha ragione Lilibeth: il Barone ha una mente troppo contorta! Secondo lei, è chiaro come il sole che il ladro è uno di noi, e che dev'essere per forza un ragazzo, perché le femmine fanno ginnastica da un'altra parte. Oggi l'Asso di Picche ha tirato fuori una sua tesi molto originale: dice che non è affatto detto che l'autore dei furti sia sempre la stessa persona. Secondo lui potrebbe trattarsi di una specie di epidemia, un io-rubo-a-te-tu-rubi-a-me generalizzato. Il portafogli di Lilibeth, i soldi del latte, i risparmi di Roswitha, la catenina di Iwan, ogni volta un nuovo contagiato dal virus della ladreria? Ipotesi forse un po' fantasiosa, ma non del tutto impossibile!*

*Ecco che mi sono lasciato andare anch'io al nuovo sport nazionale: la caccia al ladro. È un andazzo che non mi piace per niente, e se sono questi gli unici pensieri che riesco a produrre in questi giorni, è molto meglio non pensare niente. La prospettiva di trasformarmi in una specie di losco agente segreto e di aggirarmi con aria circospetta tra i miei compagni spiando ogni loro mossa in attesa che qualcuno faccia un passo falso non mi sorride neanche un po'!*

*Adesso la smetto di scrivere. Non sono nello stato d'animo giusto. Mi farò dare dalla mamma un cruciverba. Almeno le parole crociate ti tengono occupato, e non ti fanno pensare!*

L'8 novembre in casa Ammerring era un giorno di grandi pulizie; in quella data il Pensatore non scrisse nemmeno una riga nei quaderni blu. Una volta al mese, con la regolarità di un orologio, la mamma del Pensatore scostava tutti i mobili dalle pareti e arrotolava i tappeti per poter lavare e lucidare l'intera superficie dei pavimenti. Non che, in quei giorni, la signora Ammerring distogliesse il figlio dalla stesura dei suoi diari attraverso richieste di aiuto: Dio non lo voglia! I lavori di casa erano, per la madre del Pensatore, un privilegio esclusivo del genere femminile. Anche quest'idea le era stata trasmessa da suo padre. Così, non solo la signora Ammerring non pretendeva dal suo Daniel il più piccolo aiuto nella sistemazione della casa, ma neppure se fosse stato lui a chiederlo gli avrebbe mai permesso di rifarsi il letto, o di sciacquare un bicchiere, e nemmeno di cambiare una lampadina! Eppure, nei giorni di grandi pulizie, il Pensatore non stava volentieri in casa perché non si sentiva a proprio agio. I mobili che, anziché al loro solito posto, se ne stavano tutti ammassati al centro delle stanze lo irritavano; e l'odore di cere e detersivi gli faceva venire mal di testa. Così, il pomeriggio di quell'8 novembre il Pensatore lo trascorse a casa dell'Asso di Picche. Quando, verso sera, rincasò, i mobili erano già tornati ai loro posti, ma l'odore di ammoniaca nell'aria era ancora così forte che non trovò la forza di fare altro che mettersi a guardare la televisione.

Neppure il 9 novembre il Pensatore riuscì a trovare un minuto di tempo per i suoi diari. La giornata infatti fu interamente dedicata al bricolage: servendosi di pezzi di legno, ritagli di stoffa, turaccioli e spago colorato, quel giorno il Pensatore costruì uno splendido Arlecchino per Susi Kratochwil. Non che ci fossero particolari legami d'affetto tra il Pensatore e Susi Kratochwil: Susi gli stava, per dirla tutta, cordialmente antipatica, soltanto che lo aveva invitato alla sua festa di compleanno, il 10 novembre, e si sa che uno non può presentarsi a una festa di compleanno a mani vuote.

Quel burattino gli era riuscito davvero bene: qualunque negozio di giocattoli gli avrebbe concesso un posto d'onore nella sua vetrina. Al Pensatore piangeva il cuore all'idea di doversene separare, e il pensiero che sarebbe finito nelle mani di Susi Kratochwil gli provocava quasi delle fitte di dolore. A lungo meditò se non fosse il caso di tenere per sé quel magnifico esemplare e di presentarsi alla festa di Susi con qualcos'altro: per esempio con un paio di saponette profumate, che avrebbe potuto facilmente prelevare dalla scorta di sua madre. Ma quelle saponette puzzavano tremendamente, e Susi Kratochwil era una ragazza molto raffinata! Alla fine, la generosità ebbe la meglio. Sospirando, il Pensatore impacchettò il suo Arlecchino in un grande foglio di carta velina rosa, attorno a cui fece passare un elegante nastro blu, con le estremità arricciate in uno splendido fiocco. Da ultimo, infilò sotto al nastro un bigliettino con scritto:

*Alla carissima Susi*
*per il suo*
*tredicesimo compleanno!*

La festa di compleanno in casa Kratochwil tenne lontano il Pensatore dai suoi diari per il terzo giorno consecutivo. Le annotazioni riprendono solo in data 11 novembre.

*11 novembre*

*La situazione a scuola sta precipitando!*

*Fin dalla mattina presto si è capito che la giornata prometteva bene: Susi Kratochwil si è presentata accompagnata da sua madre! La cosa mi ha sorpreso abbastanza, perché la signora Kratochwil non è come la mamma di Lilibeth. E quando l'ho vista dirigersi con passo deciso verso l'aula professori, ci ho capito ancora di meno, perché ero certo che non fosse stata convocata. Ho chiesto a Susi che cosa ci facesse sua madre a scuola, e lei mi ha guardato con una faccia che era tutto un programma e ha ridacchiato: «Te ne accorgerai presto!».*

*E in effetti me ne sono accorto. Invece del professore di matematica, alla prima ora si è presentata in classe la professoressa Hufnagel. Questa di per sé non sarebbe stata una brutta sorpresa se avesse significato, come credevo, un'improvvisa indisposizione del prof di matematica. Ma purtroppo non era così. La Hufnagel veniva in qualità di responsabile della classe, e aveva una faccia da funerale: con un tono da tragedia greca si è messa a spiegarci che la signora Kratochwil era venuta per parlare con lei, e che ciò che le aveva riferito era un fatto di una gravità inaudita. Per farla breve, pare che ieri, alla festa, sia sparito uno dei libretti di risparmio di Susi! La Kratochwil è convinta che il ladro non possa essere che uno degli invitati, e ha minacciato di chiamare la polizia se il libretto non salterà fuori entro dodici ore. La polizia! Che idiozia! Cosa potrebbe fare la polizia? Alla festa c'erano diciannove ragazzi, e solo undici erano della nostra classe. E poi non c'erano solo ragazzi, c'era un mucchio di altra gente, ed è una casa enorme! C'erano anche delle amiche della mamma di Susi, per esempio. Comunque, non mi sembra il caso di fare tutte queste storie, perché se il libretto di risparmio è intestato a Susi, è solo lei che può prelevare, o per lo meno ci vuole una sua delega scritta, o qualcosa del genere; per di più, la banca sarà già stata avvertita e avrà bloccato il conto, quindi non vedo che bisogno ci sia di alzare tutto questo polverone!*

*Più ci ripenso, e più il comportamento della vecchia Kratochwil mi riempie di rabbia. Per non parlare di sua figlia. Neanche fossero state scippate per la strada! La madre almeno si è levata subito dai piedi, ma la figlia non ha smesso di aggirarsi per la classe con fare guardingo, come se fosse circondata da un branco di delinquenti! Che bisogno aveva poi, mi domando io, di tirare fuori dal cassetto i suoi libretti di risparmio e cominciare a sventolarli a destra e a sinistra dandosi tutte quelle arie? E ventimila su un libretto qua, e tredicimila su un conto là, e altri centomila in obbligazioni intestate a lei non so dove ancora... Che persona detestabile! In fondo le sta proprio bene. Se lo avessi saputo prima, le avrei regalato al massimo una saponetta. Che brutta fine, povero Arlecchino!*

*E cos'è poi questa storia che il ladro dev'essere per forza uno di noi undici? Per conto mio ha ragione il Barone: potrebbe benissimo trattarsi di una di quelle zitellone amiche della mamma di Susi! Quelle vecchie megere non si sono tolte un attimo dai piedi, e hanno sfarfallato in lungo e in largo per tutta la casa come se fossero state loro le padrone. Naturalmente sono tutte delle signore benestanti, ma questo non significa niente: proprio la settimana scorsa c'era un titolo a caratteri cubitali sul giornale, che parlava di un famoso avvocato sorpreso a grattare una bottiglia di vodka in un supermercato!*

*Comunque, tutta questa faccenda non mi riguarda. Ho deciso di tenermene alla larga. Del resto, basta che uno non porti soldi a scuola, che non si addobbi con catenine, gioielli e altri ammennicoli del genere, che faccia più attenzione ai soldi del latte, che non vada in giro a pavoneggiarsi con i suoi libretti di risparmio, che non lasci borsellini incustoditi nelle tasche del cappotto, e non può succedergli proprio niente!*

*In questo senso, io sono in una botte di ferro: soldi non ne ho, catenine tanto meno, e in un libretto di risparmio non saprei cosa metterci. Per fortuna non ho mai sentito il bisogno di accumulare denaro: è una cosa che non fa parte della mia natura. Quand'anche dovessi venire derubato, potrebbero rovesciarmi come un calzino, ma non uscirebbe altro che qualche biglietto del tram usato, e forse anche un paio di biglietti nuovi, ma non sempre: e se proprio dovessero prenderseli, sopravvivrei lo stesso!*

Continuando a sfogliare i diari, si può notare che il giorno seguente, 12 novembre, il Pensatore si servì di una penna rossa, cosa che normalmente faceva solo quando si trattava di registrare pensieri particolarmente importanti. Riportiamo qui di seguito il testo relativo a quella giornata, avvertendo il lettore che la trascrizione potrebbe in qualche punto risultare non pienamente fedele all'originale: sotto questa data, infatti, la consueta calligrafia del Pensatore, minuta, precisa e ordinata, si trova sorprendentemente sostituita da una serie di scarabocchi arruffati e sghembi, in buona parte illeggibili (il che può trovare spiegazione solo in uno stato di profonda alterazione del soggetto, dovuta a rabbia o comunque a grave turbamento).

*12 novembre*

*Adesso ne ho davvero abbastanza! Il bidello, facendo le pulizie in cantina, ha trovato il libretto di risparmio di Susi, tutto sporco e strappato come se fosse stato in bocca a un cane. Lo ha consegnato al preside, e il preside ha subito convocato in direzione i famosi undici invitati, e cioè: l'Asso di Picche, Michi Hanak, il Barone, il Rubinetto, Thomas Huber, Egon Schneider, Martina Mader, Lilibeth, Robert Sedlak, io e Andreas Knopf. Ha detto che, dopo questo ritrovamento, non ci sono più dubbi che il ladro sia uno di noi. Michi Hanak gli ha fatto osservare che anche quattro degli altri ragazzi presenti alla festa sono della nostra scuola, e nessuno può dire che non sia stato proprio uno di quei quattro a buttare il libretto in cantina. E Lilibeth ha fatto presente che il colpevole, caso mai, non va cercato tra gli invitati alla festa ma tra quelli effettivamente presenti. Infatti a metà pomeriggio si sono presentati anche tre di noi che non erano stati invitati: hanno semplicemente suonato al cancello e, con la scusa di farsi dare gli esercizi di matematica perché non avevano fatto in tempo a segnarli sul diario, sono entrati. I tre erano: Ferdi Dalmar, Heinzi Böck e Hansi Dohnal (fanno sempre così quando non sono invitati da qualche parte).*

*Il preside ha risposto che di tutta questa storia dei furti ne aveva piene le tasche, ma che a costo di perderci il sonno ne sarebbe venuto a capo. Ci ha detto che, dopo il ritrovamento del libretto, la polizia non si occupava più del caso, visto che non c'erano stati né danni né perdite materiali. I poliziotti hanno cose più importanti di cui occuparsi.*

*Poi ha detto ancora che spera che nella nostra classe non si verifichino più incidenti del genere, perché se così non fosse la prossima volta le conseguenze potrebbero essere molto gravi!*

*Per finire, ci ha squadrati tutti a lungo, uno per uno, come se volesse stamparsi bene in mente le facce di undici giovani criminali. Vergogna! Preferirei prendermi una bella polmonite che mi tenga inchiodato a letto per tre mesi, piuttosto che rimettere piede in quella scuola! Del resto, da come mi sento oggi, non è affatto escluso che stia davvero covando qualcosa. Anche il morale è a terra. Non avrei mai immaginato di essere una persona tanto sensibile. Tutta questa storia mi sta logorando nel fisico e nello spirito. È da stamattina, dopo l'incontro col preside, che non sono a posto con lo stomaco, e mi tremando le gambe. Devo imparare a controllare i miei nervi!*

Il Pensatore non stava covando una polmonite, ma solo una piccola infezione intestinale. Siccome sua madre ne aveva avuta una identica una settimana prima, non sarebbe probabilmente corretto interpretare quell'indisposizione come una diretta conseguenza del duro colpo inferto al morale del Pensatore dagli ultimi sviluppi della Faccenda Furti. Tuttavia, è certo che, in una condizione di spirito migliore, il Pensatore avrebbe saputo reagire in ben altro modo, e che per un malanno così lieve non avrebbe sentito il bisogno di mettersi a letto. Invece non solo ci si mise, ma ci restò per ben cinque giorni, alzandosi solo per andare al gabinetto, cioè a dire, data la natura del male, alzandosi piuttosto spesso. Per il resto, fece passare il tempo con l'aiuto di una pila di *Topolino*, di un libro di divulgazione sulla fissione nucleare, e naturalmente dei famosi quaderni blu: solo in quei cinque giorni riempì un interno quaderno di ben sessanta pagine! Invano però si cercherebbe fra quelle pagine una sola riga a proposito della Faccenda Furti. Anche quando, dopo la scuola, il Barone e l'Asso di Picche andavano a trovarlo, il Pensatore proibiva loro di toccare quell'argomento: «Lasciatemi in pace con questa storia» diceva. «Per ogni spiegazione che uno riesce a darsi, ce ne sono almeno altre cento possibili. È solo una gran perdita di tempo!»

In data 19 novembre, giorno del rientro a scuola, il Pensatore annotò nel suo diario, questa volta con una penna blu e con la sua migliore calligrafia, i seguenti pensieri.

*19 novembre*

*A quanto pare, l'orribile catena dei furti si è finalmente spezzata. Per tutto il tempo durante il quale sono rimasto a letto con la diarrea non è stato rubato niente.*

*Se fossi uno che ce l'ha con me, potrei sostenere tranquillamente: «Il ladro era il Pensatore». La logica sarebbe dalla mia parte.*

*Ma certo!*

*A chi è seduto vicino a Lilibeth sarebbe bastato allungare un braccio per fregarle il portafogli!*

*E il giorno che sono spariti i soldi del latte, non l'ho mai detto a nessuno, durante la ricreazione delle dieci ho preso in prestito il temperamatite di Martina. Lei non era in classe, e io mi sono avvicinato al suo banco e ho temperato due matite: avrei avuto tutto il tempo di aprire la scatola e prendere i soldi! Dio non voglia che qualcuno venga a scoprirlo!*

*E durante la lotta negli spogliatoi tra l'Asso di Picche e Thomas Huber, quello più vicino ai pantaloni di Iwan ero ancora io. Sarebbe stato uno scherzetto, mentre tutti erano distratti dal combattimento, infilare una mano nella tasca e soffiargli la catenina!*

*E alla festa di Susi ero proprio vicino a lei quando si è messa a sbandierare i libretti di risparmio. E, come se non bastasse, dopo sono tornato per ben tre volte da solo in quel locale, perché c'erano delle tartine al salmone che mi facevano impazzire!*

*Inoltre, io ho pochissimi soldi. Praticamente sono sempre al verde. Ed è verosimile che chi non ha soldi suoi tenti di entrare in possesso di quelli degli altri. Questa è sicuramente un'idea che è già venuta a molti:*

*non per niente Martina ha subito sospettato di Ferdi Berger, e Michi Hanak è venuto a dirmi in gran segreto di essere pronto a scommettere sulla colpevolezza di Robert Sedlak!*

*A parte Robert Sedlak e Ferdi Berger, c'è solo un altro nella classe che non ha mai il becco di un quattrino: io!*

*Tutto quadra perfettamente. Una serie impressionante di indizi sembra convergere sul mio nome. E se qualcun altro ci fosse già arrivato? Ma c'è qualcuno che ce l'abbia su con me fino a questo punto? No, questa è una domanda sciocca. Non è affatto necessario che uno mi detesti per immaginarmi nella parte del ladro. L'ho fatto anch'io, che non mi detesto affatto!*

# 5

*Nel quale si riferisce di una nuova iniziativa del professore di matematica, i cui sorprendenti risultati destano viva impressione nella gran parte della terza D, gettando nello stesso tempo la piccola parte rimanente nella più profonda disperazione.*

Ancora per una settimana abbondante, precisamente fino al 1° dicembre, nella terza D continuò a regnare un clima di serena e pacifica convivenza, non turbato da alcun episodio inquietante. Ma quel fatidico 1° dicembre, durante la ricreazione lunga, proprio pochi secondi prima del suono della campanella, l'improvvisa imprecazione di Hansi Dohnal sembrò cancellare in un momento i benefici effetti di quella lunga tregua sul morale della scolaresca: – No, no, maledizione! Non è possibile! Non ci posso credere!

Bianca in volto come un lenzuolo, Hansi si inginocchiò e cominciò a gattonare a quattro zampe per tutta la classe; essendo molto miope, teneva la faccia praticamente attaccata al pavimento. Tutti capirono che stava cercando qualcosa, e tutti le domandarono che cosa mai avesse perso per essere tanto agitata. La risposta di Hansi fu coperta dallo squillo della campanella. Solo quando tornò il silenzio, si poterono finalmente udire le sue parole.

Senza smettere di strisciare per terra, e con voce rotta dai singhiozzi, Hansi si disperò: – Il mio orologio, il mio bell'orologio nuovo è sparito! Era un orologio d'oro, a ricarica automatica, e il cinturino era d'oro anche quello! E adesso non c'è più! –. Batté i pugni sul pavimento e urlò con aria improvvisamente minacciosa: – Se prendo il cane che me lo ha fregato, giuro che lo faccio a pezzetti!

Seguirono altre frasi incomprensibili, questa volta non a causa di disturbi esterni, ma perché Hansi intervallava ogni mezza parola con lunghi e potentissimi singhiozzi, che presto ebbero la meglio su ogni altra forma di comunicazione.

– Dio mio, fai che non sia vero – borbottava il Pensatore. – Ditemi che è solo un brutto incubo!

Così dicendo, non diversamente da tutti i suoi compagni, si chinò a ispezionare attentamente il pavimento attorno al suo banco. E, come tutti i suoi compagni, pensava: «Questa ricerca non serve a niente: un orologio come quello dovrebbe vedersi subito, non può essersi mimetizzato con il pavimento! Non è caduto, e non è scivolato sotto nessun banco: è semplicemente stato rubato!».

L'inutilità della ricerca, moltiplicata per i trenta componenti della terza D, diede come risultato un'azione confusa e totalmente priva di senso, tutta ambientata a dieci centimetri dal pavimento, turbata per giunta da una serie di piccoli incidenti: qualche sedia venne rovesciata, e diversi libri e matite caddero a terra; Michi Hanak pestò una mano a Martina, che urlò come se fosse stata assassinata; l'Asso di Picche, nel tentativo di infilare la testa sotto un termosifone, perse il controllo di una delle sue lunghe braccia, che andò a urtare contro la testa del Rubinetto, facendogli saltare gli occhiali.

– Attenzione! – gridò spaventato Wolfgang Hahn. – Dove sono i miei occhiali? Nessuno si muova! Senza occhiali non ci vedo a dieci centimetri dal naso! Qualcuno riesce a vedere dove sono finiti?

– Non rompere le scatole con i tuoi occhiali adesso! – singhiozzò Hansi Dohnal. – È il mio orologio che dobbiamo cercare, non i tuoi occhiali! Il mio orologio è più importante!

Il caos si stava completamente impadronendo della terza D, quando nell'aula risuonò la voce indignata del professore di matematica: – Che cosa diavolo sta succedendo qui? Siete diventati tutti matti?

Così dicendo, con la mano aperta batté un colpo talmente forte sulla cattedra che tutti i pastori del piccolo presepe realizzato con tanto amore, il giorno prima, dalla professoressa Hufnagel con l'aiuto dell'intera terza D saltarono per aria; un Re Magio fu catapultato sulla prima fila di banchi, e perfino il bambin Gesù si ribaltò nella culla.

– Guarda, guarda, – borbottò tra sé il Pensatore procedendo carponi verso il proprio banco – è capace di entrare in classe anche se non c'è nessuno a tenergli la porta!

– Voglio tutti immediatamente ai propri posti! – ordinò in tono sempre più alterato il professore. – Se tra dieci secondi c'è ancora qualcuno sdraiato per terra, lo riempio di tanti di quegli esercizi per casa che gli faccio passare io la voglia di fare lo spiritoso!

Il professore di matematica non era il tipo di insegnante abituato, per far valere la propria autorità, a dover alzare la voce: normalmente, una sua occhiata era sufficiente per ricondurre alla ragione anche il più indomito ribelle. E, in circostanze normali, nessuno nella terza D si sarebbe permesso di prendere sottogamba quel minaccioso avvertimento. Ma ora le circostanze non erano normali. Ora le circostanze erano decisamente anormali. Neppure Ferdi Dalmar, lo zelante addetto alla richiusura della porta, che normalmente all'ingresso in aula del professore si esibiva addirittura in un ridicolissimo inchino, ed era da tutti considerato poco meno che un suo schiavo personale, interruppe la ricerca per raggiungere il proprio banco; Ferdi, al contrario, aveva appena rovesciato a terra l'intero contenuto del cestino dei rifiuti e ora, sordo a qualsiasi avvertimento, stava diligentemente rovistando tra bucce d'arancia, trucioli di matita e cartacce varie alla ricerca dell'orologio scomparso.

L'unica concessione che l'intera terza D fece alla presenza in aula del professore e al suo perentorio richiamo fu quella di rispondere in coro: – È sparito l'orologio di Hansi Dohnal! La stiamo aiutando a cercarlo!

Il professore di matematica non era il tipo di insegnante abituato a farsi trattare con confidenza, ma era un uomo perspicace e, dal momento che la sua alzata di voce non aveva sortito praticamente alcun effetto, capì al volo che non era quella la strada da battere per riportare l'ordine nella classe. Così, rinunciando alle maniere forti, e accantonando per il momento la sua minaccia, uscì da dietro la cattedra e si mescolò alla popolazione dei cercatori d'orologio striscianti. Da una veloce inchiesta sul campo, condotta questa volta con toni assai più pacati, venne così a sapere che Hansi Dohnal si era presentata quella mattina a scuola con un orologio d'oro nuovo di zecca, e che, durante l'ora di religione, se l'era tolto perché le stava "stritolando il polso".

– Il cinturino era troppo stretto, mi stava scavando un solco! – spiegò Hansi piagnucolando e mostrando al professore il polso ancora arrossato. – Mi erano venute le dita viola, e mi formicolava tutta la mano!

Hansi, tra un singhiozzo e l'altro, proseguì spiegando di avere appoggiato l'orologio sul banco, vicino all'astuccio, dove, durante la ricreazione, erano venuti ad ammirarlo, nell'ordine, Martina Mader, Thomas Huber, Ferdi Dalmar e Susi Kratochwil. Ma alla fine della processione, Hansi era pronta a giurarlo, l'orologio era ancora lì!

– E quando ti sei accorta che non c'era più? – domandò il professore.

– Sono andata al cestino a sbucciare la mia arancia, e quando sono tornata al banco l'orologio non c'era più!

Dal gran piangere, a Hansi era rimasto soltanto un filo di voce, e adesso per di più era alle prese con un attacco di singhiozzo che, a intervalli ravvicinati, la scuoteva tutta da capo a piedi; le palpebre erano gonfie, e gli occhi arrossati per le copiose lacrime.

– Chi non era al suo posto nel momento esatto in cui Hansi è andata al cestino a sbucciare l'arancia? – domandò il professore.

Ventinove braccia si alzarono prontamente, a significare che, come non era del resto difficile prevedere, durante la ricreazione nessuno dei componenti della terza D si trovava al proprio banco; un'ulteriore indagine rivelò anche, ciò può apparire ancora più sorprendente, che nessuno era in grado di ricordare che cosa stesse facendo in quell'esatto momento.

– La prego, professore, – implorò Hansi – la prego, ci lasci cercare ancora. Non posso tornare a casa senza l'orologio, è una cosa terribile...

(Le parole di Hansi sono state trascritte senza tener conto dei singulti di singhiozzo.)

– Ragazzi, – disse il professore incrociando le braccia con aria pensierosa – ragazzi, invece di continuare a cercare, adesso faremo una cosa completamente diversa.

Tutti lo fissarono incuriositi.

– Visto che dieci minuti fa l'orologio di Hansi era

ancora in quest'aula – proseguì tranquillo il professore – e visto che in questi dieci minuti nessuno ha lasciato la classe... O qualcuno è uscito?

Tutti fecero segno di no con la testa.

– Bene – continuò il professore – molto bene. Se nessuno si è allontanato, questo significa che anche l'orologio dev'essere ancora qui!

– È proprio per questo che lo stiamo cercando – fece notare il Pensatore, e ne approfittò per passare al Rubinetto i suoi occhiali, che aveva appena ripescato dietro al calorifero.

Il professore scosse la testa. – Ragazzi, non nascondiamoci dietro a un dito. So bene che in questa classe si sono già verificati dei furti! Nessuno qui è tanto ingenuo da credere che un orologio d'oro possa essere scivolato in una fessura tra due piastrelle, o volato da solo nel cestino della carta straccia!

Un mormorio di approvazione si levò a quelle parole.

– Quindi – concluse il professore – adesso ognuno torna al proprio banco, e poi facciamo una bella ispezione accurata delle persone e delle cose!

– Come sarebbe, un'ispezione? – domandò l'Asso di Picche dandosi intanto grandi colpi sulle gambe nel tentativo di far riprendere un aspetto accettabile ai suoi pantaloni, duramente provati dal lungo contatto col pavimento.

– Una perquisizione, Cammello ignorante! – lo apostrofò Thomas Huber.

Ferdi Dalmar annunciò trionfalmente che il cestino dei rifiuti non aveva più bisogno di essere ispezionato, perché ci aveva già pensato lui, e l'ispezione aveva dato risultato negativo.

– Per prima cosa ognuno al suo posto! – comandò il professore, ritornato decisamente padrone della situazione.

Gli alunni della terza D si incamminarono ordinatamente verso i propri banchi.

– E adesso mettete sul banco il contenuto di tutte le tasche! – ordinò il professore.

Il Pensatore tirò fuori due biglietti del tram e una cicca masticata dal taschino della camicia, e sussurrò a Lilibeth: – Tu credi che lo possa fare? Ha il diritto di perquisirci?

Lilibeth alzò le spalle. – Cosa ti importa? Basta che trovi il ladro. E anche se non lo trova, intanto l'ora di matematica è passata!

– Adesso tutti quelli che hanno i pantaloni rovescino le tasche! – proseguì imperterrito il professore.

Il Pensatore si alzò e cercò di rivoltare le tasche verso l'esterno. L'operazione si presentava piuttosto difficoltosa, perché era già un anno che il Pensatore aveva quei jeans, e negli ultimi tempi aveva messo su un po' di pancia. Ogni mattina gli ci volevano almeno dieci minuti per riuscire a chiudere la lampo: un attillatissimo busto con armatura in stecche di balena sarebbe stato più semplice da allacciare di quei jeans! Neppure un foglio di carta velina avrebbe trovato il modo di infilarsi tra il Pensatore e i suoi pantaloni, e nemmeno la mano di un neonato sarebbe riuscita a farsi strada in quelle tasche.

Lilibeth osservava i disperati tentativi del suo compagno di banco con un sorrisetto malizioso sulle labbra. Pensava infatti, a torto, che la scelta di portare pantaloni così stretti e scomodi fosse dovuta semplicemente a vanità, e che il Pensatore volesse in quel modo apparire più slanciato. In realtà, al Pensatore non importava molto di apparire slanciato: se si era rassegnato a perdere ogni mattina tutto quel tempo per introdursi in quei pantaloni di due misure più piccoli della sua taglia attuale, era perché, a detta di sua madre, non c'erano abbastanza soldi per comprare dei nuovi pantaloni.

(Del fatto poi che le cose stessero effettivamente così è lecito dubitare, dal momento che i soldi per una nuova tappezzeria del soggiorno la mamma del Pensatore li aveva trovati, e quelli per un nuovo tappeto anche.)

– Non diventarci matto – bisbigliò Lilibeth al Pensatore indicando la stoffa dei jeans che pareva sul punto di scoppiare attorno alla sua pancia. – Lo vedrebbe anche un cieco che lì dentro, di un orologio, non entrano neanche le lancette!

– Silenzio! – urlò il professore. – Da questo momento non voglio più sentire volare una mosca! –. E siccome a farlo arrabbiare era stata proprio quella conversazione sottovoce tra Lilibeth e il Pensatore aggiunse: – Bene, comincerò da qui.

Così dicendo avanzò verso il Pensatore che, dopo avergli mostrato la cicca masticata e i biglietti del tram, indicò con gesto sconsolato i pantaloni, dichiarandosi disposto a levarseli anche subito per poter procedere all'ispezione delle tasche.

Ma il professore era dello stesso parere di Lilibeth. – Lascia perdere – sospirò in tono di sufficienza. – In quella specie di pelle di salsiccia, un orologio non entrerebbe neanche a martellate!

Con un gesto ordinò al Pensatore di voltarsi di spalle, e quando, sul di dietro dei suoi pantaloni, là dove una volta dovevano esserci state le tasche, scorse solo due macchie scure di forma rettangolare, scosse la testa con aria sempre più disgustata. Era stata la madre del Pensatore a scucire le tasche di dietro dei jeans del figlio per servirsene come rinforzi per le ginocchia, con l'approvazione del Pensatore stesso, che andava molto orgoglioso delle sue toppe. Per finire, il Pensatore dovette svuotare la cartella: ne uscirono una pila di quaderni e due libri, che non erano testi scolastici ma romanzi polizieschi, cosa che fece sollevare al professore le sopracciglia con aria scandalizzata. Per il resto, nella cartella non si trovò niente di sospetto; prima di andarsene, il professore gettò ancora un'occhiata sotto al banco, poi ordinò al Pensatore di risedersi e si diresse verso Lilibeth.

Lilibeth quel giorno indossava un maglione rosso e una sottana rossa a pieghe.

Il professore sembrò contento di constatare che né

il maglione né la gonna avevano tasche. Lo zainetto di Lilibeth, in compenso, era pieno come un uovo. Lilibeth, come un prestigiatore dal cappello, ne estrasse, nell'ordine: un certo numero di quaderni, alcuni libri, un paio di uncinetti affondati in un groviglio di lana rosa, un cagnolino di peluche delle dimensioni di un topo, una spazzola per capelli, un numero di *Topolino*, diversi fermacapelli con decorazioni floreali, un minuscolo lettore di diapositive e svariati sottobicchieri di birra.

– È tutto – disse infine scomparendo quasi dietro la montagna di cianfrusaglie ammassate sul banco.

– Rovescia lo zaino, prego – ordinò non ancora soddisfatto il professore.

Lilibeth lo guardò perplessa.

– Allora? Devo aspettare ancora molto?

Lilibeth sollevò lo zaino e lo capovolse. Ne uscirono ancora tre biglie colorate, che cominciarono a saltellare allegramente per tutta la classe, e una pallina da ping pong che, dopo essere rimbalzata una volta sul banco, raggiunse le biglie sul pavimento, e con esse continuò a rotolare indisturbata per la stanza. Infine, una nuvola composta di polvere di matita temperata, trucioli e frammenti vari si posò delicatamente su ogni cosa.

– La regina della sporcizia! – commentò sarcastico il professore. – Questo da una ragazza non me lo sarei aspettato, Schmelz: dovresti vergognarti!

Così dicendo, si chinò per ispezionare il ripiano sotto al banco e subito si rialzò con un'espressione disgustata.

– Che schifo! – urlò. – Questo non è un banco, è un letamaio! Via tutta questa porcheria! Subito!

Lilibeth diventò rossa come un peperone e cominciò pazientemente a tirare fuori da sotto al banco, uno dopo l'altro, i panini al formaggio ammuffiti, avanzi di lontane merende, mentre Ferdi Dalmar borbottava: – Adesso capisco perché dalla parte della finestra c'era sempre quel tanfo pestifero!

L'ispezione del banco portò alla luce otto panini al formaggio unti, rinsecchiti e punteggiati di verde, e quattro mele mangiate per metà, e per l'altra metà in pessime condizioni, ma nessun orologio: Lilibeth fu autorizzata a risedersi. Martina Mader le lanciò un sacchetto di plastica, che Lilibeth riempì con tutta quell'immondizia, mentre il professore passava all'Asso di Picche.

Come cartella, l'Asso di Picche utilizzava una borsa da ginnastica verde il cui contenuto, corrispondente allo stretto necessario per quella mattinata scolastica, era già stato sistemato in bell'ordine sul banco: una penna, il quaderno di matematica e un blocco per appunti.

Le cose promettevano di procedere speditamente fino a quando non si trattò di passare all'ispezione della persona. Qui cominciarono i guai. L'Asso di Picche, infatti, sfoggiava quel giorno una meravigliosa tuta in un unico pezzo, nuova di zecca, con una quantità impressionante di tasche. C'erano cerniere lampo dappertutto: sul petto, sui fianchi, sul di dietro, sulle braccia e sulle gambe, dove ce n'erano addirittura due, una sopra e una sotto il ginocchio. Quattordici cerniere lampo aveva contato in tutto l'Asso di Picche! (Senza considerare quella, più ordinaria, tra le gambe, che non è qui in discussione.) E da ogni cerniera si accedeva a una tasca diversa.

Obbediente, l'Asso di Picche aprì una lampo dopo l'altra, e pazientemente, sotto lo sguardo attento del professore, rivoltò le quattordici tasche. Alla fine dell'operazione, sul suo banco si trovavano diverse monete, una manciata di ami da pesca, qualche elastico, la metà di una forbicina per unghie, due caramelle per il mal di gola già scartate, quattro fiammiferi da cucina, cinque fogli di finissima carta igienica e otto scatolette piene di spilli. (Quelle scatolette contenevano l'intera collezione di spilli dell'Asso di Picche. Era da anni ormai che faceva la raccolta. Soprattutto, era interessato agli spilli difettosi: spilli con la testa troppo grande, o troppo piccola, oppure con il corpo deformato, troppo largo, o troppo lungo, o troppo corto, o troppo sottile. Spilli storti, spilli a due punte e spilli colorati. Il pezzo forte della collezione era costituito da uno spillo lunghissimo, con una grande testa ovale rosa a puntini marroni, che aveva diritto a occupare una scatoletta tutta per sé).

Il professore guardò le otto scatolette tra lo stupito e l'ammirato. A quanto pare, doveva avere un debole per le collezioni, anche se un po' particolari. Prima di andarsene, rivelò all'Asso di Picche in tono insolitamente confidenziale di essere a sua volta un collezionista di soldatini di piombo. L'Asso di Picche tornò a sistemare i suoi averi nelle quattordici tasche e richiuse accuratamente le quattordici cerniere.

Ora toccava al Barone. Il Barone sfilò la sua elegante giacca blu, la sollevò tenendola con il colletto rivolto verso il basso, e iniziò a scuoterla. Ne uscì solo un fazzoletto da taschino bianco, che raggiunse il pavimento svolazzando. Poi rivoltò verso l'esterno le tasche dei pantaloni, lasciando sporgere le fodere dai fianchi come lunghe orecchie.

– La cartella – sospirò il professore, a cui visibilmente quella faccenda della perquisizione stava a poco a poco cominciando a dare sui nervi.

Il Barone sollevò la sua cartella di cuoio e la appoggiò sul banco, dove aveva già sistemato libri e quaderni. Nella cartella non rimanevano che una gomma da cancellare tutta mordicchiata e una tavoletta di cioccolata al lampone. Il professore ne prese atto e si chinò a guardare sotto il banco. Stava già per rialzarsi, ma di colpo si fermò. – Un momento! – esclamò.

Tornò a chinarsi, infilò una mano sotto al banco e ne estrasse una cosa a quadretti bianchi e marroni, della grandezza di un pacchetto di sigarette. La cosa era un fazzoletto ripiegato in una specie di fagottino, fermato con un elastico. Il professore tastò il fagottino con uno strano scintillio negli occhi.

– Non è roba mia – disse il Barone. – È la prima volta che lo vedo. Non ho idea di cosa ci faccia sotto al mio banco.

Il professore tolse l'elastico e, piega dopo piega,

cominciò ad aprire il fazzoletto. Nel fazzoletto c'era l'orologio di Hansi Dohnal, e nella classe ci fu subito un silenzio di tomba (nel silenzio risuonarono, per la verità, un paio di singulti di singhiozzo di Hansi, ma tutti erano troppo impressionati per farci caso).

Il Barone fissava impietrito l'orologio luccicante nel fazzoletto a quadretti. Le sue lunghe ciglia arcuate sbattevano in continuazione, le sue mani tremavano, e l'abituale colorito caffellatte, sul suo volto, aveva lasciato il posto a una colorazione olivastra.

– Allora, Tabor? Hai qualcosa da dire? – domandò il professore.

Il Barone continuava a fissare l'orologio senza dire una parola.

– Forza, pendiamo tutti dalle tue labbra!

Ma il Barone sembrava aver perso la lingua.

Ci fu un bisbigliare prolungato. Qualcuno spiegò a Hansi Dohnal, che era molto miope, che il suo orologio era stato ritrovato sotto il banco del Barone.

– Che cosa? Il Barone? – domandò incredula Hansi. – Non l'avrei mai detto. Quel farabutto! Ma certo, durante la ricreazione è venuto al mio banco!

– Silenzio! – urlò il professore. – Vi chiedo di rimanere in assoluto silenzio!

Hansi Dohnal si azzittì sull'istante, e anche il brusio cessò immediatamente.

– Mettiti la giacca, Tabor – ordinò il professore al Barone. – Andiamo a fare una visitina al preside, io e te. Hanak, ti affido la classe!

Il Barone si infilò la giacca blu, poi si chinò a raccogliere da terra il fazzoletto bianco, e lo sistemò accuratamente nel taschino.

– Non cercare di fare il furbo, Tabor! – si infuriò il professore. – Non sono qui per aspettare i tuoi comodi! –. Così dicendo afferrò il Barone per un braccio. – Forza, cammina! Svelto!

Per un istante, tutti ebbero l'impressione che il Barone volesse liberarsi dalla presa del professore e scappare, ma fu solo un attimo: si lasciò invece docilmente guidare verso la porta e attraversò la classe, sorprendentemente, a testa alta, lo sguardo puntato al soffitto.

Chi non avesse notato che, con la testa così rovesciata all'indietro, il Barone voleva solo impedire alle lacrime di scendere lungo le guance avrebbe potuto facilmente fraintendere quel comportamento. «Cammina pieno d'orgoglio, a testa alta e tutto impettito» avrebbe pensato.

# 6

*Che risulta insolitamente breve, non essendo altro che la fedele trascrizione di quanto si trova scritto nei diari del Pensatore sotto la data del 1° dicembre (pomeriggio), a penna rossa e con calligrafia ancora più confusa e sbilenca di quella del 12 novembre.*

*1° dicembre*

*Almeno dieci volte ho provato a chiamare a casa del Barone, ma non risponde nessuno. Forse è in casa da solo e non vuole rispondere. O magari è da sua madre, al* Nido della Lana, *a disperarsi sprofondato in una montagna di gomitoli. È anche possibile che non abbia ancora detto niente a sua madre di questa brutta storia. Io al suo posto non avrei detto niente alla mamma: sarebbe servito solo a farla tormentare, disperare e scoppiare in lacrime. E magari alla fine avrebbe anche detto: "Guardami bene negli occhi, Daniel! Davvero non sei stato tu?". Perché non è che mia madre abbia tutta questa fiducia in me, me ne sono accorto da tempo. Ma la madre del Barone è una madre molto diversa dalla mia. È molto bella, ha gli occhi come la gatta siamese di Susi Kratochwil, e ride quasi sempre. Se mia madre fosse come lei, le direi tutto senza problemi e mi farei consolare.*

*Sì, di certo il Barone è al* Nido della Lana. *Potrei provare a chiamare là, ma non so il numero, e sulla guida sotto Tabor c'è solo l'abitazione. Forse il negozio è intestato alla nonna del Barone, la mamma di sua mamma, ma chissà come si chiama.*

*Non sono affatto contento di come mi sono comportato oggi a scuola. Quando quello di matematica ha detto al Barone che lo avrebbe portato dal preside, avrei dovuto alzarmi e dire davanti a tutti che Michael Tabor non è un ladro. Di certo non sarebbe servito a niente, ma almeno lui avrebbe saputo che non era solo. Invece sono rimasto lì a guardare, paralizzato dalla paura. Ammettiamo pure che in quel momento fossi in stato di shock. Ma poi, durante la ricreazione breve, sarei dovuto andare in direzione. A quel punto non avevo più scuse. Non so cos'avrei potuto ottenere, ma il Barone è mio amico: avrei dovuto difenderlo. Sono stato un vigliacco! Fifone e vigliacco! «Mi sbattono fuori» ho pensato. «Di sicuro non mi ci lasciano neanche avvicinare, all'ufficio del preside.» Ma finché uno non ci prova, non lo può sapere! Magari mi avrebbero fatto parlare col preside e non mi avrebbero affatto sbattuto fuori! In ogni caso, sarebbe stato un modo di far sapere al Barone che gli sono vicino.*

*Neanche Lilibeth e l'Asso di Picche hanno mosso un*

*dito in difesa del Barone. Abbiamo solo aspettato che ritornasse in classe, e intanto ci mangiavamo il fegato per la rabbia a sentire i discorsi degli altri. Nel giro di cinque minuti erano tutti certi della colpevolezza del Barone, e tutti facevano a gara a dargli addosso! Neppure Michi Hanak, che di solito non è uno abituato a trinciare giudizi, ha avuto la minima esitazione.*

*«Cosa vuoi di più?» mi ha detto. «L'orologio era sotto il suo banco, o no? Più chiaro di così!»*

*E Susi Kratochwil, quella serpe, l'ho sentita benissimo dire a Roswitha Fröhlich: «Secondo me lavorava in coppia con quell'altro cialtrone dell'Asso di Picche!».*

*(Meno male che l'Asso di Picche non ha sentito.)*

*E Robert Sedlak, quell'idiota, andava in giro vantandosi di aver sospettato del Barone fin dai primi giorni, perché il Barone ha sempre continuato a sostenere che il ladro doveva essere uno della terza A o di un'altra classe, e lui ha capito subito che voleva solo sviare i sospetti per poter agire indisturbato.*

*Mosche velenose! Vorrei schiacciarli tutti a colpi di paletta!*

*A parte noi tre, sono tutti schierati contro il Barone. Tranne Anna Trautenstein-Ebersthal, che non prende mai posizione contro nessuno, né a favore di nessuno. Lei non si immischia. Se ne sta lì seduta, impenetrabile nel suo biondo pallore, a prendere le sue brave sufficienze, e di tutto il resto non gliene importa niente. Ma di sicuro non sta dalla parte del Barone. Lui è l'unico di noi che ogni tanto si degni di guardare in faccia. Lo guarda da molto vicino, anzi, come se fosse qualche strano animale, perché non riesce a farsi una ragione del fatto che suo nonno fosse un nero: è una cosa che non riesce a entrare nella sua preziosa zucca aristocratica. Otto Wehrle, che la conosce bene, mi ha confessato che la Trautenstein-Ebersthal già più di una volta gli ha chiesto se la madre del Barone fosse davvero una "mezzosangue"! Probabilmente si aspettava di vederlo nitrire da un momento all'altro! Otto Wehrle, invece di spiegarle che quell'espressione va usata preferibilmente solo per i cavalli, le ha risposto di sì, e allora pare che lei abbia esclamato: «Poveretto, che cosa terribile!».*

*Da quella testa vuota non c'è da aspettarsi niente di buono!*

*Non riesco a spiegarmi come mai il Barone non sia tornato in classe. Quando quello di matematica lo ha portato dal preside erano da poco passate le dieci; e quando poi, a mezzogiorno, mi sono finalmente deciso a salire in direzione per capire cosa diavolo stesse succedendo, il Barone non c'era più. La segretaria mi ha detto che non ne sapeva niente: è arrivata solo intorno alle undici, perché prima è stata in infermeria a farsi medicare un dente del giudizio che la sta facendo diventare matta. Comunque, mi ha spiegato, adesso nell'ufficio del preside c'era solo un rappresentante di avvolgibili, serrande e tapparelle, che gli stava facendo una testa così con il suo catalogo, perché il consiglio dei genitori ha deciso che vanno cambiate le tapparelle del laboratorio di chimica.*

*E se lo avessero semplicemente buttato fuori dalla scuola?*

*No! Non è una cosa così semplice. Il preside non lo farebbe mai, non è un tipo del genere.*

*La sua cartella l'ho portata a casa io. Ero così nervoso che ho fatto fuori tutta la sua cioccolata al lampone senza quasi accorgermene. Un'intera tavoletta mi sono pappato!*

*Adesso provo a telefonare un'altra volta. E se non risponde ancora nessuno, chiamo Lilibeth e l'Asso di Picche, e andiamo tutti e tre al* Nido della Lana.

*Non è che mi faccia impazzire l'idea di andarmene in giro per mezza città alla ricerca del Barone, preferirei starmene qui seduto a pensare. Ma finché non avrò saputo cosa gli è successo, non riuscirò a pensare niente di sensato. E se uno non riesce a pensare, allora deve fare!*

# 7

*Nel quale Lilibeth si conquista sul campo un fondamentale diritto, e al Pensatore diventa chiaro che, per aiutare il Barone a uscire dalla sua brutta situazione, è giunto il momento che i pensieri si traducano in azioni concrete.*

Il Pensatore chiamò ancora una dozzina di volte a casa del Barone, contando ogni volta almeno una dozzina di squilli. Poi telefonò all'Asso di Picche.

Si misero d'accordo di trovarsi per le quattro alla fermata del tram. Quindi cercò sulla sua agendina il numero di Lilibeth: le telefonava così raramente che non lo sapeva neppure a memoria.

Rispose la signora Schmelz che, mostrandosi molto lieta di quella telefonata, prese a conversare amabilmente con il Pensatore, profondendosi in mille complimenti e ringraziandolo per essere sempre così carino da permettere a Lilibeth di "confrontare" gli esercizi di matematica. Disse che lo voleva assolutamente invitare a una ricca merenda.

Il Pensatore dovette arginare in qualche modo quel

fiume di parole: – Mi scusi signora Schmelz, ma devo parlare urgentemente con Lilibeth!

Lilibeth venne all'apparecchio, e il Pensatore disse: – Lilibeth, dobbiamo fare qualcosa per il Barone. Io e l'Asso di Picche ci troviamo alle quattro alla fermata del tram. Vieni anche tu?

Lilibeth esitò un attimo. – Va bene, ci sarò! – affermò infine in tono deciso, e riattaccò.

La mamma di Lilibeth, che durante la telefonata non le aveva tolto gli occhi di dosso, domandò: – Come sarebbe "ci sarò"? Dove dovresti essere?

– Alle quattro alla fermata del tram – rispose Lilibeth.

– A fare cosa?

– Siamo preoccupati per il Barone – spiegò Lilibeth. – È molto giù di morale, e dobbiamo fare qualcosa per tirarlo su.

– Non se ne parla nemmeno – dichiarò la signora Schmelz con voce improvvisamente acuta e stridente.

Lilibeth conosceva bene quel tono di voce: era il tono del no. Nemmeno suo padre poteva soffrire quel tono isterico.

– Hai completamente perso il cervello? – proseguì la signora Schmelz sullo stesso tono. – Credi che sia una cosa ben fatta aiutare un ladro?

Lilibeth, a pranzo, aveva raccontato alla madre per filo e per segno quello che era successo durante l'ora di matematica. La madre era rimasta ad ascoltare con molta attenzione, commentando ogni frase con un: «Oh, ma è terribile!» che Lilibeth aveva pensato di dover riferire alle ingiuste e meschine accuse che venivano mosse contro il povero Barone. Solo ora si rese conto che la madre aveva capito tutto a modo suo, e che quei commenti indignati esprimevano la sua preoccupazione, non già per la sorte del Barone, ma per il fatto che sua figlia fosse in rapporti di amicizia con un ladro di orologi.

– Un ladro? Come fai a dire una cosa del genere? – si infuriò Lilibeth. – Eppure lo conosci, il Barone!

– Io non conosco nessuno, proprio nessuno – replicò stizzita la madre. – Ricordati, Lilibeth: non si conosce mai nessuno fino in fondo! Non potresti avere una prova migliore: sembrava un ragazzo così ammodo, così carino, così educato, e adesso si viene a sapere che ruba!

– Il Barone non ruba! – strillò Lilibeth.

– E allora come ci è finito l'orologio di Hansi sotto al suo banco?

– Ce lo ha messo qualcun altro!

– Qualcun altro? E perché mai? –. La signora Schmelz scosse la testa con l'aria di chi conosce la vita. – Si ruba quando si vuole entrare in possesso di ciò che non si ha, Lilibeth. Che senso avrebbe rubare qualcosa per poi privarsene a favore di un altro? È assurdo!

– Non è affatto assurdo, invece – sbuffò Lilibeth spazientita. – Perché il professore di matematica ha annunciato che ci avrebbe perquisiti, quindi il ladro aveva tutto l'interesse a disfarsi dell'orologio!

– E chi sarebbe questo genio del crimine?

– Questo non lo so, purtroppo!

– Lo vedi?

La signora Schmelz scosse ancora la testa: – La tua teoria, figlia mia, mi pare un po' troppo fantasiosa: devi imparare a stare ai fatti.

Ci fu un breve silenzio, durante il quale Lilibeth cercò di organizzare una risposta, ma non ne ebbe il tempo.

– A proposito di fatti – ripartì in tromba la signora Schmelz con il tono di chi ha appena fatto qualche sensazionale scoperta. – Ti ricordi di quando alle elementari è sparita la tua penna stilografica? E ancora prima, all'asilo, quelle due bellissime automobiline? Non se ne è mai più saputo niente!

– E allora? –. Lilibeth non capiva.

La madre la fissò trionfante. – Anche allora quel Barone era in classe con te!

Lilibeth pensò: «Ora basta!». «Quel Barone» aveva detto, come se tutt'a un tratto volesse prendere le distanze perfino dal suo nome. Lilibeth capì che la madre non si sarebbe lasciata convincere e rinunciò a ogni replica. Senza dire una parola, si avvicinò al guardaroba e infilò i suoi stivaletti rossi.

– Non vorrai mica andarci per davvero? – l'aggredì la madre tra l'intimidatorio e il terrorizzato. Neanche stesse per recarsi a un appuntamento col diavolo in persona.

Ma Lilibeth non si lasciò impressionare. – Certo che ci vado! – ribatté infilandosi il suo giubbotto.

– Dovrai passare sul mio cadavere! – la ammonì la madre.

L'anticamera era uno stanzino di pochi metri quadri, reso ancora più angusto dalla presenza di un'enorme cassettiera.

La signora Schmelz si era piazzata tra il guardaroba e la cassettiera, sbarrando alla figlia la strada verso la porta: – Tu non vai da nessun ladro, carina. E meno che mai hai il permesso di prendere il tram da sola! O vuoi fare la fine di Günter?

Günter era un signore che abitava nel palazzo di fronte. L'incidente a cui si riferiva la signora Schmelz era avvenuto trent'anni prima: Günter era caduto dal predellino di un tram, e le ruote della carrozza gli avevano portato via mezza gamba.

– Tra nove settimane avrò tredici anni – disse Lilibeth cercando di non alzare la voce. – In tutta la città non c'è nessuna tredicenne a cui sia proibito viaggiare in tram da sola!

– Io non decido come educare mia figlia sulla base di quello che possono o non possono fare le altre! – strillò la signora Schmelz. Poi, in tono molto più pacato, aggiunse: – Sai bene quanto sto in pena e quanto mi preoccupo quando sei fuori da sola!

Sì, questo Lilibeth lo sapeva. Se lo sentiva ripetere tutti i giorni. E, fino a quel momento, aveva sinceramente preso a cuore le apprensioni della madre: saperla in pena per lei la angosciava. Lilibeth adesso le stava proprio di fronte. Sua madre non era molto più alta di lei, poteva guardarla negli occhi senza bisogno di sollevare lo sguardo. Gli occhi. Anche quelli Lilibeth li conosceva bene. Occhi umidi di pianto, occhi imploranti. D'un tratto, come in un film proiettato a doppia velocità, nella mente di Lilibeth affiorarono in rapidissima successione le immagini di tutto ciò a cui aveva dovuto rinunciare a causa di quegli occhi pieni d'ansia: andare sui pattini a rotelle con l'Asso di Picche, perché sua madre temeva che si potesse rompere l'osso del collo; andare a pattinare allo stagno, perché secondo sua madre il ghiaccio era troppo sottile; andare a nuotare nel fiume, perché l'ossessione della madre trasformava delle innocue alghe in voraci piante carnivore. E poi ancora: vietato arrampicarsi sugli alberi, la mamma ne soffrirebbe. Vietato andare a fare una passeggiata da sola, la mamma ne soffrirebbe. Vietato dormire in tenda, la mamma ne soffrirebbe. Vietato andare al cinema con Martina, la mamma ne soffrirebbe... Lilibeth fermò quella sequenza di immagini frenetiche nella sua testa e disse semplicemente: – Mamma, fammi passare!

La madre si aggrappò con una mano al guardaroba e con l'altra alla cassettiera. In quell'assurda posizione giocò la sua ultima carta. – Sai cosa facciamo? – domandò. – Ci facciamo una bella merenda, e poi usciamo a comprare quegli stivaletti blu che ti piacciono tanto!

Lilibeth scosse la testa. Se fosse stata solo una cosa tra loro due, probabilmente l'avrebbe data ancora una vòlta vinta a sua madre, barattando la propria libertà con un paio di stivaletti, pur di non sentirsi in colpa per le sue paure. Ma questa volta c'era di mezzo il Barone. Il Barone aveva bisogno anche di lei. E se, per compiacere la madre, non si fosse presentata all'appuntamento, il Pensatore e l'Asso di Picche non l'avrebbero mai perdonata.

– Fammi passare – ordinò in tono deciso e senza abbassare lo sguardo. – Altrimenti chiamo papà e gli dico che sei di nuovo isterica, e stai facendo un dramma per delle piccolezze!

Fu molto più facile di quanto Lilibeth potesse immaginare. La madre lasciò cadere le braccia e le diede via libera. Domandò soltanto: – A che ora torni?

Lilibeth aveva già una mano sulla porta. – Non lo so – rispose. – Ma di sicuro non molto tardi. Verrò via quando vengono via gli altri.

Scendendo le scale, ebbe la sensazione di essere cresciuta enormemente in quegli ultimi dieci minuti: camminando verso la fermata del tram si sentiva più alta di almeno trenta centimetri.

Il Pensatore e l'Asso di Picche erano già alla fermata quando Lilibeth li raggiunse correndo. Erano le quattro e dieci.

– Scusate – sbuffò trafelata. – Mi ci è voluto un po' di più perché...

Ma non concluse la frase. Le sarebbe parso di fare un torto alla madre raccontando agli altri della loro discussione. E, in qualche modo, anche un torto al Barone: era dei suoi problemi che bisognava occuparsi adesso, tutto il resto veniva dopo.

L'Asso di Picche raccontò di essere stato a casa del Barone e di avere suonato il campanello così a lungo che la vicina di casa era andata su tutte le furie. Era uscita dalla sua porta come un cane dalla cuccia e si era messa a sbraitare che era proprio inutile mandare a fuoco il campanello, perché i Tabor non erano sicuramente in casa: li aveva visti uscire tutti e tre la mattina presto, e fino a quel momento non era ancora rincasato nessuno. Aveva chiamato l'Asso di Picche "piccolo moccioso", e gli aveva fatto presente che, continuando a suonare con quella furia, l'unico risultato sarebbe stato quello di fare uscire di senno i tre gatti dei Tabor, perché i gatti hanno un udito molto sensibile, e non possono venire esposti troppo a lungo a uno squillo del genere senza che la cosa abbia gravi ripercussioni sul loro equilibrio psichico.

– Se non è in casa, forse è andato da sua nonna – propose Lilibeth.

Il Barone voleva molto bene a sua nonna. Era grassa, tonda e rosea. «Con tutto il rispetto per le nonne grasse, tonde e rosee» rifletté il Pensatore «se io fossi il Barone, e avessi una madre color cioccolata con gli occhi da gatta siamese e sempre allegra come la sua, è a lei che andrei a raccontare i miei dispiaceri». Dopo aver così riflettuto disse: – Credo sia meglio dare prima un'occhiata al *Nido della Lana*.

Lilibeth e l'Asso di Picche, che generalmente facevano quello che il Pensatore riteneva giusto, accolsero la proposta senza sollevare obiezioni.

Il Pensatore e Lilibeth avevano ragione. Il Barone era da sua mamma al *Nido della Lana*, e anche sua nonna era con loro. Il Barone era seduto nel retrobottega e fissava malinconico il vuoto davanti a sé. Sembrò accorgersi appena dei suoi amici. Lilibeth, il Pensatore e l'Asso di Picche provarono improvvisamente un senso di inutilità, quasi di estraneità, come se la loro presenza fosse di troppo. Non sapevano cosa dire. Chiedere al Barone com'era andata con il preside sarebbe sembrato indelicato: non doveva pensare che fosse stata solo la curiosità a spingerli fino a lì. D'altra parte, dirgli che erano convinti della sua innocenza sarebbe stato ridicolo: quello era ovvio! Incerti sul da farsi, i tre amici circondavano il Barone cercando di catturarne almeno lo sguardo, che invece sembrava attraversarli come se fossero fatti di vetro.

– Non ha ancora mangiato niente – comunicò preoccupata la nonna del Barone. – Nemmeno un boccone, né a pranzo né a merenda! –. Così dicendo, andò a prendere un vassoio con delle fette di torta da uno scaffale. – Questa l'ho comprata apposta per lui – sospirò guardando sconsolata il vassoio. – Prendetene, bambini, sarebbe un peccato buttarla!

Un po' esitanti, Lilibeth, il Pensatore e l'Asso di Picche allungarono la mano e si servirono. In realtà non avevano nessuna voglia di dolci, ma accettando l'invito avrebbero almeno fatto felice la nonna del Barone, e questa era forse l'unica cosa che in quel momento potessero fare.

Solo dopo averli visti ingoiare a fatica la torta per poi leccarsi le dita appiccicose e ripulirle una seconda volta in un tovagliolino messo a disposizione dalla nonna, il Barone alzò finalmente la testa e domandò: – E gli altri cosa dicono?

Lilibeth e l'Asso di Picche guardarono il Pensatore, ma la sua risposta si faceva attendere. Era una risposta importante: evidentemente, per il Barone, la risposta più importante. Il Pensatore lo sapeva, e sapeva anche che cosa avrebbe voluto sentirsi dire il Barone. Ma che senso aveva mentire? Prima che riuscisse a prendere una qualunque decisione, fu Lilibeth a rompere il silenzio: – Quello che dicono gli altri non conta niente!

– Sono degli sciocchi! – dichiarò senza mezzi termini l'Asso di Picche.

Il Pensatore, che proprio in quel momento doveva avere maturato la sua decisione, gli sibilò a mezza voce: – Perché gliel'hai detto? Non dovevamo!

– Proprio come mi ero immaginato – borbottò il Barone riprendendo a fissare malinconico il pavimento.

Nel negozio si sentì suonare il campanellino della porta d'ingresso. La cliente che fino a quel momento aveva tenuto occupata la madre del Barone uscì con una borsata di gomitoli, e la signora Tabor poté finalmente raggiungere gli altri nel retrobottega.

– Siete stati molto carini a venire a trovare Michael – disse. – Si era già messo in testa che tutti in classe lo giudicassero un ladro!

– E infatti è proprio così – mugugnò il Barone.

– Noi no! – protestò Lilibeth.

– Tutti gli altri, sì, però!

Così dicendo, il Barone tirò un gran calcio a una pila di scatole di filati. La fila ondeggiò paurosamente, ma la signora Tabor, con un veloce balzo, riuscì a evitarne il crollo. Anche il Pensatore si era precipitato ad agguantare le scatole, e i loro sguardi si incontrarono; la signora Tabor gli lanciò un'occhiata interrogativa. Quell'occhiata voleva dire: "Ha ragione?". Il Pensatore annuì. Poi annunciò con aria solenne: – Signora Tabor, è assolutamente necessario che lei vada a parlare con il preside e che gli spieghi...

– Ci sono già stata – lo interruppe la mamma del Barone. – Mi hanno telefonato qua in negozio stamattina, poco dopo le dieci.

– E che cosa le hanno detto? – domandò Lilibeth.

Di nuovo sentì suonare il campanellino della porta d'ingresso.

– C'è gente – borbottò la signora Tabor.

Questa volta però non si trattava di clienti, bensì del padre del Barone, che entrò fischiettando allegramente *La marcia del fiume Kwai*. Per raggiungere il retrobottega più velocemente scavalcò il bancone. Il signor Tabor era straordinariamente alto, e la porta del retrobottega straordinariamente bassa. Per riuscire a entrare, dovette fare appello a insospettabili doti da contorsionista.

– Questa topaia è piena come un uovo – scherzò. – Così piena che non riesco a vedere il mio caro ladruncolo. Dove è andato a finire?

– Sono qui – rispose il Barone sforzandosi di sorridere; ma il sorriso gli sfuggì di bocca, trasformandosi in una specie di guizzo nervoso su per le guance.

Il signor Tabor si aprì a fatica un varco tra Lilibeth, la moglie, la suocera, l'Asso di Picche, il Pensatore e le scatole di filati. Finalmente si trovò davanti a suo figlio.

– Salve, vecchio predatore di orologi! – esclamò arruffandogli affettuosamente i riccioli neri.

– Ti prego – lo richiamò la moglie. – Non mi sembra il caso di mettersi a fare delle battute: la situazione è molto seria!

– Oh, scusa – replicò il signor Tabor. – Vogliamo intonare tutti insieme un bel *de profundis*?

– Siamo qui per aiutare Michael, – si infuriò sua moglie – non per fare dello stupido sarcasmo tra di noi!

Ci fu un breve silenzio, poi il signor Tabor disse: – Mi angoscia questo buco, mi manca l'aria. Non possiamo andare a parlare di là e chiudere il negozio? Se ogni tre minuti entra un cliente, non riusciamo mai a concludere un discorso!

– Giusto! – approvò la nonna.

Andò di là, appese un cartello con la scritta CHIUSO sulla porta d'ingresso e abbassò le saracinesche delle vetrine. Poi occupò l'unica sedia di tutto il negozio.

La mamma del Barone si sistemò sul bancone, e tutti gli altri si accomodarono per terra, sul soffice tappeto di lana.

Il signor Tabor fece il punto della situazione. – Se ho capito bene – disse – nella vostra classe, negli ultimi tempi, ci sono stati dei furti, e oggi un insegnante ha trovato l'orologio d'oro di Hansi Dohnal addosso a mio figlio...

– No! – lo interruppe prontamente Lilibeth. – L'orologio non era addosso a Michael, era sotto il suo banco! Chiunque potrebbe avercelo messo durante il trambusto che c'è stato prima che entrasse il professore!

– Bene. E poi cos'è successo? – chiese il signor Tabor.

Tutti guardarono il Barone.

– Il professore mi ha portato dal preside – disse il Barone – e il preside ha mandato a chiamare la professoressa Hufnagel, perché è lei la nostra responsabile di classe. Ma la Hufnagel non c'era, perché oggi era il suo giorno libero. Allora il preside mi ha guardato in faccia e mi ha chiesto perché rubo continuamente ai miei compagni. Io gli ho detto che non era vero, e lui mi ha detto che continuando a negare non facevo che peggiorare la mia situazione.

– E poi? – domandò ancora il signor Tabor.

Il Barone esitò. – Ero molto confuso.

Alzò le spalle e le lasciò ricadere.

– Mi pare che abbiano detto che avrebbero avvertito i miei genitori, e di pensarci bene, se non mi convenisse dire come stavano davvero le cose per... insomma...

togliermi il pensiero. Da quel momento non ho più detto una parola.

Mentre parlava, il Barone strappava nervosamente i peli del tappeto.

– Perché non posso ripetere cento volte che non ho nessuna idea di come quell'orologio sia finito sotto il mio banco!

– E poi? – chiese questa volta la nonna.

– Poi è arrivata la mamma – disse il Barone, e tutti volsero lo sguardo verso la signora Tabor, che mormorò perplessa: – Credo di non aver agito nel modo migliore.

– Come sarebbe a dire? – domandò allarmata la nonna.

La madre del Barone si innervosì. – Mamma, te l'ho già spiegato a tavola! E a te l'ho già spiegato al telefono – proseguì rivolgendosi al marito. – Non voglio ripetere dieci volte la stessa storia!

– Al telefono eri così agitata che praticamente non ci ho capito niente – ribatté il signor Tabor. – Spiegaci con calma che cosa è successo; anche i ragazzi qui lo vogliono sapere!

– È sempre così impulsiva... – borbottò la nonna. – Così poco diplomatica...

La madre del Barone portò le gambe sul bancone, le strinse al petto circondandole con le braccia e appoggiò il mento sulle ginocchia. I suoi occhi da gatta siamese mandavano intensi bagliori azzurri.

– Era inevitabile che andasse a finire così – prese a raccontare – perché io non sopporto la scuola. Ho passato degli anni molto brutti là dentro, ed è qualcosa che non si cancella mai del tutto. Forse oggi è difficile per voi bambini capire...

Si passò le mani tra i capelli, tirò un lungo sorriso, e riprese: – La figlia di un nero, la figlia di un soldato d'occupazione! Sapete com'ero considerata a scuola? Una vergogna! L'ultima degli ultimi!

Si fermò per prendere ancora fiato e proseguì: – Quando oggi sono arrivata e ho visto mio figlio seduto a testa bassa davanti al preside, con quell'altro gnomo del professore di matematica che stava lì a fare la guardia, e sembrava facessero di tutto per farlo sentire un essere spregevole, l'ultimo degli ultimi... Be', non ce l'ho più fatta! Ho perso il controllo e gliene ho dette di tutti i colori: fascisti, razzisti, vigliacchi...

– O Gesù, Gesù... – sospirò il signor Tabor.

– Poi ho preso mio figlio per mano – continuò a raccontare la madre del Barone – e me ne sono venuta via con lui. Perché so bene come vanno le cose quando uno è piccolo e non ha la possibilità di difendersi!

– «Vecchie mummie ammuffite» li ha chiamati mentre venivamo via! – dichiarò con orgoglio il Barone.

– Davvero hai detto così? – domandò terrorizzata la nonna, infilandosi un ferro da calza nella crocchia annodata sulla nuca. – Se glielo hai detto devi andare subito a scusarti!

– Questo adesso mi sembra l'ultimo dei problemi – intervenne il signor Tabor. – Piuttosto, ascoltate quello che mi ha detto il nostro avvocato: l'intera perquisizione non ha nessun valore! Dice che glielo ha assicurato uno della polizia. In primo luogo, perché non è una pratica autorizzata all'interno di una scuola, e in secondo luogo perché tra il furto e la perquisizione è passato troppo tempo. E poi, una cosa è mio figlio, e una cosa è il suo banco! Se gli avessero trovato quell'orologio nelle calze, o nelle mutande, allora sarebbe stata un'altra cosa! La verità è che non hanno in mano niente contro di lui e non possono fare proprio niente! –. Il signor Tabor dovette ritenere, con quelle parole, di avere definitivamente chiuso la faccenda, perché domandò: – Devo riaprire il negozio?

Ma sua moglie scosse la testa: – Non hanno prove, non possono fargli niente, la perquisizione è solo fumo negli occhi... Però intanto adesso tutti lo guardano come un ladro!

– Tanto io a scuola non ci vado più – dichiarò a sorpresa il Barone.

– Come non ci vieni più? – domandò sbalordito l'Asso di Picche.

Il signor Tabor afferrò il figlio per le spalle e lo scrollò affettuosamente: – Vuoi scherzare? Darla vinta alle mummie ammuffite? Caro il mio Arsenio Lupin, non ti riconosco più! –. Poi, di colpo, si scaldò. – Devono solo venire a dirlo a me che mio figlio è un ladro!

– Non tutti lo pensano – cercò di tranquillizzarlo Lilibeth. – Sono sicura che la professoressa Hufnagel, per esempio, non lo crede affatto!

– E neppure quello di ginnastica! – aggiunse l'Asso di Picche. – Gli stai simpatico!

– Con i tuoi voti poi – osservò il Pensatore – non possono neanche tirare in ballo il profitto per tentare di rovinarti!

– Già, ma sono i nostri cari compagni che mi credono un ladro! – strillò il Barone afferrando il tappeto come se volesse strapparlo da terra. – È questo che non riesco a sopportare!

– Vorresti andare in un'altra scuola? – gli domandò il padre.

– In un'altra scuola? Neanche per sogno!

Il Barone riaprì le mani, e una nuvoletta di peli si disperse per la stanza.

– Eppure non vedo un'altra soluzione! – ribatté il signor Tabor guardandosi attorno in cerca di conferma.

Ma tutti tacevano. Nel silenzio, il Barone cominciò a singhiozzare. Il Pensatore chiuse gli occhi, si infilò il pollice in bocca, e pensò: «Avere dei principi è una cosa giusta, e uno dei miei principi era quello di non immischiarmi in questa faccenda. Ma per gli amici uno deve sapere anche mettere da parte i propri principi». Quindi rese pubblico il risultato della sua riflessione. – Troverò il vero ladro – annunciò – e tutto si sistemerà.

Gli occhi da gatta siamese lo fissarono interrogativi.
– Credi di poterlo fare? – domandò la signora Tabor.

– Non sarà affatto un divertimento, – rispose il Pensatore – ma sono sicuro di poter risolvere il problema.

# PARTE SECONDA

## Il Pensatore entra in azione

# 1

*Nel quale, attraverso la riproduzione di nuove pagine dei diari, si mostrerà come il Pensatore riesca nella difficile impresa di fare avanzare enormemente l'indagine senza muoversi dalla sua scrivania.*

*1° dicembre (ore 23.00)*

*Mia madre sta bussando per la quarta volta alla porta per farmi capire che sarebbe ora di spegnere e andare a dormire. Ma, nel momento in cui ho appena rinunciato a uno dei miei più cari principi, sento il bisogno, prima di iniziare a lavorare alla soluzione del caso, di mettere per iscritto ancora qualche riflessione di carattere generale.*

*1. Voglio bene al Barone. E gli vorrei bene anche se fosse un ladro.*

*2. Personalmente non ho niente contro il vero ladro. Non ho nessuna idea di cosa lo abbia spinto a fare quello che ha fatto, e non mi piace giudicare senza conoscere.*

*3. So che rubare non è una cosa bella, né intelligente, ma so anche che esistono cose molto peggiori.*

*Se uno mi dà un pugno in un occhio senza che io gli abbia fatto niente, a mio modo di vedere mi fa un torto più grave di uno che mi rubi qualcosa senza che io gli abbia fatto niente. Lo posso dire a ragion veduta, perché mi è già capitato di trovarmi in entrambe le situazioni. Il mio corpo è più importante delle cose che possiedo.*

*4. Se ho deciso di dedicarmi attivamente alla ricerca del ladro, è solo perché credo che il mio dovere in questo momento sia quello di aiutare il Barone, e per nessun'altra ragione. Se il Barone non fosse mio amico, adesso mi sdraierei a pancia all'aria con l'ultimo* Asterix, *lasciando molto volentieri ad altri la parte dell'astuto detective.*

*2 dicembre*

*Oggi il Barone non è venuto a scuola. Si rifiuta di andarci, e non vuole vedere nessuno, nemmeno noi. Me lo ha detto sua mamma al telefono. Dice che bisogna aver pazienza, e che domani forse starà già meglio.*

*Il signor Tabor è andato a parlare con il preside. L'ho incontrato alla ricreazione delle dieci insieme a un signore più anziano. La signora Tabor mi ha spiegato poi che era il loro avvocato. Ha detto che ha voluto andare dal preside "per dirgliene quattro". Cosa esattamente si siano detti però non lo sapeva neanche lei. Suo marito ha telefonato a casa all'ora di pranzo, ma più che frasi scherzose e stupide battute non ha saputo dire. Sono sicuro che fa così solo per rendere la situazione meno pesante al Barone e alla signora Tabor! Quando l'ho incontrato a scuola, prima di entrare nell'ufficio del preside, a giudicare dalla sua espressione non sembrava avesse una gran voglia di barzellette: aveva un'aria piuttosto furiosa, invece, e a momenti non mi riconosceva neanche!*

*In classe la situazione non è molto cambiata. Perfino il fatto che il Barone sia rimasto a casa adesso viene considerato come una prova della sua colpevolezza! Per tutta la mattina ho continuato a sperare che venisse scoperto qualche nuovo furto: sarebbe stato il modo più semplice per allontanare ogni sospetto dal Barone. Ma purtroppo non è sparita neanche una matita.*

*Fino a ieri il Barone era molto apprezzato soprattutto dalla parte femminile della classe, e Lilibeth crede di poter usare questo fatto come una carta a nostro favore: è sicura che riuscirà a convincere gran parte delle ragazze della sua innocenza. Oggi, a ricreazione, per sperimentare la sua teoria ha preso da parte Babsi Binder e Katherina Rösch, fino a ieri due delle più accese ammiratrici del Barone. Non so come sia andata, perché poi c'era ginnastica e non ci siamo più visti, ma se conosco i miei polli (o piuttosto le mie galline), devo dire che l'ottimismo di Lilibeth mi sembra un po' fuori luogo. Spero di sbagliarmi.*

*L'Asso di Picche va molto meno per il sottile: va in giro a strillare ai quattro venti che spaccherà la faccia a chiunque osi pronunciare anche una sola parola contro il Barone. Ho l'impressione che in questo modo finirà per ottenere solo l'effetto contrario a quello desiderato, e che la popolarità del Barone ne uscirà ancora più danneggiata (anche perché, conoscendo l'Asso di Picche e la sua abilità nel menare le mani, si suppone che non lo dica tanto per dire).*

*Adesso mi metto al lavoro. In gran segreto e senza perdere tempo. Proprio tutto il contrario di quello che mi piace. Ma è un fatto che, se il Barone continuerà a rifiutarsi di venire a scuola finché tutta la faccenda non sarà stata completamente chiarita, a questo chiarimento bisogna arrivare prima possibile: non vorrei che il preside lo sospendesse per le troppe assenze. Penso che potrebbe farlo.*

*Come in tutte le indagini che si rispettino, credo che anche questo caso si possa affrontare partendo da punti diversi, e che non ci sia un'unica strada che conduce alla soluzione.*

*Siccome per carattere io sono uno che preferisce la quiete al moto, e il pensiero all'azione, cercherò di risolverlo, fin dove possibile, servendomi solo di carta e matita.*

*Dunque: tanto per cominciare, Lilibeth, l'Asso di Picche e io abbiamo deciso di partire dall'ipotesi che i diversi furti siano opera di una stessa persona. Naturalmente è solo un'ipotesi, non abbiamo la certezza che le cose stiano proprio così, ma mi sembra molto probabile. Del resto, se dovessi prendere seriamente in considerazione la possibilità di un ladro diverso per ogni furto, non mi metterei neanche al lavoro, sarebbe un'impresa disperata! No! Io cerco un solo ladro, e ritengo di doverlo cercare all'interno della nostra classe.*

*Per essere sicuro di non dimenticare nessuno, ho ricopiato l'elenco degli alunni della terza D dal registro di classe.*

*Ecco la lista dei sospettabili:*

*Ammerring Daniel (Pensatore)*
*Berger Ferdi*
*Binder Babsi*
*Böck Heinzi*
*Dalmar Ferdi*
*Dohnal Hansi*
*Elterlein Ottl (Asso di Picche)*
*Fröhlich Roswitha*
*Habersack Regine*
*Hahn Wolfgang (Rubinetto)*
*Hanak Michael*
*Huber Thomas*
*Kirchner Doris*
*Knoblich Andrea*
*Knopf Andreas*
*Kratochwil Susi*
*Lehmann Klaus*
*Mader Martina*
*Moser Trixi*
*Prihoda Iwan*
*Rösch Katherina*
*Schmelz Lilibeth*

*Schmied Oliver*
*Schmitt Achim*
*Schneider Egon*
*Schütz Daniela*
*Sedlak Robert*
*Tabor Michael (Barone)*
*Trautenstein-Ebersthal Anna*
*Wehrle Otto*

*Procediamo: il giorno del primo furto (il portafogli di Lilibeth) c'era mezza classe a casa con l'influenza. Sempre dal registro ho trascritto i nomi degli assenti. Eccoli: Binder, Böck, Fröhlich, Hanak, Knoblich, Knopf, Moser, Schneider, Schütz e Wehrle.*

*Mi pare evidente che nessuno di questi dieci può essere il ladro!*

*È appena arrivata Lilibeth a darmi una mano. Mi sembra un po' pallida. Credo che, tanto per cambiare, abbia dei problemi con sua madre, perché in questi giorni ha bisogno di qualche libera uscita in più. Comunque, ho l'impressione che non ne voglia parlare, quindi non le chiederò niente.*

*Dice che non devo togliere solo i dieci influenzati dalla lista dei sospettabili, ma anche il nome di Lilibeth Schmelz, a meno che io non ritenga possibile che si sia autoderubata e poi abbia fatto la commedia. No, non lo ritengo possibile.*

*Dunque, la lista si accorcia di undici unità, e l'insieme dei sospettabili si riduce a diciannove elementi:*

*Ammerring Daniel (Pensatore)*
*Berger Ferdi*
*Dalmar Ferdi*
*Dohnal Hansi*
*Elterlein Ottl (Asso di Picche)*
*Habersack Regine*
*Hahn Wolfgang (Rubinetto)*
*Huber Thomas*
*Kirchner Doris*
*Kratochwil Susi*
*Lehmann Klaus*
*Mader Martina*
*Prihoda Iwan*
*Rösch Katherina*
*Schmied Oliver*
*Schmitt Achim*
*Sedlak Robert*
*Tabor Michael (Barone)*
*Trautenstein-Ebersthal Anna*

*Proseguiamo con ordine. Furto numero due: i soldi del latte. E, nello stesso giorno, furto numero tre: i risparmi di Roswitha. Quel giorno, stando al registro, sono stati assenti la Trautenstein-Ebersthal e Doris Kirchner. Altri due nomi in meno. Ai quali dobbiamo aggiungere quello di Martina Mader, perché anche in questo caso mi rifiuto di pensare che si sia intascata lei i soldi del latte.*

*Sento che siamo sulla buona strada. Andiamo avanti.*

*Furto numero quattro: la catenina d'oro di Iwan.*

*Assenti: ancora la Trautenstein-Ebersthal e Klaus Lehmann. Poiché però il furto questa volta è avvenuto in palestra, nello spogliatoio maschile, mi sembra corretto, accogliendo una proposta di Lilibeth, depennare (si dice così!) dalla lista i nomi di tutte le ragazze. Il regolamento della scuola, su questo punto, è molto rigido: per nessuna ragione è consentito alle ragazze l'accesso allo spogliatoio maschile, e viceversa. Un po' come nei conventi domenicani, dove ho sentito dire che non possono entrare neanche le donne delle pulizie.*

*Non divaghiamo! Via Klaus Lehmann, e via tutte le ragazze. E via Iwan Prihoda, anche: prima di tutto perché pensare a lui come possibile ladro della sua stessa catenina mi pare un'ipotesi troppo fantasiosa, e Iwan Prihoda non ha molta fantasia (anche Lilibeth è d'accordo). In secondo luogo, perché sono già arrivato a stabilire con certezza (in data 7 novembre, per la precisione) che il furto deve essersi verificato durante l'ora di ginnastica, e durante l'ora di ginnastica Iwan è rimasto per tutto il tempo nell'angolo, in punizione, perché si è messo a saltare sul tappeto elastico senza il permesso del prof.*

*Lilibeth dice che dovrei sforzarmi di ricordare se qualcuno durante l'ora si è allontanato dalla palestra. Lo so anch'io che dovrei sforzarmi! Ma ci ho già provato, e non ne ho cavato un ragno dal buco. Perché l'ora di ginnastica, per me, è il momento più ripugnante della giornata, e l'unico modo per uscirne indenne (o quasi) nello spirito è lasciarla trascorrere in uno stato di dormiveglia!*

*In questo momento ci ha raggiunti anche l'Asso di Picche. Nemmeno lui riesce a ricordare chi è uscito dalla palestra quel giorno. Dice che era un via vai continuo, perché Oliver Schmied si è preso una pallonata in faccia (questo me lo ricordo anch'io), e siccome gli usciva sangue dal naso, c'è stata la gara a chi gli portava prima un fazzoletto, e quando il prof ha detto che il fazzoletto doveva essere bagnato, altrimenti il sangue non si fermava, tutti si sono di nuovo precipitati nello spogliatoio a inumidire il loro fazzoletto. L'Asso di Picche dice che, se si concentra molto, forse riesce a mettere a fuoco qualcuno dei portatori di fazzoletto, ma sono ricordi un po' annebbiati. Gli ho detto di lasciar perdere, perché con i ricordi annebbiati non voglio avere niente a che fare. L'investigazione è una scienza esatta.*

*Dunque, la lista dei sospettabili aggiornata alle ultime considerazioni sarebbe la seguente:*

*Ammerring-Pensatore*
*Berger Ferdi*
*Dalmar Ferdi*
*Elterlein-Asso di Picche*
*Hahn-Rubinetto*
*Huber Thomas*
*Schmied Oliver*
*Schmitt Achim*
*Sedlak Robert*
*Tabor-Barone*

*Fantastico! La cerchia si è già ristretta a dieci nomi!*

*L'Asso di Picche dice che se non tolgo immediatamente il suo nome dalla lista si offende, e Lilibeth mi fa notare che non è logico che il nome del Barone compaia tra quelli dei sospettabili, dal momento che siamo qui proprio a cercare di dimostrare che il Barone non è un ladro. Va bene, va bene! In questo caso, però, cancello anche il mio nome, perché, se sono ancora, come si dice, nel pieno delle mie facoltà, posso affermare con certezza assoluta di non essere io il ladro. Insieme a noi tre lascia la lista anche Achim Schmitt, che il giorno dell'ultimo furto (l'orologio d'oro) non era a scuola, bensì al matrimonio di suo padre (non con sua madre, però).*

*Rimangono così sei nomi: Berger Ferdi, Dalmar Ferdi, Hahn Wolfi, Huber Thomas, Schmied Oliver e Sedlak Robert.*

*Veniamo ora alla festa di Susi Kratochwil e al furto del libretto di risparmio. Confrontiamo la lista dei sei sospettabili con quella degli invitati, o piuttosto dei presenti, alla festa (solo i ragazzi, naturalmente).*

*Sospettabili:*
*Berger*
*Dalmar*
*Hahn*
*Huber*
*Schmied*
*Sedlak*

*Presenti alla festa:*
*Böck*
*Dalmar*
*Hahn*
*Hanak*
*Huber*
*Knopf*
*Schneider*
*Sedlak*

*Ferdi Berger alla festa non c'era, e quindi, non può essere il ladro.*

*Ferdi Dalmar rimane fra i sospettabili.*

*Wolfgang Hahn anche.*

*E così pure Thomas Huber.*

*Oliver Schmied non era alla festa, quindi esce dalla lista.*

*Robert Sedlak invece rimane nella lista, perché lui alla festa c'era.*

*Riassumendo, la lista dei sospettabili si riduce a quattro nomi soltanto:*

*Ferdi Dalmar*
*Wolfgang Hahn*
*Thomas Huber*
*Robert Sedlak*

*Lilibeth sta fissando i quattro nomi a bocca aperta.*

*«Non posso crederci, non posso crederci...» sta*

*ripetendo come un disco rotto. Quanto all'Asso di Picche, sta sprizzando gioia da tutti i pori, e non ha occhi che per un nome:* THOMAS HUBER*!*

*L'Asso di Picche e Lilibeth se ne sono andati. Lilibeth, perché vuole abituare la madre alla sua nuova libertà di movimento a piccole dosi. (È suo padre che glielo ha chiesto, altrimenti la madre si mette a dare i numeri). L'Asso di Picche, perché vuole andare a prendere la sua sorellina all'asilo. Non è che ci deve andare: vuole andare. È molto legato a quella piccola peste.*

*Io me ne sto qui a guardare la lista dei quattro, e mi sorprendo a constatare che di questi nomi ce n'è uno che più degli altri mi piacerebbe vedere nella parte del ladro. Ho appena finito di fare una ramanzina all'Asso di Picche perché da quando ha scoperto che Thomas Huber è uno dei quattro, non ha il minimo dubbio che il ladro sia lui, solo perché non lo può vedere, e perché Thomas Huber continua a chiamarlo* "Cammello"*; e adesso si scopre che anch'io non sono affatto un osservatore imparziale e distaccato. Ma mi piacerebbe vedere Ferdi Dalmar nella parte del ladro solo perché troverei buffo che un tipo come lui, sempre lì a fare inchini e riverenze, uno così stupidamente ossequioso, coltivi in gran segreto un passatempo tanto poco virtuoso come quello del furto.*

*Maledizione! Lo sapevo che finiva così! Uno si mette a fare il detective spinto dalle migliori intenzioni, e poi senza neanche accorgersene si ritrova a pensar male di tutto e di tutti, a guardare il mondo con sospetto e a tendere trappole al prossimo! È così che si perde la propria umanità, o almeno una buona parte; e non è che uno ne abbia così tanta da potersi accontentare di quella che gli resta!*

*Adesso vado a guardare un po' di tele. Oggi l'indagine ha fatto passi enormi, ma ora ho il mal di testa. Speriamo che non diano un film poliziesco, ma una di quelle belle storie d'amore strappalacrime, dove tutt'al più ne muore uno verso la fine!*

# 2

*Nel quale l'Asso di Picche e Lilibeth concepiscono un piano che non incontra l'approvazione del Pensatore, mentre la professoressa Hufnagel, affrontando spassionatamente la questione dei furti, si conquista la sua incondizionata ammirazione.*

Il 3 dicembre era un venerdì. Il venerdì era la giornata nera della terza D. L'orario delle lezioni sembrava concepito da una mente sadica: matematica, latino, inglese, tedesco, biologia. Non una sola ora per riposare, per far prendere aria al cervello, per fantasticare, per giocare a battaglia navale o per fare aeroplanini. Niente di tutto ciò.

Anche quel giorno il Barone non si fece vedere a scuola, e anche quel giorno, nelle pause tra un'ora e l'altra, non si parlò che della Faccenda Furti: il nome del Barone era ancora sulle labbra di tutti. Solo quando l'Asso di Picche, con sguardo feroce e minaccioso, si avvicinava a qualche gruppetto, tutti si mettevano a parlare d'altro, ma appena si allontanava ritornavano invariabilmente al loro argomento preferito. Il professore di matematica, alla prima ora, non parlò più di furti, né della perquisizione, e non commentò in alcun modo l'assenza del Barone.

Disse soltanto: – Siccome l'ultima volta abbiamo perso un mucchio di tempo, oggi dovremo lavorare sodo!

Si girò verso la lavagna, afferrò un pezzo di gesso e senza dire una parola iniziò a tracciare grafici e stendere equazioni, a una tale velocità che presto neppure i discepoli più volenterosi riuscirono a stargli dietro. Dopo nemmeno dieci minuti di disperati tentativi, l'intera terza D gettò la spugna e, rinunciando a ricopiare sul quaderno quell'insulsa sequenza di cifre, si occupò soltanto di far passare il tempo nel miglior modo possibile: chi disegnando pupazzetti, chi mangiandosi le pellicine delle unghie, chi decorando con pennarelli il libro di aritmetica, chi cronometrando i tempi di riempimento della lavagna, chi rovesciando inchiostro sulla carta assorbente. Nonostante questo, non fu per niente un'ora distensiva, al contrario: tutti sapevano che in qualunque momento il professore avrebbe potuto voltarsi, scoprendo qualcuna di quelle attività illecite, e questa consapevolezza contribuiva a tenere alta la tensione.

Alla seconda ora c'era latino. Alla terza ora, tutti i venerdì, si presentava nella terza D una giovane signora di Liverpool, che faceva lezione in modo "tradizionale", ossia parlando dalla cattedra e senza scendere fra i banchi come si usa oggi. La signora di Liverpool si sforzava di parlare molto lentamente, in modo che tutti potessero imprimersi bene nelle orecchie e tenere a mente il suono del suo originalissimo "th" inglese; inoltre, era convinta che il modo migliore per imparare le lingue fosse quello di ascoltare, ascoltare, e ancora ascoltare la parlata originale. E per questo parlava, parlava, e parlava ancora. In inglese, naturalmente. E la terza D ascoltava. Con risultati non sempre del tutto soddisfacenti. Quando la signora di Liverpool uscì dalla classe, quel venerdì, l'Asso di Picche era convinto di aver ascoltato la tristissima storia di un cavallo senza padrone, mentre secondo Lilibeth la storia trattava di una casa abitata dai fantasmi; della presenza di un cavallo era però certo anche Thomas Huber, che si dichiarò tutt'al più disponibile a far abitare il cavallo in una casa infestata dai fantasmi, sostenendo che quello che aveva raccontato la signora di Liverpool non era altro che un capitolo di *Pippi Calzelunghe*.

Durante la ricreazione che seguì quell'enigmatica ora di inglese Lilibeth non si mosse dal suo banco, intenta a registrare qualcosa in bella scrittura su un cartoncino rosa.

– E allora, Lilibeth, com'è andata la tua opera di convincimento? Cosa dicono le altre ragazze? – domandò il Pensatore.

Lilibeth scosse la testa con aria sconsolata: – Tutto inutile, avevi ragione tu. Sono delle povere oche. Finché ci parli insieme, ti sembra che ti stiano ascoltando, e alla fine magari ti danno anche ragione; ma se poi si mettono a parlare con uno che sostiene l'esatto contrario, danno ragione anche a lui! È scoraggiante.

Tirò un profondo sospiro e tornò a dedicarsi al suo cartoncino rosa.

Il Pensatore la guardò incuriosito. – Cos'è? – domandò.

Lilibeth gli mostrò il cartoncino sogghignando. Dal banco di dietro l'Asso di Picche, non meno sogghignate, si sporse verso di loro. Sul cartoncino c'era scritto:

*Oggi, alle 15.10 in punto,*
*davanti all'*Atelier della Sposa*!*

– Cosa c'è oggi alle 15.10 davanti all'*Atelier della Sposa*? – domandò il Pensatore.

– Si spera che ci sia Thomas Huber – ridacchiò Lilibeth tutta contenta.

Il Pensatore continuava a non capire. Lilibeth gli spiegò che aveva intenzione di stringere, a partire da quel giorno, un'amicizia molto affettuosa con Thomas Huber; la cosa non sarebbe stata difficile, visto che il cuore di Thomas da tempo ardeva di passione non corrisposta per lei, e non passava praticamente settimana senza che Lilibeth ricevesse una lettera in cui, con toni imploranti, Thomas la invitava a qualche appuntamento segreto dopo la scuola. Dopo tanta insistenza, Lilibeth si era finalmente decisa ad accordargli quel sospirato incontro.

– Ma se fino all'altro giorno non hai fatto che farti grandi risate delle sue lettere d'amore! – si meravigliò il Pensatore.

– È vero – confermò Lilibeth. – Ma adesso le cose sono cambiate –. Poi, in tono sibillino, aggiunse: – Sia quel che deve essere.

Il Pensatore non aveva nessuna voglia di risolvere indovinelli. Lilibeth, invitata a spiegarsi più chiaramente, finì per rivelargli per intero il suo astuto piano: Thomas Huber era uno dei quattro della lista, e secondo l'Asso di Picche era il sospettato numero uno. Diventando sua amica, Lilibeth era convinta di poterlo facilmente tenere sotto controllo e, se necessario, di riuscire a "farlo cantare".

– Vedrai – dichiarò in tono sicuro. – Prima o poi finirà per tradirsi. So io come fare.

Il Pensatore fece una smorfia disgustata. – Non mi piace – disse. – Mi sembra una vigliaccata.

Lilibeth lo guardò con aria profondamente delusa. – Credi?

Stava già per stracciare il bigliettino quando intervenne l'Asso di Picche. – Una vigliaccata è nascondere un orologio rubato sotto il banco di un nostro amico! – sbottò. – Va bene la lealtà, la nobiltà d'animo, e tutto quel che ti pare, ma non possiamo sperare di venire a capo di una faccenda sporca come questa senza sporcarci anche noi un po' le mani!

– È stata una tua idea? – domandò per tutta risposta il Pensatore.

– Certo che sì! – ghignò l'Asso di Picche. – E non me ne sono affatto pentito! O forse hai un'idea migliore?

Il Pensatore non rispose.

– Vedi? Se cominciamo a farci tutti questi scrupoli, non combiniamo più niente! – dichiarò trionfante l'Asso di Picche.

Così dicendo, fece un cenno a Lilibeth, che ripiegò con cura il cartoncino rosa, fino a farlo diventare non più grande di un francobollo. Dopo di che prese una matita e un temperino e, con andatura ancheggiante, si diresse verso il cestino della carta straccia; passando accanto al banco di Thomas Huber, lasciò cadere con apparente noncuranza il bigliettino rosa. Era fatta.

Il Pensatore osservò la reazione di Thomas: lo vide aprire il bigliettino e leggere attentamente, mentre una prima espressione di incredulità lasciava a poco a poco il posto a un sorriso radioso; poi lo vide lanciare uno sguardo raggiante verso il cestino della carta straccia, dove Lilibeth, innocente come un angioletto, continuava a temperare la sua matita.

– È una trappola – borbottò. – Non mi piace.

L'Asso di Picche si passò le mani fra gli ispidi capelli rosso carota e corrugò la fronte lentigginosa. – Non è niente in confronto a quello che lui ha fatto al Barone – disse.

– Lui? La devi smettere di continuare a sospettare solo di Thomas! – si arrabbiò il Pensatore. – Lui è soltanto uno dei quattro!

– Sì, finché non saremo riusciti a dimostrare il contrario – replicò freddamente l'Asso di Picche.

Il Pensatore sentì la rabbia crescere e trasformarsi in furia. Non era un sentimento familiare per lui, gli accadeva piuttosto raramente, e questo gli rendeva ancora più insopportabile quella sensazione: non meno dolorosa di un forte mal di denti, o di un improvviso attacco d'appendicite. Non trovò la forza di rispondere all'Asso di Picche, né di dire una parola a Lilibeth quando, di ritorno dalla sua truffaldina spedizione, si sedette al banco e dichiarò orgogliosa: – Ha abboccato. È felice come una pasqua!

In silenzio, con gli occhi chiusi e il pollice in bocca, il Pensatore aspettava che la sua ira si placasse. Quando entrò in classe la professoressa Hufnagel, le cose andavano già un po' meglio, non era più che una contrazione dei muscoli della pancia, fastidiosa come un leggero mal di testa, o un'infiammazione delle gengive.

Per prima cosa, la professoressa Hufnagel segnò i nomi degli assenti sul registro. Tutti erano molto curiosi di sapere cosa avrebbe detto, perché era evidente che, come responsabile di classe, avrebbe dovuto prendere posizione sugli ultimi sviluppi della Faccenda Furti. Dopo aver scritto il nome del Barone sul registro, la professoressa andò alla finestra e restò per un lungo momento a osservare la pioggia che cadeva mista a nevischio.

– Vuole perdere tempo – bisbigliò Lilibeth.

Per un intero giro d'orologio (Lilibeth lo verificò sul suo cronometro) la professoressa Hufnagel rimase incollata al vetro con aria pensierosa. Poi si voltò e disse che, come responsabile della classe, c'era qualcosa che le stava molto a cuore discutere con i compagni di Michael Tabor. Si diresse verso il posto del Barone e, sotto lo sguardo stupefatto di cinquantotto occhi, si sedette al suo banco. Con quel gesto, spiegò, voleva chiarire una volta per tutte che nessuno, ma proprio nessuno, doveva sentirsi autorizzato a ritenere Michael Tabor responsabile dei furti e a considerarlo un ladro. Non c'erano assolutamente prove sufficienti, disse, per arrivare a una conclusione del genere.

Lo stupore generale venne sottolineato da un breve silenzio, che presto lasciò il posto a un brusio di voci indignate, il quale a sua volta prese coraggio fino a diventare un coro di sonore proteste.

– Ma il mio orologio era sotto il suo banco! – gridò Hansi Dohnal.

– Chi altro potrebbe essere stato, se non il Barone? – le fece eco Oliver Schmied.

– Ma certo che è stato lui! Io lo avevo capito fin dall'inizio – si vantò Robert Sedlak.

– Silenzio! – urlò la professoressa. – Vi dico che potrebbe essere stato chiunque a mettere quell'orologio sotto il suo banco!

– Proprio così! – approvò l'Asso di Picche alzandosi a battere le mani.

Anche Lilibeth applaudì. Il Pensatore, ancora alle

prese con gli ultimi residui di rabbia, alzò solo timidamente le mani. Anche da soli, però, Lilibeth e l'Asso di Picche riuscivano, con il loro battimani, a tener testa al brusio indignato degli altri.

La professoressa Hufnagel aspettò pazientemente che avessero finito, che l'Asso di Picche tornasse a sedersi, e che il Pensatore abbassasse le mani. Poi disse ancora che non si deve condannare nessuno se non si ha la certezza assoluta della sua colpevolezza, che Michael Tabor si era sempre dimostrato un compagno di classe generoso e leale, e invitò tutti a provare a mettersi per un attimo nei suoi panni, e a non essere tanto superficiali nel giudicare.

– Nei panni di un ladro io non mi ci metto! – protestò a viva voce Robert Sedlak.

– Ben detto! – approvò Babsi Binder.

La professoressa Hufnagel si alzò e lasciò il banco del Barone.

– Con voi non è possibile discutere – constatò amareggiata. – È meglio finirla qui –. Quando ebbe raggiunto la cattedra ordinò: – Prendete il libro di grammatica e apritelo a pagina novantotto!

Prima di dedicarsi alla spiegazione delle frasi subordinate, però, guardò ancora i tre amici del Barone e disse: – Se avete occasione di parlare con Michael, e spero proprio che in questi giorni lo andiate a trovare, ditegli per piacere che io gli sono vicina e che non penso affatto che sia un ladro!

Il Pensatore e l'Asso di Picche, facendosi interpreti

dei sentimenti del Barone, annuirono commossi. Lilibeth sussurrò: – È proprio in gamba la professoressa Hufnagel! Mi sento già molto meglio!

Anche il Pensatore si sentiva molto meglio; questa volta, rispondere a Lilibeth non gli fu difficile. – Sì – disse. – Quella donna sa il fatto suo.

Poi fu la classificazione delle proposizioni subordinate a tenere occupate le menti della terza D, la maggior parte delle quali continuò, tra una subordinata e l'altra, a ostentare un freddo distacco nei confronti della professoressa.

Alla fine dell'ora, la professoressa Hufnagel uscì dalla classe e si appoggiò alla parete fra le due finestre, proprio di fronte alla porta della terza D: era di sorveglianza in corridoio.

Fra tedesco e biologia c'era un piccolo intervallo di cinque minuti. Il Pensatore ne occupò tre, occhi socchiusi e pollice in bocca, a meditare sul da farsi. Poi si alzò e uscì. L'Asso di Picche e Lilibeth pensarono che dovesse andare in bagno, ma il Pensatore attraversò semplicemente il corridoio e si appoggiò alla parete, di fianco alla professoressa Hufnagel. Quest'ultima non si accorse subito della sua presenza, un po' perché stava sfogliando un giornale, un po' perché in corridoio c'era una gran cagnara. Il Pensatore si schiarì la voce. La professoressa Hufnagel continuò imperturbabile a sfogliare il suo giornale. Il Pensatore fece un altro mezzo passo verso di lei. La professoressa Hufnagel non fece una piega. Il Pensatore tossì con discrezione. La professoressa Hufnagel non fece una piega. Di nuovo il Pensatore tossì con discrezione.

La professoressa Hufnagel finalmente alzò la testa. – Ah, Daniel! – esclamò sorridendo. – Sei gentile a farmi compagnia, la sorveglianza del corridoio è una gran barba! –. Poi, indicando il pollice del Pensatore seminascosto fra le labbra, scherzò: – Qualche volta ho paura che potresti consumarlo come un lecca-lecca e arrivare fino all'osso!

Il Pensatore tolse il pollice di bocca, lo guardò attentamente e replicò: – Niente paura, ce n'è ancora un bel po'!

Poi, leggermente imbarazzato, chiese: – Professoressa, a lei sembrerebbe giusto darsi da fare per scovare il vero ladro?

– Certo, Daniel. Perché? Tu pensi di sapere chi è? – si incuriosì la professoressa.

– No, ancora non lo so. Ma presto lo saprò, credo.

La professoressa si spaventò: – Come sarebbe a dire? Hai visto o sentito qualcosa? Hai qualche prova, qualche indizio?

– No, né prove né indizi per adesso – rispose quasi scusandosi il Pensatore. – Solo qualche pensiero.

La professoressa Hufnagel tacque perplessa.

– Ma dei miei pensieri so di potermi fidare – proseguì il Pensatore. – Non sono i pensieri il mio problema. Il mio problema è... –. Tacque, infilò il pollice in bocca e proseguì: – Il mio problema è che a me spiacerebbe... Insomma, chiunque sia il ladro, credo abbia dei grossi problemi, deve sicuramente trattarsi di una persona bisognosa, e io non vorrei mai...

– Cosa non vorresti? – lo interruppe la professoressa. – Daniel, è un ladro!

– E allora?

Il Pensatore la fissò serio.

– E allora? – ripeté.

– Ma, Daniel! – esclamò turbata la professoressa. – Come puoi dire una cosa del genere? Rubare è una cosa molto brutta e ti assicuro che nessuno nella vostra classe è così bisognoso da doverlo fare per necessità! Conosco bene la situazione familiare di tutti.

– Io intendevo bisognoso in un altro senso – precisò il Pensatore.

– In che senso?

Il Pensatore alzò le spalle. – Non saprei con precisione... –. Esitò. – È solo una sensazione.

– Forse capisco quello che vuoi dire, Daniel. Ma sono sicura che anche tu ti rendi conto che non è possibile andare avanti così. Lo vedi che anche tra di voi le cose si stanno guastando, e che con molti tuoi compagni non è più possibile discutere... Ci sono tanti piccoli segnali che non mi piacciono per nulla.

– Neanche a me – approvò il Pensatore. – Ma è proprio questo il punto: io non sono affatto sicuro che un ladro, uno che per qualche sua ragione si mette a rubare le cose degli altri, sia tanto peggiore di chi, in fondo senza motivo, e senza avere prove, è subito pronto a dare addosso a un compagno di classe. O è un'idea tanto sbagliata? E poi c'è un'altra cosa che vorrei sapere: che cosa succederà al ladro, una volta dimostrata la sua colpevolezza? Che cosa gli faranno?

Suonò la campanella. Tutti lasciarono il corridoio per fare ritorno in classe, ma la risposta della professoressa Hufnagel continuava a farsi attendere. Il professore di biologia, in fondo al corridoio, stava già avanzando verso la porta della terza D, quando finalmente la professoressa alzò la testa e, guardando il Pensatore con aria molto combattuta, disse: – Scusa, Daniel, ma sono due risposte difficili. Devo pensarci un po' su.

Nessuno meglio del Pensatore avrebbe potuto capire quell'esigenza. Salutò la professoressa con un cenno del capo ed entrò in aula, seguito a ruota dal professore di biologia.

# 3

*Nel quale Lilibeth, con alterne fortune, mette in atto il suo stratagemma, mentre una felice intuizione di sua madre, se non fosse per il Pensatore, passerebbe del tutto inosservata.*

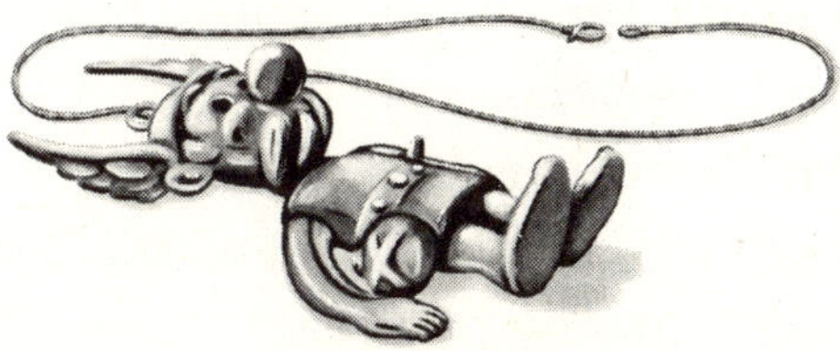

Mancavano pochi minuti alle tre quando Lilibeth, con aria trasognata e sorridente, uscì di casa e si lanciò al gran galoppo giù per le scale. Quell'espressione da miracolata era dovuta al fatto che sua madre, a quanto pareva, si stava a poco a poco abituando alle sue uscite. Quando Lilibeth era andata a salutarla, la signora Schmelz era seduta in salotto, alle prese con un complicato lavoro a maglia, e nei suoi occhi non c'era traccia di pianto; la voce con cui si era informata circa l'orario del rientro, poi, non ricordava neanche lontanamente quello stridore da sega elettrica che tanto innervosiva il padre di Lilibeth.

Sul pianerottolo del pianterreno, di fianco alla porta del custode, Lilibeth si fermò e aprì la borsetta (non era proprio una borsetta, ma piuttosto una borsa a tracolla: normalmente la portava solo quando usciva con la madre per fare acquisti in centro); ne estrasse un minuscolo specchietto e uno stick di rossetto, che si passò sulle labbra, decisa a ricorrere anche a quell'espediente pur di impressionare Thomas Huber. Dopo avere attentamente esaminato il risultato dell'operazione, prese una salviettina di carta e, maledicendosi per quell'idea, cancellò con cura ogni traccia di rosso dalla sua bocca. Poi si incamminò di buon passo verso l'*Atelier della Sposa*.

Thomas Huber era già là. Sorrise estasiato quando vide Lilibeth comparire in lontananza, ma appena gli fu vicina le domandò preoccupato: – Lilibeth, non ti sarai presa un raffreddore?

Il sospetto nasceva dalla colorazione rosa intenso del labbro superiore e della punta del naso di Lilibeth, che a sua volta dipendeva dalla poca dimestichezza della ragazza, non solo con le operazioni di trucco, ma altresì con quelle di strucco.

Lilibeth assicurò che non aveva nessun raffreddore, né altre malattie contagiose, e in quel momento si sentì molto sciocca. Dopo tutto, quello era pur sempre il suo primo appuntamento. Proprio recentemente, aveva sentito sua nonna dire a sua madre: «Il primo appuntamento non si scorda più per tutta la vita!».

E la madre, in tono sognante, aveva risposto: «No, non si può dimenticare: uno vede ancora tutto rosa, il cuore batte a martello, e in cielo cantano gli angeli!».

Lilibeth alzò lo sguardo ma non vide nessun angelo. Vide che stava cominciando a piovere, invece, o forse a nevicare. Quanto al cuore, effettivamente martellava. Ora che si trovava a tu per tu con Thomas, Lilibeth si sentiva piuttosto confusa: avrebbe dovuto indurlo a scoprire le sue carte, ma non sapeva bene come fare, e aveva paura di insospettirlo; per di più, provava un certo imbarazzo nel dover simulare verso di lui un affetto che non provava neppure lontanamente. Con quella domanda a proposito del raffreddore, poi, Thomas si era comportato come un vero cafone: era molto indelicato, trovava Lilibeth, chiedere a una ragazza spiegazioni sul suo colorito. Quell'Huber non era proprio capace di stare zitto!

– Si direbbe che stia per piovere – disse Thomas.

Lilibeth annuì sforzandosi di sorridere.

– Ti va di andare al cinema, Lilibeth? Al *Metropol* danno un film di Asterix!

«Al cinema» pensò Lilibeth «bisogna stare seduti in silenzio, e il mio compito è proprio quello di farlo parlare!».

– Quel film di Asterix l'ho già visto tre volte! – mentì. E subito si sentì gelare il sangue pensando che Thomas avrebbe potuto chiederle di raccontarglielo.

– Allora incamminiamoci verso il centro – propose invece Thomas. – Là è pieno di cinema!

Lilibeth riprese a respirare. Thomas tirò fuori dalla giacca a vento un foglio di giornale tutto spiegazzato: era la pagina degli spettacoli. Aveva già sottolineato con un pennarello rosso le proiezioni pomeridiane. Bisognava assolutamente fare qualcosa. Lilibeth finse di guardare nella borsetta. – Mi spiace, non ho i soldi per il cinema – disse.

– Oh, ma questo non è un problema – replicò prontamente Thomas. – È chiaro che te lo offro io!

– Guarda che in centro i cinema sono più cari – avvertì Lilibeth.

– Non fa niente! – ridacchiò Thomas. – Ho un mucchio di soldi!

«Questa è nuova» pensò Lilibeth. «"Un mucchio di soldi" ha detto! È vero che i suoi genitori devono essere piuttosto ricchi, ma più di una volta l'ho sentito lamentarsi che non gli danno abbastanza neppure per un numero di *Topolino* e che con la paga di una settimana riesce sì e no a comprarsi le cicche! E adesso improvvisamente ha "un mucchio di soldi", e si può permettere a cuor leggero due costosi biglietti del cinema? Fino a poco tempo fa, a sentir lui, tutti i suoi risparmi non sarebbero bastati a comprarne neanche mezzo! Certo, se negli ultimi tempi avesse realizzato guadagni straordinari, magari intascandosi i risparmi di Roswitha, o rivedendo la catenina d'oro di Iwan, allora la cosa si spiegherebbe. E se addirittura volesse pagarmi il cinema con i miei stessi soldi? Se, nascosto in una tasca di quella giacca a vento, ci fosse il mio portafogli?»

Lilibeth strinse gli occhi e fiutò un paio di volte l'aria come un cane da caccia. A quanto pare, era sulla pista giusta: il suo astuto stratagemma stava dando i primi risultati. Proprio in quel momento, però, giunse inaspettata la precisazione di Thomas Huber. – Si vede che oggi è davvero la mia giornata fortunata – raccontò. – Proprio mentre stavo uscendo per venire all'appuntamento, ho incontrato mio zio che mi ha chiesto dove stessi andando così pimpante. E quando gliel'ho spiegato, mi ha dato un bel bigliettone per poterti invitare!

Lilibeth si sforzò di non far trasparire la delusione.

– Del resto – continuò tutto contento Thomas – avevo già previsto questa eventualità! –. Così dicendo, estrasse da una tasca dei pantaloni un fazzoletto a pois annodato per i quattro angoli come un minuscolo fagottino da viandante. – Qua dentro – dichiarò tutto tronfio – c'è l'intero contenuto del mio salvadanaio! L'ho rotto oggi tornando da scuola –. Infilò di nuovo in tasca quel piccolo tesoro, lo spinse bene in fondo, e annunciò generosamente: – Possiamo permetterci tutto quello che vuoi!

Lilibeth provò la stessa sensazione di quando, al gioco dell'oca, capitava sulla casella con scritto: *Torna al punto di partenza!*

– Vorrei fare soltanto due passi – disse.

Con quella richiesta apparentemente innocente faceva scattare in realtà un piano ideato con l'Asso di Picche, che avrebbe dovuto condurre Thomas Huber davanti alla vetrina di una gioielleria, proprio lungo il corso principale della città, dove era esposta una catenina d'oro con una medaglietta di Asterix identica a quella sparita a Iwan Prihoda. A quel punto sarebbe toccato a Lilibeth giocare d'astuzia.

Obbediente, Thomas si lasciò guidare verso il centro. Soffiava un vento gelido, e adesso cadeva qualche goccia di pioggia accompagnata da rari fiocchi di neve. Lilibeth non aveva niente con cui coprirsi la testa, e Thomas le offrì il suo berretto di pelliccia. Lilibeth rifiutò. Erano ormai a pochi passi dalla gioielleria quando, attratto da un negozio di articoli sportivi dall'altra parte della strada, Thomas, che era un maniaco di sci, volle a tutti i costi attraversare.

– I tuoi sci li possiamo guardare al ritorno – si impuntò Lilibeth tirandolo per un braccio.

Thomas tentò di opporre una timida resistenza, ma alla fine si lasciò guidare docilmente.

– Guarda che bello! – esclamò Lilibeth sgranando gli occhi quando furono davanti alla vetrina della gioielleria. – È il sogno della mia vita! –. Indicò la medaglietta di Asterix e, con il naso appiattito contro il vetro, aggiunse rapita: – Darei qualunque cosa per averla, ma mia madre non ne vuole sapere! Ogni volta che passo di qui, rimango incantata a guardare quel ciondolo... Dev'esserci rimasta l'impronta del mio naso, ormai, su questa vetrina!

– Be', se davvero ci tieni tanto ad avere un ciondolo come quello...

Thomas esitò.

Lilibeth lo fissava interrogativa.

– Te ne posso regalare uno io – si fece coraggio Thomas. – Ma devi promettere che non lo dirai a nessuno! Deve rimanere un segreto fra noi!

– Ed è proprio uguale a quello? – domandò Lilibeth. – D'oro decorato a smalto?

– Uguale preciso – assicurò Thomas.

A Lilibeth tornarono a drizzarsi le antenne, e le sue narici ripresero a fremere come quelle di un segugio.

– Ce l'ho da quando sono nato – spiegò Thomas – ma non ci ho mai fatto una malattia!

«Ma guarda un po'...» pensò Lilibeth. «Da quando è nato! Adesso sì che si è tradito! Una medaglietta come quella tredici anni fa non esisteva neanche! E naturalmente nessuno lo deve sapere! "Deve rimanere un segreto fra noi!" Certo! Chi smercia roba rubata non ha interesse che lo si vada a strombazzare ai quattro venti!»

– Domani te la porto a scuola – disse Thomas.

Lilibeth provò una specie di vertigine. Dunque, di lì a poche ore il caso sarebbe stato definitivamente risolto! Thomas le avrebbe fatto scivolare la medaglietta sotto il banco, lei di nascosto l'avrebbe mostrata a Iwan, Iwan si sarebbe messo a strillare che quella era senza ombra di dubbio la sua medaglietta, e Thomas Huber, bianco in faccia come un lenzuolo, avrebbe finito per confessare tutto. Già lunedì il Barone sarebbe potuto tornare a sedersi al suo banco, a testa alta e finalmente sollevato da ogni sospetto!

Mentre Lilibeth, con la sua immaginazione, era già andata avanti di un paio di giorni, Thomas Huber non aveva smesso di fissare attentamente il ciondolo in vetrina. – Solo quella nuvoletta blu... – disse infine esitante. – Quella mi sembra che sul mio non ci sia. Ma fa lo stesso, vero? O no?

Nuvoletta? Che nuvoletta? Lilibeth cercò di mettere a fuoco meglio il disegno sul ciondolo. «Si può sapere di cosa sta parlando?» pensò, e in quel momento notò che, proprio accanto al ciondolo di Asterix, c'era una medaglietta su cui era raffigurato un bambino dal viso paffuto che, agitando due graziose ali rosa, volteggiava sospeso in una nuvoletta blu: era un angelo custode.

Ancora una volta, era caduta sulla casella con la scritta: *Torna al punto di partenza*. La delusione era così forte che aveva voglia di piangere.

– Thomas, – disse sforzandosi di ricacciare indietro le lacrime – non puoi regalarmi il tuo angelo custode. Una medaglietta come quella costa tanto. Mia madre non vuole che accetti regali così costosi.

– Per quello ti ho detto che non devi dirlo a nessuno – insistette Thomas. – Neanche mia madre sarebbe contenta di sapere che l'ho regalata.

– Ma se deve rimanere un segreto – osservò Lilibeth – non potrei neanche portarla! È meglio che la tenga tu!

Thomas dovette riconoscere la fondatezza dell'obiezione. Sembrava sollevato.

– Passeggiamo ancora un po'? – domandò.

Lilibeth acconsentì senza entusiasmo. Svoltarono nella via dove abitava Susi Kratochwil. Quando furono davanti al suo cancello, Lilibeth volle fare un ultimo tentativo. – Come ti è sembrata la festa di Susi? – domandò.

– Grandiosa! – si entusiasmò Thomas.

Lilibeth non disse niente, e Thomas aggiunse: – Però mi sarebbe piaciuta di più se tu mi avessi un po' guardato! E poi quella storia del libretto di risparmio... Be', quella proprio non ci voleva!

– Un po' di colpa però ce l'ha anche quell'oca di Susi! – si scaldò Lilibeth. – Gli oggetti di valore vanno chiusi a chiave, soprattutto quando c'è gente per casa! Il Pensatore dice che Susi ha almeno metà della colpa.

– Ma i libretti erano chiusi a chiave! – obiettò Thomas. – Dopo che ce li ha mostrati, Susi li ha rimessi nel cassetto e lo ha chiuso con due mandate, ho visto benissimo. E la chiave poi l'ha messa nell'ultimo cassetto della scrivania.

Lilibeth fingeva di ascoltare senza particolare interesse, ma intanto pensava: «Ci siamo, questa volta l'ho smascherato! Ma certo, è chiaro come il sole! Con tutti, in classe, ho parlato del furto a casa di Susi, e a tutti ho spiegato la mia idea, che non si devono lasciare in giro in un cassetto aperto dei libretti di risparmio, per giunta dopo averli sbandierati ai quattro venti! E nessuno ha trovato niente da ridire! Perché nessuno sapeva che Susi aveva richiuso a chiave il cassetto. Nemmeno Susi riesce a ricordarlo con sicurezza: a me ha detto che le sembra di aver lasciato la chiave infilata! Ma il ladro, lui naturalmente lo sa dov'era la chiave! Nessuno può saperlo meglio di lui!».

– Piuttosto – proseguì tranquillo Thomas – qui a farci la figura dello sciocco è il Barone: solo uno sciocco può pensare di riuscire a prelevare soldi da un libretto nominativo! Un libretto non è un assegno circolare!

– Tu naturalmente lo avresti saputo, vero? – chiese Lilibeth.

Nel tono della sua voce c'era qualcosa di malizioso e insinuante, ma Thomas non ci fece caso.

– Vorrei vedere! – rispose in tono risentito. – Lo sa anche un neonato! E poi io di queste cose so tutto: mio padre è capo cassiere in banca. Il giorno che avrai dei soldi da investire, parlane prima con me!

Lilibeth si sentì prendere dallo sconforto. Quel Thomas aveva una spiegazione per tutto: ostinarsi non aveva nessun senso! Uno che ha il padre capo cassiere in banca non è così sciocco da rubare un libretto di risparmio da cui sa bene di non poter prelevare un soldo! Certo che no! Anche l'Asso di Picche avrebbe dovuto farsene una ragione.

– Scusa, Thomas, – disse di punto in bianco – ma adesso devo proprio andare. Mi spiace!

– Come? Lascia almeno che ti offra un gelato! – protestò Thomas.

– Ti ringrazio, ma potrebbe farmi male. Avevi ragione, sai: credo di essermi presa un bel raffreddore!

– E il cinema? – domandò Thomas con aria desolata.

Lilibeth non voleva andare al cinema. La cosa che le premeva di più, adesso, era passare dall'Asso di Picche, e fargli sapere che l'operazione Thomas Huber era stata un buco nell'acqua. La famiglia Elterlein abitava poco lontano da lì, subito dopo l'incrocio.

– Sarà per un'altra volta, Thomas – disse in tono fintamente dispiaciuto. – Sono sicura che con i miei starnuti ti guasterei lo spettacolo! E poi mi sono ricordata solo adesso che devo andare a trovare mia nonna. È a letto malata.

– Ti accompagno fin sotto al portone – insistette Thomas con l'aria di un cane bastonato.

Quando furono davanti alla casa dell'Asso di Picche, Lilibeth si fermò. – Allora ti saluto, Thomas – disse.

Ma invece di riprendere la via di casa, Thomas la guardava con un'espressione incredula.

– Davvero tua nonna abita qui? – domandò. – Questa è la casa del Cammello!

– E allora? – ribatté Lilibeth. – Forse mia nonna non può abitare nella stessa casa dell'Asso di Picche?

Lilibeth avrebbe voluto infilarsi nel portone e piantarlo lì senza neanche salutarlo, ma il portone era chiuso, bisognava citofonare. Thomas si avvicinò con aria sospettosa al quadro dei citofoni e lo esaminò attentamente. C'erano solo tre campanelli: accanto al primo c'era scritto ELTERLEIN, accanto al secondo ALOIS STINGEL, MASSAGGIATORE, e accanto al terzo HUMPELSTETTER. Humpelstetter, lo sapevano tutti, era un famoso pittore: ogni tanto si leggeva sui giornali che si era separato dall'ultima moglie per andare a vivere con una nuova compagna. Era piuttosto improbabile, però, che la nonna di Lilibeth fosse l'ultimo amore del pittore Humpelstetter! Quanto al massaggiatore Alois Stingel, sicuramente non si trattava di un astuto travestimento della vecchia signora!

– Stai mentendo – piagnucolò quasi Thomas. – Vuoi solo che mi levi dai piedi per salire dal Cammello. Perché hai voluto che uscissimo insieme, se non te ne importa niente di me?

Così dicendo, Thomas pigiò a tutta forza il campanello degli Elterlein.

– Sì? – domandò la voce dell'Asso di Picche attraverso il citofono.

– Visite per te, stupido Cammello! – urlò Thomas Huber, e scappò via di corsa.

Il portone fece *clic*, Lilibeth spinse ed entrò. Quell'incontro non aveva dato i risultati sperati, ma a qualcosa era servito: almeno adesso i nomi sospetti erano scesi a tre. Malgrado ciò, Lilibeth non era affatto contenta di sé. Si era comportata in modo meschino, pensò.

L'Asso di Picche era testardo come un mulo. Per un'ora intera Lilibeth non fece che ripetergli che Thomas Huber non aveva niente a che vedere con i furti, e che era pronta a mettere una mano sul fuoco sulla sua innocenza. Fiato sprecato. Per tutto il tempo l'Asso di Picche non smise di scuotere la testa farneticando: – Tutte storie! Ti dico che è lui! Non è uno stupido, so bene che sa fare la commedia! Ma io sarò più astuto di lui. Gli starò alle calcagna, lo metterò con le spalle al muro, e alla fine tutto verrà alla luce! Ci puoi giurare!

Lilibeth, esasperata, telefonò al Pensatore in cerca d'aiuto. Il Pensatore aveva un certo influsso sull'Asso di Picche, sicuramente più di lei: difficilmente l'Asso di Picche si permetteva di contraddirlo. Ma il Pensatore non era in casa. Era andato, così disse sua madre, allo zoo con il Barone e con la mamma del Barone. Senza che Lilibeth le avesse chiesto niente, la signora Ammerring aggiunse che non era affatto contenta di quell'uscita, perché non voleva che il suo Daniel frequentasse dei ladri, e poi perché allo zoo, d'inverno, gli animali stanno al chiuso, e c'è un'aria irrespirabile.

Lilibeth non voleva ascoltare altre lamentele. Disse semplicemente: – Mi scusi per il disturbo, signora Ammerring – e riattaccò. Provò, per non lasciare nulla di intentato, a chiamare anche a casa del Barone, caso mai fossero già tornati dallo zoo, ma non rispondeva nessuno.

L'Asso di Picche voleva che Lilibeth rimanesse a giocare con lui a rubamazzo, oppure a domino, ma Lilibeth non ne aveva voglia. Allora disse che le avrebbe insegnato a giocare a scacchi, ma Lilibeth rifiutò ancora.

– Non mi va – disse. – Preferisco andare a casa.

– Come vuoi – si arrese l'Asso di Picche. – Vorrà dire che resterò qui a pensare al modo migliore per incastrare Thomas Huber –. Ridacchiò e aggiunse: – Vedrai! Se voglio, anch'io sono capace di pensare!

– Buona fortuna – gli augurò freddamente Lilibeth.

Avrebbe quasi voluto dirgli: “Buon divertimento, Cammello ignorante!”.

Si riavviò verso casa di pessimo umore.

Erano le sette e mezzo di sera. I genitori di Lilibeth sedevano in soggiorno e stavano guardando il telegiornale, quando suonò il campanello. Lilibeth, che era in camera sua alle prese con i verbi irregolari inglesi, si alzò e fece per andare ad aprire.

– Guarda prima chi è dallo spioncino! – le urlò sua madre.

Lilibeth obbedì e, attraverso lo spioncino, vide il Pensatore e l'Asso di Picche in piedi sul pianerottolo.

– Allora, si può sapere chi è? – domandò il padre.

– Il Pensatore e l'Asso di Picche – rispose Lilibeth.

Tolse il catenaccio, fece scattare la serratura di sopra, poi quella di sotto, e finalmente aprì la porta.

– Barricati in casa come in una fortezza! – commentò il Pensatore.

L'Asso di Picche ridacchiò.

– È successo qualcosa? – domandò Lilibeth sottovoce.

Perché era chiaro che per una visita come quella, a tarda sera, dovevano esserci delle ragioni importanti. I tre entrarono in camera di Lilibeth, e Lilibeth chiuse la porta.

La signora Schmelz, che non era soltanto una signora molto curiosa, si portò in anticamera e iniziò a lucidare il grosso specchio accanto alla porta della camera di

Lilibeth. Da quella postazione riuscì a origliare solo qualche mezza frase, ma niente di particolarmente solleticante. Sentì sua figlia domandare meravigliata: – E questo cosa sarebbe?

E poi la fiera risposta dell'Asso di Picche: – Il fazzoletto!

E ancora Lilibeth: – Ma è tutto sporco!

E la voce del Pensatore: – Perché è stato adoperato per pulire la lavagna!

La signora Schmelz ritornò in soggiorno, pensando: «Per una stupida conversazione su un fazzoletto sporco non perderò il mio tempo a lucidare uno specchio già lucido!».

L'importanza di quel fazzoletto, invece, non era affatto da sottovalutare: era un fazzoletto a quadretti bianchi e marroni, ed era, nientemeno, il fazzoletto in cui era stato avvolto l'orologio di Hansi Dohnal! Lilibeth lo aveva accuratamente disteso sulla sua scrivania e ora stava osservando un angolo sul quale erano ricamate delle iniziali. Le iniziali erano: H.T.

– Appena sei andata via – spiegò l'Asso di Picche – mi è venuto in mente che quel fazzoletto poteva essere molto importante, perché è l'unica prova che abbiamo in mano: è il corno del reato!

– Il corpo del reato – lo corresse il Pensatore.

– Okay, il corpo – proseguì l'Asso di Picche un po' infastidito. – Qualunque cosa sia, volevo metterlo al sicuro. Solo che non avevo idea di dove potesse essere. «Forse» mi sono detto «qualcuno l'ha già buttato via». Poi mi è venuto in mente che Babsi Binder l'aveva usato per cancellare la lavagna. Mi sono precipitato a scuola, e ho chiesto al signor Stribany di aprirmi la classe, gli ho detto che avevo dimenticato le mie pillole per l'asma sotto al banco...

– Pillole per l'asma? Soffri d'asma? – lo interruppe Lilibeth spaventata.

– Lilibeth, era solo un pretesto per farsi aprire! – la tranquillizzò il Pensatore.

L'Asso di Picche annuì. – E grazie a Dio – concluse trionfante – il corpo del delitto era ancora là!

– Del reato – lo corresse nuovamente il Pensatore. – Il corpo del reato.

– Come ti pare! – si spazientì l'Asso di Picche. – Il fatto è che adesso abbiamo in mano una prova che ci porta dritti dritti a Thomas Huber!

Durante tutto il racconto Lilibeth non aveva smesso di osservare il fazzoletto. Era molto grande, e i colori erano piuttosto sbiaditi; la stoffa, in qualche punto, era diventata quasi trasparente. Le iniziali H.T. erano ricamate con filo marrone, in caratteri eleganti e pieni di svolazzi. Sul fatto che si trattasse di una H e di una T, però, non c'erano dubbi. H come Huber, T come Thomas.

L'Asso di Picche era al settimo cielo: – Cosa vi dicevo, io? – domandò. – Il mio naso non mi ha mai tradito! Non ho avuto un solo istante di dubbio!

Lilibeth guardò il Pensatore, che alzò le spalle rassegnato. – Sembrerebbe una prova schiacciante – ammise.

– Stavo arrivando a una conclusione del tutto diversa, ma certo che quelle due iniziali rimettono tutto in questione.

– Qual era la tua conclusione? – domandò Lilibeth.

Ma l'Asso di Picche non gli lasciò il tempo di rispondere. – Teorie, teorie, e ancora teorie! – sbuffò. – Non è con altre teorie che aiuteremo il Barone! Sono i fatti che contano! Le prove! –. Prese il fazzoletto, lo scosse facendo volare polvere di gesso per tutta la stanza, lo tornò a distendere sulla scrivania, e dichiarò soddisfatto: – Domani mattina vado a parlare con il preside.

Lilibeth, con sua stessa sorpresa, si accorse di provare dispiacere per Thomas Huber. Se lo vedeva in piedi nell'ufficio del preside, ammutolito, quello stesso Thomas Huber che solo poche ore prima era pronto a regalarle il suo angelo custode, e sentiva una specie di fitta al cuore.

– Cosa c'è, Lilibeth? Non sei ancora convinta? – le domandò l'Asso di Picche.

Evidentemente, quei pensieri le si leggevano in faccia. Lilibeth stava per rispondere che non c'era niente di male a provare compassione per Thomas Huber, ma in quel momento si aprì la porta ed entrò sua madre. Era venuta solo a ficcare il naso, naturalmente, ma si preoccupò di domandare se qualcuno volesse una Coca-Cola, in modo che la cosa non fosse troppo evidente.

L'invito fu accolto da un triplice rifiuto, ma la signora Schmelz non se ne andò: quel conciliabolo a tre, adesso, stuzzicava enormemente la sua curiosità! Quel fazzoletto, si era detta ripensandoci, non doveva essere un fazzoletto qualunque, per essere il motivo di una visita a sorpresa! Capì che doveva trattarsi dello stesso fazzoletto disteso in bella evidenza sulla scrivania di Lilibeth, e domandò in tono scherzoso: – State facendo una raccolta di stoffe antiche? Posso darvi uno scialle di mia nonna, se volete!

Nessuno si prese la briga di risponderle, e alla signora Schmelz non restò che uscire. Il Pensatore la guardò allontanarsi, si infilò il pollice in bocca, e borbottò: – Che fine intuito! Che donna perspicace!

Lilibeth, credendo che volesse prendere in giro sua madre, sibilò rabbiosa: – Neanche la tua è candidata al premio Nobel, mi pare!

Il Pensatore, per tutta risposta, prese il fazzoletto, lo ripiegò accuratamente, e se lo infilò in tasca.

– Ehi, come sarebbe? – insorse l'Asso di Picche. – Tiralo fuori subito! L'ho trovato io! Lo porterò io al preside!

Si comportava come se stessero tentando di sottrargli il primo premio della lotteria.

– Ridammi subito il mio corpo quadrettato! – urlò.

Il Pensatore non perse l'occasione per ribadire che l'espressione giusta era "corpo del reato" (cosa che fece infuriare ancora di più l'Asso di Picche), ma il fazzoletto rimase ben saldo in fondo alla sua tasca. Spiegò che l'osservazione della mamma di Lilibeth gli aveva fatto intravedere una pista molto interessante per lo sviluppo dell'indagine, e chiese due giorni di tempo. – Se lunedì mattina non avrò ancora individuato il ladro – assicurò – ti rendo il fazzoletto e puoi farne quello che vuoi.

Ma l'Asso di Picche era sul piede di guerra: urlò che non c'era più bisogno di nessun'indagine, che il caso era chiaro come il sole, e che solo un idiota pazzo poteva avere ancora dei dubbi. Chiamò il Pensatore "visionario", "fissato" e "mentecatto".

Il Pensatore non prestò il fianco a quelle provocazioni. Disse semplicemente che credeva di avere qualcosa di più importante da fare che rimanere lì a farsi insultare e, in nome di un'antica amicizia, tornò a formulare la sua richiesta: quarantott'ore, non un minuto di più, non un minuto di meno.

– E il povero Barone? – protestò ancora l'Asso di Picche. – A lui non ci pensi? Non credi che sarebbe contento di poter tornare già domani a camminare a testa alta? Dovrebbe sopportare altri due giorni di vita da ladro solo per soddisfare i tuoi capricci?

Il Pensatore (cosa per lui assolutamente inusuale) alzò la voce. – Il Barone – strillò – è d'accordo con tutto quello che faccio io!

E sottolineò quell'"io" con particolare energia.

– Mi ha dato carta bianca – proseguì. – E se non ci credi, vaglielo pure a domandare!

– Va bene, va bene – bofonchiò l'Asso di Picche in tono di resa. – Aspetterò fino a lunedì. Ma poi niente potrà più fermarmi!

– Lunedì avrai il tuo fazzoletto – dichiarò solennemente il Pensatore. – E mi ringrazierai per averti salvato da una figura ridicola!

Poi, rivolto a Lilibeth aggiunse: – Dai a tua madre un abbraccio da parte mia. Senza di lei, forse avrei gettato la spugna!

Dopo che se ne fu andato, l'Asso di Picche e Lilibeth rimasero a lungo a fissare pensierosi la porta dietro la quale era scomparso.

– Cos'avrà poi detto tua madre di tanto interessante? – si decise infine a domandare l'Asso di Picche.

– Cos'avrà mai a che vedere lo scialle della mia bisnonna con i furti a scuola? – gli fece eco Lilibeth –. Poi, dopo una breve pausa, aggiunse: – Ma il Pensatore sa quello che fa. Io gli do piena fiducia!

L'Asso di Picche non aveva più voglia di rimanere. Salutò piuttosto freddamente e se ne andò. Sul pianerottolo, coperto dal rumore di serrature e catenacci della porta che veniva richiusa alle sue spalle, borbottò acido: – Maledizione! Ma chi si crede di essere? Sempre tutti ai suoi piedi come tanti schiavi!

# 4

*Nel quale vengono dapprima trascritte pagine inedite dei diari, per poi riferire di come il Pensatore si veda suo malgrado costretto ad abbandonare la propria scrivania, cominciando la cosiddetta "fase operativa" delle indagini.*

*Venerdì 3 dicembre (ore 22.00)*

*Ho lavato il fazzoletto, l'ho lasciato asciugare sul calorifero e l'ho ripiegato in modo che si leggano le iniziali. È quindi davanti a me.*

*Ho anche preso una decisione: non ce l'ho più con tutti quelli che nella nostra classe sospettano o hanno sospettato del Barone; altrimenti, per coerenza, dovrei avercela anche con l'Asso di Picche, che sospetta di Thomas Huber. E con l'Asso di Picche non voglio avercela: i sentimenti di amicizia che provo per lui devono rimanere al di fuori di tutta questa storia. Anche se, a dire il vero, più ci penso e più mi pare che i sentimenti non stiano affatto fuori, ma piuttosto al centro di tutta la faccenda.*

*Proviamo a ricostruire:*

*Thomas Huber nutre un sentimento di amore per Lilibeth. Lei non lo ricambia, e in compenso nutre un sentimento di amicizia per l'Asso di Picche. Questo indispettisce Thomas Huber, che inizia a covare un sentimento di rabbia nei confronti dell'Asso di Picche, e lo provoca chiamandolo in continuazione Cammello. L'Asso di Picche reagisce maturando un sentimento di ostilità verso Thomas Huber, e l'ostilità diventa odio, e l'odio gli annebbia le idee, facendogli perdere la capacità di vedere le cose come stanno. Così, quando ha inizio la Faccenda Furti, nell'Asso di Picche si fa strada il sentimento della colpevolezza di Thomas Huber. E a poco a poco questo sentimento si rafforza e diventa una certezza, e l'Asso di Picche non è più in grado di rendersi conto che questa certezza non ha radici nella realtà, ma soltanto nei suoi sentimenti! Questa certezza è un pregiudizio! E dire che da grande vorrebbe studiare legge! Speriamo almeno che diventi un notaio e non un giudice! Che si occupi di questioni di eredità e testamenti, passi, ma se dovesse fare il giudice, mescolando senza pudore i fatti con i suoi sentimenti, non vorrei trovarmi nei panni di un imputato!*

*Lasciamo perdere l'Asso di Picche, c'è solo da arrabbiarsi. È molto più importante pensare al Barone, adesso. È ancora molto giù di corda. Oggi, allo zoo, mi ha detto che le cose, comunque vada a finire tutta la storia, per lui non torneranno mai più a essere come prima. Neppure se io riuscissi a trovare il vero ladro. «Certe cose non si possono cancellare» ha detto. «Anche*

A mettere loro le ali ai piedi era stato un perentorio avvertimento del Pensatore: «Potrebbe essere una questione di minuti» aveva detto. «Dobbiamo assolutamente arrivare a casa prima di lui!»

«Visto che lui va a piedi potremmo andare in tram» aveva proposto Lilibeth. «Così lo precederemo di sicuro.»

L'Asso di Picche non aveva fatto che borbottare: «Io non ci credo, davvero, non ci credo».

Però adesso era lui che faceva l'andatura, tanto che aveva staccato gli altri due di almeno una decina di metri. Non aveva ancora raggiunto la fermata quando si vide sfrecciare davanti il tram a tutta velocità. Trovò il modo di fare un cenno implorante all'autista che, gentilmente, rimase ad aspettarlo con le porte aperte. Quando anche Lilibeth, trafelata, riuscì ad arrampicarsi sul predellino, l'autista guardò nello specchietto e domandò: – E quella specie di palla di grasso che rotola arrancando verso di noi, è con voi anche quello?

Gli altri passeggeri stavano cominciando a protestare per quella sosta non programmata, quando la palla in questione riuscì finalmente, con le ultimissime forze, a issarsi sul predellino, e a rotolare verso un seggiolino libero, sul quale si lasciò cadere più morta che vita. Per tutto il resto del viaggio, cioè a dire per la durata di due fermate, il Pensatore non riuscì a fare altro che sbuffare, rantolare, emettere strani sibili, tossire e annaspare in cerca d'aria.

Una volta scesi dal tram, i tre amici si guardarono

intorno perplessi. Davanti a loro c'era un grande supermercato, con accanto un piccolo parco; sullo sfondo si vedevano dei condomini nuovi e qualche villetta con giardino. Il vento e il freddo la facevano da padroni, e le piccole betulle del parco tremavano ancora più forte di Lilibeth, che domandò battendo i denti: – E adesso da che parte sarà?

L'Asso di Picche tirò su la lampo della giacca a vento, si infilò berretto di lana e cappuccio e borbottò: – Accidenti, abita proprio a casa del diavolo!

Il Pensatore tirò fuori di tasca un foglietto e lesse ad alta voce: – *Via Alois Rapottensteiner 17, 13° piano* –. Sul foglietto era disegnata anche una piantina, in cui si potevano riconoscere il supermercato, i condomini e le villette. Vicino all'ultimo condominio era tracciata una croce a matita rossa.

– E questo dove l'hai preso? – domandò Lilibeth indicando il foglietto.

– L'indirizzo l'ho trovato sulla guida del telefono – spiegò il Pensatore. – Ieri ho provato a chiamare mezza classe, ma pare che nessuno sappia dove abita! E lo schizzo del quartiere l'ho ricopiato dalla pianta della città.

Così dicendo, si avviò oltre il supermercato, verso i condomini.

– E se sua madre non è in casa? – domandò Lilibeth quando furono a metà strada.

– Sarebbe un bel guaio – le rispose il Pensatore. – Vorrebbe dire che siamo stati sfortunati.

– E chi suonerà alla porta? – chiese ancora Lilibeth.

– L'Asso di Picche – dichiarò il Pensatore. – Questo è un lavoretto per lui.

L'Asso di Picche fece una strana faccia, ma non commentò.

Arrivati all'ultimo condominio, i tre si diressero verso l'ascensore, e Lilibeth premette il pulsante rosso della chiamata.

Per un lungo minuto rimasero a fissare il lento dondolio del cavo senza dire una parola. Solo quando la cabina raggiunse il pianterreno, l'Asso di Picche cominciò a piantar grane. – Mi sbatterà fuori! – protestò. – A me pare tutta una grande idiozia!

Il Pensatore, con un brusco spintone, lo fece ruzzolare in cabina. Lilibeth osservò la scena esterrefatta.

– Ehi, cosa sono questi modi! – si infuriò l'Asso di Picche. – Da quando in qua sei diventato anche violento?

– Da quando neanch'io mi riconosco più – borbottò tra i denti il Pensatore premendo il pulsante del tredicesimo piano.

Mentre l'ascensore saliva, passò all'Asso di Picche il fazzoletto e domandò: – Tutto chiaro?

L'Asso di Picche, tenendo gli occhi bassi, rispose solo con una specie di mugugno. Quando, all'ultimo piano, la cabina si fermò, volle precisare un'ultima volta la sua posizione: – Sia chiaro che lo faccio solo per te! Per dimostrarti che stai prendendo un granchio grosso come una casa, capito?

– Va bene, va bene – tagliò corto il Pensatore. – Me lo spieghi dopo.

Sul pianerottolo del tredicesimo piano c'erano tre porte bianche. Sulla porta di fronte all'ascensore c'era una targhetta ovale con il nome HAHN.

Il Pensatore e Lilibeth scesero una rampa di scale e si sedettero ad aspettare sull'ultimo gradino. L'Asso di Picche si avviò controvoglia verso la porta di casa Hahn e suonò il campanello. Lilibeth era così agitata che, riprendendo un'abitudine di quand'era molto più piccola, cominciò a mordicchiarsi nervosamente le unghie.

– Qui non c'è nessuno – bisbigliò.

– Aspetta – la tranquillizzò il Pensatore. – Forse l'appartamento è grande, o magari la signora Hahn era al gabinetto!

Qualcuno, da sotto, chiamò l'ascensore, e proprio in quel momento l'Asso di Picche si affacciò da in cima le scale. – Cosa faccio, riprovo? – domandò.

Il Pensatore si alzò e si diede una spazzolatina ai pantaloni. – Non serve – dichiarò sconsolato. – Abbiamo avuto sfortuna.

– Forse è andata al supermercato qui di fronte – suggerì Lilibeth. – Al sabato tutti vanno al supermercato!

– Sì – confermò il Pensatore. – Ma ci stanno delle ore, e Wolfgang sarà qui da un momento all'altro!

Dal pianterreno giunse dapprima il rumore della porta dell'ascensore che veniva richiusa, poi il cigolio della cabina che si metteva in moto. Il Pensatore portò l'indice davanti alla bocca, e tutti rimasero ad ascoltare in silenzio. La cabina si avvicinava sempre più: doveva essere pochi piani più sotto, ormai. Lilibeth, il Pensatore e l'Asso di Picche trattennero il fiato. La cabina era vicinissima, adesso: decimo piano, undicesimo, dodicesimo... Continuava a salire! Il Pensatore fece un cenno all'Asso di Picche, che con un balzo fu di nuovo davanti alla porta degli Hahn e risuonò il campanello.

– Stai cercando qualcuno? – domandò una voce femminile alle sue spalle.

La donna uscì dall'ascensore con due enormi borse della spesa, le appoggiò per terra ed estrasse un mazzo di chiavi dalla borsa.

– Sì – rispose un po' intimidito l'Asso di Picche. – Abita qui Wolfi?

– Certo, io sono la sua mamma. Ma è a scuola fino a mezzogiorno!

La signora Hahn sembrava sorpresa.

– Ah, già! – replicò prontamente l'Asso di Picche. – Me n'ero dimenticato! Da quando sono entrato in collegio, non mi ricordo mai che il sabato gli altri vanno a scuola! Io sono un amico di Wolfi. Fino all'anno scorso, prima che entrassi in collegio, eravamo in classe insieme.

Intanto la mamma di Wolfi aveva aperto la porta e sembrava indecisa se rimanere a parlare con quel ragazzetto lentigginoso sul pianerottolo, oppure invitarlo a entrare.

– Sono venuto solo a riportargli un suo fazzoletto – proseguì l'Asso di Picche. – È da tanto che avrei dovuto farlo, ma non ho mai trovato il tempo. Me lo ha prestato un giorno che avevo un gran raffreddore.

– Un fazzoletto! – esclamò meravigliata la signora Hahn. – E sei venuto fin qui apposta?

L'Asso di Picche si esibì nella sua migliore espressione da pecorella innocente. – Mia mamma mi ha sempre insegnato ad avere cura delle cose degli altri – belò. – Dice che anche dalle piccole cose si vede di che pasta è fatta una persona.

– Oh, certo, la mamma ha ragione!

La signora Hahn lanciò un'occhiata di ammirazione all'Asso di Picche, raccolse le borse e spalancò la porta spingendola con il piede.

– Solo che – seguitò l'Asso di Picche con finto imbarazzo – quel giorno ho avuto in prestito fazzoletti da mezza classe, e non sono del tutto sicuro che questo sia proprio quello di Wolfi!

Così dicendo, estrasse di tasca il fazzoletto a quadretti e, tenendo le iniziali in bell'evidenza, lo mostrò alla signora.

– Sì! – esclamò la mamma di Wolfi senza la minima esitazione. – È roba nostra! H.T.: Hahn Tassilo. Era mio suocero. Aveva le sue iniziali ricamate su tutta la biancheria. Sei stato molto gentile a riportarcelo.

L'Asso di Picche sorrise, e anche la signora Hahn sorrise.

– Vuoi entrare un attimo? – domandò.

– Grazie, volentieri – rispose l'Asso di Picche.

Si sentì ancora il rumore della porta che si richiudeva, e poi più niente.

– Complimenti – disse Lilibeth al Pensatore. – Questa volta ti sei davvero superato!

– Il merito è tutto di tua madre – si schermì il Pensatore. – Ma adesso andiamogli incontro, non perdiamo tempo! –. Quindi, tallonato da Lilibeth, si precipitò giù per le scale. Quando furono a pianterreno, uscirono e si sistemarono ai lati del portone. Era una cosa che avevano già programmato: se l'appartenenza del fazzoletto a Wolfi fosse stata confermata, era importante, prima di ogni altra cosa, riuscire a parlare con lui a quattr'occhi e cercare di capire cosa lo avesse spinto a rubare: era stato il Pensatore a pretenderlo. Quella conversazione, naturalmente, non poteva avvenire sotto gli occhi della madre.

Fu Lilibeth la prima ad avvistarlo: – Là, con la giacca a vento verde! Mi sembra proprio lui!

Il Pensatore strinse gli occhi e mise a fuoco un puntino verde ranocchio che, svoltato l'angolo del supermercato, si stava dirigendo verso di loro.

– Ho un po' di paura – disse infilandosi il pollice in bocca e iniziando a succhiare come se stesse aspirando da una pipa.

Lilibeth sgranò gli occhi. – Paura del Rubinetto? Vuoi scherzare? Te lo schiaccio con un dito!

– Non dicevo paura in quel senso – precisò il Pensatore. – Ho paura di come potrebbe reagire sentendosi scoperto.

Ma Lilibeth adesso lo ascoltava distrattamente. Aveva seguito con attenzione il puntino verde ranocchio, lo aveva visto avvicinarsi e prendere indiscutibilmente le sembianze di Wolfgang Hahn, e ora esclamò stupefatta: – Guarda! Ma cosa fa? Dove sta andando?

Il Rubinetto, infatti, invece di attraversare per venire verso di loro, stava proseguendo verso la zona delle villette.

Lilibeth e il Pensatore lo videro allontanarsi, svoltare a sinistra e sparire definitivamente fra due file di case.

– Dannazione e maledizione! – imprecò Lilibeth. – Possibile che ci abbia visti?

– Lo escludo – disse il Pensatore. – Se la prende comoda, probabilmente. Visto che la scuola oggi è finita due ore prima!

– Ma non possiamo stare qui ad aspettarlo fino a mezzogiorno! – replicò Lilibeth. Lanciò un'occhiata alle sue scarpe da tennis bucate, e aggiunse: – Ho dieci ghiaccioli al posto delle dita!

In quell'istante sbucò dal portone l'Asso di Picche. – Uno a zero per te, Pensatore – disse in tono di rassegnazione. – Non lo avrei mai detto, davvero. Avrei puntato tutto su Thomas Huber.

– E avresti perso – commentò gelida Lilibeth.

L'Asso di Picche raccontò che la signora Hahn era stata molto gentile: gli aveva offerto una Coca-Cola, e gli aveva mostrato una montagna di fazzoletti a quadretti bianchi e marroni del suocero morto, identici al corpo incriminato.

– Corpo del reato – lo corresse questa volta Lilibeth.

– A proposito, gliel'ho dovuto restituire, naturalmente – spiegò l'Asso di Picche.

– Hai fatto bene – approvò il Pensatore. – Ora non ci serve più.

– E Wolfi? Non si è ancora visto? – domandò l'Asso di Picche.

– Sì che si è visto, ma ce lo siamo lasciato scappare come due allocchi!

Lilibeth sembrava avvilita. – È sbucato da quella parte – riferì – e invece di girare verso di noi, ha tirato dritto ed è sparito fra quelle due file di villette!

– Ha un amico che abita là – spiegò l'Asso di Picche. – Me lo ha detto sua madre. È molto contenta che Wolfi abbia finalmente trovato un amico. Prima, ha detto, era sempre triste e abbattuto, perché a scuola non ha amici e a quanto pare nessuno parla con lui...

– Perché dici "a quanto pare"? – lo interruppe il Pensatore. – Sai bene che è la verità. Non è mai stato molto simpatico a nessuno in classe.

– In ogni caso – proseguì l'Asso di Picche – sembra che adesso, da qualche settimana, grazie a questo nuovo amico si sia completamente trasformato! La madre dice che sembra un'altra persona.

– E non ti ha detto chi è? È uno della nostra classe? – domandò Lilibeth.

– No. Ha due anni più di Wolfi. Ho l'impressione che anche la madre non ne sappia molto. Mi ha detto solo che abita in quelle villette, che si è trasferito qui da poco, che lui e Wolfi si sono conosciuti al parco, e che sono diventati amici inseparabili.

– Come hai fatto a strapparle tutte queste informazioni? – domandò ammirato il Pensatore.

– Oh, io non ho dovuto strappare niente – spiegò l'Asso di Picche. – Ha fatto tutto lei. È una signora molto cordiale, vi dico. Quando mi sono presentato come un vecchio amico di Wolfi, ha detto che non le pareva vero, che Wolfi le aveva sempre fatto credere di non avere amici a scuola e di non riuscire a legare con nessuno, e invece a quanto pare non era così! Mi ha chiesto perché non fossi venuto a trovarlo prima: le piangeva il cuore, ha detto, a vederlo sempre così solo. Le ho promesso che in futuro sarei venuto a trovarlo più spesso (per dirgliene quattro, s'intende) e lei mi ha ripetuto che adesso comunque le cose andavano un po' meglio, e che finalmente Wolfi aveva trovato un amico. Vi dico che non riuscivo più a fermarla – ridacchiò. – Mi avrebbe raccontato tutta la sua vita, se non fossi venuto via!

Si fermò, si soffiò il naso, si guardò un po' introno, ripose il fazzoletto e domandò: – Cosa ci facciamo ancora qui? Andiamo a cercarlo!

Senza aspettare la risposta degli altri, si incamminò deciso verso le villette.

Il pensatore gli corse dietro e lo afferrò per un braccio: – Stai scherzando? Ci saranno almeno quaranta villette! Non vorrai mica suonare a tutte!

– Se non c'è altro modo – rispose l'Asso di Picche

tirando dritto per la sua strada – suono anche ai topi in cantina!

Camminava a passo di marcia, tenendo le mani affondate nelle tasche della giacca a vento. Il Pensatore, che per stare al suo passo doveva dannarsi l'anima, si fermò a riprendere fiato e ad aspettare Lilibeth.

– Lascialo correre – gli disse quest'ultima quando lo ebbe raggiunto. – Si accorgerà da solo che è un po' difficile prendere informazioni su qualcuno senza sapere né come si chiama né che faccia ha!

Il Pensatore, ancora alle prese con qualche problema di fiato, si limitò a un grugnito di assenso.

Nel punto esatto dove il Rubinetto era stato visto svoltare a sinistra, l'Asso di Picche stava già parlando con un uomo. – Se abbiano dei bambini non te lo so dire – stava dicendo l'uomo. – Ma che si siano trasferiti da poco lo so con certezza, perché ho visto un camion dei traslochi qualche settimana fa...

Si interruppe, infilò due dita in bocca ed emise un fischio così acuto che l'Asso di Picche dovette proteggersi le orecchie. Un cagnolino grigio, spelacchiato, più largo che lungo, con le gambe storte e gli occhi cisposi, sbucò da chissà dove e iniziò a fiutare i pantaloni dell'Asso di Picche.

– Un camion come quello si nota – proseguì l'uomo. – Occupava mezza strada!

– Sul lato destro o sul lato sinistro? – domandò l'Asso di Picche.

– A destra, in fondo.

– A che numero?

– Dove prima abitava la vecchia Prowaznik – disse l'uomo.

Il cagnolino, stanco di annusare, si avvicinò trotterellando a un cancelletto e cominciò ad abbaiare.

– Ma perché vuoi sapere tutte queste cose? – si insospettì improvvisamente l'uomo.

– Il figlio è un mio vecchio amico – mentì l'Asso di Picche, e subito si rese conto di averla sparata grossa.

L'uomo adesso lo guardava diffidente. – Un tuo vecchio amico? – domandò. – E non sai che faccia ha né come si chiama? A chi vuoi darla a bere, ragazzino? Mi prendi in giro?

L'Asso di Picche diventò tutto rosso. L'uomo lo guardò con disprezzo e raggiunse il cagnolino davanti al cancello. L'Asso di Picche fece per andargli dietro, ma l'uomo adesso era molto arrabbiato. – Levati dai piedi! – gridò. – Sparisci! O vuoi che ci pensi il mio cane?

Aprì il cancelletto, e in un attimo scomparve dentro casa. Il cagnolino rimase in giardino e, con una ferocia insospettabile, iniziò ad abbaiare contro l'Asso di Picche.

Il Pensatore e Lilibeth si avvicinarono.

– Se non altro, – disse il Pensatore – adesso sappiamo che dobbiamo cercare solo sul lato destro, e in fondo.

– Sì, ma da dove comincia "in fondo"? – domandò Lilibeth tartagliando per il freddo.

Il Pensatore decise che "in fondo" cominciava da dopo i cassonetti della spazzatura. L'Asso di Picche, dal canto suo, osservò che non aveva senso andare in giro a informarsi tutti insieme come i tre Re Magi. – Dividiamoci – propose. – Ognuno si prende una villetta. Io comincio dal 24.

– Io mi prendo il giardinetto con i sette nani – comunicò Lilibeth indicando il numero 30.

L'Asso di Picche si frugò in tasca e tirò fuori un biglietto della lotteria della Croce Rossa.

– Attaccherò bottone con la scusa di voler vendere un biglietto della lotteria – spiegò soddisfatto – e intanto proverò a tastare il terreno!

– Io cercherò di prendere le informazioni su quella signora Prowaznik – gli fece eco Lilibeth.

– Io vado a leggere i citofoni di quelle case là in fondo – dichiarò il Pensatore.

L'Asso di Picche fece notare che non c'era proporzione fra un'inchiesta condotta suonando i campanelli e interrogando direttamente la gente, e una semplice lettura dei citofoni. – Vuoi lasciare a noi il lavoro più duro! – protestò. – Ammettilo!

– Scommetti che trovo il nostro uomo anche senza bisogno di suonare nessun campanello? – lo provocò il Pensatore.

L'Asso di Picche, la cui percentuale di successo nelle scommesse con il Pensatore era praticamente nulla, lasciò perdere e si avviò brontolando verso il cancello del numero 24.

Il Pensatore accompagnò Lilibeth fino al giardinetto con i sette nani e proseguì da solo. Davanti a ogni cancello si fermava a esaminare molto attentamente il quadro dei citofoni: MÜLLER, MEIER, KRONBACHER, SPRINGER, OBLETAL... ma non erano i nomi a interessarlo. A richiamare l'attenzione del Pensatore era, piuttosto, lo stato di conservazione delle targhette: certe targhette screpolate, con le lettere tutte sbiadite e le viti arrugginite, non potevano certo appartenere a una famiglia arrivata solo da poche settimane! «Una targhetta nuova» si era detto il Pensatore «dovrebbe riconoscersi fra le altre».

Al numero 38, la sua attenzione fu attratta da un'elegante targhetta d'ottone, nuova fiammante, con la scritta: ING. KONRAD WEITRA. Il Pensatore tenne a mente quel nome, e proseguì la sua ispezione fino al numero 50. C'erano altre targhette ben conservate, ma non così nuove. Tornato al numero 38, si infilò il pollice in bocca, si appoggiò al muro di cinta e rimase in attesa.

Vide Lilibeth uscire dal giardinetto dei sette nani e dirigersi di corsa verso di lui, gridando: – La Prowaznik abitava al numero 38!

Solo quando lo ebbe raggiunto, Lilibeth si rese conto che il Pensatore era già là. Lo guardò con una curiosa espressione fra l'incredulo e l'ammirato, ma prima che potesse aprire bocca sbucò da dietro le sue spalle l'Asso di Picche. – O 36 o 38! – gridò con l'ultimo fiato, come un centometrista sul filo. Aveva sottobraccio un pacchetto bianco, piuttosto lungo.

Il Pensatore lo guardò con un'aria divertita. – È il 38 – disse. – E lo so già da qualche minuto.

Prima che l'Asso di Picche potesse reagire, intervenne Lilibeth. – Cos'è quel pacchetto? – domandò.

– Focaccia di Natale – rispose l'Asso di Picche. – La signora del 24 la fa fresca tutti i giorni! Solo che non ha nessuno a cui regalarla, e lei non riesce a mangiarla tutta. Buffo, vero? E me ne voleva a tutti i costi rifilare altre due!

– Ma perché continua a farne più di quella che riesce a mangiare? – si incuriosì Lilibeth.

L'Asso di Picche allargò le braccia.

– Misteri dell'animo umano – commentò il Pensatore.

Respirò profondamente e si avvicinò al cancelletto.

– Cosa vuoi fare? – domandò Lilibeth.

Il pensatore provò a spingere piano, poi si girò verso gli altri: – È aperto – disse. – Andiamo a dare un'occhiata.

Si introdussero in giardino e, camminando in fila indiana lungo un piccolo vialetto, si ritrovarono davanti alla porta di casa. Si sentiva una musica proveniente dall'interno.

– La signora del numero 30 – bisbigliò Lilibeth – mi ha detto che difficilmente sarei riuscita a sapere qualcosa della signora Prowaznik venendo a chiedere nella sua vecchia casa, perché i nuovi inquilini non ci sono mai: l'unico che è sempre in casa è il figlio, ha detto. Pare che il padre lavori in qualche cantiere all'estero, e che la madre sia proprietaria di un caffè in centro e non rientri mai prima di mezzanotte!

– Anche a me la vecchia della focaccia ha detto che il figlio è sempre in casa – confermò l'Asso di Picche. – Ha detto che non ha mai visto un ragazzo così grande e così in carne, e che una volta che gli ha domandato come mai la mattina non va mai a scuola, l'ha guardata in un modo che le ha messo paura!

Il Pensatore abbassò la maniglia e provò a spingere. Non si aspettava che fosse così facile: la porta si aprì senza opporre nessuna resistenza!

L'anticamera era piuttosto spaziosa e poco illuminata. Dall'attaccapanni pendeva la giacca a vento verde ranocchio di Wolfgang Hahn. C'erano quattro porte e una scala a chiocciola in legno che conduceva ai piani superiori. Le porte sembravano verniciate di fresco. Su una era disegnato un bambinetto che faceva pipì; su un'altra erano raffigurati una zuppiera fumante e due cucchiai da minestra.

– Così non scambia il bagno per la cucina! – ridacchiò l'Asso di Picche.

La musica, che si sentiva già dal giardino, adesso era molto forte. Proveniva da una porta senza nessun disegno, di fianco alla scala a chiocciola. L'Asso di Picche l'aprì e si trovò di fronte a una scala. La scese in punta di piedi, col fiato sospeso, seguito dal Pensatore e da Lilibeth, che si tenevano per mano. La scala portava in un grande scantinato, con le pareti imbiancate a calce, parzialmente illuminato da una lampadina che pendeva dal soffitto, semplicemente appesa a un filo. Diverse taniche gialle erano allineate di fronte a una caldaia rossa, e nell'aria c'era odore di nafta. Di fianco alla caldaia c'era una porticina grigia, di lamiera, con una grande scritta in stampatello: KONRAD WEITRA JUNIOR. Un po' più sotto, con lo stesso pennarello rosso, qualcuno aveva aggiunto: VIETATO L'INGRESSO. Su tutta la porta, poi, erano stati appiccicati degli adesivi con il disegno di un teschio seminascosto sotto due ossa incrociate, come quelli sulle cabine dell'alta tensione, o sulle confezioni di prodotti tossici, per segnalare il pericolo di morte. La musica adesso era così frastornante che il Pensatore aveva male alle orecchie, e Lilibeth non riusciva a capire quello che le stava dicendo, cioè appunto che aveva male alle orecchie.

La porticina grigia non aveva maniglia, solo una specie di chiavistello, ed era socchiusa. Il Pensatore spinse ed aprì: al di là della porticina c'era una piccola cantina, illuminata da qualche candela e arredata con una brandina e un paio di cassette. Sulla brandina, fra coperte e cuscini, era disteso un ragazzotto corpulento. Accanto a lui, su una cassetta, era seduto Wolfgang Hahn. Aveva una specie di pelle d'agnello sulle spalle. Le pareti erano tappezzate di poster di motociclette e cowboy dall'aria grintosa. La musica assordante proveniva da un giradischi sistemato nell'angolo, collegato con quattro casse acustiche appese alle pareti.

Vedendo la porta aprirsi, Wolfgang Hahn sbiancò in volto, terrorizzato. Il ragazzotto rimase immobile sul suo letto, puntando verso la porta un viso massiccio e incredibilmente inespressivo.

Il Pensatore trovò un interruttore sulla destra della porta e fece luce; l'Asso di Picche andò ad alzare il braccio del giradischi. Il passaggio dal frastuono al silenzio fu così brusco che Lilibeth provò una specie di vertigine. Il Pensatore, tirandola per una manica, le indicò un poster gigantesco, a grandezza naturale, in cui si vedeva un cowboy puntare davanti sé due grosse pistole con aria truce e minacciosa. Al collo del cowboy c'era una catenina, una vera catenina. Era una catenina d'oro con una medaglietta di Asterix. Qualcuno aveva fatto due buchi nel poster, ai lati del collo del cowboy, e ce l'aveva infilata. Sul petto, poi, all'altezza di una tasca del giubbotto, il pistolero portava una specie di saccoccia in pelle, appiccicata al poster con la colla: era il portafogli di Lilibeth. Dal cinturone pendevano diverse penne stilografiche, un goniometro, tre righelli e qualche compasso. Due penne stilografiche, notò l'Asso di Picche, erano straordinariamente somiglianti a quelle che aveva perso a scuola negli ultimi giorni. Di fianco alla porta c'era un grande scatolone pieno degli oggetti più disparati: tavolette di cioccolata, rocchetti di filo, gomme da masticare e gomme per cancellare, pile, calze da donna, giacche da uomo, cerotti, carte assorbenti, pellicole fotografiche, saponette, aghi per cucire, pettini, scatole di biscotti e bustine di sementi.

Il ragazzotto robusto si alzò di scatto facendo volare per terra il portacenere. – Cosa volete qui? – sbraitò. – Via, sciò! –. Poi si rivolse a Wolfi Hahn. – Piccolo, –

disse indicando la porta con un ampio gesto – accompagna questi signori, se ne vogliono andare!

Ostentava un atteggiamento di superiorità in stridente contrasto con l'espressione del suo volto che, almeno nella misura in cui quel faccione bovino era capace di manifestare sentimenti, rivelava piuttosto la paura. Anche la sua voce non era affatto così sicura e autoritaria come si sforzava di far sembrare.

Wolfgang Hahn non si mosse dalla sua cassetta.

– Forza! – lo incitò il ragazzotto. – Mostra loro le camere degli ospiti! – e scoppiò in una grassa risata, troppo grassa per essere vera.

Wolfi era sempre più pallido; gli occhiali gli erano scivolati fin sulla punta del naso, che gocciolava come un vero rubinetto. Anche la pelle d'agnello era scivolata dalle spalle, scoprendo un cartoncino rotondo appuntato con due spilli sul maglione. Sul cartoncino era disegnato un teschio, e sotto al teschio c'era scritto: N. 2.

Balbettò con una vocina lamentosa: – Sono miei compagni di classe!

– Sciocco! – lo aggredì il ragazzotto alzandosi in piedi sulla brandina.

Solo allora si vide che anche lui aveva appuntato un cerchietto di cartone identico a quello del Rubinetto solo che sul suo, sotto al teschio, c'era scritto: N. 1.

– Femminuccia! – continuava a inveire lui saltando sul letto come un esagitato. – Perché li hai portati al quartier generale?

Le labbra di Wolfi tremavano; erano più bianche della sua faccia.

– Ehi, non fare tanto chiasso, pancione!

Era l'Asso di Picche che aveva parlato. Si avvicinò alla brandina, l'afferrò per il fondo e la sollevò da terra. – Allora, vuoi chiudere quella bocca, pallone gonfiato?

– Grido quanto mi pare! – si infuriò il ragazzotto. – Io qui sono nel mio quartier generale e non prendo ordini da nessuno! Sparite!

L'Asso di Picche, con tutte le sue forze, riuscì ad alzare ancora di più la brandina. Il ragazzone perse l'equilibrio, volò a gambe all'aria e finì per terra, dove rimase a lamentarsi con la testa fra le mani.

– Tutte queste cose le avete rubate da soli? – domandò intanto Lilibeth al Rubinetto.

– Io non ho rubato niente – singhiozzò Wolfi. – Erano solo prove di coraggio.

– Ed era quella specie di grosso mammalucco che te le assegnava, queste prove? – domandò il Pensatore indicando il ragazzo robusto, che si stava faticosamente rialzando da terra.

– Tutti quelli che vogliono appartenere alla banda devono superare le prove – piagnucolò Wolfi.

– Tutti? E quanti siete?

– Per adesso solo due, ma...

– Taci! – lo interruppe il ragazzone. – Questi non sono affari loro!

Il Pensatore gli domandò se gli piacesse l'idea di

trasferirsi in un'altra cantina simile a quella, ma con le sbarre alle finestre. Il ragazzo robusto lo guardò con un'espressione feroce. Per un attimo sembrò che volesse scagliarsi contro di lui.

Poi l'espressione feroce lasciò il posto a una specie di ghigno e si diresse verso l'Asso di Picche, che subito alzò la guardia. Ma lui lo fissò con un'aria beota, e disse in un tono che forse voleva essere solenne: – Va bene, tu e i tuoi amici mi piacete. Potete entrare nell'organizzazione. Tu sarai il mio nuovo numero due!

Un po' sbalordito, un po' indignato, l'Asso di Picche rimase senza parole.

Il ragazzotto robusto dovette interpretare quel silenzio come un implicito assenso. Si rivolse a Wolfi e ordinò: – Consegnagli i gradi!

Ma Wolfi alzò le mani a protezione del suo distintivo e protestò: – Il numero due sono io, Konrad! L'organizzazione l'abbiamo fondata io e te!

– Altro che numero due! – gli rispose lui. Poi, rivolto all'Asso di Picche, aggiunse in tono confidenziale: – Un incapace, ecco cos'è! Un libretto di risparmio nominativo mi viene a portare!

L'Asso di Picche decise che ne aveva abbastanza. Caricò il destro e gli mollò un sonoro ceffone, lasciandogli l'impronta delle quattro dita impressa sulla guancia sinistra. Il ragazzotto, preso alla sprovvista, perse l'equilibrio e cadde all'indietro, sprofondando con tutto il suo peso nello scatolone della refurtiva e rimanendo incastrato in mezzo a quella massa di cianfrusaglie.

Wolfi fece per andare in suo aiuto, ma appena gli fu vicino il ragazzo robusto cominciò a mulinare le gambe nell'aria, tentando di prenderlo a pedate.

Lilibeth, che nel frattempo aveva già strappato al cowboy la catenina e il portafogli, domandò a Wolfi: – C'è dell'altro che proviene dalla nostra classe?

Wolfi, tenendo gli occhi bassi, si avvicinò al cowboy e alleggerì il suo cinturone di quattro penne stilografiche, due righelli e un compasso.

– Tutto il resto viene dal supermercato – spiegò. – I soldi non ci sono più.

Il ragazzotto, per il troppo agitarsi, era sprofondato sempre più, scomparendo in fondo allo scatolone; tanto che ora, apparentemente rassegnato, non faceva più nessun tentativo di venirne fuori.

– Allora direi che ce ne possiamo anche andare – propose Lilibeth. – Naturalmente Wolfi viene con noi.

– E il pallone gonfiato? – domandò l'Asso di Picche. – Non te lo vorrai lasciare scappare!

– Credo che gli ci vorrà un bel po' a liberarsi dal suo recipiente – osservò Lilibeth. – E se non sbaglio la porta ha un chiavistello!

A quelle parole lo scatolone riprese a sobbalzare e dall'interno una voce furente ordinò: – Wolfi, aiutami, presto!

Wolfi fece per avvicinarsi, ma il Pensatore lo afferrò per un braccio e lo trascinò verso la porta.

– È la più grossa confezione di carne in scatola che abbia mai visto – scherzò l'Asso di Picche.

Dallo scatolone giungevano ora imprecazioni sommesse. L'Asso di Picche si avvicinò. – Ti saluto, numero uno! E fai il bravo finché torna la mamma!

Quando vide Lilibeth richiudere la porticina dall'esterno con il chiavistello, Wolfi Hahn protestò fra i singhiozzi: – Morirà di fame e di sete! Sua madre non torna mai prima di mezzanotte, e poi prende il sonnifero e non sente niente!

– Con tutta la cioccolata e tutti i biscotti che ci sono in quello scatolone può sopravvivere per un mese! – esagerò l'Asso di Picche.

Ma il Pensatore non era dello stesso parere. – Wolfi ha ragione – disse. – Non possiamo lasciarlo chiuso là dentro e lavarcene semplicemente le mani!

In anticamera, tra la porta con il bambinetto e quella con la zuppiera, c'era un tavolino con un telefono. Sopra al tavolino, appeso alla parete, c'era un elenco di numeri. Il Pensatore li fece scorrere attentamente, finché ne trovò uno davanti al qualche c'era scritto: MAMMA/CAFFÈ.

Alzò il ricevitore, compose il numero, rimase in attesa qualche secondo, poi lo si sentì dire: – Potrei parlare con la signora Weitra, per favore?

Ci fu ancora un breve silenzio, durante il quale il Pensatore respirò due volte profondamente prima di riprendere la parola. – Buongiorno – disse. – Noi non ci conosciamo. Sto parlando da casa sua in questo momento. Sono qui con due amici. Volevo dirle che abbiamo chiuso suo figlio in cantina. Il perché lo capirà da sola: quando entrerà, basterà che si guardi un po' intorno. Adesso noi ce ne andiamo, signora. Forse sarebbe il caso che venga lei a occuparsi di suo figlio, anche perché la porta di casa è aperta, e non c'è la chiave!

Aveva parlato tutto d'un fiato, come una macchinetta, senza dare alla signora Weitra il modo di interloquire.

– Dev'esserci rimasta di sasso – disse dopo aver riattaccato. – Non l'ho sentita neanche fiatare!

Wolfi Hahn, mentre tutti seguivano la telefonata, si era avvicinato alla porta.

– Ehi, dove stai andando? – gridò il Pensatore afferrandolo per un braccio.

Wolfi cominciò a divincolarsi tirando calci e morsi, a piangere e a strillare.

– Vogliamo solo accompagnarti da tua madre e fare due chiacchiere con lei – cercò di tranquillizzarlo il Pensatore. – Non mi sembra il caso di fare tutte queste scene!

Quell'annuncio però ottenne su Wolfi l'effetto opposto a quello desiderato. Invece di tranquillizzarsi, cominciò a dibattersi ancora di più: i calci e i morsi si moltiplicarono, e le grida si fecero più acute.

– A casa no! – strillava. – Non da mia madre, per favore no!

Pareva un'altra persona. Wolfi era piccolo e poco forzuto, eppure il Pensatore stava sudando sette camicie per tenerlo fermo. Alla fine non ce la fece più:

il Rubinetto gli sgusciò via e scappò verso la porta. Aveva già una mano sulla maniglia quando l'Asso di Picche lo agguantò con forza per le spalle, tirandolo a sé e facendogli perdere la presa. Wolfi ricominciò a tirare calci e morsi, ma ormai era sfinito. Il Pensatore cercò di farlo ragionare. – Non essere sciocco – gli disse. – Dove altro potresti andare?

Lilibeth prese dall'attaccapanni la giacca a vento verde ranocchio e gliela porse. – Vedrai – lo incoraggiò. – Parleremo noi con tua madre.

Wolfi la guardò.

– Restituiremo a ognuno le sue cose – disse ancora Lilibeth. – I miei soldi non li voglio indietro.

Wolfi si calmò. Smise di tirare calci e dare morsi, e iniziò a singhiozzare piano. Si lasciò infilare la giacca senza opporre nessuna resistenza. Lilibeth gli rimise anche gli occhiali, che nella lotta erano caduti per terra. Poi il Pensatore lo prese per un braccio, l'Asso di Picche per l'altro, e si avviarono così verso la porta.

– Stiamo attenti che non faccia stupidaggini – bisbigliò il Pensatore all'Asso di Picche. L'Asso di Picche annuì.

Lungo il vialetto del giardino incontrarono due poliziotti che si stavano avvicinando alla casa. Davanti al cancello era parcheggiata una macchina della polizia, e dall'altra parte della strada tre signore guardavano incuriosite verso il numero 38.

# 5

*Nel quale non si troverà un vero e proprio lieto fine, essendo difficile immaginarne uno per una storia come questa. Tuttavia il lettore che, indifferente ai risvolti umani della vicenda, si sia fin qui interessato esclusivamente alla soluzione del caso sul piano poliziesco potrà interpretare come lieto fine la comparsa dei due poliziotti e fare a meno di questo capitolo. Ai lettori dotati di maggior larghezza di vedute vogliamo offrire ancora le seguenti pagine dei diari del Pensatore.*

*Domenica 5 dicembre*

*Non mi piace com'è finita.*

*Avremmo dovuto sistemare le cose tra noi, senza tutto quel chiasso. Purtroppo non ci siamo riusciti. E la colpa è solo mia. Ma come facevo a immaginare che la signora Weitra avrebbe chiamato la polizia? Io pensavo che venisse lei! Dovevo essere più preciso al telefono, ecco dove ho sbagliato. Se le avessi detto chiaro e tondo che tutti i beni sottratti nella terza D si trovavano nella sua cantina assieme a un altro mezzo quintale di refurtiva proveniente dal supermercato, e che suo figlio si proclamava il capo della banda dei teschi, non credo che avrebbe chiamato la polizia. Sono stato troppo impulsivo. E dal momento che la polizia è arrivata, cos'altro avremmo potuto fare, se non raccontare tutto? All'inizio ci hanno presi per ladri, sequestratori o non so cos'altro!*

*Quel Konrad è davvero un poveretto. Ma sua madre è anche peggio! È un pezzo da museo degli orrori! Non avrei mai creduto che una madre potesse essere come lei. Appena arrivata al commissariato, se l'assistente sociale non l'avesse fermata in tempo, si sarebbe scagliata addosso a Konrad per riempirlo di botte. E poi continuava a comportarsi come se fosse lei la vera vittima di tutta la faccenda. Non faceva che strillare: «Quando verrà a saperlo mio marito!». E: «Io lo sbatto in un istituto!». Almeno dieci volte avrà ripetuto ai poliziotti e all'assistente sociale l'elenco di tutte le cose che aveva comprato al suo ragazzone negli ultimi tempi. «Non gli è mai mancato niente!» urlava. «Ha tutto quello che vuole!»*

*Anche la madre di Wolfi è venuta al commissariato. Tutto un altro stile. Praticamente non ha detto niente. Credo che ci abbia messo parecchio a realizzare come stavano esattamente le cose. Insomma, esattamente, si fa per dire. Perché, in verità, non è che sia tutto così spiegabile in questa storia! Io posso anche arrivare a capire perché uno come Wolfi abbia fatto quel che ha fatto, ma quel Konrad! Quello chi se lo spiega? Come si fa a diventare così? Ho l'impressione che non basterebbe una vita per rispondere a questa domanda.*

*Tra mezz'ora ci troviamo dal Barone. Dobbiamo ancora raccontargli tutto per bene. Ieri siamo riusciti a sentirlo solo per telefono, perché al commissariato la cosa è andata molto per le lunghe, e quando siamo usciti dovevamo correre a casa a tranquillizzare le mamme. Si erano messe in testa che ci fosse successo qualcosa di brutto e avevano già telefonato a mezzo mondo. Mia mamma era molto agitata, forse ancora più di quella di Lilibeth, che è tutto dire. E il padre dell'Asso di Picche ha fatto il voto che se il suo Ottl fosse tornato a casa sano e salvo non avrebbe mai più alzato la voce contro di lui. E anche questo è tutto dire.*

*Probabilmente, il Barone è contento che la faccenda si sia conclusa come si è conclusa, anche se io e lui avevamo pensato a una soluzione diversa.*

*Quando ho cominciato a capire che il ladro doveva essere Wolfi Hahn, ne ho parlato con il Barone. Gli ho detto che ero certo che Wolfi non lo avesse fatto semplicemente per arricchirsi alle nostre spalle, ma che ci dovevano essere sotto delle ragioni un po' più complicate, forse anche molto tristi. Ero sicuro che avrebbe capito, e infatti in quell'occasione il Barone ha dimostrato tutta la sua nobiltà d'animo: ha detto che il nome del ladro, quando fossimo riusciti a scoprirlo, non doveva essere reso pubblico. Nessuno in classe doveva venirlo a sapere. Aveva già sperimentato sulla sua pelle, ha detto, cosa succede quando uno viene additato come un ladro, ed era una cosa che voleva risparmiare a Wolfi: perché nessuno aveva niente da guadagnarci se Wolfi veniva messo al bando come un criminale. La terza D, ha detto, lo aveva molto deluso. Salvo noi tre, naturalmente. E quella delusione sarebbe rimasta. Anche una sua piena riabilitazione non sarebbe stata sufficiente a far tornare le cose come prima. Li disprezza tutti, ha detto, profondamente. E per lui fa lo stesso se anche loro lo disprezzano, o se tornano a concedergli la loro stima. Della stima di certa gente non sa che farsene. Solo la professoressa Hufnagel, ha detto, avrebbe dovuto venire a sapere la verità, perché alla sua stima sì che ci tiene.*

*Lì per lì ho ammirato molto la generosità del Barone e ho pensato che quella fosse davvero la soluzione meno dolorosa per tutti. Tanto ormai i suoi rapporti con gli altri si erano già guastati: almeno in quel modo si sarebbe evitato di creare altri contrasti.*

*Ripensandoci con calma, però, credo che non avrebbe potuto funzionare: chi ci dice che la professoressa Hufnagel avrebbe mantenuto il segreto? E lo stesso Barone può essere certo che, punzecchiato in continuazione (perché questo sarebbe successo di sicuro) non avrebbe finito per perdere la pazienza e raccontare come stavano le cose? Quanto a Wolfi Hahn, anche la sua sarebbe stata una situazione assurda, sempre legato al nostro buon cuore, con il terrore che da un momento all'altro qualcuno di noi potesse tradirlo!*

*«Fategli capire che anche voi gli volete bene!» ha detto oggi la mamma quando le ho spiegato che Wolfi si era molto legato con quel Konrad, e che tutto quello che ha fatto lo ha fatto per lui.*

*Già! Facile a dirsi! Non gli abbiamo mai voluto bene. E anche adesso, per la verità, continua a non piacerci. Certo, da quando tutta la faccenda è venuta a galla, sono sinceramente addolorato, provo anche compassione per lui. Ma voler bene è un'altra cosa. È un tipo noioso, insipido e anche un po' ottuso. Ha perfino un odore un po' sgradevole.*

*Si dovrebbe poter imparare a voler bene. Uno non dovrebbe voler bene solo a un certo numero di persone, perché hanno gli occhi azzurri, un buon profumo, o perché sono dei tipi in gamba, o divertenti. Uno dovrebbe essere in grado di poter dire: "Quel tipo non mi piace, d'accordo, ma ha bisogno di qualcuno che gli voglia bene, quindi da questo momento io gli vorrò bene".*

*Forse è possibile allenarsi a voler bene. Con molto esercizio e molta pazienza. Ci potrei provare. Ma sento che sarà molto dura. Ha un odore terribile, ed è più noioso del mal di pancia. E ottuso è dire poco. Se solo penso a come si spinge continuamente gli occhiali su per quel naso gocciolante, mi viene da piangere!*

*PS: Adesso vado dal Barone. Proverò a buttare il discorso sul tema del voler bene. Ma così, incidentalmente, non vorrei che credano che mi sono messo a fare il buon samaritano. Chissà che qualcun altro non la pensi come me! Perché non c'è dubbio che se, magari, mettendoci tutti insieme, riuscissimo, almeno un po', a voler bene all'insopportabile Wolfi Hahn, tutto sarebbe molto, molto più facile.*

Guido Sgardoli

# DRAGON BOY

Fumetti e illustrazioni di Enrico Macchiavello

**LA PRIMA ROBA CHE MI VIENE IN MENTE** è che non ho niente che mi viene in mente. 

Un'altra roba che mi viene in mente è che quando scrivi un diario e poi combini qualche casino, i genitori o i poliziotti vanno subito a leggere il tuo DIARIO.

L'ho detto a Domi che un diario non mi serviva, ma lei ormai l'aveva comprato e mi ha risposto che era una cosa tutta mia e che avrei deciso io cosa scriverci o **SE** scriverci qualcosa.

– Puoi anche tenerlo e basta, senza metterci neanche una parola – ha detto.

Però, mi domando, che senso ha un diario se uno lo lascia là, con tutte le pagine bianche?

– Puoi farci i disegni – mi ha detto.

Ora i poliziotti sapranno che non so disegnare (i miei genitori lo sanno già, ma quando faccio un disegno dicono «che bello» per non farmi restare male).

Mi è venuto in mente che potrei scrivere di quando vado a scuola, che è la cosa che occupa metà della mia giornata. Ecco i PUNTI PRINCIPALI.

1) Arrivo a scuola accompagnato dall'autista di papà, Goffredo. Goffredo ha il berretto con la visiera da autista, i guanti bianchi da autista e la faccia da autista.

2) La macchina è una supermacchina con i vetri neri così nessuno sa cosa ci faccio all'interno.

3) Quando scendo davanti all'entrata, di solito qualcuno dei miei amici è già lì che mi aspetta. Ci battiamo il cinque e insieme saliamo i gradini raccontandoci cose che fanno sbellicare dalle risate.

4) Mentre entro, noto qualche ragazza molto carina che mi lancia un'occhiata. Le ragazze carine bisogna lasciarle cuocere nel loro brodo, fare finta che non sei interessato e poi, quando sembra che sei già passato senza accorgerti di loro, guardarle per un istante, con un mezzo sorriso, così

sanno che le hai viste. Attualmente non sto con nessuna, per scelta, perché se non sto con nessuna posso sceglierle TUTTE.

5) Nella mia scuola, come in tutte le scuole, ci sono dei bulli. Il preside e i professori ci hanno fatto una testa così con il bullismo. Tanto non serve, perché i bulli continuano a fare i bulli, da che mondo è mondo. Solo che con me non funziona. Ne ho messi a posto un paio una volta, tutto da solo, due che davano fastidio a un tipo sfigato, poverino, che non sapeva difendersi. Uno dei due era il Gigante. Lo chiamano così perché è davvero gigantesco. E ha già la barba. Credo sia stato bocciato tipo sei o sette volte. Quando il Gigante ti guarda sembra sempre che ti voglia smontare. Comunque, da quando gli ho dato una bella lezione, il Gigante ha imparato che è meglio starmi alla larga e adesso quando lo incontro lui cambia strada e fa finta di non avermi visto. Se uno è amico mio, dai bulli non deve avere niente da temere.

6) Come studente sono oltre la media, nel senso che mi piace studiare e prendo buoni voti. Faccio moltissimi sport e i risultati si vedono perché in educazione fisica batto tutti. Ho preso perfino una medaglia. Davvero, non ce n'è per nessuno. Oltre che per aver messo a posto il Gigante, a scuola sono molto popolare anche per un'altra cosa. Una volta è andata a fuoco la caldaia, o qualcosa di simile, e c'era fumo dappertutto. La campanella suonava come impazzita e i professori urlavano

CALMA! CALMA!

Ma loro erano i primi che non sembravano per niente calmi. Così ho preso in mano la situazione e ho guidato la mia classe (prof compresa) attraverso il fumo fino all'uscita.

Poi sono tornato dentro a salvare tutti gli altri. Quando l'incendio è stato domato, il capo dei pompieri è venuto a stringermi la mano e il preside Scognamiglio mi ha regalato una targa a nome di tutta la scuola. E sono finito pure sul giornale.

**7)** Mi chiamo MAX Stanghelli.

**LA VERITÀ È DIVERSA.** Preferisco ammetterlo perché se i poliziotti un giorno leggeranno questo diario, vorrei che non pensassero di me che sono un cacciaballe.

Perciò ricominciamo:

**1)** Mio padre non ha nessun autista e nessuna supermacchina, ma una vecchia familiare che quando è in salita viene fuori un fumo nero dal tubo di scappamento che pare notte. – Gli fai fare l'aerosol – dice mia madre quando papà supera un ciclista e gli scarica addosso il fumo accelerando.

**2)** A scuola ci vado con l'autobus numero

che passa vicino a casa e mi molla davanti alla scuola.

3) Di amici non ne ho molti. Cioè, ne avevo qualcuno quando andavo alle elementari, ma adesso che sono in prima media i miei compagni sono tutti nuovi. Tutti tranne Marietto, che continuo a chiamare Marietto anche se adesso peserà duecento chili. E comunque Marietto non è mai stato amico mio quando eravamo in classe insieme alle elementari.

4) Bulli e ragazze. Dovrebbero scambiarsi il posto. Vorrei essere invisibile per i bulli e interessante per le ragazze. Invece le ragazze manco mi vedono e i bulli sembrano attratti da me come mosche sulla cacca di un cane. Non ho mai baciato una ragazza. Però, per farmi trovare pronto quando il momento arriverà, ogni tanto mi alleno con la mia mano. Ci disegno sopra delle labbra con uno dei rossetti di mia madre e poi provo a baciarla. È un po' triste come cosa, lo ammetto, ma al momento questo è quello che passa il convento, come dice mamma quando mi mette sotto il naso qualcosa da mangiare che non mi piace. E a proposito di bulli, quando il Gigante mi viene vicino mi sento piccolissimo. Certe volte mi dice qualcosa e basta. Altre, mi minaccia con un dito che è come un TRAPANO. Al Gigante e ad altri, Alberti e De Vitis che sono di terza, do la merenda e a volte qualche spicciolo, se me li chiedono, perché così mi lasciano in pace. Che cosa dovrei fare? Non sopporto il dolore fisico.

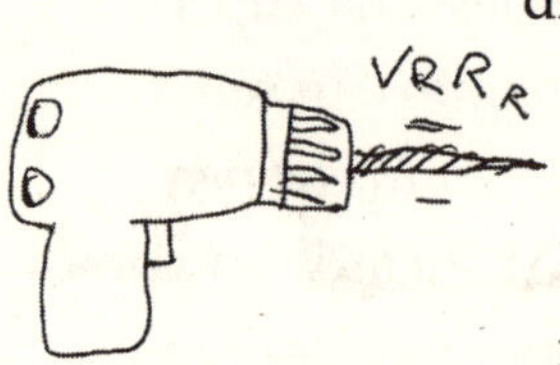


5) In matematica, storia, geografia e disegno vado abbastanza MALE. In motoria anche peggio, nel senso che

per via degli occhiali e di un problema alle gambe che mi porto dietro dalla nascita il prof Accardi mi ha esentato dalla maggior parte delle attività. E comunque, anche quando posso giocare, tipo a pallavolo, sono sempre l'ultimo a essere scelto dai capitani, perché nessuno mi vuole in squadra. I commenti sono del tipo "Nooo, con lui perdiamo!".

6) L'unico sport che pratico è il nuoto. Ma il nuoto non è uno sport, è una PALLA mostruosa!!!

7) L'unico incendio che ho visto in vita mia è quando per sbaglio mi sono dato fuoco ai capelli, l'anno scorso, accendendo le candele in chiesa. Il prete mi ha messo la testa nella vasca dell'acqua santa e nessun giornale si è occupato della faccenda.

8) La sola cosa vera è che mi chiamo Max Stanghelli.

## COSA SCRIVERE NEL DIARIO

In un diario si devono scrivere le cose che succedono al proprietario del diario, che in questo caso sono IO.

A me succedono molte cose, talmente tante che non saprei quali scrivere.

Inizio da questa. Oggi pomeriggio vado dal dentista con la mamma. Spero che non mi faccia male. Il dentista, non la mamma.

L'appuntamento è alle **16 e 30** e io mi porterò un fumetto da leggere mentre aspetto. Le riviste che ci sono dai medici e dai dentisti sono brutte e noiose, ~~anche se una volta ci ho trovato una donna nuda, tutta nuda, e per evitare che mia madre mi scoprisse stavo tutto storto verso la parete e mi coprivo la faccia con la sciarpa anche se faceva un caldo tremendo perché ero tutto rosso.~~

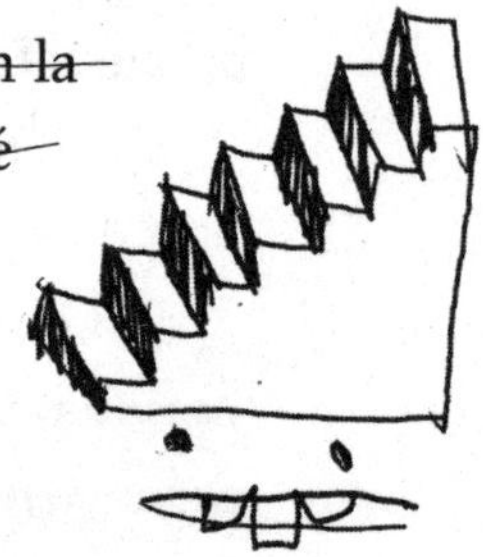

Ho deciso che nel diario non devo per forza scrivere tutto quello che mi succede.

Nel DIARIO si scrivono soprattutto i pensieri. Anche quelli che non si vorrebbe far sapere a nessuno. Neanche ai genitori.

Il diario andrebbe tenuto in un posto

**SUPER SEGRETO!**

# NOOOOOOOOOOO!!!
## NON È GIUSTO!

**IL DENTISTA MI METTERÀ L'APPARECCHIO!!!**

MOSTRO

La mamma ha detto che è importante pensare ai denti finché si è giovani. La zia Ester non l'ha fatto e a cinquant'anni aveva già la dentiera.

Chi se ne importa della zia Ester! Cioè, non l'ho detto davanti alla mamma, ma lo scrivo qui, sul diario, così se combinerò qualche casino i miei leggeranno cosa pensavo veramente della zia Ester.

E poi, non ci credo che la zia aveva la dentiera a cinquant'anni. Scommetto che la mamma lo dice apposta per convincermi.

UN APPARECCHIO!!!

Quelle robe fatte di ferro e viti che sembra che uno abbia masticato un rotolo di alluminio e gli siano rimasti dei pezzi sui denti. Ce l'avevo in classe, alle elementari, uno con l'apparecchio fatto così. Quando mangiava, in mensa, e poi apriva la bocca, aveva i pezzi di ragù o gli spinaci attaccati ai denti e tutti lo prendevano in giro. Allora lui se li toglieva con le dita. SCHIFO INTERSTELLARE!!!

I compagni si faranno venire il mal di testa per darmi un nuovo soprannome, lo so, me lo sento.

Qualcuno mi chiama *Andy*. Che non è un diminutivo di Andrea (visto che mi chiamo Max), ma di *handicap*.

**DAL DIZIONARIO CHE STA SULLA LIBRERIA** della mia camera.

> **Handicap:** *sostantivo maschile. Sistema di competizione sportiva fondato sull'attribuzione di vantaggi differenziati secondo una valutazione di qualità a favore dei singoli competitori (atleti o cavalli).*

Non ci ho capito niente.
?????????????

Cosa caspita c'entrano gli atleti e i cavalli...?

Handicap, secondo me, è quando vorresti essere come gli altri e non lo sei.

Alcuni simpatici divertimenti dei miei compagni di classe (non di tutti, solo di qualcuno, cioè i soliti, Ronchese, Paolini, Serracchiani, Labranca e Nerini, cioè i bastardi):

1. farmi lo sgambetto
2. mettermi puntine da disegno nello zaino
3. soffiarmi le briciole delle merendine o dei panini in faccia
4. ruttarmi in testa
5. spruzzarmi l'acqua se per caso li incrocio nel bagno
6. chiudermi in bagno se per caso sto facendo pipì
7. una volta mi hanno spalmato del miele sul banco.

Il mese scorso mi hanno invitato a una festa di compleanno. Anzi, mi ci ha invitato Sara, la meno carina della classe (posso dirlo, tanto Sara questo diario non lo leggerà MAI). Il compleanno non era di Sara, ma della Fabiani, una sua amica. Gli altri non volevano che lei mi invitasse e quando me l'ha domandato io stavo per dire di no. Ma Sara ha detto che non dovevo dire di NO solo perché gli altri erano dei bastardi e così io ci sono andato. Siccome tutti avevano i loro problemi e nessuno poteva passare a prendermi (o voleva passare a prendermi), Paolini mi ha dato l'indirizzo.

– È qui – mi ha detto, allungandomi un pezzo di carta scarabocchiato.

– Ok, grazie.

Come regalo avevo un libro scelto da mia madre. Ho dato il foglietto di Paolini alla mamma e lei mi ha accompagnato in macchina. Mi seccava un po' andarci con lei, però era distante e io non vado in bici per via delle gambe (una volta ci ho provato, una bici con le rotelle, ma siccome il piede destro tende all'interno, ho infilato sette volte la punta della scarpa nei raggi della ruota e alla fine la scarpa era da buttare e io avevo l'unghia dell'alluce tutta nera, quindi niente bici. E poi uno della mia età che va sulla bici con le rotelle fa proprio la figura dell'impedito e comunque dove la metto la stampella sulla bici?).

Quando siamo arrivati all'indirizzo del biglietto, al posto di un palazzo o di una villetta con i palloncini e le scritte *La festa è qui!*, c'era una specie di fabbrica e un silenzio di tomba.

Mamma è scesa e quando è tornata ha detto: – Qui non c'è nessuna festa di compleanno, non ci abita nessuno.

Allora abbiamo provato a chiedere a quelli che

passavano, ma nessuno aveva mai sentito nominare la famiglia FABIANI. Abbiamo girato da quelle parti per quasi un'ora, ma niente. Alla fine siamo tornati a casa.

La mamma continuava a dire che forse avevano scritto male l'indirizzo, ma quando il giorno dopo sono entrato in classe, Paolini mi ha guardato sghignazzando e gli altri mi si sono avvicinati facendo delle facce strane e dicendo: – Ehi, Andy! Perché non sei venuto ieri? Ti sei perso una festa **STRATOSFERICA!**

– Già, mitica!

**LE MEDIE SONO DIVERSE** dalle elementari. Molto diverse.

Non sto parlando del fatto che

① ci sono le materie e che ogni lezione dura circa cinquanta minuti e che

② ci sono i prof o le prof al posto dei maestri e delle maestre.

No. Cioè, anche queste cose sono diverse, ma non sono le cose che intendevo.

Quello che volevo dire è che quando stavo alle elementari nessuno ci faceva troppo caso ai miei problemi

. . .

cioè a come sono. Erano abituati a vedermi così, e perfino io non ci facevo quasi caso. Perché da dentro tu mica vedi come sei e ti sembra di essere uguale agli altri.

Adesso invece è tutto nuovo perché i compagni sono

NUOVI e anche gli insegnanti sono NUOVI e sono NUOVI gli occhi che mi guardano. E così anch'io mi sento NUOVO, diverso da com'ero prima.
È come ricominciare da capo, come se il prima non fosse mai esistito.

Occhi che sono sempre a guardare, e quando me li sento addosso vorrei andarmene, sparire, diventare INVISIBILE. Invece resto lì, divento tutto rosso e guardo in basso, il libro o il banco, o le mie stupidissime gambe storte che sembra che anche loro mi guardino e dicano:

"CHE CAVOLO HAI DA GUARDARE???!!!"

**STAVAMO FACENDO UNA RICERCA** di scienze, in classe, divisi per gruppi, e c'era un gran silenzio perché tutti erano impegnati a lavorare. In pratica, Ronchese,

Serracchiani e Nerini si sono messi a parlare tra loro come attraverso un vetro, muovendo solo le labbra, e io, che porto l'apparecchio acustico, ho controllato che fosse attaccato. Il mio apparecchio acustico si chiama impianto cocleare ed è una cosa abbastanza moderna, perché è collegato direttamente al cervello quindi è un po' come se avessi l'orecchio bionico.

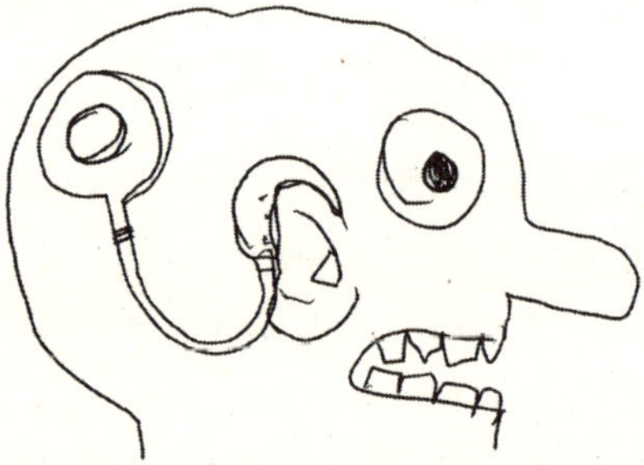

Ma anche con l'impianto acceso le loro voci non riuscivo a sentirle, che è impossibile perché io non sono sordo, cioè ci sento poco ma non sono SORDO. Siccome il resto della classe era tutto concentrato nel lavoro, nessuno parlava e così mi sono tolto l'apparecchio pensando che si fosse rotto o chissà che, e gli ho dato qualche piccola botta. Poi me lo sono rimesso, ma niente. Mi è venuto un colpo, perché ho pensato che se non era colpa dell'apparecchio forse avevo perso quel poco di udito che mi resta. Allora sono andato dalla prof Nicolini e le ho urlato in faccia:

– **PROF! NON CI SENTO PIÙ, PROF!**

Lei ha fatto un salto sulla sedia e mi ha detto: – Perché stai urlando, Stanghelli?

Così ho capito che l'apparecchio funzionava benissimo. Infatti, quelli del mio gruppo di ricerca erano piegati in due dal ridere.

– Forte – gli ho detto quando sono tornato a sedermi. Ho detto così perché non volevo che pensassero che me l'ero presa e ho perfino sorriso. Anche Marietto l'ho beccato che ridacchiava, con la sua pancia molle che andava su e giù. Magari lui, di ridere, poteva risparmiarselo.

E oggi di nuovo dal dentista!!!

Perché la vita è così schifosa?

**DOPO QUALCOSA COME 30 ORE 30 DI LAVORO** mi sono ritrovato con un chilo e mezzo di ferro in bocca. Il dentista era tutto contento. – Ecco fatto – ha detto sorridendo. – Adesso quando passerai sotto un metal detector verrai come minimo ARRESTATO!

Anche la mamma ha sorriso.

E come se non bastasse tutto il ferro, c'è che, siccome ho la mascella che va da un lato e la mandibola da quello opposto, il mio è un apparecchio speciale (che fortuna!), pieno di elastichetti che mi tirano la bocca di traverso. – Ma se uno di questi elastichetti si rompe mentre dormo e mi finisce in gola? – ho chiesto al dentista. Lui mi ha guardato come se avessi fatto la domanda più STUPIDA dell'intero universo conosciuto (e anche sconosciuto), e probabilmente per lui era proprio la domanda più STUPIDA di tutto l'universo, perché ha sospirato, ha alzato gli occhi al cielo come a dire "ma senti che domanda STUPIDA che mi viene a fare questo qua", ha fatto un sorrisetto alla mamma come a dire "mi dispiace per lei signora che ha un figlio così STUPIDO", e ha risposto: – Sono elastici speciali, per apparecchi speciali. Non si rompono. Hai capito, ragazzino?

A casa sono stato quasi un'ora davanti allo specchio del bagno a guardarmi gli elastichetti in fondo alla bocca.

Per i poliziotti che forse un giorno leggeranno il mio diario:

Se muoio soffocato da un elastichetto è colpa del dentista. Ha lo studio dopo il centro commerciale, vicino a una gelateria. E non ci ha fatto neanche la ricevuta.

**ANDATO A SCUOLA** con apparecchio nuovo.

Non ho mai aperto la bocca per paura che vedessero come sono pieno di ferri e ferretti. Quando qualcuno mi ha chiesto qualcosa ho risposto senza aprire le labbra e così non si capiva niente.

**MMMMMMMMMMMMMMMMM**

La prof Nicolini mi ha interrogato, ma le mie risposte non si capivano. Così lei mi ha detto di smetterla di fare lo spiritoso e se per caso avevo ingoiato un tubetto di colla.

Ho detto **MMMMMMMM** e lei mi ha messo 4.

Tanto non avevo studiato perché ero stato tutto il pomeriggio dal dentista.

**CERTE VOLTE QUANDO PENSI** intensamente a una cosa perché non vuoi assolutamente che accada, finisce che quella accade per davvero.

Tipo, metti che una sera c'è un film di quelli che non vuoi assolutamente perdere (che so? qualcosa di Steven Seagal che a me piace da morire quando fa a cazzotti e spacca i polsi o infila un forchettone per la pasta in una gamba e non cambia mai nemmeno espressione), oppure che ti hanno appena regalato un nuovo gioco per la tua consolle, oppure che sei stato per ***30 ore 30*** seduto sulla poltrona di un dentista crudele. Insomma metti che per qualche importantissima questione non hai potuto fare quell'insulso problema di matematica o finire quel noiosissimo capitolo di storia. Così te ne vai a scuola la mattina dopo con quella sensazione di aver ingoiato una banana intera, di non aver fatto quello che dovevi e quando il prof di matematica o di lettere o di quello-che-non-hai-studiato entra in classe tieni lo sguardo basso sul banco e le spalle giù, i piedi uno sopra l'altro e le mani infilate sotto le cosce, e pensi, anzi preghi:

*Spiega Spiega Spiega Spiega Spiega Spiega Spiega Spiega Spiega Spiega Spiega Spiega Spiega.*

Invece il prof dice: – Oggi facciamo qualche domanda, vediamo se avete studiato.

Allora tu ti fai ancora più piccolo, che se potessi

scompariresti sotto la sedia, e fingi di provare un incredibile interesse per la riga di plastica che borda il tuo banco e intanto pensi: «Non me non me non me non me, chiama la Conte che è una secchiona e guarda sempre negli occhi i prof nella speranza di essere interrogata, chiama Ronchese che è ignorante come una mosca e magari ci facciamo due risate, chiama Capanna, poverino, che balbetta e ci mette un'ora a dire una cosa e magari tiriamo avanti fino a che suona la campanella, ma

NON CHIAMARE ME!

E invece, tra tutti, il prof fa proprio il tuo nome. E mentre pensi: «Almeno non chiedermi proprio quella cosa lì che non so» il prof ti chiede **PROPRIO** la cosa che non sai, che sembra che ti abbia letto nel pensiero, accidenti a lui!

"Se lo vuoi lo otterrai" diceva qualcuno. Non ne sono così sicuro.

Però, è anche vero che certe volte, quando pensi intensamente a una cosa perché VUOI proprio che accada, quella NON accade manco se ti metti a piangere in turco (lo dice sempre mia madre "neanche se ti metti a piangere in turco", ma non ho mai capito come cavolo si fa a piangere in turco). Tipo:

1. vincere la lotteria
2. essere invitato alle feste
3. che la piscina chiuda perché c'è un buco nella vasca o un'invasione di girini e venga abolito il corso di nuoto
4. che al Gigante, Alberti, De Vitis, Ronchese, Serracchiani, Labranca, Nerini e Paolini venga un attacco fulminante di varicella, morbillo, scarlattina, orecchioni e

dissenteria, tutto insieme, e passino il resto delle medie a letto

5. di sentirci senza apparecchio, di vederci senza gli occhiali, di camminare senza stampella, di non aver bisogno del dentista, tutto insieme

6. che la tua sorella preferita torni a stare a casa.

**OGGI, A SCUOLA,** ho dovuto aprire la bocca. (Non potevo stare per tutto il resto dell'anno scolastico in silenzio, no?)

La prima a vedermi è stata Sara, quella brutta. Mi ha sorriso e mi ha subito detto che anche lei deve farsi un apparecchio così. Non credo dicesse la verità. Forse voleva solo consolarmi. Comunque a me non importa niente, perché dietro di lei c'erano Paolini e Labranca che hanno cominciato subito a ridere. Poi hanno chiamato gli altri dicendo di venire a vedere perché qualcuno mi aveva messo una mano di cemento sui denti. Dopo si sono sbizzarriti con battute intelligenti come loro, tipo:

1. Che dentifricio usi, Ferro-Dent?
2. Perché hai uno specchietto in bocca?
3. Hai mangiato il filo spinato?
4. Hai mangiato il Domopak?
5. Al posto del dentifricio usi il Brillacciaio?
6. Ma se passi vicino a una calamita ci finisci attaccato?

Dopo un po' l'hanno piantata.

Almeno fino a domani.

E per fortuna non sanno degli elastichetti.

**OGGI SCRIVO DEL NUOTO.**

I miei mi hanno COSTRETTO a fare nuoto perché dicono che fa bene al fisico e siccome io ho qualche problema con il mio fisico, il nuoto è proprio lo sport che fa per me. Dicono loro.

Il nuoto è andare avanti e indietro e ogni tanto guardare il maestro di nuoto se ti sta facendo segno di cambiare. In acqua il mio apparecchio acustico non ci può andare e così, nello spogliatoio, lo levo e lo ficco dentro una scatolina. A quel punto mi resta solo l'orecchio buono e, tra l'acqua che mi entra nelle orecchie, la cuffia e il rimbombo, non sento più un tubo e il maestro può sgolarsi finché gli pare, ma se io non lo guardo non lo sento.

Il problema è che sono pure ipermetrope (in pratica senza occhiali non ci vedo un cavolo) e così indosso una maschera da sub con le lenti graduate. Sono l'unico in piscina con la maschera da sub, e qualche volta quelli che non mi hanno mai visto ridono.

Allora, alla fine, il nuoto è:

1. andare avanti e indietro
2. sbattere contro i galleggianti che delimitano le corsie
3. bere acqua che sa di cloro e tossire
4. prendere freddo quando esci dall'acqua (certe volte le labbra mi diventano blu)
5. avere la pelle delle dita piena di pieghette
6. indossare la cuffia di gomma che tira i capelli
7. trovare un cerotto che galleggia

Ecco il nuoto per me.

L'unica cosa bella è quando vado a fare la doccia. Starei sotto l'acqua calda per dieci ore di seguito, se potessi. Invece devo sbrigarmi perché la mamma mi aspetta nello spogliatoio e se non mi spiccio mette la testa dentro la doccia per chiedermi se ho finito.

– Non puoi nuotare SEMPRE a dorso – mi ripete il maestro di nuoto, che si chiama Roberto ma io l'ho soprannominato "Romperto", perché rompe sempre. – Devi fare anche gli altri stili.

Quando faccio lo stile libero c'è sempre qualcuno che mi guarda e fa una faccia strana, perché ho un difetto alla colonna vertebrale e se nuoto a stile libero si vede. È una specie di cresta fatta di ossicini, una catena montuosa che mi corre dal collo fin quasi al sedere.

Preferisco nuotare a pancia sopra, così nessuno fa facce strane o dice "Guarda cos'ha quello", a meno che in fondo alla piscina non ci sia un sub, ma è abbastanza improbabile che sul fondo della piscina ci sia un sub. In spogliatoio o sotto la doccia sto sempre con la schiena verso il muro, così nessuno se ne accorge. Problema risolto.

Una volta, nella palestra della scuola, Ronchese mi ha visto senza la maglietta e, indicando la mia schiena, ha detto agli altri: – Che schifo!

Io ho fatto finta di non aver sentito.

**PER IL FINE SETTIMANA** è tornata Domi.

Domitilla è una delle mie sorelle. Anzi, la mia sorella preferita.

Ha iniziato l'università a ottobre, poco dopo che io ho cominciato la prima media. Fa il DAMS che vuol dire Discipline delle Arti, della Musica e dello Spettacolo. Mi ci è voluto un bel pezzo per impararlo a memoria! È una specie di scuola artistica, però è in un'altra città a 100 ore 100 di treno da qui. Quindi Domi vive lì, dal lunedì al venerdì.

Ho un'altra sorella, più grande, Carolina. Lei invece è sposata e ha una casa sua. Ha anche un marito che si chiama Giorgio, che fa il pittore, e un bambino piccolo di qualche mese, ma grande più o meno come il mio vecchio Tirannosaurus Rex. Così sono diventato uno **ZIO**, anche se ho solo undici anni, che per certe cose è abbastanza, ma per essere uno zio è poco.

Comunque, quando Domi torna a casa è BELLISSIMO perché mi sembra che tutto sia ancora come una volta, prima che andasse all'università. Domi è una che quando è a casa, la casa la riempie. Parla sempre e sorride. Fa cose strane, come cantare e ballare o suonare la chitarra. E poi ha un buonissimo odore. A volte sento che è stata in una stanza perché ci ha lasciato il suo profumo. Ma perché l'università non la fanno vicino a casa? Così uno non deve mai andare via.

Io, quando sarò grande, non ci voglio andare all'università. Io rimarrò a casa per sempre.

Appena Domi è arrivata le ho fatto vedere il diario, ma

solo da fuori, anche se me lo ha regalato lei. Un diario è segreto (a parte quando combini qualcosa che allora lo leggono i poliziotti e i genitori, oppure se muori e nel frattempo sei diventato famoso allora fanno un libro dei tuoi ricordi). Lei mi ha detto: – Bravo! Hai cominciato a scriverci!

– Sì – ho risposto.

Poi mi ha chiesto se avevo voglia di andare al cinema, io e lei.

Domi è così. Non è di quelle sorelle GRANDI che sbuffano se devono stare con il fratello *piccolo*. Anzi, è lei che mi chiede se voglio fare le cose insieme a lei. Le piacciono molto i cartoni animati e quand'ero piccolo li guardavamo sempre insieme. A volte giochiamo a carte o a Monopoli oppure mi porta a vedere una mostra di quadri o di fotografie (che non mi interessa molto, ma mi piace stare con lei così ci vado).

Siamo andati a vedere un film di supereroi, in 3D.

A un certo punto mi sono preso una paura perché un mostro è praticamente SALTATO fuori dallo schermo e mi è caduto l'apparecchio acustico nel secchiello dei popcorn. Quando l'ho rimesso su era così unto che mi ha unto anche l'orecchio.

DA RICORDARE: IL POPCORN SI
STRA-ATTACCA
ALL'APPARECCHIO PER I DENTI!!!

IMPORTANTE!

Tornati a casa Domi ha fatto il mio dolce preferito, che si chiama *Ildolcedimax* proprio perché è il mio preferito!!! Ildolcedimax è fatto di cioccolata, crema e biscottini avanzati, di quelli troppo molli per essere masticati.

Mentre ero al cinema con Domi e guardavo il film, mi è tornato in mente quando al cinema ci sono andato con la classe, un mesetto fa. Quella volta siamo andati a vedere un documentario sulla guerra, con il prof di storia, Savino, uno che sembra sempre scocciato di tutto. Prima di entrare ho bevuto una Coca per fare i rutti come gli altri compagni, perché una cosa davvero divertente è quando si fanno i rutti. Poi però, all'inizio del film, mi scappava la pipì e così ho chiesto al prof se potevo andare in bagno.

– Proprio adesso? – ha detto lui seccato.

– Mi scappa, prof – ho risposto io.

– Uffa – ha risposto lui.

Quando dovevo uscire dal bagno, non riuscivo più ad aprire la porta e mi sono un po' agitato così mi è caduto l'apparecchio nel GABINETTO.

A quel punto ho dovuto recuperarlo anche se mi faceva schifo e l'ho preso. Ma poi non funzionava più. Siccome mi vergognavo di mettermi a battere contro la porta o urlare, ho aspettato, seduto sulla tazza come quando non ti viene, finché il prof Savino, tipo dopo sei ore, mi ha aperto. Ha detto qualcosa, ma io non riuscivo a sentirlo. So solo che era più scocciato del solito. Poi è arrivato anche il tipo del cinema e anche lui ha detto qualcosa e dalla faccia non doveva essere tanto contento neanche lui, perché per recuperare l'apparecchio senza bagnarmi le mani avevo usato tutta la carta igienica e l'avevo buttata nel gabinetto che adesso si era intasato. Quando sono tornato in sala, il film stava finendo e gli altri ridevano di me. Avevo le scarpe e l'orlo dei pantaloni inzuppati che sembrava me la fossi fatta addosso. E mi sa che è esattamente ciò che ha pensato la maggior parte dei miei compagni.

Ho visto l'ultimo pezzo del film senza sentire quasi niente, come se fosse uno di quelli di una volta, muti, tipo le comiche, ma senza nemmeno la musichetta simpatica. E intanto Nerini mi ruttava addosso (Nerini è un maestro nei rutti, non lo batte nessuno).

Nel pomeriggio mi è toccato fare il riassunto del documentario, ma siccome non l'avevo visto ho scritto solo l'inizio e la fine. E Savino mi ha dato 4.

– Così impari ad andare in bagno proprio nel momento meno opportuno – mi ha detto.

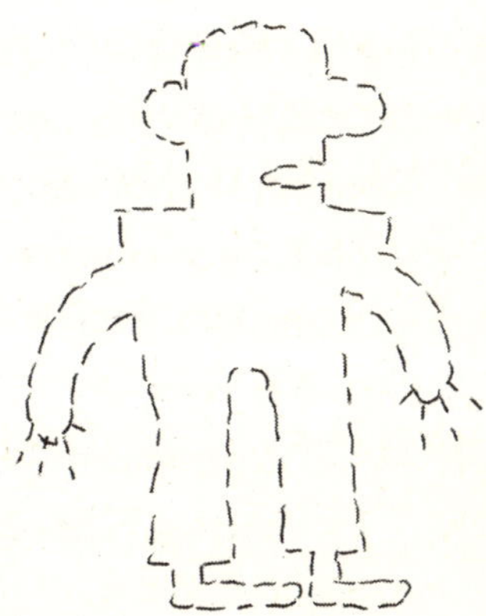

**A VOLTE PENSO** che mi piacerebbe essere invisibile.

Passare in mezzo alla gente, guardarla senza essere visto, scivolare di qua e di là. Invisibile come l'uomo invisibile di quel film. Fare un mucchio di scherzi senza essere scoperto, fregare qualcosa e passarla liscia. Sì, lo so che non dovrei dirlo, soprattutto se un giorno i poliziotti leggeranno questo diario, ma io **NON** ho detto che ho fregato qualcosa a qualcuno, ma solo che *se* fossi invisibile magari, può darsi, ma forse anche no, *potrei* fregare qualcosa a qualcuno.

Comunque, non è per fare gli scherzi alla gente o per rubacchiare che vorrei essere invisibile. Vorrei solo che gli altri non mi vedessero. Perché a volte, quando mi vedono, non mi piace.

Essere invisibili si può. Ce l'avevo in classe, uno invisibile, alle elementari. È stato un anno e poi è sparito. Si chiamava Egidio e il cognome non me lo ricordo. Egidio era invisibile, cioè lo vedevi seduto al banco, ma era come se non esistesse. Non parlava con nessuno, non giocava con nessuno, non alzava mai lo sguardo. E nessuno gli faceva domande, nessuno gli diceva di giocare con lui durante la ricreazione, nessuno lo invitava a casa il pomeriggio, nessuno gli diceva niente, non lo prendevano neanche in giro. Niente. **INVISIBILE**. Egidio era una specie di mistero. Era arrivato dal niente, in terza, e l'anno dopo se n'era già andato. Forse era un alieno.

Certe volte mi sembra che Egidio me lo sono solo sognato, che non c'è mai stato.

A volte ci ho provato a fare l'invisibile, a starmene là come Egidio, imbalsamato a pensare ai fatti miei, ma io non sono come Egidio e dopo un po' ridivento visibile e gli altri mi notano.

L'invisibilità è un'arte che non ho.

Certe volte giro un po' in rete. Come fanno tutti.

Certe volte chatto (non so se si scrive così). C'è questa cosa che usano tutti, tipo Facebook, solo che è più moderno e si chiama Lookatme.

Io, come foto del profilo, ci ho messo un'immagine presa da Internet, un ragazzino con gli occhiali rotondi che legge un libro.

Se ci penso, chattare senza che gli altri sappiano davvero chi sei o come sei è un po' come essere invisibile, no? Come Egidio. Esserci ma anche non esserci. È una sensazione che mi fa sentire bene, al sicuro. MI PIACE.

Da un po' di tempo c'è una ragazzina che mi scrive. Si chiama DEBORAH e dalla foto sembra carina. Ha i capelli rossi e lunghi, le lentiggini e gli occhi verdissimi. Ho provato a prendere la foto del suo profilo e metterla su Google per vedere se come me l'aveva presa da qualche parte, ma non risulta. Deve essere proprio lei.

Ieri mi ha scritto *Ciao MAX! Perché non ci metti una foto TUA sul profilo?*

In effetti se io sono riuscito a scoprire che la sua foto è originale e non copiata da qualche sito, avrei dovuto immaginare che lei avrebbe fatto altrettanto e così ha scoperto che il ragazzino con gli occhiali tondi non sono io ma un'immagine che sta sul sito di una libreria di Roma.

Adesso cosa faccio?

Potrei mettere un'altra foto, di qualcun altro, finché Deborah non se ne accorge di nuovo, oppure fare finta di niente.

Farò finta di niente. Io sono INVISIBILE.

**UNA VOLTA** la prof De Vecchi a lezione ha detto una cosa che mi ha fatto pensare.

Una cosa che suona più o meno così: *gran parte dell'insoddisfazione dell'uomo dipende dal non sapersi accettare per quel che si è. Si passa la vita a sembrare ciò che non siamo e a cui vorremmo assomigliare.* Mi sono chiesto, a cosa vorrei assomigliare?

A niente, vorrei assomigliare. Solo essere invisibile.

Ho pensato che se magari mi concentro per bene, posso provare a essere invisibile.

È vero che quando pensi tanto a una cosa quella cosa non accade MAI. Però una volta ho sentito Domi dire che sono i pensieri a plasmare la realtà. C'entra con la fisica quantistica o una roba simile. Comunque, il punto è che ho fatto un esperimento.

L'esperimento si chiama

## ESPERIMENTO DI INVISIBILITÀ

Mi sono messo in piedi, in un angolo del salotto, immobile, e ho aspettato che passasse qualcuno.

È passata la mamma. Parlava al telefono (tanto per cambiare) e quando si è accorta che ero lì ha fatto un salto. Poi ha coperto il microfono con la mano per non farsi sentire e ha detto: – Max! Mi hai fatto prendere un colpo!

Dopo qualche minuto è ripassata, stavolta senza telefono. E io sempre lì, immobile.

– Max – è sbottata – si può sapere cosa fai? Sembri una statua o un soprammobile!

Non ho risposto.

Quando vedo Domi devo ricordarmi di dirle che non è vero che i pensieri plasmano la realtà.

Ci ho riprovato verso sera.

Questa volta mi sono un po' mimetizzato. Mi sono nascosto dietro una tenda, in salotto.

La tenda è di un tessuto leggero e così riuscivo a vedere cosa succedeva dall'altra parte.

A un certo punto è arrivato papà. Si è seduto in poltrona e ha sbadigliato. Poi ha preso il giornale dal tavolino e si è messo a leggere. Non si era accorto di niente.

Poi è arrivata la mamma.

– Max, – ha detto – ti si vedono i piedi.

Papà allora ha messo giù il giornale e quando ha visto le mie pantofole che sbucavano da sotto la tenda è corso verso la parete e dopo aver battuto tre volte la mano sul muro ha detto: – Tana per Max, dietro la tenda!

**OLTRE CHE ANDY**, a volte per prendermi in giro mi chiamano Vecchietto, perché dicono che con la stampella e l'apparecchio acustico sembro un vecchietto.

Per un po' mi hanno chiamato anche Alien, per via delle lenti degli occhiali che mi fanno gli occhi enormi, come quelli di un rospo o di un gufo o di un alieno.

Meglio Alien di Andy o di Vecchietto.

Se fossi davvero un alieno diventerei una specie di rockstar, mi dedicherebbero articoli di giornale e interviste, andrei in Tv, forse farei un film. Sarei tutto tranne che invisibile.

Oppure avrebbero tutti paura di me e io mi divertirei a puntare il mio dito laser contro Ronchese, Paolini, Serracchiani, Labranca, Nerini, contro il Gigante e gli altri bulli, contro il prof Pirro che ce l'ha sempre con me, e direi (con la mia voce da alieno): "Ve la fate sotto adesso, vero? Cominciate a pregare, perché mi sta per partire un raggio! Un caldo raggetto che vi surriscalderà il cervelletto! Eh eh eh!!!".

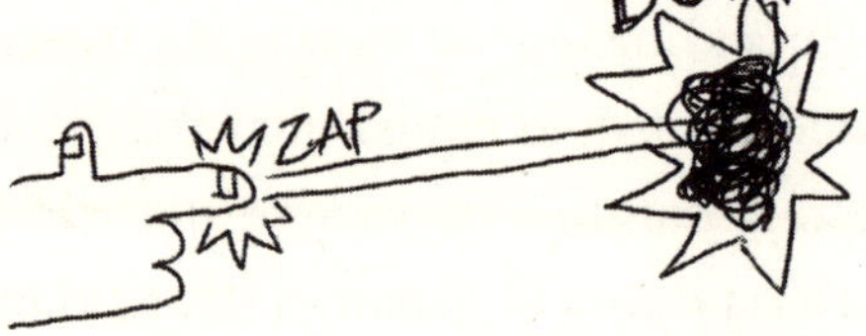


A pensarci sarei una specie di SUPEREROE! Non invisibile, ma quasi. Potrei vivere in un posto SEGRETO e saltarmene fuori quando mi pare per fare qualche scherzetto a chi mi sta sulle scatole. Con il mio raggio laser superpotente potrei tagliare le auto a metà, fare la riga in mezzo a quelli coi capelli lunghi, far evaporare una piscina, fare buchi nei muri e un mucchio di altre cose. Potrei anche aiutare papà a fare i modellini perché salderei i pezzi col calore del mio dito.

Mio padre fa i modellini di navi. Non li fa di lavoro. Di lavoro sta in un ufficio, che poi sarebbe la redazione del giornale per cui lavora, *L'Opinionista*. Per lo più, mio padre scrive articoli tipo:

- Auto abbatte semaforo – traffico in tilt per quattro ore
- Impiegato acquista Ferrari online, ma l'auto non arriva
- Aperta la nuova sede degli alpini: entra acqua dal tetto
- Nonna Ada spegne centocinque candeline: la fermano nel parcheggio della discoteca
- Cane azzanna il suo padrone: aveva fame

Notizie così, non molto importanti, dice la mamma. In realtà papà ha sempre sognato di fare il giornalista e quando in Tv guarda le trasmissioni dei suoi colleghi (lui li chiama colleghi), si vede che vorrebbe stare al loro posto e occuparsi dei grandi temi mondiali.

Quando papà non è in redazione, si rilassa costruendo modellini di navi antiche. Ha trasformato la stanza che una volta era di Carolina in una specie di laboratorio. Fare i modellini delle navi è il suo HOBBY.

Papà passa molto tempo a fare i modellini delle navi. A volte mamma lo chiama perché la cena si raffredda e lui: – Vengo!

Come faccio io quando sto giocando a qualcosa e non ho voglia di smettere. Le navi che fa papà sono navi con le vele, come quelle dei pirati dei film, e hanno nomi stranissimi. Anche lui ha un soprannome. Gliel'ha dato la mamma. Lo chiama CAPITANO, per via delle navi che fa. Mamma dice anche che se papà si mettesse a vendere i suoi modellini guadagnerebbe più di quello che prende lavorando a *L'Opinionista*.

Anche mamma ha un suo hobby che è stare al telefono.

Ha un sacco di amiche e sta sempre AL TELEFONO con questa o con quella. Ma soprattutto con mia sorella Carolina.

Dico che è il suo hobby perché un hobby è una cosa che ti piace fare (così ce l'ha spiegato una volta la maestra delle elementari) e a mia mamma piace un sacco stare **AL TELEFONO**, e se io sono in circolazione allora lei mi fa segno che è **AL TELEFONO** (come se non la vedessi) e si chiude in qualche stanza e se io arrivo in quella stanza per qualche motivo, lei mi sorride, mi accarezza i capelli e, facendo segno che è **AL TELEFONO**, cambia stanza. Non sempre quando è **AL TELEFONO** parla. Certe volte sta solo ad ascoltare.

Non so perché non usi WhatsApp o Facebook come fanno tutti. Secondo me farebbe prima e non starebbe tutto quel tempo con l'orecchio attaccato al cellulare, che dicono che fa male. Una volta gliel'ho chiesto.

Lei mi ha risposto che non ci capisce niente di quelle robe lì, che a malapena ha imparato a usare il cellulare, che è cresciuta con il telefono fisso, che in casa sua ce n'era uno solo e che lo usavano, a turno, lei, le sue sorelle e i suoi genitori, e io li immagino in fila ordinata come ci mettevano alle elementari quando uscivamo da scuola o andavamo da qualche parte, o come capita a volte al cinema, di sabato o di domenica, quando c'è tanta gente.

BLA
BLA
BLA

BLA
BLA
BLA

Certe volte la casa è davvero vuota e silenziosa che sembra che non mi funzioni l'apparecchio. Io alzo il volume, ma le cose non cambiano. C'è un sacco di silenzio. TROPPO.

Questo è il silenzio.

**MAMMA HA DETTO CHE HA FISSATO** la visita di controllo dall'ortopedico per giovedì prossimo, di non prendere impegni.

E che impegni ho?

Quando ho capito che io dai dottori ci andavo troppo spesso rispetto agli altri bambini, ho chiesto alla mamma se ero malato. Avevo cinque anni.

Da piccolo a certe differenze non ci fai caso.

Infatti, quand'ero alla materna e poi alle elementari, nessuno mi prendeva in giro per come sono.

Alle medie, invece, è cambiato tutto. E sono diventato diverso dagli altri.

Quando da piccolo chiedevo alla mamma se ero malato, lei rispondeva di non preoccuparmi, che tutto era a posto, che non avevo NIENTE che non andava. E io ci ho creduto, che tutto era a posto, che non avevo NIENTE che non andava. Che ero come gli altri.

Ma non era tutto a posto, non per me. E non è tutto a posto neanche adesso.

Tra la stampella per camminare, l'apparecchio incollato sulla testa e la cresta sulla schiena, come fa a essere

**TUTTO A POSTO?!**

L'ortopedico dice che si dovrebbe fare un'operazione per allungare e raddrizzare la gamba che non va. Forse potrò smettere di usare la stampella. Ma io non so. È un'operazione lunga e dolorosa e anche quello che verrà dopo sarà lungo e doloroso.

Forse preferisco restare con questa gamba storta e piccola. In fondo ci sono affezionato.

**OGGI È SUCCESSA UNA COSA STRANA**, di quelle cose che finiscono nei diari. Anzi, forse è proprio per questo che esistono i diari, per scriverci le cose strane.

Alla terza ora, il prof Pirro mi ha mandato in sala professori perché si era dimenticato il registro. Il prof Pirro insegna matematica, una delle materie in cui vado peggio. Secondo lui io e la matematica siamo incompatibili, così dice. Probabilmente ha ragione, però lui questa cosa la dice sempre davanti a tutta la classe e un po' mi dà fastidio. Il prof Pirro mi manda spesso a prendere delle cose o mi fa pulire la lavagna. «Così ti rendi utile» dice. Lui è uno di quelli contro cui punterei il dito laser se davvero fossi un ALIENO.

Comunque, stamattina mi ha mandato in sala professori. Ha detto proprio: – Vacci tu, Stanghelli, così ti rendi utile.

La sala professori è uno stanzone con un grande tavolo al centro. Siccome sul tavolo c'era un sacco di confusione, la prof Ferri, che è la mia prof di educazione musicale, ha detto: – Aspetta un attimo, Stanghelli, che lo cerco. Se vuoi intanto mangiati una fetta di torta.

Ma io, per paura che mi rimanessero tutti i pezzi attaccati all'apparecchio, ho risposto: – No, grazie.

Mentre lei cercava il registro del prof Pirro, l'occhio mi è caduto sul cestino della carta che c'era accanto al tavolo.

Dentro il cestino c'era un disegno. Anzi, non era solo 1 disegno, erano MOLTI disegni. Ma non disegni interi, su una pagina, ma dentro dei riquadri. In pratica era 1 FUMETTO. Ma non un fumetto come gli altri, di quelli stampati. NO. Questo era un foglio normale, e sembrava una cosa fatta un po' male, cioè non proprio di quei fumetti veri che si vendono all'edicola. Questo era come se l'avesse fatto qualcuno per divertirsi.

Siccome la prof ancora non aveva trovato il registro e quel fumetto mi incuriosiva, ho pensato di prendermelo. Mi sono chinato con la scusa di allacciarmi la scarpa e in un nanosecondo me lo sono infilato sotto la felpa.

– Ecco il tuo registro! – ha detto un attimo dopo la prof Ferri.

E io: – Eh? Ah, sì, grazie prof.

– Allora, lo fai questo musical con noi? – ha chiesto lei a bruciapelo.

Domanda a tradimento!!!

Io l'ho guardata come se fosse un mostro venuto dagli abissi.

– Veramente io…

La prof Ferri ha la fissa degli spettacoli. Ogni anno, mi hanno detto, alle prime fa fare uno spettacolo. Quest'anno ha scelto un musical, cioè una cosa dove si balla e si canta oltre che recitare. E lo viene a chiedere proprio A ME, lo sfigato della classe, che dovrei recitare con la stampella e la bocca chiusa per non far vedere il ferro che ho sui denti, che se solo la apro un po' troppo potrebbe partirmi un elastichetto dritto giù per la gola o in faccia a un altro attore!! E se poi mi si stacca l'impianto e mi perdo la musica e le battute o mi cade in mezzo alla platea durante uno svolazzo? Sai che risate? No grazie, davvero NO, mi dispiace tanto ma NO, proprio NO grazie.

– Non lo so – ho risposto diventando rosso.

– Pensaci, Stanghelli – ha insistito lei. – Cos'hai da perdere?

«Cos'ho da perdere?» ho pensato. Da perdere tutto, da guadagnarci niente! Ecco cosa!

– Ti divertirai! – mi ha gridato mentre uscivo.

Sì, come no, un divertimento da MORIRE!

Comunque, con il registro sotto il braccio sono tornato in classe. In realtà non vedevo l'ora di tirare fuori quello strano fumetto e dargli un'occhiata. Solo quello m'importava.

– Quanto ci hai messo, Stanghelli? – ha sbuffato il prof. – Sei andato a farti un giretto, vero? Intanto i tuoi compagni sgobbavano...

Non mi sembravano così affaticati, a dire la verità, ma ho evitato di dirlo e me ne sono tornato al posto in silenzio e mentre passavo tra i banchi Paolini mi ha fatto lo sgambetto e il prof ha detto: – Paoliniiiii. (Che non serve a niente.)

A ricreazione mi sono messo in un angolino in cortile e ho sbirciato il fumetto.

Allora, c'era questo SUPEREROE un po' strano con un drago disegnato sulla tuta. Infatti il titolo era:

La scritta Dragon Boy era fortissima, fatta con degli svolazzi, come certe scritte dei film. Insomma, prometteva BENE.

Mi sono messo a leggere, ma a un certo punto Labranca mi è venuto addosso.

– O scusa, scusa! – ha detto subito, facendo finta che gli dispiacesse davvero. E intanto rideva e guardava gli altri che stavano raggruppati poco distante e che ridacchiavano anche loro. Il fumetto mi è finito per terra. Io l'ho subito raccolto perché l'avevo RUBATO dalla sala insegnanti e non volevo che qualcuno lo scoprisse, ma intanto l'avevano già visto praticamente TUTTI. L'ho ficcato sotto la felpa facendo finta di niente e mi sono messo a fissare i sassolini per terra sperando che mi lasciassero stare (i miei compagni, non i sassolini!).

Il resto della mattinata l'ho passato aspettando che suonasse la campanella per andare a casa.

Adesso ce l'ho qui davanti a me, sopra la scrivania. È un po' stropicciato, però è BELLO.

Siccome è pronto in tavola, devo aspettare ancora!

UAUURGH!
DRAGON BOY
WOOSH
PALLA DI FUOCO
CORSA MORTALE
UN TRENO CORRE ALL' IMPAZZATA, SENZA FRENI E SENZA SCAMPO.
Corre a 5000 chilometri all'ora
AH AH AH!
SIETE MORTI!
WOOOOOOOOOOOOOO
IL TERRIBILE FIGURO SULLA LOCOMOTIVA È IL TEMIBILE...
UH AH!
...PREPOTENZ!!!
É CATTIVISSIMO
I PASSEGGERI SONO SPACCIATI.
AIUTO!
CI SALVI CHI PUÒ!
CHI POTRÀ SALVARLI?
YA AH AH!
OH OH!
WOOOOOO
è altissimissimo no?
CHI?
AAAAAAAAAHH!
SOLO UN SUPEREROE...
SWOOOSH

... DRAGON BOY!
KLANG
URRGHH
MA DRAGON BOY NON HA TEMPO PER I COMPLIMENTI E SI METTE ALLA CACCIA DI PREPOTENZ.
SIAMO SALVI!
GRAZIE DRAGON BOY!
PREPOTENZ, NON MI SFUGGI!
THUMP
OH NO! DRAGON BOY!
LA GIUSTIZIA NON PUÒ TRIONFARE!
NOOOOO!
SBLORCH
Flusso di prepotenza
NON POSSO SOPPORTARE TUTTA QUESTA PREPOTENZA!
NE VENGO SOPRAFFATTO...
BLURB BLURB
... MA DEVO RESISTERE!

E REAGIRE!
SPLAT
SPLAT
OH OH!
MI HAI FATTO ARRABBIARE!
NO! MA GUARDA CHE SCHERZAVO!
POK
OUCH!
STUNG
AHI!
È MEGLIO SCAPPARE VIA!
TU NON VAI DA NESSUNA PARTE!
WOMF
AAAAHHH!
NESSUNO PUÒ SCONFIGGERE DRAGON BOY!
PUOI DIRLO FORTE!

**QUESTA SERA MIA SORELLA CAROLINA** ci ha invitato a cena a casa sua.

È una cosa ECCEZIONALE perché Carolina non ci invita mai a casa sua. Soprattutto da quando ha avuto il bambino. Ma stasera si festeggia una cosa speciale: Pablo (mio *NIPOTE*, ma si può dare un nome più ridicolo a un bambino?) compie sei mesi.

La casa di Carolina non mi piace. È una minicasa e puzza sempre di colore (suo marito Giorgio fa il pittore, di quadri non di muri e, a quanto dice la mamma, non guadagna un fico secco, per questo stanno in una minicasa, però lui, quando lo senti parlare, sembra che sia Van Gogh o chissà chi).

Stasera ho imparato una cosa: quando ti chiedono di badare a un bambino piccolo, meglio non farlo e dire che preferisci guardare la Tv o far finta di avere sonno e di dormire spaparanzato su un divano.

Dopo aver finito di mangiare i miei mi hanno chiesto se volevo *GIOCARE* un po' con mio nipote (sentir dire NIPOTE mi fa impressione). Siccome mi sembrava sgarbato dire che non me ne importava niente di un piccoletto con la bava alla bocca e la puzza di cacca che gli galleggia intorno, ho risposto di sì.

"Giocare" è una parola grossa. Diciamo che io muovevo degli oggetti stupidi, tipo sonagli, pupazzi di stoffa, finte api appese al suo seggiolino, e lui agitava le mani con un sorriso ebete sulla faccia.

La cosa che mi ha dato fastidio però non è stato "giocare" con mio nipote quanto vedere le occhiate apprensive che di tanto in tanto mia sorella ci rivolgeva, come se avesse paura che potessi combinare qualche disastro, magari UCCIDERLO per sbaglio!

Poi la mamma ha detto che se volevo potevo provare a tenerlo in braccio. A me non importava molto di tenere in braccio un bambinetto, però ho detto di sì, sempre per non dare l'idea di non essere interessato a mio NIPOTE. A quel punto è intervenuta Carolina, dicendo che non era il caso, che era meglio se non lo facevo, che poi Pablo si mette a piangere se viene preso in braccio da estranei. ESTRANEI? Intanto non credevo di essere un estraneo per mio nipote, ma poi sia mia madre sia mio padre l'avevano tenuto in braccio fino a dieci minuti prima e lui, il piccoletto, non si era nemmeno sognato di mettersi a piangere. Ecco, questa cosa mi ha dato più fastidio DI TUTTE. E comunque, neanche a farlo apposta, Pablo si è messo a frignare davvero e mia sorella si è alzata e me l'ha praticamente strappato dalle braccia dicendo: – Visto? Ve l'avevo detto. Adesso chissà quanto ci vuole per calmarlo –. E intanto sbuffava, scocciata.

Carolina fa sempre notare che io sono diverso dalla maggior parte degli altri ragazzi. Lei dice che lo fa per proteggermi, perché ci sono cose che non posso fare o che mi esporrebbero a inutili prese in giro o a pericoli. Messa così sembra che lei si preoccupi molto per me. In realtà io penso che non si fidi di me. Non è sicura che io possa essere come gli altri, fare le stesse cose, non combinare guai. E questa sera, anche se non l'ha detto, io sapevo che lei aveva paura che combinassi qualcosa, magari che facessi cadere Pablo!

Mamma racconta sempre di quando zia Ester, una volta, non si è accorta che sono caduto dal seggiolone. Avevo un anno e per quasi 1 minuto 1 sono rimasto senza respirare. Mamma dice sempre che ero diventato BLU. Come un Avatar, dico io. Poi, per fortuna, ho ripreso a respirare, ma lei si è arrabbiata tanto con la zia e non mi ha più lasciato solo con lei.

Comunque, è per questo che Domitilla è la mia sorella

PREFERITA

Lei è sempre dalla mia parte, mi difende. Non l'ho mai sentita dire niente su come sono e soprattutto non dice mai se secondo lei POSSO o NON POSSO fare qualcosa. In questo somiglia alla mamma. Per Domi le persone sono tutte uguali, giovani, vecchie, nere o bianche, dritte o storte.

La cosa che ricordo con più nostalgia di quando ero piccolo è che a volte mi accarezzava la schiena. Su quella stupida schiena con la cresta, ci faceva camminare le dita, come fossero piccole gambe di un esserino in miniatura, e sorridendo mi diceva che ero speciale perché ero il bambino più bello del mondo.

Tornando a casa, in macchina, non ho aperto bocca e mamma e papà hanno capito. Però non hanno detto niente, perché sapevano che non sarebbe servito.

Nel darmi la buonanotte, mi hanno tenuto stretto e mi hanno dato un bel bacio a testa. Li conosco bene, è il loro modo per dirmi che è tutto a posto, di non far caso a certe cose. Ma non è facile lo stesso.

Prima di spegnere la luce ho dato un'occhiata al fumetto di Dragon Boy. Lo lascerò al sicuro, qui nel mio diario.

Domani provo a disegnarlo.

## ESPERIMENTO DI INVISIBILITÀ NUMERO 2

Oggi ho ritentato con l'esperimento di invisibilità.

Ci ho riprovato con mia sorella Domi.

Mia sorella tiene in camera un vecchio gigantesco peluche di quando era piccola. Un orso arancione di nome CICCIO.

Ciccio sta seduto accanto all'armadio, in un angolo tra la parete e il termosifone. Mi sono seduto accanto a CICCIO e ho cercato di imitare la sua espressione, che è quella di uno che ha mangiato un sacco di dolci e adesso gli è venuto il mal di pancia.

Domi è entrata in camera e mi ha visto subito. Però non ha detto niente. Ha sorriso.

Ha posato la borsa, si è sfilata le scarpe e si è infilata una felpa.

Poi si è seduta sul letto e ha sospirato.

– Che fai? – mi ha chiesto.

– Sono invisibile – ho sussurrato cercando di non aprire la bocca, come i ventriloqui.

– Ok – ha risposto come se niente fosse. E ha continuato a fare le cose che doveva fare, come se io non ci fossi, come se veramente fossi invisibile.

Domi è l'unica che DAVVERO mi capisce.

Certe volte penso che se lei fosse in pericolo, tipo che qualcuno spara un colpo di pistola contro di lei, io mi metterei in mezzo e prenderei il proiettile al posto suo.

Un po' come un supereroe.

Solo che preferirei non accadesse perché probabilmente morirei.

Perché i supereroi non muoiono mai?

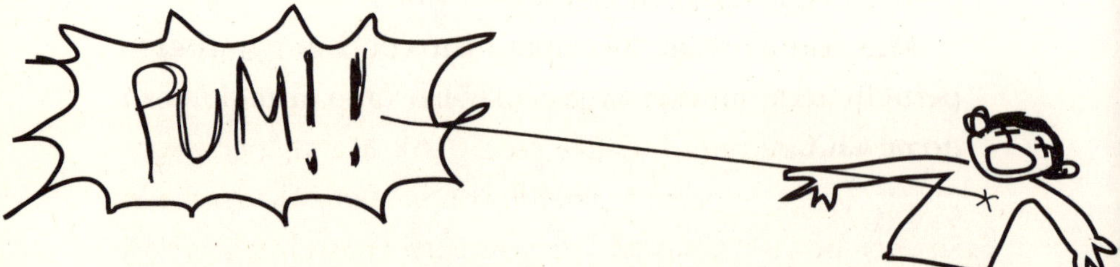

**MIA MADRE** si chiama Daniela.

Quando ho detto che la sua passione è il telefono ho esagerato. In realtà non sta sempre al telefono o se ci sta è anche per lavoro. Lei vende prodotti di bellezza fatti con erbe e altre cose naturali e biologiche. Questa vendita la fa con il telefono e poi, certe volte, con le RIUNIONI. Le riunioni sono degli incontri con altre donne interessate a comprare i prodotti che vende mia mamma. Sembra un po' una cosa da spie, da ribelli, questa delle riunioni. Spesso si fanno di sera perché, dice la mamma, le signore sono a casa e hanno messo a letto i figli. Così, una o due volte la settimana, capita che mia madre esca dopo cena per una di queste riunioni e io rimango solo con papà. Certe volte guardiamo un film insieme. Altre volte, se lui deve lavorare al modellino di una barca, io guardo la Tv da solo, oppure finisco di fare i compiti se non l'ho fatto durante il pomeriggio.

Mia madre è una donna molto sorridente e affettuosa. Ma a volte piange. Non le ho mai chiesto perché piange. In qualche occasione ho pensato che piangesse perché io avevo combinato qualcosa. Per un certo periodo ho creduto che piangesse perché non ero come lei voleva. Ma poi ho capito che non poteva essere quello il motivo.

Mia madre mi lascia sempre libero di fare ogni cosa (a parte quando mi costringe a mettere l'apparecchio per i denti o a fare nuoto o altre cose così). Ma se, per esempio, io volessi giocare a pallone con la stampella lei me lo lascerebbe fare. Quando volevo a tutti i costi imparare ad andare in bici, lei me ne ha regalata una tutta rossa per il compleanno, e anche se cadevo di continuo lei andava avanti a dire "Vai che impari!". E quando le ho chiesto di andare sulle montagne russe lei mi ha detto di sì, solo che io, al momento di salire, ho avuto paura e ho detto che avevo cambiato idea. Insomma è una che ti incoraggia a fare le cose, a PROVARE. A conoscere i propri limiti, dice lei.

Una volta mi ha fatto leggere una frase che stava in un libro. Era una cosa tipo: *Avere coraggio significa sapere di essere sconfitti prima ancora di cominciare e cominciare ugualmente e arrivare fino in fondo qualsiasi cosa succeda.*

Ci ho pensato spesso, ma non sono d'accordo.

Che senso ha fare una cosa quando sai che non servirà a niente?

ATTENZIONE!!! QUELLO CHE STATE PER LEGGERE NON È ADATTO AGLI SCHIZZINOSI E AI DEBOLI DI CUORE!!!!!

**OGGI ERAVAMO LÌ** ad ascoltare una PALLOSISSIMA lezione di italiano con la prof De Vecchi, quando abbiamo cominciato a sentire delle voci, in corridoio. Le voci si sono trasformate in qualche **URLETTO** e dopo pochi secondi abbiamo sentito le porte delle altre aule che si aprivano e il classico rumore delle sedie spostate e degli alunni che si riversano fuori.

Ci siamo guardati uno con l'altro, mentre la prof De Vecchi perdeva per un momento la sua aria snob ed elegante e rizzava le orecchie, un po' preoccupata.

Anche noi ci stavamo un po' agitando perché non capivamo cosa stava succedendo e insomma anch'io sentivo il cuore che mi batteva più forte e non sapevo cosa fare. Qualcuno, forse Sara, ha detto di buttarci giù dalla finestra, che se era un attacco terroristico era l'unico modo per salvarsi. A me è sembrata una cavolata colossale. Comunque, Ronchese, che deve sempre dimostrare che è un duro e che non ha paura di niente, ha detto: – Vado io a vedere cosa succede!

Serracchiani, che gli sta appiccicato come una gomma da masticare sotto la suola e che non vuole essere da meno, gli si è messo subito al fianco. E prima che la prof De Vecchi potesse miagolare "Sì" o "No", o "Fermi", o "Tornate subito al posto", o altro, Ronchese ha abbrancato la maniglia che per poco non gli restava in mano e ha spalancato la porta. Tutti noi, dentro, compresa la prof, abbiamo trattenuto il fiato.

Lui e Serracchiani hanno guardato fuori e subito dopo hanno cominciato a ridere. Così anche noi, dentro, ci siamo messi a ridere ma in realtà non sapevamo che cavolo c'era da ridere.

– SCARAFAGGI! – ha gridato Ronchese.

– SCARAFAGGI!! – ha gridato Serracchiani (che fa sempre quello che fa Ronchese).

È stato come un segnale.

*TUTTI* siamo schizzati dalle sedie, compresa la prof De Vecchi. Chi è andato fuori a vedere, chi è salito sopra la sedia o il banco lanciando gridolini di schifo (soprattutto le ragazze, a parte Sara).

Io sono andato fuori a vedere. Il corridoio era invaso da scarafaggi neri che correvano come impazziti in tutte le direzioni. Sembrava **UN FIUME** di scarafaggi neri.

Non so da dove venivano, ma non m'importava. La cosa importante era che io NON avevo paura degli scarafaggi (gli scarafaggi mica mordono!) e che la pallosissima lezione di italiano era stata interrotta.

Un urlo. AAAAHHH!!! La prof De Vecchi era alle mie spalle, gli occhi sbarrati come nei primi piani dei film dell'orrore, il corpo pietrificato dalla paura. L'urlo era suo. Intanto Ronchese e Serracchiani rincorrevano gli scarafaggi cercando di schiacciarli sotto le scarpe (Ronchese faceva questa cosa che ho scritto, Serracchiani gli andava dietro ridendo come uno scemo). Da tutte le classi usciva gente disgustata, insomma un caos...

A un certo punto il prof di ginnastica, Accardi, ha afferrato un **ESTINTORE** e ha sparato schiuma **DAPPERTUTTO**, tranne che sugli scarafaggi.

– Accardi! – ha urlato il prof Savino. – Che accidente crede di fare? –. E gli ha tolto l'estintore dalle mani.

Accardi non ha detto niente, ma la sua espressione era mortificata, soprattutto perché un paio di alunni della II C erano ricoperti di schiuma e uno dei due (impossibile da riconoscere) ha gridato: – Ma prof! Mi ha rovinato la felpa nuova!!!

Poi, da uno dei bagni, sono usciti due operai che avevano in mano delle chiavi inglesi e dei tubi. Hanno visto il caos che c'era nei corridoi, si sono guardati e hanno allargato le braccia come a dire che non sapevano cosa fare. In effetti NESSUNO sapeva cosa fare. Una scena del genere non si era mai vista. Gli scarafaggi saranno stati minimo 10.000. Forse 1.000.000!

Il Gigante era lì, in corridoio pure lui. Faceva finta di niente, ridacchiava con Alberti e De Vitis come se la cosa non lo riguardasse, ma intanto si guardava intorno e rimaneva con le spalle contro il muro.

Ronchese e Serracchiani fingevano di pulirsi le scarpe sugli spigoli dei muri, come se avessero pezzi di scarafaggio sulle suole. Scherzavano.

Paolini, Labranca e Nerini non li ho visti, forse erano rimasti in classe. Marietto invece ha pensato bene di mettere al sicuro il suo panino. Mi ha detto che gli scarafaggi mangiano volentieri lo SPECK.

Ho guardato la prof De Vecchi, che era sempre accanto a me, e ho notato che **NON** respirava nemmeno. Aveva un paio di scarafaggi che le si stavano arrampicando su per i pantaloni!!! Che ridere! Lei invece li fissava TERRORIZZATA, neanche fossero state tarantole velenose, ed era diventata **BIANCA** come il muro alle sue spalle.

– Stia tranquilla prof. Non le fanno niente – le ho detto.

E lei:

– IO ODIO GLI SCARAFAGGI!

Allora li ho mandati via dando dei colpetti con le dita, come quando si gioca a biglie sulla sabbia, e quelli sono rimbalzati sul pavimento con un rumore secco, come sassolini.

La prof ha ricominciato a respirare.

– Gra... grazie, Stanghelli – ha detto con un filo di voce.

Poi è passato qualcuno di corsa e li ha schiacciati sotto le scarpe senza neanche accorgersi.

– Che schifo! – ha detto la prof.

Sara a un certo punto mi è venuta vicino e ha detto che lei non ha paura degli scarafaggi, che a casa sua ce ne sono tanti e che ci è abituata.

– Verresti a vedere i miei scarafaggi? – mi ha chiesto.

Secondo me scherzava. Non credo che a casa abbia davvero degli scarafaggi. O almeno lo spero per lei.

Il biondino della I B, quello che piace alle ragazze, ne aveva intorno tre o quattro (di ragazze, non di scarafaggi!) e faceva un po' di mosse, come un cavaliere che difende le principesse in pericolo. Mi ha anche guardato, come per dire "Guarda che eroe". Ma io sono stato superiore e non gli ho dato nessuna soddisfazione.

Alla fine è arrivato il preside Scognamiglio, tutto agitato

e rosso in faccia, e ha cominciato a dare ordini ai quali nessuno obbediva. Intanto i poveri insetti, spaventati più degli uomini, erano scappati tutti nelle bocchette dell'aria calda o dietro gli armadi e il preside ha preso la decisione di chiudere la scuola all'istante.

– Domani verranno dei disinfestatori e faranno piazza pulita.

Così ci ha detto il prof Savino dopo che ha confabulato un po' con il preside. Poi ha preso la prof De Vecchi sotto braccio e l'ha praticamente trascinata via. Lei, rigida come un blocco di marmo, sbirciava preoccupata tutti i battiscopa e gli angoli, aspettandosi di veder sbucare da un momento all'altro una nuova ondata di mostri.

Arrivato a casa, la mamma non mi ha creduto. Mi ha detto: – Sì, va bene. Inventane un'altra. Perché non un'invasione di marziani, allora? Sei come la zia Ester, che da bambina ne raccontava una dietro l'altra e poi, quando capitava che raccontasse una cosa vera, nessuno le credeva più!

C'è voluto tutto il pomeriggio per convincerla. Papà ha fatto qualche telefonata e alla fine ha saputo che i lavori per la riparazione della tubatura in uno dei bagni della scuola hanno provocato la fuga di una colonia di scarafaggi che viveva dentro i muri. Ha detto che gli scarafaggi erano una decina in tutto, ma io ero lì e secondo me erano migliaia. Comunque, alla fine, ha deciso di scriverci un pezzo per il giornale citando me come testimone. Ha detto che lo intitolerà:

INVASIONE DI SCARAFAGGI NELLA SCUOLA: ALUNNI E DOCENTI FUGGONO TERRORIZZATI.

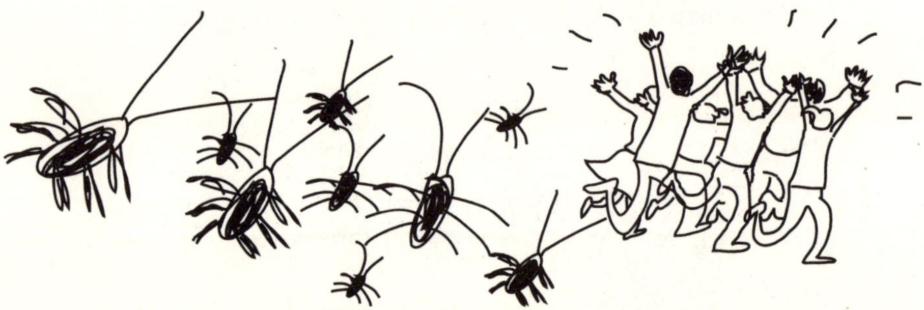

– Io non ero terrorizzato – ho protestato.

– Il pezzo funziona meglio se dico che eravate tutti terrorizzati – ha risposto. – Si chiama enfasi giornalistica.

**QUANDO SONO SULL'AUTOBUS** cerco di stare sempre vicino al conducente. Può essere utile. Oggi però NON è servito.

Sul 12 c'era Alberti, uno dei bulli di terza, amico del Gigante. Io ho fatto finta di non vederlo, ma lui ha visto me.

– Ehi, Alien! – mi ha detto, allungandomi una manata sulla schiena.

Quando ha sentito la cresta ha detto: – *Che cavolo hai qui dietro? Un carro armato?* –. E ha riso. Poi, diventando improvvisamente serio ha detto: – Hai degli euro?

Avrebbe dovuto essere una domanda, ma suonava piuttosto come un ORDINE. Ho guardato nella direzione del conducente nella speranza che avesse una minima intenzione di intervenire, di dire una parola qualsiasi, ma quello niente.

VIETATO PARLARE
AL CONDUCENTE

dice il cartello appeso davanti al mio naso. E se uno sta per morire?

– Degli euro? – ho ripetuto senza sapere cos'altro dire.

E lui: – Sì, degli euro. Muoviti!

Ho sentito nella tasca una moneta da due.

– Non ho soldi – ho risposto, ma ero poco convinto.

Alberti mi ha abbracciato come un amico ma in realtà mi stava piantando le unghie nelle spalle. – Sei sicuro? – ha chiesto.

E io, rosso come un pomodoro: – Ah no, ecco ho trovato due euro.

E lui: – Basteranno.

Quindi mi ha dato una specie di schiaffetto sulla testa.

– Grazie, scemo! – ha aggiunto prima di scendere dall'autobus.

Sono sceso per ultimo e prima di uscire ho buttato un'occhiata al conducente, che per me aveva sentito tutto. Mi ha guardato come per dire: "Ti muovi a scendere o vuoi rifare il giro?". E io sono sceso. Be', ho pensato, vuoi essere invisibile? Eccoti accontentato: quell'autista non ti ha visto per niente.

Nel pomeriggio Deborah era online, su Lookatme. Allora le ho risposto.

Le ho scritto che presto cambierò l'immagine del profilo (anche se non so se è vero che lo farò).

Lei ha scritto **Che bello!!!!** E c'erano anche dei cuoricini alla fine del messaggio.

Io non sapevo come andare avanti e le ho chiesto se le piacevano i fumetti.

Lei ha scritto *Insomma*, che secondo me vuol dire **NO**. A quel punto non sapevo più cosa scrivere. Così mi è venuto in mente di raccontare quella cosa degli scarafaggi a scuola. Mi sembrava divertente.

Lei ha scritto che gli scarafaggi li trova carini (**CARINI???**) e che le sarebbe tanto piaciuto vederli. Poi ha messo in fila un mucchio di faccine che strizzavano l'occhio.

Io ho scritto OK. Ciao!

E anche lei ha scritto Ciao!!!! Sempre con tante faccine.

**IN REALTÀ NON M'IMPORTA** di essere invisibile in casa mia, con la mia famiglia intendo.

Quello che mi interessa è essere invisibile AL MONDO.

Oggi ho fatto un nuovo esperimento di invisibilità.

## ESPERIMENTO DI INVISIBILITÀ NUMERO 3

All'intervallo, mi sono messo accanto a un albero e sono rimasto lì, a non fare niente. Sembravo un serial killer che spia le sue possibili vittime.

A un certo punto mi è arrivata tra i piedi la palla fatta di carta e scotch che usano alcuni ragazzi per giocare a calcio in cortile. Ho lasciato che mi rimbalzasse sugli stinchi.

– Passa! – ha gridato qualcuno.

Ma io non ho mosso un muscolo. Mi sono concentrato sulle venature del tronco come se fossero la cosa più interessante del mondo.

– Passa! Sei sordo?

E io niente. Sul tronco c'erano formiche e un ragno che combattevano tra loro.

– Quello lì è mezzo sordo per davvero! – ha detto un altro. – Non vedi che antenna ha sulla testa?!

Allora quello che aveva gridato «Passa!» è venuto a

prendersi la palla. L'ha raccolta senza degnarmi di un'occhiata, esattamente come volevo, come se fossi il tronco di quell'albero, ed è tornato a giocare.

Sono rimasto lì fino alla fine della ricreazione, fino a dopo che il ragno e le formiche avevano finito la loro lotta (giusto per saperlo, ha vinto il ragno che ha cacciato le formiche) e nessuno è più venuto a disturbarmi, neanche Sara, che ho visto girare per il cortile, forse cercando proprio me.

CONCLUSIONE: a volte si può essere invisibili. Però ci vuole una grande capacità di concentrazione.

Oggi a nuoto abbiamo fatto le GARE SOCIALI.

Le GARE SOCIALI sono una gran rottura di scatole. Sono stupide e non servono a niente se non per far dire a chi le vince "Ehi, io ho vinto le GARE SOCIALI!".

E chi se ne frega?

Le GARE SOCIALI si fanno tra quelli che vanno a nuoto, divisi a seconda della bravura.

L'anno scorso Romperto, il mio maestro, mi ha fatto fare i 25 stile libero e i 50 dorso.

Io a stile libero non ci voglio nuotare perché mi si vede la cresta che ho sulla schiena e mi vergogno. Sembro un pesce preistorico o qualcosa di simile. Figuriamoci che il giorno delle STUPIDISSIME GARE SOCIALI c'è anche il pubblico che fa il tifo e batte le mani! Così, visto che lui non voleva capirlo, io, quando hanno dato il VIA, sono rimasto fermo, cioè non sono neanche partito. Romperto si è arrabbiato come una iena e ha rotto più del solito. I miei e mia sorella Domitilla (Carolina non poteva venire perché aveva una pancia come una mongolfiera e rischiava che Pablo nascesse alle piscine comunali mandando all'aria la gara!) mi guardavano con una faccia strana, e sembravano dire *"Vai! Vai! Tuffati!"*. Uno dei miei compagni di corso, per fare lo spiritoso, mi ha dato una spinta e sono finito in acqua e Romperto si è arrabbiato ancora di più. Quando è stata la volta dei 50 dorso mi era passata la voglia di nuotare (che comunque non ho MAI). Romperto mi ha detto di fare almeno quella gara se proprio non volevo essere un disastro. Così mi sono messo in posizione (per le gare di dorso si parte già in acqua, con le mani aggrappate al blocco di partenza). Quando hanno gridato il VIA mi sono dato lo slancio e per la foga mi è partita una MANATA in faccia al mio vicino di corsia. Poi ho cercato di fare quello che potevo, ma per colpa della mia gamba destra (che è un po' più corta della sinistra) nuoto storto e vado a sbattere di continuo contro i galleggianti che delimitano le corsie. Già lo faccio di solito, figuriamoci durante una gara! È stata una vera sofferenza. Ho bevuto litri di acqua e mi sono dovuto fermare non so quante volte. In più ho fatto talmente tanti zig zag che alla fine anziché i 50, i miei erano diventati i 100 o i 1.000 dorso!!!

Sono arrivato **ULTIMO** ☹

e il penultimo mi aveva dato mezza vasca.

Questo l'anno scorso.

Oggi sono andato alle **STUPIDE GARE SOCIALI** con una specie di noce infilata nella gola e il cuore che mi batteva all'impazzata.

– Che hai? – mi ha chiesto papà che per venire a vedermi quel pomeriggio non era andato al giornale.

– È emozionato – ha risposto la mamma.

UFFA! UFFA!

Ma io non ero per niente emozionato. Ero solo SCOCCIATO di dover fare le GARE SOCIALI.

Domitilla è all'università e a Carolina non glielo abbiamo neanche detto che c'erano le GARE SOCIALI, perché tanto è sempre indaffarata con Pablo e poi non gliene frega niente.

In spogliatoio, Romperto è venuto a dirmi di crederci, che sono migliorato e che oggi se la sentiva che andavo forte. Sì, come no!

Ho fatto i 50 dorso e sono arrivato ULTIMO come al solito. Quando sono venuto fuori dalla vasca, ho visto i miei che battevano le mani e sorridevano. Che cavolo avevano da applaudire e da ridere? Mi sono girato dall'altra parte e tanti saluti.

Non è colpa loro. La colpa è mia. Non avevo voglia di niente, se non di essere da qualche altra parte. O invisibile.

Ho aspettato che gli altri finissero le loro GARE SOCIALI senza nemmeno mettermi l'accappatoio, con la pelle d'oca, a battere i denti per il freddo seduto sulle panche di legno, zuppo di acqua e cloro. Romperto è passato a battere il cinque ai suoi *ragazzi*, così ci chiama, e quando è stato il mio turno ho fatto finta di non vederlo. Così lui mi ha accarezzato la testa e io mi sono spostato e la cuffia gli è rimasta in mano.

Dopo cena volevo aiutare papà a fare un nuovo modellino di nave, visto che mamma aveva una delle sue RIUNIONI. Ma papà doveva lavorare al computer.

– Sto portando avanti un'inchiesta – mi ha detto con aria seria. – Una grande inchiesta. E devo documentarmi per bene.

Siccome io ci ero rimasto un po' male, allora ha aggiunto: – Comunque sei stato bravo, oggi.

– A fare cosa?

– La gara.

– Bravo ad arrivare ultimo? – gli ho chiesto.

– Bravo ad arrivare – ha detto lui.

**DOPO UN GIORNO DI CHIUSURA** la scuola è stata riaperta.

C'è odore di buono. La prof di scienze, la Nicolini, ha detto che secondo lei non dovevamo tornare perché

può essere che le sostanze usate per disinfestare siano ancora tossiche.

Qualcuno ha chiesto se potevamo morire e la prof ha risposto: – Morire no, ma tossire sì.

Così ci ha fatto spalancare tutte le finestre anche se fuori si gelava.

Alla sera starnutivo.

– Ti dico sempre che devi coprirti per bene – mi ha rimproverato la mamma. – La zia Ester – ha detto – quand'era giovane, andava via tutta scollacciata e poi, a 50 anni, ha scoperto di avere la bronchite cronica. Adesso deve fare l'aerosol un giorno sì e uno no.

Vai a spiegare alla mamma che è tutta colpa della prof Nicolini!

Nel pomeriggio sono stato dall'ORTOPEDICO. Così ho saltato il rientro che la prof Ferri aveva fissato per cominciare a parlare del musical. Meno male!

L'ortopedico (che si chiama dottor Turri) non ha le riviste che ci sono dal dentista. Non ha nessuna rivista. Niente di niente. La sala d'aspetto è vuota. Ci sono delle sedie e un attaccapanni al quale nessuno attacca mai niente. E sulle pareti ci sono dei cartelli che parlano di malattie o altre cose noiose.

Per passare il tempo li ho letti tutti almeno cento volte. Praticamente li so a memoria. Uno diceva IL MOVIMENTO È VITA. FAI IL PRIMO PASSO. Poi c'era scritto che artrosi e artrite sono le malattie degenerative più frequenti nella popolazione over cinquanta (la mamma mi ha spiegato che over cinquanta sono le persone che hanno più di cinquant'anni, come la zia Ester e i nonni) con una percentuale del 18,3%, seguite dall'ipertensione e dalle malattie cardiovascolari.

Mentre stavo leggendo un cartello che parlava di

RECUPERO E RIEDUCAZIONE
FUNZIONALE DI II LIVELLO,

ci hanno chiamato dentro.

Il dottor Turri ha la testa che sembra una lampadina.

– Ma siccome si fa le lampade abbronzanti (dice la mamma), anziché bianco come una lampadina è color caffelatte. Ha gli occhi grandi e tondi come palline da ping pong.

Il dottor Turri fa battute, sorride spesso (gli vengono le rughe sulla testa, quando sorride) e cerca di mettermi a mio agio. Ma io non ci casco, lo so che fa così con tutti i suoi pazienti, per non farli preoccupare, mica perché io gli sono più simpatico degli altri!

Oggi mi ha visitato (come fa almeno tre volte l'anno), mi ha misurato la gamba per lungo e per largo, mi ha fatto camminare, mi ha fatto fare dei piegamenti e ha richiesto delle radiografie. Alla fine non sorrideva. Quando si è accorto che lo stavo guardando allora ha sorriso, ma non pareva troppo convinto.

– Va bene! – ha detto. – Continua a fare gli esercizi per l'allungamento dei tendini, mi raccomando!

La mamma ha risposto subito di sì. Io non ho detto niente perché gli esercizi per l'allungamento li odio e fanno male.

– Ci rivediamo tra un paio di settimane – ha concluso. – Quando abbiamo i risultati delle radiografie. Ok?

OK?

– Ok – ha detto la mamma.

Ok?

Io invece non ho risposto.

Stasera, quando papà ha chiesto com'era andata dall'ortopedico, la mamma ha detto subito: – Bene. Dobbiamo solo fare un paio di lastre di controllo.

**DOBBIAMO?** In realtà IO devo fare le lastre di controllo. E se mai dovrò fare quell'operazione sarò sempre **IO** a dover andare in ospedale. Ed è **MIA** la gamba che non funziona bene. Ed è A ME che fa male.

– Bene – ha ripetuto papà.

Io l'ho guardato e non ho detto niente.

Lui mi ha sorriso. Lo stesso sorriso faticoso del dottor Turri alla fine della visita.

Certe volte penso che il dottor Turri non dica tutta la verità, e così i miei genitori. So che loro vorrebbero farmi operare, per cercare di sistemare la gamba. Ma non hanno il coraggio di dirmelo.

E io non ho il coraggio di farlo.

**IO HO UN ALBUM DELLE FOTO.**

Tutti hanno un ALBUM delle foto, credo. Il mio ha la copertina di colore blu e sta in alto, nella libreria della mia camera. Ci sono le foto da quando sono nato fino all'anno scorso, quando abbiamo fatto la foto di classe, in quinta elementare.

In realtà, la maggior parte delle foto papà le ha nel computer, perché ormai le foto, quelle che si tengono in mano, non le fa quasi più nessuno. Quindi mi sa che questo con la copertina blu sarà il mio primo e unico ALBUM di fotografie vere.

Certe volte lo tiro giù dalla libreria e lo guardo.

C'è scritto:

Dentro ci sono foto di quando stavo nel passeggino, o in braccio alla mamma, di quando ero al mare e nuotavo con i braccioli (era molto meglio che stare in piscina con Romperto), con un cono gelato per metà spalmato sulla faccia, mentre do da mangiare ai colombi in una grande piazza, sulla giostrina al luna park, all'asilo, il primo giorno di scuola elementare, e tante altre. Quelle che preferisco sono le foto in cui sono molto piccolo, perché non mi si vede la gamba storta e non porto ancora gli occhiali.

E poi c'è la foto di classe della quinta, giusto un anno fa, l'ultima dell'ALBUM, quella dove io sto tra Casagrande e Da Lio e sorrido felice.

Se fosse possibile, vorrei entrare in quella foto e tornare in quella classe, dove ero uno qualsiasi.

## ESPERIMENTO DI INVISIBILITÀ NUMERO 4

Nell'ora di arte ho staccato l'impianto cocleare. Poi mi sono concentrato sul libro che avevo sopra il banco. C'era la foto di un mosaico romano e mi sono immaginato vestito da romano che passeggiavo sopra quel mosaico. Volevo provare a fare come l'altro giorno in cortile, a ricreazione: sparire.

Per un po' ha funzionato perché la voce del prof Palma è diventata sempre più debole e lontana finché è sparita.

A un certo punto ho alzato la testa e mi sono accorto che in classe non c'era più nessuno!

La prima cosa che ho pensato è stata che mi ero

concentrato così tanto che avevo fatto sparire tutti quanti.

Poi sono uscito in corridoio e nemmeno là c'era qualcuno. Nemmeno Gino, il bidello. Il cuore ha cominciato a battermi forte. Che avessi fatto sparire l'intera razza umana?

Sono tornato in classe e mi sono seduto al banco. Ho pensato se per caso avessi fatto sparire anche la mia famiglia, in un eccesso di concentrazione, e mi sono sentito male. Allora ho riattaccato l'impianto e mi sono concentrato, per così dire, a rovescio.

Dopo un po' ho sentito un brusio e la voce del prof Palma che riemergeva, come da una caverna.

I compagni e il prof sono rientrati in classe.

Per un attimo ho creduto che la mia teoria, secondo la quale quando ti concentri molto su una cosa quella cosa NON accade, fosse sbagliata. Stavo dimostrando il contrario, che il pensiero poteva condizionare gli eventi! Già mi vedevo in giacca e cravatta a ricevere il Premio Nobel o qualcosa del genere e tutti che sussurravano "*Chi l'avrebbe detto che quel tipo sfigato fosse un genio?*", quando ho sentito la voce del prof Palma che diceva:
– Sei già qui, Stanghelli? Bravo. Adesso fuori i quaderni. Voglio una bella relazione sul mosaico che avete appena visto in biblioteca.

Biblioteca? Quale biblioteca?

Erano andati in biblioteca a vedere un mosaico romano fatto dagli studenti dell'ultimo anno e mi avevano lasciato là, si erano praticamente dimenticati di me, cioè, ero io a non essermi accorto che se n'erano andati.

Tutti si sono messi a scrivere la relazione, tranne il sottoscritto, che è rimasto per mezz'ora a pensare a come aveva potuto credere di aver fatto davvero sparire la razza umana con la sola forza della mente. Alla fine il mio quaderno è rimasto bianco.

CONCLUSIONE: a volte, essendo invisibili, capita di prendere un'insufficienza.

Mamma mi sta chiamando perché è pronto in tavola, ma io devo ASSOLUTAMENTE scrivere questa cosa.

Oggi, tornando a casa da scuola, sono sceso dal 12 e ho fatto la solita strada, quella che passa ACCANTO al muro di Villa Felice, una vecchia casa disabitata da un sacco di tempo. Il muro è pieno di scritte colorate e io, mentre cammino, a volte le leggo. Non ci capisco niente, nel senso che la maggior parte delle volte sono solo lettere o nomi, tipo:

Oppure ci sono delle frasi come:

Oppure altre frasi che non posso ripetere in questo DIARIO (non per i poliziotti, ma per i miei genitori).

Tutte queste cose le scrivono i **WRAITER** (spero si scriva così), ragazzi con le bombolette spray.

Insomma, ero lì che camminavo pensando ai fatti miei (soprattutto al 4 beccato nella non relazione di arte) quando noto una scritta che non avevo mai visto e che mi fa fermare di colpo (e ancora un po' e mi si ferma pure il cuore per la sorpresa!!!).

La scritta era in realtà una lettera sola.

Devo andare a mangiare (mia mamma mi ha già chiamato tre volte e se non corro in cucina diventa una belva).

**Eccomi!**

La lettera era **D**

Ma non una semplice **D**, ma una **D** svolazzante!!!

L'ho guardata **100** volte **100** per esserne proprio sicuro, perché certe volte il cervello può fare strani scherzi.

Invece non era il mio cervello, era proprio quella lettera, fatta allo stesso modo del fumetto, con lo stesso svolazzo. E io che mi ero perfino dimenticato del fumetto! Per non sbagliare sono andato a riguardarmelo. Sì, la D è proprio LA STESSA.

Domani, quando ci ripasso, faccio una foto con il cellulare.

**YES!**

**PAZZESCO!!!**

Proprio pazzesco!!!!!

Stamattina sono uscito di casa cinque minuti prima per andare a vedere la D sul muro di Villa Felice. Mi sono messo lì davanti e ho aspettato che non ci fosse nessuno, perché mi seccava farmi vedere a fotografare un muro, magari pensavano che ero matto o altro. Poi ho fatto le foto e mentre scattavo mi sono accorto che in alto, a sinistra, MANCAVA UN MATTONE. Be', non c'è niente di pazzesco nel fatto che manchi un mattone, ma nel buco che c'era al posto del mattone, ho visto un pezzo di carta arrotolato tipo messaggio in bottiglia.

Ho provato subito a prenderlo, ma era troppo in alto e non ci arrivavo. Così ho usato la stampella (sempre controllando che nessuno mi vedesse) e, anche se con qualche difficoltà, sono riuscito a tirare fuori quel pezzo di carta.

Sapete cos'era?

ERA...

Un altro fumetto di DRAGON BOY!!!!!!!

Cioè, qualcuno l'ha messo lì, in quel buco, dove c'è la lettera D

Il fumetto si intitola

*mi manca lo spazio,*

*vado nell'altra pagina* →

## DRAGON BOY
## LA MINACCIA SPAZIALE

*Non è una figata???*

L'ho messo dentro lo zaino e sono andato a scuola che quasi correvo (si fa per dire) per l'eccitazione.

Per tutte le ore di lezione non ho fatto altro che cercare di resistere alla tentazione di tirarlo fuori e di leggerlo. Ma non volevo che GLI ALTRI lo vedessero o che magari me lo prendessero.

A ricreazione me lo sono infilato nella manica della felpa e sono andato in bagno. Vicino al bagno però c'era il Gigante che, non appena mi ha visto, mi ha puntato. Allora ho girato i tacchi e mi sono ritrovato davanti a Nerini e Labranca che fissando la mia merendina alla marmellata presa dalla macchinetta automatica hanno subito detto:

– *Non si offre?*

E io: – *Va be'.*

E loro: – *Ragazzi, Stanghelli offre!*

In un nanosecondo venti mani si sono fiondate sulla merendina e alla fine mi è rimasta solo la carta trasparente dalla quale pendeva un capello. La merendina si era volatilizzata, tipo TELETRASPORTO di *Star Trek*!

Quando sono entrato in classe ho visto Marietto che mangiava il suo panino allo speck e un paio di altri compagni. Mi sono messo seduto al mio posto proprio nel momento in cui entravano Ronchese e Serracchiani (Paolini era assente) ridendo come dei cretini. Io li ho lasciati fare, non m'importava. Continuavo a pensare all'autore di quel **FANTASTICO FUMETTO.**

Tornando a casa ho sbirciato nel buco del muro di Villa Felice, ma non c'erano altri fumetti né altro.

Adesso però basta scrivere perché devo leggere...

WOOSH
DRAGON BOY
MINACCIA SPAZIALE
NEL CIELO SOPRA LA CITTÀ SONO COMPARSE STRANE ASTRONAVI.
UNA NAVE STAZIONA SULLA SCUOLA E SPARA UN RAGGIO.
BOOM
TLIC
TLIC
DAL SOFFITTO CALANO MOSTRI.
RAGAZZINI...
... DA MANGIARE!
AAAAAAAAAAAAAHHHHH!
SIAMO SPACCIATI!
ORA VI DEGUSTEREMO, PICCOLI DELIZIOSI TERRESTRUCOLI!
BUONI!

NON FINO A QUANDO CI SARÓ IO!
IL NOSTRO EROE
PLAF
È DRAGON BOY!!!
ma come fa ad arrivare sempre in tempo?
PRENDI QUESTO!
TCIOT
OUCH!
E TU FERMATI!
BLUARK!
SPLORCH
IIIIIIHHHHH!
ZOT
ZOT
ZOT
HEY!
KRACKKE
GHHFSS!
SONO TANTISSIMI!!!
CI VUOLE UN PO' DI CALORE!
WOOSH

E ORA LE ASTRONAVI!
WOOOSH
BZZZZZOOOOT
BOOM
wow!
BZOT
BZOT
BZOT
BOOM
BOOM
BOOM
KA BLAM
PERFETTO!
GRANDE DRAGON BOY! CI HA SALVATI, MA NON MI SPIEGO COME SIA ARRIVATO COSÌ IN FRETTA!
SAI, LUI È UN EROE!

# W DRAGON BOY!

In questi ultimi giorni ci penso CONTINUAMENTE. Un po' mi sento in colpa, però. Perché mi sono detto che magari l'autore del fumetto aveva nascosto i suoi disegni nel muro per poi *TORNARE* a riprenderli e io glieli ho *PORTATI VIA*. Magari era il suo nascondiglio supersegreto e io ho rovinato tutto. Però non voglio rimettere il fumetto al suo posto. È troppo bello. E poi potrebbe prenderselo qualcun altro.

Ho deciso di scrivere un biglietto, che metterò nel buco del muro.

Il biglietto dice:

Caro autore del fumetto Dragon Boy,
sei davvero bravissimo a disegnare!!! Ho trovato il fumetto e l'ho letto. Posso tenerlo? Ho anche l'altro, che era nel cestino della carta. Potresti dirmi chi sei? Così magari mi insegni a disegnare bene come te.

Max

**DOMI HA FATTO UN ESAME** e ha preso 28. Usano degli strani voti all'università. Comunque, Domi mi ha detto che 28 è tipo 9.

BRAVAAAAAA

MIA SORELLAAAAAAA!!!!!

Per festeggiare siamo andati tutti a mangiare la

# PIZZA.

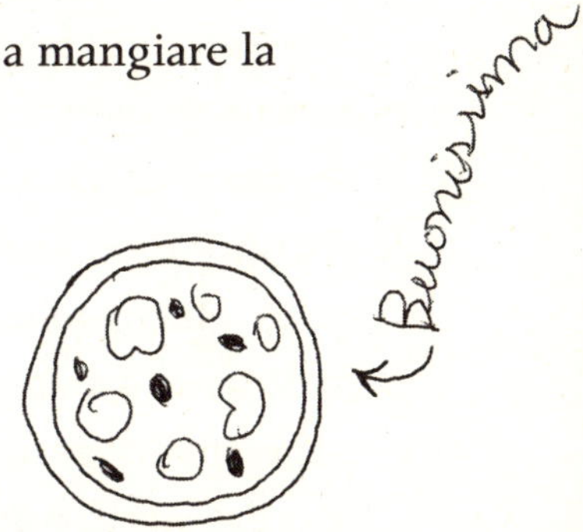


Abbiamo riso e scherzato e lei ha raccontato com'era l'esame (una roba che c'entrava con il fatto di aver visto un mucchio di film).

Io ho mangiato la mia pizza preferita: würstel e patatine fritte. E ho bevuto un'aranciata.

Altre pizze che mi piacciono sono:

- prosciutto e salsiccia
- speck e brie
- bufala e pomodorini.

Domenica ci è mancato poco che mostrassi a mia sorella i fumetti di Dragon Boy, ma poi ho preferito NON farlo.

Non so, ho paura che mi dica che ho sbagliato a tenermeli, tipo che li ho RUBATI. Così ho girato intorno all'argomento per un po', tanto che lei deve essersi insospettita perché a un certo punto mi ha chiesto: – Max, devi dirmi qualcosa?

– No, non mi pare.

– Sicuro?

– Sicurissimo.

– Allora posso andare a dormire? –. In effetti stavo sulla porta e lei era già in pigiama.

– Ok – ho risposto. Mi sono girato per andarmene in camera mia e lei mi ha afferrato da dietro e mi ha sollevato ridendo, come faceva quand'ero bambino.

– Accidenti, se pesi! – ha detto rimettendomi giù.

Ho pensato che crescere è anche questo, che NON ti prendono più in braccio. E un po' mi dispiace.

Accanto al letto aveva messo il trolley, già pronto per il mattino dopo. Infatti il lunedì, alle sette, Domi prende il treno e torna all'università.

Quando è a casa il tempo VOLA.

Quando è via non passa MAI.

E il lunedì io sono sempre un po' triste perché so che non la rivedrò fino a venerdì.

Certe volte aspetto tutta la settimana che lei arrivi e dei giorni che ci stanno in mezzo non me ne importa un fico secco. Poi, quando viene a casa, non faccio in tempo a capire che è qui che già deve ripartire. Non so se anche alla mamma e al papà Domi manchi così tanto. Non gliel'ho mai chiesto.

Forse perché non sopporterei di sentirmi dire di SÌ. Anche se ho il sospetto che a loro, attualmente, potrebbe mancare molto di più il nuovo arrivato, Pablo il poppante.

Prima di dormire mi rileggo l'ultimo Dragon Boy, che è proprio BELLO! Spero di addormentarmi e di sognare le avventure di Dragon Boy!

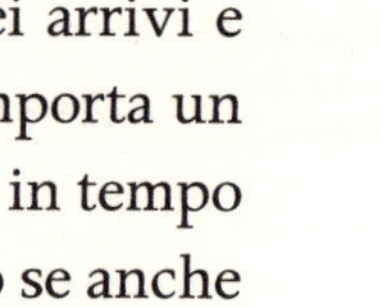


Andare nei sogni è un po' come stare in un fumetto, nel senso che stai in un posto che non è quello dove stai di solito. E questo è buono se il posto dove stai di solito non ti piace poi così tanto.

**SONO PASSATI TRE GIORNI** e il mio biglietto è sempre lì.

Forse l'autore del fumetto è arrabbiato con me e non vuole rispondermi. Continuo a chiedermi:

***PERCHÉ HA SCRITTO LA D***
***DI DRAGON BOY?***

Se il fumetto doveva rimanere nascosto, non era meglio non scrivere niente?

Oppure voleva che qualcuno lo TROVASSE?

E perché la prima volta l'ha buttato nel cestino della carta in sala insegnanti?

CHI L'HA FATTO???...

Un insegnante? Oppure un alunno e poi glielo hanno tolto? Oppure era per terra e qualcuno l'ha semplicemente raccolto?

***OPPURE OPPURE OPPURE OPPURE OPPURE OPPURE OPPURE OPPURE.***

Ho la testa piena di domande e nessuna risposta.

Vorrei solo che rispondesse al mio biglietto.

Oggi pomeriggio ero in rete e DEBORAH mi ha scoperto. AIUTO!

*Ci sei?* ha scritto.

C'ero. Così ho risposto di sì.

E lei: *CIAO!!!!!!* Con le solite faccine.

*Cosa stai facendo?*

E io: Sono davanti al computer.

Lei: *Lo so! Ma cosa stavi facendo PRIMA?*

PRIMA quando?

*PRIMA di essere davanti al computer.*

Volevo rispondere qualcosa di fico e non le solite cose banali tipo mangiavo, guardavo la Tv, mi scaccolavo, aiutavo la mamma a sparecchiare la tavola. Così ho scritto: STAVO COSTRUENDO UN MODELLINO DI NAVE.

E lei: *FORTE!!!!! Come si fa?*

E io le ho spiegato come si fa perché a forza di aiutare papà qualcosa ho imparato.

Insomma, siamo andati avanti così per un po'.

Intanto io guardavo la sua foto del profilo e il mio giudizio su Deborah è passato da carina a **CARINA ++**.

Alla fine era trascorsa più di **1** ora **1**!

Ieri ho imparato a suonare **FRA MARTINO CAMPANARO** sugli elastichetti del mio apparecchio per i denti. Roba da finire in televisione, tipo *Talenti d'Italia*. Quasi quasi ci provo, magari divento famoso.

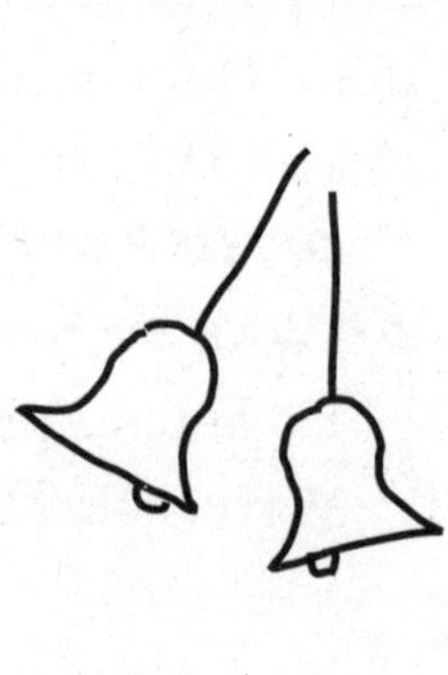

NOOOOOOO! Non avrei MAI il coraggio di fare una cosa così in pubblico. E alla Tv!!!

– Lascia stare l'apparecchio – ha detto la mamma, uscendo dalla cucina. – Che costa un occhio della testa e se si rompe sono guai.

NIENTE Talenti d'Italia.

Nel silenzio della casa i miei elastichetti facevano l'effetto di una chitarra elettrica.

Basta *Fra Martino Campanaro*. Voglio provare con qualcosa di più forte.

Chissà se il rap viene bene con gli elastichetti?

Magari qualcosa di Jovanotti che è il cantante preferito di Domi, così lei sarebbe contenta!

Oggi a scuola la prof Ferri mi ha chiesto un'altra volta di fare il musical.

Io l'ho guardata dritta negli occhi, come un vero duro, e ho risposto un NO secco, come i no della mamma quando chiedo di stare alzato fino a tardi.

. . .

. . .

Non è vero.

AVREI voluto rispondere NO, ma non ce l'ho fatta. Invece ho detto:

– Non so, prof. Vedremo.

Come i "non so vedremo" del papà quando non vuole dirmi di no, ma sa già che sarà un no.

Forse una parte di me vorrebbe fare questo ACCIDENTE di musical. Ma un'altra parte di me non lo vuole fare perché si vergogna. Come se ci fossero due MAX.

Potrei sempre proporle di suonare gli elastichetti come intermezzo.

FRA MARTINO CAMPANARO.

Sì, figurati!!!

MANCO MORTOOOOO!!!!!

**PALLONATA IN PIENA FACCIA** a motoria che se si stacca uno degli elastichetti muoio soffocato lì davanti a tutti i miei compagni e al prof Accardi!

Neanche giocavo. Stavo a bordo campo, a tenere i punti della partita di pallavolo. Perché anche tenere i punti è una bella responsabilità (questo lo dice il prof per convincermi di servire a qualcosa). E poi eravamo in numero dispari e per fare due squadre uno deve restare fuori per forza e di solito resto fuori IO.

Comunque, gli occhiali sono finiti dall'altro

lato della palestra e l'impianto cocleare pure. E fortuna che non si sono rotti né l'uno né l'altro, se no mia madre chi la sentiva...

La pallonata è arrivata (che stranezza!) da una schiacciata di Ronchese, che secondo me ha preso la mira con il teleobiettivo proprio sulla mia **FACCIA**.

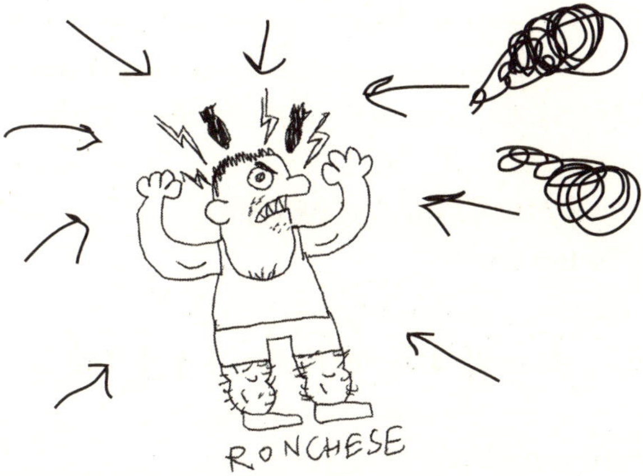


Sono **VOLATO** giù dalla panca dov'ero seduto e, a parte il prof Accardi che si è limitato a dire: – RoncheSeeeee – (che non serve a niente), tutti sono scoppiati a ridere.

Sara è corsa a chiedermi come stavo e io ho detto bene anche se non stavo bene, solo per togliermela dalle scatole. Poi Gino, il bidello, mi ha portato del ghiaccio istantaneo e me lo sono tenuto schiacciato sul naso per una buona mezz'ora, finché non è finita la partita. Il prof Accardi, con la sua solita vocina che ti mette addosso il sonno, ha detto che gli dispiaceva. Secondo lui Ronchese non l'ha fatto **APPOSTA**.

*Sì, come no. Ci credo!!!!!*

– Era una normale azione di gioco – ha detto il prof.

Peccato che la mia FACCIA non facesse parte del CAMPO da gioco. E neanche delle linee.

Ronchese e gli altri hanno ridacchiato alle mie spalle per tutto il resto della mattina.

A un certo punto ho pensato che ci sarebbe voluto DRAGON BOY. Gli avrebbe fatto passare la voglia di ridere, a quelli. Magari li avrebbe presi lui a pallonate! Oppure li avrebbe inceneriti con il suo MEGA SGUARDO TERMICO o con il suo MEGA LANCIAFIAMME ATOMICO.

Quasi quasi mi ci metto pure io a fare un fumetto.

No, meglio di no.

A proposito di fumetto, il mio biglietto nel muro è sparito. Ma chissà, forse se n'è semplicemente volato via con il vento.

O l'ha usato un uccello per farsi il nido.

O l'ha preso un topo.

Vai a sapere.

La mamma è stata al telefono con Carolina **10** ore **10** di fila. Quando ha messo giù il cordless aveva l'orecchio del colore di una prugna.

– Era tua sorella – ha detto. – Pensa che Pablo oggi ha cominciato a stare seduto dritto!

WOW!

L'ha detto come se fosse una cosa incredibile, di quelle che vanno a finire sulle prime pagine dei giornali e nei telegiornali. Invece è una cosa normalissima, che fanno tutti i bambini del mondo in tutte le parti del mondo. O almeno credo.

Quando Pablo fa qualcosa (la maggior parte delle volte sono cose **ASSOLUTAMENTE** normali per uno della sua età), sembra sempre che abbia fatto qualcosa di eccezionale, irripetibile, unico.

– Ma va? – dice la mamma. – Ma non mi dire! Non ci credo! Ripetimelo un po'! Che caro!

E poi corre a raccontarlo a papà (a volte gli telefona addirittura in ufficio), che senza smettere di fare quello che sta facendo (modellini di navi, giornale, doccia o altro) esclama:

– INCREDIBILE! PAZZESCO! STRAORDINARIO!

Anch'io le avrò fatte quelle cose lì, no? E anche Domi e Carolina. Pablo non sarà mica il primo bambino dell'universo? Chissà se mamma e papà si agitavano così tanto anche per noi.

Be', a dire la verità, io quando avevo l'età di Pablo non stavo seduto dritto da solo, per via della schiena. Ci sono delle foto dove porto una specie di busto, una roba che mi faceva stare su. E poi ho cominciato a parlare un po' in ritardo, per via dell'orecchio. E dopo la scuola, mentre gli altri bambini giocavano o guardavano la Tv, io passavo il tempo dalla logopedista, per imparare a dire bene le parole. E per camminare ho sempre avuto bisogno di un sostegno.

Comunque, a parte queste cosette qui, per il resto anch'io facevo quello che fa mio nipote. Mangiavo le pappe, piangevo, dormivo, riempivo i pannolini con quintali di cacca puzzolente e giallastra e dicevo "Mamma" come se avessi le patate in bocca. Non c'è proprio niente di eccezionale!

A volte Carolina telefona preoccupata alla mamma (anche in piena notte) perché il colore della cacca di Pablo non la convince. A quel punto segue un lungo dibattito sulle cacche di bambino.

In questi ultimi mesi io mi sono fatto una vera e propria cultura in fatto di cacche di bambino.

# NEVICA!!!!!!

**FORSE OGGI,** dopo la scuola, farò un pupazzo di neve!!!!!

– Fiocchi piccoli e ghiacciati – ha detto papà dopo aver messo una mano fuori dalla finestra. Poi ha aggiunto che la neve ghiacciata è **MOLTO** pericolosa perché provoca un mucchio di incidenti. Ha detto anche che avrebbe avuto un sacco di pezzi da scrivere, grazie a giornate come queste.

E infatti, il nostro autobus ha sbagliato una curva ed è finito contro un albero nel caos del traffico cittadino delle 7 e 45. Volevo quasi raccontare all'autista che mio padre l'aveva detto proprio quella mattina che sarebbe stato pericoloso guidare e che forse ci avrebbe fatto un articolo, ma mi sembrava già abbastanza nervoso e me ne sono stato zitto.

Siccome eravamo molto vicini alla scuola, quasi tutti si sono incamminati a piedi.

Io sono sceso per ultimo e mentre facevo i gradini ho visto una vecchietta con una stampella quasi uguale alla mia che era finita per terra per colpa del ghiaccio. Qualcuno l'ha aiutata a rialzarsi, ma la sua stampella si era piegata.

– Vuole la mia? – le ho chiesto quasi senza pensarci.

– Saresti così gentile? – si è stupita lei.

– Sì.

E gliel'ho data.

– Abito qui vicino – ha detto. – Vado a casa e te la riporto insieme a mio figlio.

A quel punto mi sono seduto sul marciapiede, ad aspettare. Erano le 8 e 05 e le lezioni stavano per iniziare.

Nel frattempo sono arrivati i vigili, per prendere le misure col metro, scrivere e fotografare.

Uno mi ha detto: – Senti, ragazzino, ti puoi togliere?

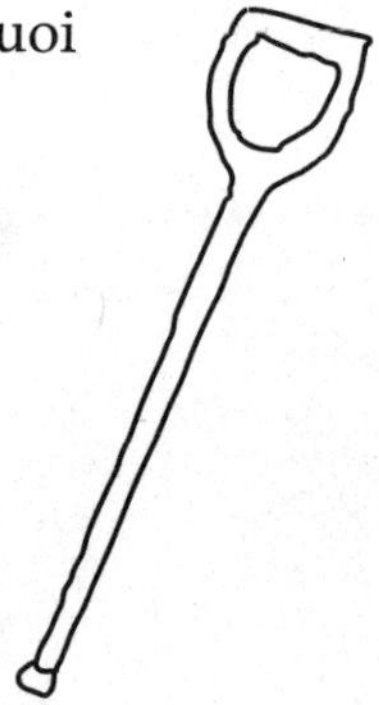

Mi sono spostato. Ma lui, dopo un po', mi ha chiesto: – Che ci fai qui? Perché non entri a scuola?

– Sto aspettando che la vecchietta mi restituisca la mia stampella.

– Quale vecchietta?

– Quella che è caduta.

– E adesso dov'è?

– A casa, spero. Deve farsi riaccompagnare da suo figlio.

– Riaccompagnare dove?

– Qui!

Lui si è tolto il berretto e si è grattato la testa. Mi sa che non ci aveva capito un tubo!

Intanto il tempo passava e alla fine c'eravamo solo io e l'autista. Tutti gli altri se n'erano andati.

L'autista si è seduto accanto a me, sul marciapiede. Per un po' siamo rimasti lì, ognuno a guardare davanti a sé, senza dire niente.

Poi è arrivato un altro autobus.

– Io salgo su questo. Il mio verrà a prenderlo il carro attrezzi. Sali?

Ho fatto segno di no. – Può dirmi l'ora? – ho chiesto.

– Sono quasi le nove.

A quel punto, stampella o non stampella, vecchietta o non vecchietta, mi sono incamminato anch'io.

Sono arrivato in classe, zoppicando, alle 9 e 25 e il prof Pirro ha commentato: – Con la scusa della neve te la sei presa comoda, vero Stanghelli? Cos'è, sei stato a letto a dormire? E intanto i tuoi compagni sgobbano!

A casa niente pupazzo di neve. La neve si è già sciolta e per terra è rimasta solo acqua sporca.

E mentre tornavo a casa sono scivolato su quella poltiglia scura macchiandomi i pantaloni che erano **NUOVI**.

A cena ho raccontato la storia della vecchietta e della stampella. – Hai fatto bene – ha detto la mamma. – Bravo!

Poi ho chiesto a papà se per caso voleva scrivere un articolo sull'incidente dell'autobus, ma lui ha risposto che non poteva perdere tempo con i soliti pezzi perché in quell'ultimo periodo era molto preso dalla sua inchiesta e che, anzi, terminata la cena sarebbe andato a lavorare al computer.

– Quale inchiesta? – ha domandato la mamma.

– Sui rifiuti. Ecotruffe. C'è gente che si sta arricchendo con la raccolta differenziata – ha risposto lui. – Illegalmente.

– E tu hai delle prove?

Mi sembrava di sentire parlare il dottor Watson e Sherlock Holmes.

– Le sto cercando, le prove – ha detto papà, ed era estremamente serio, come un poliziotto che arresta qualcuno.

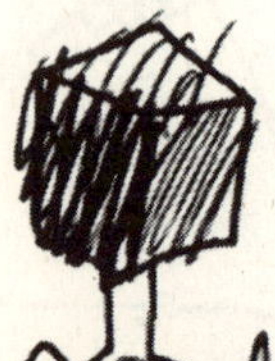

**NON SO COM'ERA** andare a scuola ai tempi dei miei genitori. Forse come adesso. O forse no.

Sicuramente loro non avevano i guai che ho io, questo è SICURO. Intendo dire il Gigante e tutti gli altri.

A volte penso ai miei genitori bambini, che vanno a scuola, che tornano a casa a mangiare, che fanno i compiti, che giocano, che vengono sgridati dai loro genitori, che fanno il bagno, che si mettono il pigiama, che vanno a letto magari facendo i capricci perché vorrebbero stare alzati a vedere un po' la Tv. Ma proprio non ci riesco. Vedo dei bambini, ma non sono affatto i miei genitori da piccoli.

I miei genitori è come se fossero sempre stati grandi. Sempre uguali a come li vedo da quando sono nato. È davvero impossibile pensarli piccoli.

Anche se mi sforzo proprio non ci riesco. Così quando mamma o papà mi dicono che capiscono perché sono stati giovani anche loro, io faccio sì con la testa, ma dentro di me faccio no, perché non ci credo del tutto.

E poi, anche ammesso che loro siano stati bambini, con i giochi, i pigiami, i frigni e tutto il resto, loro non erano PROPRIO come me e cosa significa essere COME ME non credo lo sappiano.

E io non ho la forza e neanche le parole per spiegarlo perché a volte non lo capisco nemmeno io com'è essere come me e, quelle volte, mi sembra di avere una gran confusione in testa, come un uragano, una tromba d'aria che solleva tutto e rimescola ogni cosa e poi non è più in ordine.

Come le carte di un mazzo.

**È STATA UNA NOTTATA DI BRUTTI PENSIERI** e di **BRUTTI** sogni.

Mi sono svegliato *STORTO* (come dice la mamma) cioè di cattivo umore.

Mi capita, certe volte. È quasi come se non fossi io, quel Max che conosco. Rispondo male o non rispondo per niente e tutto mi dà fastidio, perfino il TIC TAC dell'orologio a pendolo all'ingresso o il colore delle pareti o il biscotto che galleggia nel latte. **TUTTO**.

Il resto della giornata è andata così, cioè **MALE**.

Fino a che, tornando, non ho trovato nel buco del muro un nuovo fumetto!!!

Questa cosa mi ha cambiato la giornata!!!

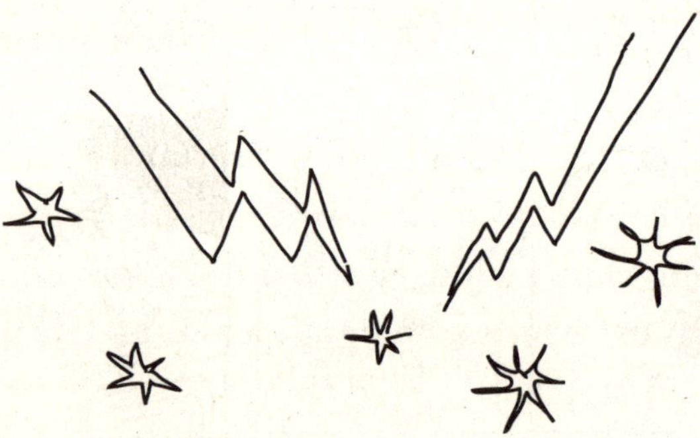

# DRAGON BOY

## IL SIGNORE DEI GHIACCI

*Il titolo è fortissimo!*
*Adesso me lo pappo tutto!*

DRAGON BOY
IL SIGNORE DEI GHIACCI
UNA SCUOLA COME TANTE IN UNA CITTÀ COME TANTE.
UN RAGAZZO COME TANTI SEGUE LA LEZIONE.
SCRIB SCRIB
SKREEKK
SBRAMM
AIUTOOO
OARRGH
SKRIIK
SCUSI, PROF! DEVO ANDARE AL BAGNO!
SKREK
QUI CI SONO PERSONE IN PERICOLO!
E SOLO UN EROE PUÒ DIFENDERLE!

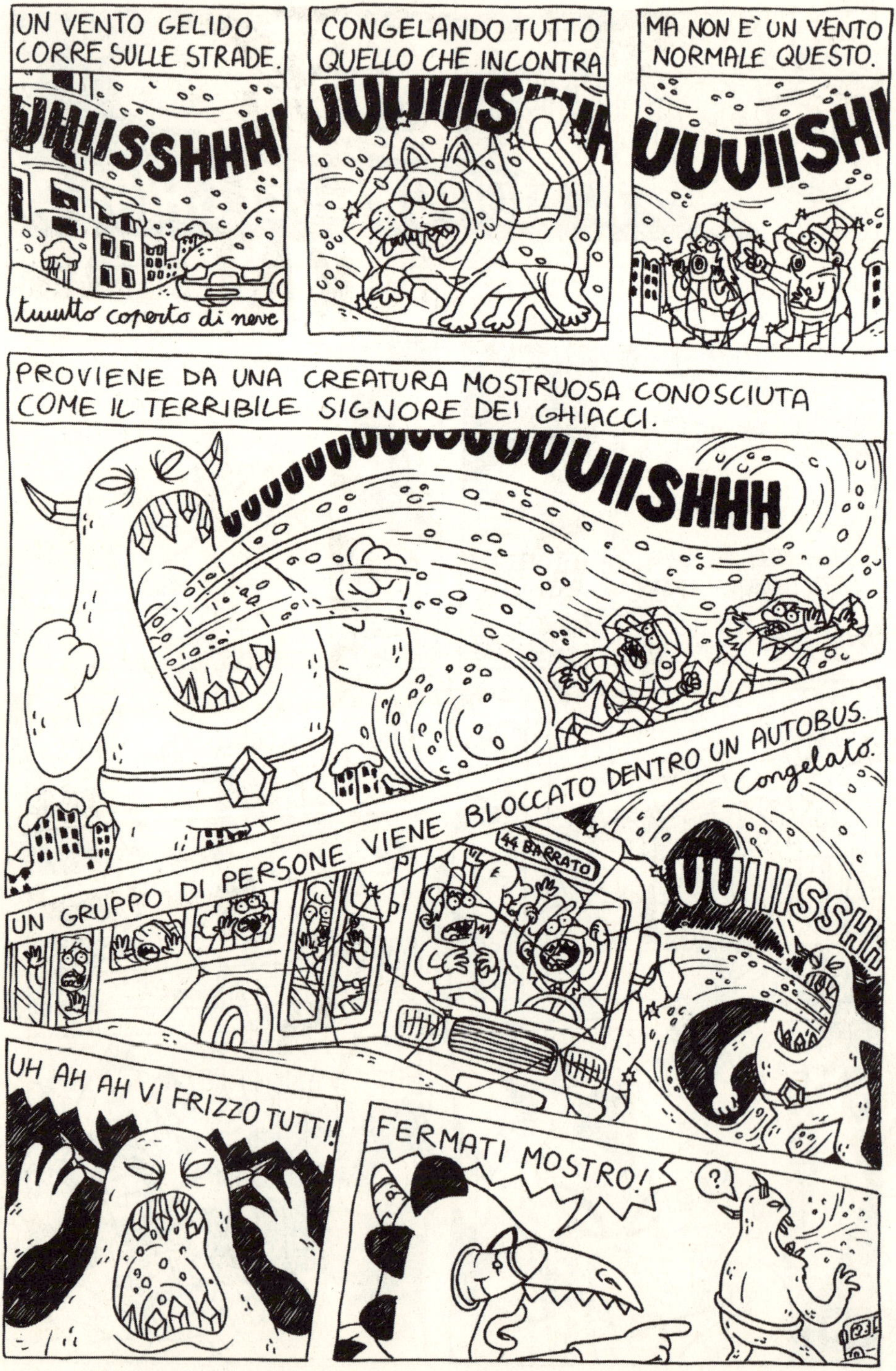
UN VENTO GELIDO CORRE SULLE STRADE.
UUIISSHHH
tuuutto coperto di neve
CONGELANDO TUTTO QUELLO CHE INCONTRA
UUUIIISSHHH
MA NON È UN VENTO NORMALE QUESTO.
UUUIISH
PROVIENE DA UNA CREATURA MOSTRUOSA CONOSCIUTA COME IL TERRIBILE SIGNORE DEI GHIACCI.
UUUUUUUUUUUUUUUIISHHH
UN GRUPPO DI PERSONE VIENE BLOCCATO DENTRO UN AUTOBUS.
Congelato.
44 BARRATO
UUIIISSHH
UH AH AH VI FRIZZO TUTTI!!
FERMATI MOSTRO!
?

CONGELATI!
PRIMA DEVI PRENDERMI!
SKRAKAKATRAK
CI VUOLE PIÙ DI UN PUPAZZO DI NEVE PER FERMARMI!
GRRRRR
TROPPO LENTO!
UARGH!
THUMP
BONK
AAAARGHH!
PRESO!
NO!
UURRRGH!
AIUTO!
AIUTO!
OUCH!
KRONK
Questo fa male!

DANNAZIONE!
CATENA DI GHIACCIO!
SKKRIKKK
SOLO I MIEI DENTI D' ACCIAIO POSSONO SPEZZARE QUESTO GHIACCIO!
KRANG
HO PRONTO PER TE UN BEL CALDUCCIO!
Che denti!!!
PRENDI QUESTO!
SHHFTOOO
NOOOO! MI STO SCIOGLIENDO!
SGLUSH
E ORA LIBERIAMO I PASSEGGERI!
YU HU!
WOOM
GRAZIE DRAGON BOY PER AVERCI SALVATO DAL SIGNORE DEI GHIACCI!
GRAZIE!
AL MOMENTO È PIÙ IL SIGNORE DELLE POZZANGHERE!
MALEDETTO TORNERÒ!

**DRAGON BOY È STRAFORTE!** Dovrebbero farci un film o una serie di cartoni!!!

La cosa che mi piace di Dragon Boy è che un momento è ***NORMALE***, sta a scuola a rompersi come tutti, il momento dopo diventa un ***SUPEREROE***. Fa le cose che fanno tutti però in segreto è un ***SUPEREROE!*** Un po' come l'Uomo Ragno o Superman.

Un'altra cosa bellissima è che cambia sempre la scritta del titolo, a seconda dell'avventura! Vorrei saper disegnare anch'io così!!!

Adesso c'è Deborah online.

Se nei diari si deve essere sinceri, allora mi tocca confessare che quando mi sono collegato in fondo in fondo un po' ci speravo di trovarla.

Deborah mi dice, anzi mi ORDINA, di togliere quella stupida foto del bambino con gli occhiali e di farle vedere come sono fatto davvero. Sì, magari con tanto di stampella e apparecchio scintillante sui denti!!! E sotto ci scrivo:

PARLARE FORTE
CHE ALTRIMENTI NON SENTO.

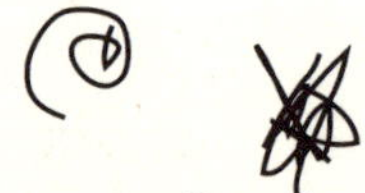

Un bel modo per farla scappare.

Potrei mettere la foto del biondino della I B, quello che piace a tutte le ragazze della scuola. Ho trovato! Lo fotografo di nascosto con il cellulare e poi metto la sua foto sul mio profilo.

No, non si può. Se dopo mi scoprono sono GUAI.

Così, ancora una volta, faccio finta di niente e per distrarla le racconto una cosa inventata, che ho assistito a un mega incidente con l'autobus e che per fortuna ho avvertito l'autista in tempo, altrimenti chissà cosa poteva accadere.

Lei mi scrive che sono un tipo interessante perché mi succedono cose interessanti. Poi, solite faccine.

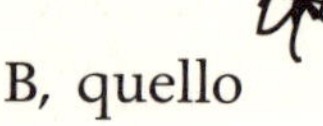

Una volta o l'altra le racconto di Dragon Boy.

## AUTORE DI DRAGON BOY, CHI SEI?

Oggi a scuola guardavo tutti con sospetto. Nel senso che mi domandavo a ogni persona che incontravo se poteva essere il disegnatore di Dragon Boy. Anche per strada! Avranno pensato che avevo qualche rotella fuori posto.

Quando l'ho fissato, il biondino della I B mi ha guardato con un'aria da "cosa c'è da guardare?". Se sapesse che ho pensato di mettere la SUA foto sul MIO profilo...

Anche Ronchese mi ha guardato male e poi mi ha chiesto:

– *Che cavolo hai oggi, Andy? Ti è andato di traverso l'apparecchio per i denti?*

E Serracchiani è scoppiato a ridere.

Il Gigante, invece, non l'ho fissato, lui proprio no, non si può. Ha scritto in fronte PERICOLO DI MORTE. Come sui pali dell'elettricità. CHI TOCCA MUORE!

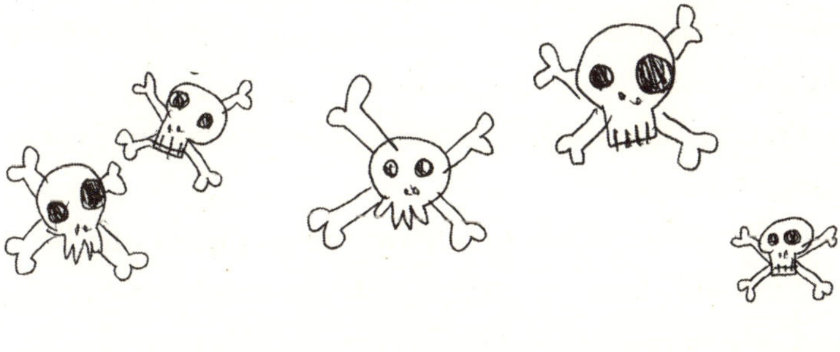

E poi, chi se lo immagina quella specie di troll che disegna fumetti bellissimi come Dragon Boy?

Alla terza ora c'era la Ferri, di musica, quella del musical. Siccome so che a lei piace fare i cartelloni e disegnare le cose che servono per i suoi spettacoli, mi sono chiesto se per caso non fosse proprio lei l'autore misterioso. Noooo!

E poi perché avrebbe dovuto gettare nel cestino della sala insegnanti un suo disegno?

– Stai pensando di accettare la mia offerta? – mi ha chiesto a un certo punto.

– Eh? – ho fatto io che praticamente non la stavo ascoltando.

– Allora, sei dei nostri? Parteciperai allo spettacolo di fine anno?

Ho sentito dei risolini che giravano per la classe e non mi è servito guardare per sapere da quale parte provenivano.

– Vedremo – ho risposto, diventando rosso.

Se è vero che voglio essere **INVISIBILE**, la cosa peggiore che possa fare è mettermi in vista partecipando addirittura a un musical!!!

Accidenti alla prof Ferri e alle sue strambe idee. Ma chi gliel'ha chiesto di fare questi stupidi spettacoli da bambini?

Alla fine dell'ora è entrato in classe Gino, il bidello. Teneva in mano una cosa lunga avvolta in carta di giornale e un pacchetto con un fiocco rosso.

– Questa roba è per Stanghelli – ha detto mettendo tutto sopra la cattedra.

I miei compagni erano curiosi, ma io sapevo di che si trattava.

– Cos'è, un fucile? – ha scherzato Ronchese.

– Una canna da pesca! – ha gridato Nerini.

– Coraggio, Max – ha detto la prof. – Aprilo.

Nel pacco lungo c'era la stampella, che la vecchietta finalmente si era degnata di restituirmi. In quello con il fiocco, dei cioccolatini.

Quando ho aperto la scatola, Ronchese, Nerini e

Labranca si sono fiondati come saette. – Ehi, ragazzi! Stanghelli offre!

Risultato = zero cioccolatini per me!

**GIURO CHE SE DRAGON BOY** fosse in vendita io non ci penserei un secondo a tirare fuori i soldi per comprarlo.

**È TROPPO BELLO!!!!!!!**

Ho scritto un altro biglietto per l'autore di Dragon Boy. Stavolta spero proprio che mi risponda.

Il biglietto dice:

Caro artista misterioso,
il tuo fumetto mi piace tantissimo. Sarebbe bello che Dragon Boy esistesse davvero. E io vorrei essere suo amico. Anche tuo, però. Magari tu sei un po' come Clark Kent con Superman o Peter Parker che è l'Uomo Ragno.
Non è che per caso anche tu sei un SUPEREROE???
Fatti vivo.

Il tuo amico MAX

**PAPÀ, CHE SGUAZZA NELLE NOTIZIE** da mattino a sera, dice sempre che è preoccupato per come va il mondo. Con Domi parla spesso della **CRISI**, dei giovani che non trovano lavoro a causa della **CRISI**, dei pochi investimenti che si fanno per colpa della **CRISI** e di altre cose noiose, e io ho notato che quando papà parla a Domi della **CRISI**, lei sorride meno del solito.

Io, fossi papà, non le parlerei di questa benedetta **CRISI**. Non è bello che qualcuno ti dica che le cose vanno male quando tu stai cercando di farle, quelle cose lì.

Certe volte provo a immaginare me come un papà, in una casa, con un lavoro. Insomma mi immagino **DA GRANDE**. Ma è un po' come quando cerco di immaginare i miei genitori bambini. È impossibile. E poi non so ancora quale sarà il mio lavoro.

Mi piacciono i lavori dove devi mettere le cose in ordine, elencarle, sistemarle, o cose simili, ma non so se questo può essere un **VERO** lavoro.

Forse potrei lavorare in un magazzino con tanti scaffali o in una libreria (basta che non mi obblighino a leggere tutti i libri che ci sono!).
Forse vivrò da **SOLO** in una minicasa come quella di Carolina perché non avrò tanti soldi (c'è la **CRISI**). E comunque a volte mi sembra che non crescerò mai, cioè che sarò sempre come sono ora... Magari mi sbaglio.

Però non mi ci vedo come un **GRANDE**. Anzi, a dirla tutta, mi vedo sempre come sono nella foto dell'ultimo anno delle elementari, tra Casagrande e Da Lio. Chissà come si trovano loro alle medie.

Papà dice che nella vita dobbiamo fare quello che

riteniamo giusto, scegliere il lavoro che fa per noi, non quello che gli altri vorrebbero che scegliessimo.

Io lo so perché papà dice così, perché lui non ha voluto fare quello che gli diceva suo padre, nonno Alfio. Papà ha deciso di testa sua cosa fare da grande e nonno Alfio si è arrabbiato. Questo è quello che so. Ecco perché quando Domi ha detto che voleva fare il DAMS e mamma si è scandalizzata perché secondo lei fare l'artista non è un vero lavoro, papà ha difeso Domi dicendo che doveva fare quello che sentiva. E alla fine Domi l'ha fatto. Come papà, che è diventato giornalista anche se il nonno non voleva.

Mi sembra strano pensare che diventerò adulto.

Stasera c'era Deborah online. Le ho chiesto se sa cosa farà da grande. Ha risposto subito, senza neanche pensarci:

la dottoressa

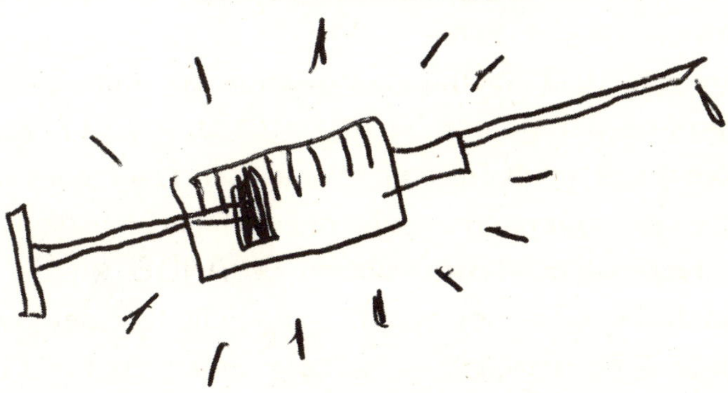

Io ho scritto che è un bel lavoro anche se intanto pensavo che io da una femmina un'iniezione non me la farei fare **MAI**. E non per il bruciore, ma perché mi vergognerei ad abbassarmi le mutande.

MAI MAI MAI!!!

Lei ha risposto che vuole aiutare la gente che SOFFRE.

Ci sono tanti modi di soffrire.

La scorsa settimana Domi è tornata a casa e io ho visto subito che non era come al solito. Sorrideva meno e aveva meno parole da dire. E la casa, anche se c'era lei, sembrava vuota lo stesso.

Quel venerdì sera, a cena, la guardavo e poi guardavo i miei, perché anche loro la guardavano e, insomma, TUTTI guardavamo Domi. Ma lei non guardava nessuno, a parte il cibo che aveva nel piatto ma, anziché mangiarlo, lo torturava con le punte della forchetta. Avrei voluto chiederle cosa c'era che non andava, perché era evidente che qualcosa non andava. Credevo avesse mal di pancia. Poi ho pensato che avesse preso un brutto voto o che magari qualcuno l'avesse presa in giro per qualcosa. Volevo dirle di stare tranquilla, che tanto queste cose passano. Io lo so. O dovrei saperlo. Ma non riuscivo a dire niente. E quando ho incrociato lo sguardo di papà, lui mi ha fatto l'occhiolino, come per dirmi che andava tutto bene lo stesso.

Dopo cena, in cucina, mentre papà era al computer e Domi a farsi un bagno caldo, la mamma mi ha sussurrato: – Problemi di cuore.

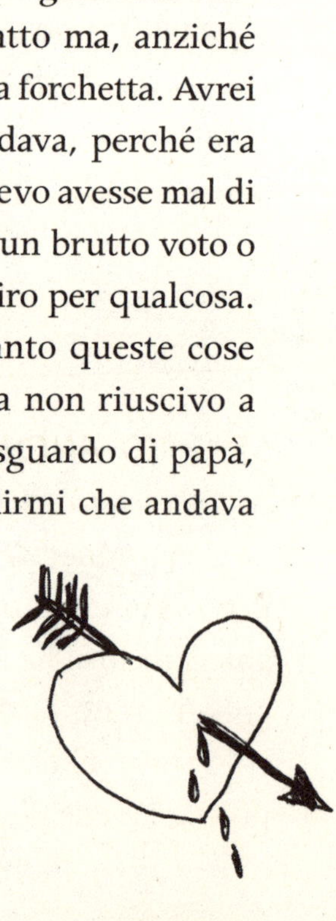

Allora io mi sono preoccupato,

perché credevo che mia sorella fosse malata di cuore e che magari dovesse andare in ospedale, a curarsi o a farsi un trapianto. La mamma ha riso di gusto, quasi alle lacrime, e mi ha detto che Domi aveva semplicemente rotto con il ragazzo con il quale si vedeva all'università, e per questo stava soffrendo. Io manco lo sapevo che all'università si vedeva con qualcuno.

– È normale che certe cose finiscano – mi ha detto la mamma più tardi, quella stessa sera. – Per poi ricominciare in modo diverso. Ricordalo.

Gli amici vanno e vengono, questo l'ho imparato anch'io quando sono passato dalle elementari alle medie. Casagrande e Da Lio erano amici e sono andati. Stanno in un'altra scuola e non li vedo più.

Ma, mi chiedo, se gli amici vanno e vengono, quand'è che verranno di nuovo?

Quand'è che torneranno o che ricominceranno a esserci, per me?

## SPARITO ANCHE IL SECONDO BIGLIETTO.

Scommetto che stavolta mi risponde.

Comunque, oggi la prof Ferri ci ha detto quale sarà il musical che vuole mettere in scena in primavera. Per spiegarcelo ci ha fatto vedere un film. E per vedere il film ci ha portato in **AUDITORIUM**, che è una specie di piccolo teatro che abbiamo a scuola. Il nostro teatro è bello perché si vede bene il palcoscenico anche dalle ultime file.

Infatti il teatro è fatto in modo intelligente, con i posti in fondo rialzati rispetto a quelli davanti, e ha perfino le tende rosse che chiudono lo spettacolo alla fine.

La Ferri ci ha detto che il film è tratto da un libro famoso e io, appena ho sentito il titolo, mi sono ricordato di aver visto un cartone. Il film si intitola:

Il meraviglioso mago di Oz

(anche se questo mago non è un vero mago, cioè non fa le magie, ma è un signore un po' sfigato che finge di essere un grande e potente mago) e c'è una ragazzina che, per colpa di un uragano, si ritrova in uno strano paese, tutto colorato, pieno di streghe e buffe creature. Per poter tornare a casa deve andare a parlare con il mago di Oz (lei non sa ancora che non è un vero mago) che vive nella Città di Smeraldo, e lungo la strada, che è un sentiero di mattoni gialli, incontra uno spaventapasseri, una specie di robot di latta e un leone. Il mio preferito è il **ROBOT** perché sembra un po' un supereroe.

Anche loro vogliono andare dal mago perché ciascuno vuole chiedere al mago un favore.

Alla fine la ragazzina riesce a tornare a casa e i tre personaggi ottengono quello che chiedono, un ***CUORE*** per il robot, un **CERVELLO** per lo spaventapasseri e il ***CORAGGIO*** per il leone.

Poi, quando si sono accese le luci, la prof Ferri ci ha

chiesto di cosa parlava il film secondo noi e qualcuno ha alzato la mano per fare una specie di riassunto. Ma la prof ci ha fermati.

– Non voglio sapere la trama – ha detto – ma di cosa parla.

C'è voluto un bel po', ma alla fine, tutti insieme, ci siamo arrivati.

**IL MAGO DI OZ PARLA DI QUELLO CHE NON SAPPIAMO DI AVERE.**

**ANCHE OGGI GUARDAVO** tutti come se fossi un serial killer. Finisce che prima o poi qualcuno se la prende e mi pesta.

Però è più forte di me, non riesco a farne a meno, e se solo uno ricambia il mio sguardo, per un attimo mi sento sicuro che sia LUI il disegnatore misterioso.

Stasera, prima di dormire, mentre mamma guardava la Tv e papà portava avanti la sua inchiesta saltando come una pulce da un sito all'altro, sono andato in camera di Domi. Lei stava leggendo.

Avevo l'ultimo fumetto di Dragon Boy in mano e gliel'ho mostrato.

**– Bello!!! – ha detto lei, guardandomi con gli occhi che luccicavano. – Sei bravissimo!**

– Non l'ho fatto io.

– Ah, no? Credevo di sì. È molto bello.

– Strabello – ho detto io. – Lo ha fatto un mio amico.

So che ho detto una bugia, ma mi sembrava troppo complicato spiegarle tutta la storia del buco nel muro. E poi io ci spero davvero che prima o poi quello che disegna Dragon Boy diventi amico mio.

– Lo conosco? – ha chiesto.

– No, è uno nuovo.

– Digli che è bravissimo. Potrebbe diventare un disegnatore di professione!

L'ha letto tutto mentre anch'io lo rileggevo, da sopra la sua spalla.

– Ha l'apparecchio! – ha detto a un certo punto indicando una vignetta.

– Quale apparecchio?

– Ai denti!

– Ma che apparecchio! Ha i denti di ferro! È un superpotere!

– Il superpotere di masticare qualunque cosa? – è scoppiata a ridere. – Cosa fa, mangia le noci col guscio?

E giù a ridere.

E rideva così tanto che mi sono messo a ridere anch'io. Poi ho preso un cuscino e gliel'ho tirato in faccia. E abbiamo fatto una mega battaglia di cuscini che alla fine ero tutto sudato.

– Cosa fate? – ha detto la mamma mettendo dentro la testa curiosa.

– Facciamo a cuscinate! – ho risposto.

Poi sono andato a lavarmi i denti e a mettermi il pigiama, e quando mi sono affacciato alla porta della stanza di mia sorella per darle la buonanotte l'ho vista seduta sul letto.

Mi sono fermato a guardarla, senza entrare, e lei non si è accorta che ero lì fuori.

Non sorrideva più. Osservava lo spazio che stava tra lei e l'armadio, o forse il vecchio CICCIO che come al solito se ne stava là con la sua faccia da uno che ha mangiato tanto e sta per vomitare, e mi è sembrata triste come quando guardava il cibo senza mangiarlo.

Ho capito che stava ancora soffrendo, e avrei voluto dirle che le cose si aggiustano, che anche se finiscono poi ricominciano. Solo in modo DIVERSO.

Ma non le ho detto niente perché in fondo non ci credo a questa cosa che tutto si aggiusta e non sarei stato convincente.

Così me ne sono andato lasciandola lì, a fissare il NIENTE negli occhi di CICCIO, e intanto mi sentivo triste per lei perché avrei voluto aiutarla ma non sapevo come.

In corridoio c'era papà. Aveva gli occhi

rossi a forza di stare davanti allo schermo del computer.

– Non farai più i modellini? – gli ho domandato. Ormai la sua inchiesta sembrava la cosa più importante del mondo.

– Certo che farò ancora i modellini! – ha detto. – Solo che adesso sono molto preso dall'inchiesta. Sai Max, c'è della gente che ha fatto cose molto gravi fingendo di essere onesta. Io questa gente voglio smascherarla e far venire fuori la verità. È a questo che serve il giornalismo, capisci?

Ho fatto sì con la testa, ma intanto pensavo che secondo me dovevano essere i poliziotti a far venire fuori la verità delle cose e a smascherare i colpevoli. O no?

**ECCO COSA CAPITA** quando in classe hai dei compagni che sono dei VERI, AUTENTICI, PERFETTI

## BASTARDI

È andata così.

Eravamo alla fermata del 12, vicino alla scuola, davanti al BAR DA SPILLO. L'autobus prima era partito pieno come un uovo, con la gente schiacciata dalle porte che quasi neanche si chiudevano, e io e alcuni compagni abbiamo preferito aspettare quello dopo. Nell'attesa, siccome faceva freddo, qualcuno è entrato nel BAR DA SPILLO. «Io mi prendo delle gomme» ho sentito dire. «Io un pacchetto di caramelle.» Eccetera. Così sono entrato anch'io, tanto per non starmene fuori.

Che ne sapevo io di quello che avevano in testa **LORO**?

**LORO** sono i soliti: Ronchese, Serracchiani e Labranca.

E conoscendoli avrei dovuto aspettarmelo.

Comunque, a un certo punto li vedo uscire di corsa, senza girarsi e senza dire niente. Credevo che fosse arrivato l'autobus e così sono uscito anch'io. Invece non c'era nessun autobus. Ho visto solo i miei compagni che correvano come se avessero un dobermann alle calcagna e intanto ridevano, e ridendo gridavano:

– *Scappa, Andy! Scappa!*

Ma scappare da cosa?

Mi sono girato e sulla porta c'era il proprietario del BAR DA SPILLO o quello che ci lavora, insomma un tipo con una faccia da bulldog che sembrava pronto a mordere il mondo intero.

– Adesso paghi **TU** la roba che hanno preso **LORO** – ha detto, e non era una domanda. E intanto mi puntava contro un dito grosso come un würstel.

Forse avrei potuto scappare anch'io (va be', forse mi avrebbe acciuffato subito, per via della gamba e della stampella), però non l'ho fatto. Non sono scappato, perché non avevo fatto niente di male.

Con la voce sottile come un filo, ho chiesto:

– Come sarebbe "la roba che hanno preso LORO"?

– Sarebbe due pacchetti di caramelle, due di gomme e una barretta al cioccolato, bello mio. Non credere di fare il furbo con me. Allora, dove sono i soldi?

Ho frugato nelle tasche. Avevo una moneta da due euro e l'ho tirata fuori sperando che bastasse.

– Eh, no! – ha fatto il tipo. – Mica bastano, bello mio! E adesso come si fa, eh? Come si fa?

E io che ne sapevo?

– Allora, come si fa? – continuava quello.

– Non lo so – ho balbettato io.

– Ah, non lo sai? Allora te lo spiego io. Adesso chiamo la polizia e ti faccio arrestare.

– Arrestare? – ho ripetuto. Le gambe mi tremavano e ho temuto di svenirgli davanti agli occhi.

– Sì, arrestare. I ladri vanno arrestati, ti pare? – ha proseguito.

– Be', non è detto che si debba arrivare all'arresto...

– Io invece i furbi come te li faccio arrestare, hai capito?

Non ho aggiunto altro. E, dopo qualche istante di silenzio, l'uomo ha dichiarato: – Allora si fa così, chiamiamo i tuoi genitori.

Io gli ho detto che era meglio la polizia, che i miei lavorano praticamente tutto il giorno, che era inutile telefonare, che anzi, magari si incavolavano per essere stati disturbati perché fanno lavori molto importanti, e via dicendo. Ma lui ha insistito, e alla fine mi ha obbligato a dargli il numero di casa. Anche perché lui stava alzando la voce e tutti quelli della scuola che passavano davanti al bar mi guardavano come fossi un criminale.

Dopo mezz'ora, mamma è venuta a prendermi. Aveva gli occhi fuori dalle orbite, come i Simpson, e le tremavano le mani.

– Ma si può sapere che accidente ti è saltato in testa? – è

sbottata. Perché è vero che mia madre ti spinge a provare, a fare le cose, ma mica a RUBARE!

Io ho cercato di spiegare come erano andati i fatti, cioè la verità, ma alla fine mamma ha dovuto pagare le gomme, le caramelle e la barretta al cioccolato.

– Adesso mi sentiranno – ha detto quando siamo saliti in macchina. – Chiamo i genitori di quei delinquenti e vediamo un po'!

I delinquenti erano i miei compagni di classe.

Mi ci è voluta un bel po' di fatica per convincerla a non chiamarli. Con che FACCIA mi sarei presentato A SCUOLA la mattina dopo?

E soprattutto, COSA MI AVREBBERO FATTO?

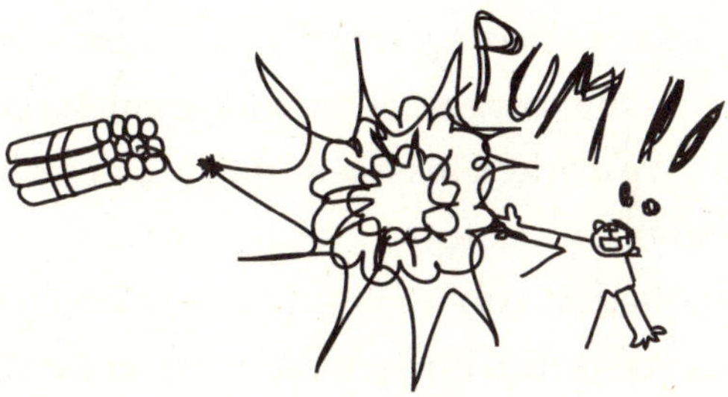


La fa facile la mamma. A scuola però ci vado IO, mica LEI.

Il mestiere di andare a scuola è una faccenda MOOOOOLTO delicata. Ci sono i compagni, i prof, le materie, lo studio, i voti. È come camminare sul bordo di un marciapiede, in equilibrio: puoi cadere giù da un lato oppure dall'altro.

E non potendo essere INVISIBILE (malgrado i miei più o meno riusciti ESPERIMENTI) la sola cosa da fare è rimanere sul bordo, in equilibrio, senza cadere.

Ecco spiegata la scuola.

DOMENICA SIAMO STATI AL CIMITERO, a portare i fiori sulla tomba dei nonni.

Io ho aiutato la mamma a tagliare i gambi, mentre Domi puliva tutto intorno dalle foglie e papà pensava a come disporre i fiori. Papà è convinto di avere un gusto estetico per le composizioni. Anche a casa, quando mette la frutta sul piatto della cucina, sembra che stia realizzando un'opera d'arte. Tutto inutile perché alla fine la mamma fa come le pare.

Comunque, abbiamo fatto le solite cose che facciamo quando andiamo a trovare i nonni al cimitero.

I nonni sono i genitori della mamma. Sono morti giovani, così dice lei. Giovani per modo di dire, perché avevano già più di 60 anni. Però mamma dice che oggi a 65 o 70 anni si è ancora giovani e si possono fare molte cose.

Vicino alla tomba dei nonni c'è quella di un bambino piccolo. Poverino. Chissà cos'aveva. Lui sì che era giovane.

I miei nonni materni non li ho mai conosciuti o quasi, perché quando sono morti io ero ancora troppo piccolo per ricordarli. Li ho sempre visti nelle fotografie, che sorridono. Non so se è per via delle foto, ma mi sa che i miei nonni erano gente simpatica.

I genitori di papà, per fortuna, sono ancora vivi, ma come zia Ester abitano lontano, nella città dov'è nato papà. Lui e il nonno non vanno molto d'accordo per quella vecchia storia che il nonno voleva che papà facesse il farmacista come lui e come suo nonno prima di lui. Ma papà non ha mai finito l'università. A lui non interessava la farmacia, lui voleva fare soltanto il giornalista.

Papà dice che lui voleva prendere la sua strada, fare le

sue scelte, anche a costo di sbagliare. Non come nonno Alfio, che aveva fatto quello che aveva voluto suo padre.

«Se c'è una cosa che non farò mai,» mi ha detto una volta papà «è dirti cosa dovrai fare da grande».

Insomma, con i nonni ci si vede poco, a Natale e in qualche occasione speciale, e tra papà e il nonno c'è sempre una specie di montagna, che nessuno dei due vuole scalare per vedere chi c'è dall'altra parte. Si salutano, si scambiano uno o due sorrisi (non di più) e parlano del tempo o del cibo o del vino che stanno bevendo. Fine.

Vedo molto più spesso le foto dei nonni materni e, in effetti, mi sembra di conoscerli meglio anche se sono morti già da un sacco di tempo.

Mentre tornavamo a casa, in macchina, mamma ha detto a papà se ultimamente aveva sentito i suoi. Papà ha sospirato e poi ha risposto di no. La mamma ha detto: – Dovresti –. E lui ha continuato a guidare, senza rispondere.

ATTENZIONE! ATTENZIONE!

Girare pagina

SQUILLI DI TROMBA!!!
NUOVO FUMETTO NEL BUCO DEL MURO!
NUOVO FUMETTO DI DRAGON BOY!!!!!

DRAGON BOY
UNA STORIA COL BOTTO
Proprio!
PUGNOFORTE
GRRRR!
MEGABULLO
MMUAARRGHH!
NEGATIVON
E NO!
UN GRUPPO DI SUPEREROI FLUTTUA, IN ARIA, FRONTEGGIANDO UNA MINACCIA TERRIFICANTE.
lui è inarrestabile
lui è fortissimo
e lui è contro tutto
M
A LORO SI AGGIUNGE L'IMPAVIDO DRAGON BOY.
D
... e lui lo conosciamo
con la sua inseparabile
ssss... sputafiamme

MA TORNIAMO INDIETRO NEL TEMPO!
IL TELEGIORNALE VA IN ONDA IN EDIZIONE SPECIALE PER COMUNICARVI UNA TERRIBILE NOTIZIA!
Uh Oh!
la terra
la luna
la meteora
Un bel problema
UNA METEORA DI PROPORZIONI COLOSSALI STA PER IMPATTARE CON LA TERRA TRA TRE ORE!
...
UH!
NO!
GULP!
SUPERFLUO SPECIFICARE CHE, A MENO CHE NON CI SALVI QUALCUNO, SIAMO TUTTI SPACCIATI!
PRONTO? HAI VISTO? SOLO NOI POSSIAMO PROVARE!
ALLORA CI SEI PER QUESTA IMPRESA IMPOSSIBILE?
CI SARÒ!
MHSÌ!
NO! MA CI SARÒ!
lui c'è...
... e lui pure...
è sempre contrario ma ci andrà.

L'ASTEROIDE È IN ROTTA DI COLLISIONE CON LA TERRA.
OOOOOOOOOO
Ohi Ohi Ohi
E RITROVIAMO I NOSTRI EROI CHE ASPETTANO IL GRAN BOTTO.
ECCOLO!
GRUMPF!
NO!
DOBBIAMO RESTARE UNITI!
OOOOOOOOOOOOOOOOOOOOO

VIA VIA VIA!
MRGGRRR!
NOOOO!
?
?
CHE CODARDI! MA IO DEVO RIMANERE, NON POSSO LASCIARE CHE SIA DISTRUTTO IL PIANETA!
SONO TERRORIZZATO MA DEVO AFFRONTARE LE MIE RESPONSABILITÀ!
ECCO!
KA-BO
SCUDO DEL DRAGO!!!
KRANG
LA TERRA È SALVA!
PFUI!
MA POSSIAMO DIRE LO STESSO DI DRAGON BOY?

**HO VISTO IN UN FILM** che c'era una ragazzina che teneva un DIARIO, tipo il mio, e che ogni volta che iniziava una pagina scriveva:

CARO DIARIO

come se fosse un amico, come se **PARLASSE** davvero a un amico.

È una cosa che mi ha fatto pensare, perché non avevo considerato che il diario può diventare un amico, uno al quale confidi le cose tue, quelle segrete, che non diresti a nessuno.

E in effetti è così. A scuola non ho veri amici e questo diario è come una specie di amico, anche se non parla e non può andare da nessuna parte e non ti dice: *"Ehi andiamo al cinema o a farci un giro!"*.

Però è come una specie di **ALTRO ME**.

TA-DAAAAAAAÀ!!!!!

Cambiato la foto del profilo!

Al posto dello stupido bambino con gli occhiali tondi che legge il libro ci ho messo…

**DRAGON BOY!**

È stato facile. Ho fotografato il disegno di Dragon Boy con il cellulare. Poi ho scaricato la foto dal cellulare al computer. L'ho migliorata un po' con il programma per le foto e l'ho caricata.

Adesso vediamo cosa ne pensa Deborah.

– COSA FAI? – ha chiesto la mamma sorprendendomi alle spalle.

Ero seduto alla scrivania, a scrivere il mio diario. Credevo fosse al telefono, invece eccola là, spuntata dal pavimento come un funghetto.

– Niente. Cioè, i compiti.

Ero imbarazzato, manco mi avesse scoperto a fare chissà cosa. Mi sentivo colpevole, ma perché? Mica avevo fatto niente di male!

E poi un diario segreto è segreto, giusto? Come fai a dire a qualcuno che hai un diario segreto? Allora non sarebbe più un segreto.

Ci ho messo sopra il quaderno di matematica.

– Faccio matematica – ho detto.

Poi è squillato il telefono.

Era Carolina, che voleva raccontare alla mamma quanto era stato bravo Pablo a finire tutta la sua pappa.

La prof Ferri è convinta che interpreterò una parte nel suo musical. Voglio dire che l'ha deciso lei e che ha smesso perfino di chiedermelo. Ha semplicemente detto che lo devo fare, che non accetta scuse, che non posso dire di no, che altrimenti mi mette 2 in musica (scherzava).

Caro diario, a te posso dirlo. Non è che non mi piacerebbe fare lo spettacolo. Magari mi divertirei pure. Chi lo sa? È che sono sicuro di non farcela. Cioè ho paura. Qualcosa andrebbe sicuramente storto. Come si può pensare che io possa ballare e cantare davanti a tutta quella gente con tanto di stampella, cresta sulla schiena e magnete dell'impianto cocleare attaccato alla testa? Mi prenderebbero tutti in giro... Insomma, lo possono fare tutti, quel musical, perché la Ferri VUOLE proprio ME?????

– Saresti perfetto nel ruolo del boscaiolo di latta! – ha detto.

Comunque, io non l'avevo mica capito che il tizio fatto di ferro, il **ROBOT** insomma, era un **BOSCAIOLO!** Come fa a tagliare gli alberi un boscaiolo di latta? Io avrei fatto che era un alieno precipitato sulla Terra da un altro pianeta, come Superman, e come Superman diventa un eroe e salva il Mago di Oz dagli abitanti della Città di Smeraldo che lo vogliono prendere a botte perché ha mentito dicendo che era un grande mago invece è solo uno *sfigato*. Ecco la mia versione del Mago di Oz.

Secondo me la prof vuole che faccia io l'uomo di latta perché lui, come me, ha un'andatura traballante, tipo automa, che rischia di finire per terra da un momento all'altro.

Credevo che mi avrebbe chiesto di fare il finto mago, lo sfigato. Sarei stato perfetto per quella parte.

Invece la parte del mago la farà la Conte (tanto starà per la maggior parte del tempo dietro un paravento e non si capirà che è una femmina). All'inizio la Conte ci è rimasta un po' male, perché lei voleva che il pubblico la vedesse bene (voleva fare Dorothy, la bambina), ma poi la prof l'ha convinta che il personaggio del mago è quello più importante perché la storia prende appunto il nome da lui e che alla fine non è uno sfigato ma un personaggio POSITIVO.

Lo spaventapasseri (AH AH AH!) tocca a Labranca, che ha proprio il fisico da spaventapasseri, magro e secco come il manico di una scopa. Quando la prof l'ha detto a Labranca, Paolini, Serracchiani e gli altri non la smettevano più di ridere e di prenderlo in giro. Ma la prof li ha fatti smettere subito, quando gli ha detto che loro avrebbero fatto le Scimmie Volanti. Allora, a ridere, ha cominciato Labranca (e io, ma senza che mi vedessero).

Marietto sarà il leone, per via della stazza, credo. Non ho capito se è contento di fare il musical o no. Però quella del leone mi sembra una bella parte. Fare il leone è sempre bello perché lui è il RE della foresta ed essere RE è una cosa importante.

Dorothy la interpreta Sara, che è tutta esaltata, neanche le avessero chiesto di fare un film a Hollywood con il tizio di *Twilight*!

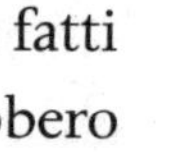

– Ci pensi? – mi ha detto all'intervallo.

Io ci penso, ma non mi sembra niente di speciale.

La Pandolfi e la Gracchi faranno le Streghe cattive. La

dolce Strega del Sud sarà la prof Ferri. Gli zii di Dorothy sono Nerini e la Tosetti. Ma tutti fanno qualcosa, perché c'è anche un mucchio di comparse.

Infatti io ho detto alla prof: – Perché non mi fa fare una comparsa? Tipo un albero o un cespuglio, che sta fermo e non dice niente?

Ma lei non mi ha neanche risposto.

Deborah mi ha scritto chiedendomi chi è quel tipo sul mio profilo. Così ho approfittato e le ho raccontato tutta la storia di Dragon Boy. Di come avevo trovato i fumetti nel buco e tutto il resto.

Ha scritto che era una storia fantastica e che le ricordava addirittura un vecchio film che aveva visto una volta in Tv.

Io le ho chiesto: – Quale film?

Ma lei non lo sapeva. Mi ha detto che, anche se i fumetti non le interessano, le piacerebbe vedere Dragon Boy.

Io ho detto subito di no, che non si può. Primo perché è una cosa tutta mia, quasi segreta (cioè, non più completamente segreta perché del fumetto ne ho parlato a Domi e a Deborah), e secondo perché non ho nessuna intenzione di incontrarmi con lei! Non so nemmeno dove abita! Magari a 10.000 chilometri da casa mia!

**OGGI LA PROF FERRI** ci ha spiegato meglio la storia del Mago di Oz e ci ha consegnato le PARTI, cioè le battute che dobbiamo imparare, che in teatro, ci ha detto, si chiamano COPIONI. Tutti hanno riso, perché COPIONI sono quelli che copiano quando fai una verifica. Invece in teatro significa un'altra cosa.

Comunque, questi COPIONI dobbiamo studiarceli a casa perché la prossima settimana iniziamo a fare le prove in classe dello spettacolo.

Io ho preso il mio COPIONE (mi fa ridere anche scrivere la parola) e l'ho buttato sul banco senza neanche guardarlo.

Poi, quando l'ora è finita, sono corso dietro alla prof, in corridoio, perché volevo dirle una volta per tutte che questa scemenza del musical non la voglio fare e che quindi è inutile che continuiamo a fare finta e che il mio COPIONE lo può pure dare a qualcun altro.

La prof camminava veloce, con una pila di libri tra le braccia, e girando l'angolo si è scontrata con un tipo, così i libri le sono caduti tutti per terra. Il tipo ha farfugliato un "Mi scusi" ed è filato via.

L'ho aiutata io a raccogliere i libri.

– Grazie, Stanghelli – ha detto la prof.

Avevo il cuore che correva come un matto e la bocca secca perché, adesso che ero solo con lei, non sapevo come dirle che non volevo fare il musical. Anche perché il problema NON è lo spettacolo, ma sono IO, nel senso che non me la sento. Punto e basta. Io voglio solo essere INVISIBILE.

– Prof...

– Sì, Stanghelli?

Ho cominciato a sudare e a fissarla senza dire niente.

– Stanghelli, ci sei?

E io: – Prof, perché vuole che faccia PROPRIO l'uomo di latta?

– È un BOSCAIOLO di latta.

– Va be', perché proprio quello?

– Preferivi fare Dorothy?

– No, ma...

E lei, interrompendomi: – Perché tu sei un po' introverso e hai una specie di scorza, come se fossi fatto di ferro, ma dentro secondo me hai un cuore grande.

A quel punto non ho saputo cosa rispondere. Mi ha fregato.

– Ognuno di noi ha qualcosa in comune con un personaggio teatrale o cinematografico – ha proseguito. – Ogni attore deve SENTIRE la parte che reciterà, perché il suo carattere ha affinità con quel ruolo. Certo, se uno è un grande professionista, un attore vero intendo, allora non ha difficoltà a calarsi in personaggi anche molto diversi da lui. Ma noi non siamo professionisti, vero Stanghelli? Noi ci divertiamo e basta. Questo è l'importante, divertirsi e stare insieme, collaborare, condividere le cose. Non credi?

Io, come al solito, non ho avuto il coraggio di dire la verità, e cioè che me la faccio sotto all'idea di presentarmi davanti a tutta la gente e fare una figuraccia.

E poi non so se me ne importa davvero qualcosa di CONDIVIDERE con la mia classe.

Ho fatto sì con la testa, come un PUPAZZO e me ne sono andato.

Tornando a casa avevo come un groviglio di spaghetti nella pancia, tutto intero.

Ma poi ho pensato che magari faccio solo FINTA di studiare il COPIONE e, qualche giorno prima, dico che ho la febbre o il mal di pancia, e la parte la danno a un altro, e pensando queste cose il groviglio di spaghetti si è sciolto all'improvviso.

OLÈ!!!

Sono furbo o no?

**STAMATTINA HO PENSATO UNA COSA.**

Di sorvegliare il muro di Villa Felice.

Così vedrò chi ci mette i fumetti.

Mentre ero in autobus ho pensato a come potrei travestirmi per non essere riconosciuto. Ho visto che vicino al buco nel muro c'è una panchina. A volte si siedono degli anziani.

Potrei sedermi lì, sulla PANCHINA, facendo credere di essere un vecchietto stanco (potrei mettermi una barba bianca, come quella che papà usava quando faceva finta di essere Babbo Natale). In fondo, a scuola mi chiamano Vecchietto! Ci vorrebbero un cappellaccio e un cappotto. Potrei cercare nell'armadio dei miei, sperando di trovare qualcosa che sembri adatto a un vecchietto. Magari anche un cappello.

All'intervallo mi è venuto in mente che

l'idea di travestirsi per scoprire chi mette il fumetto nel muro è una stupidaggine.

Infatti:

- potrebbero volerci giorni o settimane

- il disegnatore potrebbe arrivare di notte o all'alba o mentre io mangio o faccio i compiti e io non posso certo trasferirmi a vivere 24 ore su una PANCHINA!

- potrebbe riconoscermi e capire che lo sto controllando e così andare oltre senza fermarsi

- vedendolo passare via dritto io potrei erroneamente pensare che sia lui (o lei) che mi ha riconosciuto e pensare che quello (o quella) è l'autore del fumetto, quando invece magari era solo qualcuno che passava di là per caso.

Ecco Deborah. Ma quella sta ***SEMPRE*** in chat?

*Allora, questo fumetto?* mi scrive.

Non posso, rispondo. Il mio amico lo disegna solo per me. È un mio carissimo amico e non posso tradire la sua fiducia.

Lei: *Quanti misteri!!!*

Io: Ma io sono un tipo misterioso!

Lei: *Ahahahahahahahahahahahah!!!!!!! Allora, quando ci vediamo?*

Io: I ragazzi misteriosi devono restare misteriosi altrimenti che mistero è???

CARO DIARIO,

oggi a scuola è successa una cosa.

Volevo prendere una merendina dalla macchinetta delle merendine che c'è nell'atrio.

Mamma dice che quelle merendine fanno male, che sono piene di conservanti e altra roba che non va bene e che poi costano un occhio della testa. Ma a me piacciono e non credo che MORIRÒ se ne mangio una ogni tanto, no? Così, quando mi avanzano degli spiccioli, mi prendo una merendina. E poi è una cosa che mi fa sentire grande, cioè mettere dei soldi, scegliere la merendina e mangiarmela, senza che nessuno mi dica cosa fare e se posso farlo. È una bella sensazione. Basta che nei dintorni non ci siano Ronchese, Serracchiani e compagnia bella, perché altrimenti la merendina finisce teletrasportata nelle loro BOCCHE, anziché nella mia!

Comunque, oggi ero lì, davanti alla macchinetta delle merendine indeciso se scegliere quella al cioccolato o quella alla marmellata di ciliegie. Alla fine ho deciso per quella al cioccolato. Ho infilato le monete nella fessura e ho schiacciato il pulsante VERDE. Ma niente merendina. Ho schiacciato il pulsante STOP, quello per annullare tutto, che è ROSSO, ma non è successo niente: né merendina né soldi.

Sono rimasto calmo e ho infilato altre due monete. Ho fatto la mia scelta premendo bene il pulsante giusto, ma niente!

Per essere sicuro ci ho riprovato un'altra volta. Ma

quella zero, non voleva sputare fuori una merendina manco morta!

A quel punto mi sono guardato intorno, perché mi seccava fare una brutta figura. Per fortuna non c'era nessuno che mi stava guardando. Così ho provato a dare qualche colpetto alla macchinetta, ma quella niente. Aveva proprio deciso di tenersi i miei soldi, che alla fine ammontavano a ben 3 euro e 60!!!

Mi sono incavolato e ho infilato la mano nel cassetto dal quale vengono fuori le merendine per vedere se arrivavo lo stesso a prendermene una. So che non avrei dovuto, ma non mi sembrava giusto lasciar perdere. In fondo quella STUPIDISSIMA macchinetta si era ingoiata i MIEI unici soldi!

Siccome la mano non ci arrivava, ho spinto dentro anche il braccio.

Alla fine, non solo non sono arrivato alle merendine, ma il braccio non veniva più fuori! Ero INCASTRATO! Quella schifosa, oltre ai miei soldi, voleva tenersi anche il mio braccio!

IL MIO BRACCIO NON VALE SOLO 3 EURO E 60!

Sono diventato tutto rosso, perché nel frattempo c'era gente che incuriosita si era voltata a guardarmi. Allora per liberarmi ho cominciato a menare colpi alla macchinetta con la stampella.

È arrivato il prof Pirro urlando: – STANGHELLI! CHE CAVOLO CREDI DI FARE?

Mi ha preso per le spalle e ha cercato di farmi alzare, ma ero davvero superincastrato e siccome mi faceva male il braccio, mi sono messo a gridare.

– COSA URLI? – ha gridato lui. – NON TI STO FACENDO NIENTE!

Tutti ridevano e nell'atrio si era radunata una gran folla.

Il preside Scognamiglio è saltato fuori dal suo ufficio e ha guardato me e il prof Pirro con una faccia che era tutta un programma.

Proprio in quel momento (il momento in cui avrei voluto sprofondare nelle più profondissime profondità della terra e non ricomparire mai più) il mio braccio si è disincastrato e la macchinetta si è messa a sputare merendine una dietro l'altra.

Tutti, allora, si sono gettati sulle merendine urlando come belve affamate, mentre i prof e Gino, il bidello, cercavano disperatamente di fermarli.

A me è venuto da ridere e qualcuno, in quella folla sfrenata, ha gridato: – BRAVO MAX!

Ed è scoppiato un applauso!

È la PRIMISSIMA volta in TUTTA la mia vita che qualcuno mi fa un applauso.

Questa cosa delle merendine, anziché mandarmi in depressione, mi ha fatto piacere. Mentre uscivo dall'ufficio del preside (me la sono cavata con una ramanzina, niente sospensione) uno mi ha detto: – BEL COLPO! Quella macchinetta ruba sempre i soldi a tutti...

Aveva la bocca e la maglietta sporche di cioccolato. Mi sa che se n'era mangiate un bel po', di merendine.

Siccome mi sentivo ancora pieno di energia e di coraggio, passando davanti a Villa Felice mi è venuta l'idea di vedere se c'è un nome sul campanello (o meglio, quel che resta del campanello, ovvero una specie di disco di latta dal quale spuntano dei fili elettrici).

Quando ho visto che sulla fascetta di marmo c'era effettivamente inciso un nome, anche se tutto coperto di incrostazioni, ho cominciato a grattare via lo sporco con le unghie.

Non appena l'ho letto mi si è fermato il cuore. Per modo di dire.

Il nome è:

Lo stesso del mio compagno di classe, quello che fa tutto quello che fa Ronchese.

Non può essere una coincidenza. Forse è un indizio importante.

Domani farò qualche ricerca.

**DOPO UNA NOTTATA PASSATA A PENSARE** che Serracchiani, quel Serracchiani lì, possa essere l'autore di *Dragon Boy* (visto che il buco nel muro, come il muro e la casa, appartiene alla sua famiglia), a colazione ho chiesto ai miei genitori: – Ma una volta a Villa Felice chi ci abitava?

– Non lo so – ha risposto la mamma.

Papà invece ci ha pensato un po' e poi ha detto: – Non ci stava quel vecchio, Serracchiani?

– È vero – ha detto la mamma. – Non ricordo come si chiamava, ma tutti dicevano che era un conte.

– Davvero? Un conte? In classe mia – ho continuato come se mi fosse venuto in mente in quel momento – c'è uno che si chiama Serracchiani.

– Magari è un suo parente – ha detto la mamma.

Sono arrivato a scuola pensando che Serracchiani forse aveva un parente **CONTE**. Vedendo Serracchiani, la cosa è probabile quanto il fatto che io prenda 10 in ginnastica o in matematica. Cioè, Serracchiani è talmente grezzo che è geneticamente impossibile che in passato la sua famiglia abbia avuto tra le sue fila un conte!

Alla seconda ora (dopo che avevo guardato per tutta la prima ora la nuca di Serracchiani cercando di capire se poteva somigliare alla nuca di un **CONTE** e concludendo che poteva al massimo sembrare la nuca di un orango), senza prenderla alla lontana, sottovoce ma con coraggio, gli ho detto: – Ma tu, non sei mica parente di un conte, vero?

Lui si è girato guardandomi con disgusto.

– Della Conte?

– Non DELLA Conte. Di UN conte.

– Che avete da sparlare? – ci ha ripresi la Conte, che anche se sta di spalle sente sempre tutto.

– Tu pensa a studiare, secchiona! – l'ha zittita Serracchiani.

– Silenziooooo – ha detto il prof Pirro continuando a scrivere le formule di matematica alla lavagna.

– Cosa vuol dire se sono parente di UN conte?

– Del conte Serracchiani. Era tuo zio o altro?

– Ah, quel conte!

Aveva capito. Ma subito dopo mi ha chiesto: – Che te ne importa?

– Vorrebbe saperlo mio padre. Ha detto che conosceva il conte Serracchiani, che abitava nella vecchia Villa Felice, e che era un signore per bene, gentile, educato, generoso...

(Mi sono inventato tutte queste cose per rabbonirlo perché con uno come Serracchiani non si sa mai.) – Forse ci scrive un pezzo per il giornale – ho aggiunto per dare credibilità a quello che stavo dicendo.

Lui ha fatto un sorriso storto, come quando mangi il limone. – Gentile e generoso? Vallo a chiedere a mio padre quanto era generoso! Quel vecchiaccio era suo nonno e quando è morto non gli ha lasciato neanche un centesimo! E adesso quella megavilla sta andando in malora perché l'ha lasciata al Comune che non sa cosa farsene. Altrimenti ci vivremmo noi là dentro. Proprio generoso! Di' a tuo padre che ci metta questo nel suo articolo!

Non ho saputo cosa rispondere.

– Avete finito? – ha chiesto la Conte, e Serracchiani le ha tirato addosso il tappo della penna.

– Serracchianiiiiiiii – ha belato il prof Pirro.

La storia di Serracchiani e del vecchio conte mi ha fatto ripensare alla questione tra mio papà e il nonno. Magari c'è di mezzo una vecchia casa, magari una farmacia, però alla fine succede la stessa cosa, che si litiga, che si formano le montagne, che non ci si vede più, o meno di quanto si dovrebbe.

Io spero di non dover mai litigare per qualcosa con mio papà e che tra di noi non ci sia mai nessuna montagna da scalare.

Mamma dice che quando si è poveri si litiga per i soldi che non ci sono e che quando si è ricchi si litiga per i soldi che si hanno.

Comunque, è chiaro che Serracchiani non c'entra. Il fatto che la villa appartenesse a un suo lontano parente è un caso. Strano caso, ma sempre caso.

Però, la scelta di lasciare il fumetto nel muro **NON PUÒ ESSERE SOLO UN CASO.**

O il disegnatore ci passa davanti, o sa che ci passo davanti IO.

A metà della seconda ora, mamma è venuta a prendermi per portarmi a fare le radiografie all'ospedale. Meglio, così ho saltato il resto della lezione di matematica.

– Sempre una scusa, vero Stanghelli? – ha borbottato il prof Pirro quando gli ho mostrato il permesso. – Proprio oggi devi andare in ospedale, oggi che spiego le equazioni?

Io ho fatto finta di non sentire, tanto sono mezzo sordo.

Le radiografie non sono una cosa brutta da fare. Ti mettono sopra un lettino e ti fotografano la gamba. Ti dicono fermo e poi senti una specie di *CLICK* come quello di certe macchine fotografiche. Non fa male. Non fa niente.

Poi abbiamo dovuto aspettare un bel po', finché ci hanno dato il dischetto con le radiografie.

Non so cosa c'è nelle lastre. Bisogna farle vedere al dottor Turri. È lui che ci dice se vanno bene o no.

Mentre aspettavo in sala d'attesa, vedendomi assorto, la mamma mi ha chiesto: – Sei preoccupato?

– Eh?

– Per le radiografie.

– Un po'.

Invece pensavo a Dragon Boy. O meglio, pensavo a chi poteva essere l'autore.

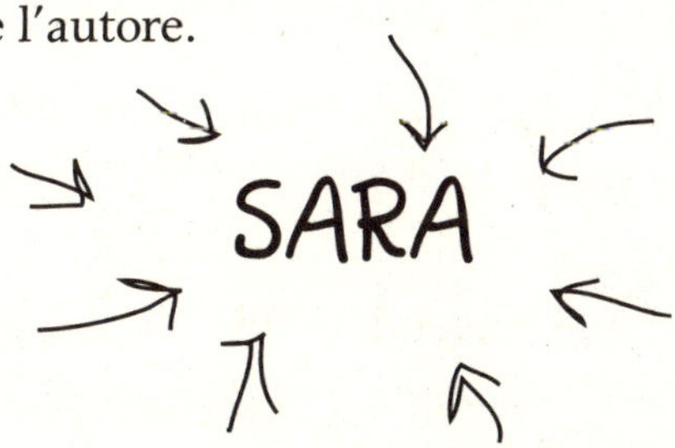


Sara è sicuramente una delle sospettate. Mi sta sempre intorno, mi sorride, mi parla, vuole aiutarmi. È abbastanza brava in educazione artistica, anche se non so se sarebbe capace di disegnare DRAGON BOY.

**OGGI, DURANTE L'ORA DI INGLESE**, ho mandato un biglietto a Sara con scritto: Ti *piacciono* i *fumetti*?

Lei mi ha sorriso (in effetti ha i denti tutti storti, forse è vero che dovrà mettersi l'apparecchio).

Poi, a ricreazione, mi ha risposto: – **NO**.

"Allora *perché* hai sorriso?" volevo chiederle. Ma non l'ho fatto perché mi sembrava scortese.

Sarebbe bello se si potesse sempre dire tutto quello che si pensa, alle persone.

I genitori ripetono che si deve essere sinceri, però vorrei vedere cosa succederebbe se dicessi a tuo padre di chiudere la bocca mentre a tavola mastica e parla contemporaneamente, o che ha messo su una bella trippa o che quando va in bagno poi dovrebbe lasciare aperta la finestra per due ore, e altre cose così.

Oppure se dicessi a tua madre che passa troppo tempo al telefono o che la torta alle mele per cui tutti le fanno i complimenti a te fa semplicemente vomitare o che con tutto quel trucco sulla faccia sembra un pagliaccio del circo.

Sarebbe bello. Bellissimo. Non esisterebbero le bugie. Il mondo sarebbe pura verità.

Ma non si può.

Allora è inutile pretendere che i figli dicano la verità, ma solo quella che i genitori vogliono sentire.

A volte per non essere scortesi si deve mentire. Con me lo fanno quasi tutti, da un sacco di tempo.

Comunque, Sara mi ha invitato a casa sua, questo pomeriggio. Forse per questo sorrideva.

Le ho detto che ci dovevo pensare.

Potrebbe essere una bella occasione per scoprire qualcosa di più su di lei. Forse dovrei accettare. E poi la mamma sarà contenta che qualcuno mi inviti da qualche parte.

Quando siamo usciti da scuola, alle 13 e 05 le ho detto: – Va bene, dai, vengo a casa tua, basta che mi dai un indirizzo vero!

Lei si è messa a ridere.

– Ok! Se per te va bene – ha detto poi – chiedo a mia mamma di venirti a prendere alle 3.

Ho risposto che andava bene e le ho detto dove abito.

Come previsto, mamma è stata contenta. Mi ha detto solo: – Comportati bene e se hai bisogno chiamami.

Io ho fatto sì con la testa e alle tre sono uscito.

In strada c'era il SUV della mamma di Sara che mi aspettava. Dentro c'era anche Sara, vestita con una gonnellina da ballo perché, dice, quando è a casa balla sempre. Sua madre è un medico e suo papà dirige una grande fabbrica.

Quando Sara mi ha chiesto che lavoro fa mio papà, ho risposto: – Il giornalista.

– *Bello!*

A me pareva più bello fare i modellini delle navi. Così, quando anche sua madre, dopo un po', mi ha chiesto che lavoro fa mio papà, ho risposto: – Fa le navi.

– Ma non faceva il giornalista? – ha detto Sara.

– Sì, ma fa anche le navi.

– Un ingegnere navale! – ha detto la mamma di Sara.

– Una specie – ho risposto io. E per evitare che

approfondissero l'argomento ho parlato della mamma, che fa le RIUNIONI.

La mamma di Sara ha detto che lei conosce quell'azienda per cui mia mamma fa le RIUNIONI, che è buonissima e che anche lei ogni tanto compra dei prodotti con quel sistema delle RIUNIONI.

Insomma, sono stati simpatici e poi, ho pensato, deve essere comodo avere un genitore che è un dottore, così, se ti fai male o ti viene un attacco di qualcosa, non devi neanche andare all'ospedale e ti fai curare a casa. E a proposito di casa, quella di Sara è davvero fichissima, tutta elettronica, porta, tende, luci, tutto! Impossibile che ci siano degli scarafaggi, a meno che non siano elettronici anche loro!

Abbiamo giocato a Monopoli e dopo Sara mi ha fatto vedere un paio dei suoi balletti, inventati da lei, una cosa abbastanza NOIOSA, ma, come ho già scritto, non si può sempre dire la verità.

Quando mi ha chiesto se i balletti mi erano piaciuti io ho sorriso come uno scemo e ho risposto: – Belli!

E intanto andavo su e giù con la testa perché ci credesse davvero.

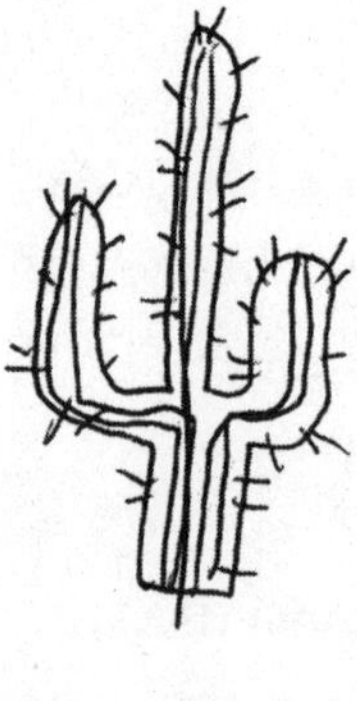

Mentre eravamo in camera sua io non facevo che sbirciare di qua e di là, alla ricerca di fumetti nascosti o pennarelli fini o chissà che, ma alla fine ho visto solo libri, giochi di società, qualche vecchia bambola e piante grasse, di quelle con le spine che si vedono nei film di cowboy.

– Le piante grasse sono la mia PASSIONE – mi ha detto lei con un'espressione amorevole, come se parlasse di un cucciolo di labrador. Invece, in casa, ha due gatte, che però sono pestifere.

– Attento che graffiano – mi ha avvertito la mamma di Sara.

Appena ho provato ad accarezzarle, mi hanno soffiato come serpenti a sonagli. INGRATE!

A un certo punto, siccome mi stavo rompendo, ho chiesto a Sara, visto che è abbastanza brava nel disegno, se mi faceva vedere come si disegnava un DRAGO. Lei allora ha preso un libro dove c'era una figura di un DRAGO e si è messa a copiarla su un foglio bianco.

La figura non somigliava per niente al drago della maglietta di Dragon Boy. Le ho chiesto di disegnare del FUOCO che usciva dalla bocca del DRAGO, ma neanche il FUOCO somigliava a quello che esce dal lanciafiamme di Dragon Boy.

– Bello! – ho detto. – Posso tenerlo?

– Certo! – ha risposto lei orgogliosa.

Alla fine mi hanno riaccompagnato a casa e Sara mi ha fatto promettere che tornerò a giocare da lei il prima possibile.

O Sara non c'entra niente o è molto brava a dire le bugie.

**IO E LA MAMMA** siamo stati dal dottor Turri con il dischetto dei raggi.

Lui ha visto il dischetto al computer e poi ha detto che non va male. Non va male non vuol dire che va bene.

La mamma mi è sembrata un po' nervosa: continuava a rigirarsi il braccialetto sul polso.

– Puoi aspettare un minuto fuori? – mi ha chiesto il dottor Turri.

Io ho aspettato. E intanto pensavo a quello che lui e la mamma si stavano dicendo.

– Non ti preoccupare – mi ha detto la mamma quando siamo saliti in ascensore per tornare a casa.

Ma io SONO preoccupato. Come si fa a non essere preoccupati quando ti dicono con aria poco convincente "non va male" quando sai che forse ti taglieranno un pezzo di gamba e sentirai tanto tanto tanto MALE?

Comunque, per evitare di avere brutte notizie io non ho fatto domande.

– Allora? – ha chiesto papà quand'è tornato a casa.

– Non va male – gli ho risposto.

Lui ha annuito e ha guardato la mamma, che ha abbassato gli occhi e non ha aggiunto altro.

Durante la cena papà faceva lo spiritoso anche se non ce n'era bisogno. Io lo conosco. È il suo modo di fare quando è in pensiero per qualcosa. Poi, invece che andare a lavorare alla sua inchiesta o a fare i modellini, mi ha messo un braccio intorno alle spalle e mi ha chiesto se mi andava di vedere un film, lui, io e la mamma. E la mamma ha proposto di preparare i popcorn.

Quindi ho capito che doveva esserci la

# FREGATURA.

Se il dottor Turri o la mamma o il papà vorranno farmi operare io dirò di no. Mica possono farlo contro la mia volontà! Tanto a questa gamba ci sono abituato, anzi, ormai ci sono anche affezionato. Ci sto bene. E se mi costringono, scriverò una lettera al giornale (ma non a quello di papà, *L'Opinionista*, perché altrimenti lui eviterebbe di farla pubblicare) così tutti sapranno che cosa mi stanno costringendo a fare.

Mentre ero a letto pensavo che il dottor Turri e i miei fossero nascosti nel corridoio, in attesa che mi addormentassi. Mi avrebbero preso e caricato in un'ambulanza e portato in ospedale e operato. **CONTRO LA MIA VOLONTÀ**. E mi sarei risvegliato urlando dal dolore.

– Dragon Boy Salvami tu – ho detto prima di lasciarmi andare al sonno.

**AL POSTO DELL'OSPEDALE** e dell'intervento alla gamba, ho sognato che il Gigante e gli altri bulli della scuola mi inseguivano. E io scappavo. Ma loro mi stavano dietro.

La scuola all'improvviso è diventata una città vuota e pericolosa, e il giorno è diventato notte. Mi sono ritrovato in trappola, dentro un vicolo buio, e quelli mi hanno circondato. Hanno tirato fuori mazze da baseball e coltelli e io ho avuto una fifa tremenda.

– Sei un vigliacco – urlavano. – Un handicappato vigliacco.

Poi TA-DAAAAÀ dalle ombre e dal nulla è comparso LUI,

Come l'Uomo Ragno e Superman messi insieme, e mi ha salvato. Prima ha riempito di botte i bulli e loro sputavano i denti rotti come nei cartoni animati. Poi ne ha fatti volare per aria un paio, fino alla stratosfera e oltre. Infine mi ha dato la mano e mi ha detto (sì, ha PAR-LA-TO!), mi ha detto: – Ehilà, Max. Come te la passi?

Che non è un granché come frase detta da un supereroe, ma i sogni certe volte sono proprio strani.

Allora io ho risposto: – Bene, Dragon Boy! E tu?

Aveva il mantello che gli svolazzava intorno anche se non c'era vento e il drago, sulla maglietta, sembrava quasi vivo.

E lui: – NON C'È MALE, GRAZIE!

E io: – Avrai un mucchio di lavoro, vero?

E lui: – ABBASTANZA!

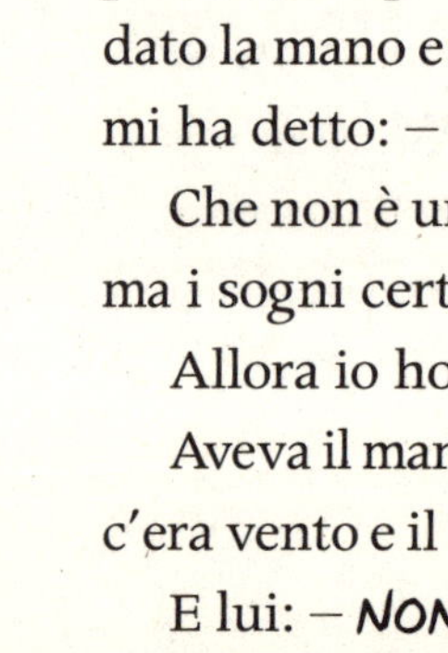

Uno dei bulli lanciati per aria è caduto a poca distanza da noi, con un tonfo terribile. Ha alzato un braccio, forse per arrendersi o per chiamare aiuto, ma Dragon Boy l'ha freddato, anzi arrostito, con una vampata del suo lanciafiamme. E il bullo non si è più mosso. Liquefatto.

Io mi sono spaventato, ma Dragon Boy sorrideva, con i suoi brillanti denti appuntiti di acciaio che riflettevano la luce della luna. Non avevo paura di rimanere accecato o folgorato, perché sapevo che in quel momento il potere dei suoi denti di acciaio era spento.

Lui: – ALLORA, TUTTO A POSTO, AMICO?

Io: – Sì.

Mi ha chiamato AMICO! IO, AMICO DI UN GANZO COME DRAGON BOY! E CHI MI TOCCA?

A un certo punto io e Dragon Boy ci parlavamo attraverso una specie di porta, ma senza la porta. Cioè, c'era solo la cornice e in mezzo era vuota. Più che una porta pareva uno specchio. Ma senza lo specchio in mezzo!

Inoltre mi sembrava che ci stessimo allontanando, anche se nessuno dei due camminava.

– Sai che il fumetto su di te è una vera figata? – ho detto.

E lui: – QUALE FUMETTO?

Poi mi sono svegliato.

Ero nella mia cameretta e stringevo tra le mani la stampella, che avevo lasciato vicino al letto. Forse mentre dormivo avevo arrostito il bullo con la stampella credendo di essere DRAGON BOY.

Dovrei cercare uno di quei libri che spiegano i sogni, perché io, questo sogno qui, non l'ho mica capito!!!

FORSE ERA UN SOGNO PREMONITORE PERCHÉ LA MATTINA DOPO NEL BUCO HO TROVATO QUESTO:

**UNA NUOVA FAVOLOSA AVVENTURA DI DRAGON BOY!**

DRAGON BOY
INGORDO ROBOT
I MARCIAPIEDI SONO PIENI DI RAGAZZI CON LE FACCE TRISTI.
Tutti tristi
UFFA!
MA, COME MAI SONO TUTTI COSÌ DI MALUMORE? MAH!
Proprio infelici.
NON MI PIACE QUESTA COSA DEVO INDAGARE!
AAAHHH
AIUTO!
?
BASTA!
VEDIAMO DA QUESTA PARTE, DA COSA SCAPPANO I RAGAZZI!?
A ME LE MERENDINEEEE!!!
UUUUUISHH
C... CERTO SIGNORE!
ECCOLO QUI IL COLPEVOLE!

MI SCUSI, SIGNOR ROBOT, CI POTREBBE RIDARE LE NOSTRE MERENDE?
GIAMMAI! AH AH AH! HO FAME!
BASTA! QUI CI VUOLE DRAGON BOY!
AH AH AH!
NESSUNO MI PUÒ FERMARE!
IO SÌ!
Soffio del drago
DANNAZIONE NON GLI FA NIENTE!
AH AH AH!
WOOSH
PROVIAMO CON QUESTO!
BZOOT
Raggio Sciogliente
NON MI PUOI FARE NIENTE!
SHIIING

SKROKK
OUCH!
MA QUESTO ROBOT È IMBATTIBILE!
E ORA ASSORBIRÒ TUTTO IL CIBO!
UH AH AH!
GLUB GLUB
DEVO SCONFIGGERLO CON LA SUA STESSA INGORDIGIA!
SENTO DEI GABBIANI STRIDERE, DEVE ESSERCI UNA DISCARICA QUI VICINO!
Super Udito
?
STON
EHI! FERRO VECCHIO!
MI HAI STUFATO ORA TI MANGERÒ!
PRENDIMI!

TI VOLEVO PROPRIO QUAGGIÙ!
CREDI CHE DELLA SPAZZATURA POSSA FERMARE LA MIA FORZA! TI ASPIRERÒ IN UN SOL FIATO!
UUUUSH
CI SEI CASCATO!
?
SBLORFF
OH NO! NON RIESCO A FERMARMI SE CONTINUO COSÌ, ESPL...
Che ingordo!
GLOMP GLOMP
BOOOM
TOH! PIOVONO MERENDINE!
PLAF
YU UH! FINALMENTE LA MERENDA!
POTREMO ABBUFFARCI COME SEMPRE!
EVVIVA DRAGON BOY!

**OGGI POMERIGGIO**, tornando con la mamma da nuoto, ho visto il Gigante che svoltava l'angolo di Villa Felice.

Stavo pensando ai fatti miei, all'ultimo fumetto (cavoli! Più leggo Dragon Boy più mi pare che racconti le stesse cose che capitano a scuola, solo cambiandole un po'), all'acqua che mi ero bevuto in piscina, ai compiti per il giorno dopo, agli elastichetti in fondo alla mia gola, a Deborah, a Sara e a un mucchio di altre cose (soprattutto all'OPERAZIONE alla gamba), quando l'ho riconosciuto e per poco non ho urlato per la sorpresa.

Il Gigante camminava come al solito, come se avesse delle molle al posto delle ginocchia, con quelle braccia a penzoloni, da scimmione, i palmi rivolti all'indietro e gli occhi fissi in chissà quale nero pensiero. Non sapeva che lo stavo guardando.

Ho pensato subito al muro, al mattone mancante, ai fumetti di Dragon Boy.

**E SE FOSSE LUI?????**

Non potevo dire alla mamma che dovevo assolutamente scendere, né, visto che era già buio, potevo pensare di uscire di casa con una scusa. Quindi me ne sono rimasto in auto, a fissarlo dal lunotto posteriore, morendo per la curiosità di sapere che cosa ci facesse da quelle parti.

Da allora non faccio che pensare a lui, alla possibilità

che, per quanto incredibile, sia proprio il Gigante l'autore dei fumetti!!!

Prima di cena il telefono di casa ha squillato. Ha risposto la mamma. Poi è venuta a dirmi che era la madre di Marietto. Ho pensato che si fosse strozzato con uno dei suoi panini allo speck e lei volesse avvertirci.

Invece no. Marietto stava benissimo e sua madre voleva solo invitarmi alla festa di compleanno di suo figlio, la prossima settimana.

Io ho subito fatto una faccia da "Non ci voglio andare!" ma la mamma mi ha chiarito che non posso evitarlo, di non pensarci neanche.

– Ci conosciamo da un sacco di anni – ha detto – e non voglio fare BRUTTE FIGURE.

«Tanto» ho pensato io «a quella festa non mi ci vuole né Marietto né il resto della classe. Solo sua madre. O nemmeno lei, però le secca fare la figura di non dirmelo».

– Ci saranno anche alcuni compagni delle elementari – ha detto la mamma tutta allegra.

Ho pensato che magari c'erano Casagrande e Da Lio. Così, alla fine, ho accettato.

**MENTRE ERO SUL 12** mi sono immaginato il faccione da troll del Gigante seduto a una minuscola scrivania nella sua minuscola cameretta che, con un minuscolo pennarello a punta fine, disegnava le vignette di Dragon

Boy. E mi sono convinto che **NON** può essere **LUI!!!**

Be', mi sono detto, potrebbe aver messo il fumetto nel muro al posto del VERO autore. Quindi magari SA chi è.

Ma come farlo confessare? Uno come il Gigante mica puoi prenderlo per il collo, sbatterlo contro il muro e gridargli in faccia PARLAA!! Mica puoi legarlo a una sedia o mettergli le lumache nelle mutande! Prima che lo tocchi, quello ti ha già annodato le braccia intorno al collo a mo' di sciarpetta.

All'intervallo mi sono messo a fissarlo, il Gigante, intendo, rischiando la mia stessa vita.

Lui ha visto che lo fissavo e mi ha fatto un cenno con il mento, come a dire **"Che c'è? Vuoi che ti smonti la testa, per caso, e che te la rimonti a rovescio?"**.

Poi è venuto verso di me, con la sua andatura bovina, potente come un treno lanciato a tutta velocità.

– **Che cavolo hai da guardare?** – mi ha chiesto con il suo tono da uomo di Neanderthal.

Ma io, con tutta la calma che non avevo, gli ho domandato semplicemente: – Ti piacciono i fumetti?

– **I fumetti?**

– Sì – ho ripetuto – i fumetti. Quelle cose con i disegni e le scritte...

– **Lo so cosa cavolo sono i fumetti** – mi ha abbaiato contro. – **Io con i fumetti mi ci pulisco...** (il resto preferisco non scriverlo, sempre pensando alla polizia che un giorno potrebbe leggere queste parole e anche ai miei genitori, ovviamente. CIAO MAMMA, CIAO PAPÀ).

– Non hai trovato i messaggi?

– **Quali messaggi? Messaggi in bottiglia? Messaggi da un altro pianeta?** – ha ridacchiato.

Allora io, tutto in un fiato, con coraggio:

– Ti ho visto davanti a Villa Felice.

– **Perché? È vietato?**

– No. Però so cosa fai da quelle parti.

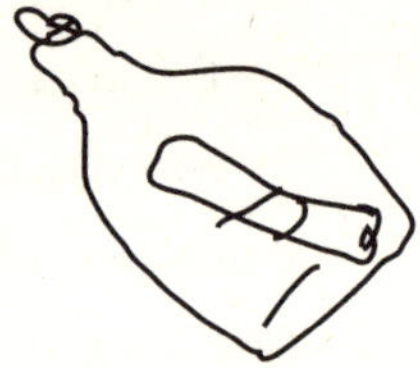

Lui mi ha guardato sorpreso e per un attimo ho avuto l'impressione che fosse diventato rosso.

– **Tu sai?** – ha ripetuto.

Io ho annuito.

Allora lui ha grugnito come un maiale e poi ha detto: – **Sarà meglio che pensi ai fatti tuoi. Ok?**

Poi mi ha lasciato in pace senza neanche toccarmi.

Non serve essere Sherlock Holmes per capire che il Gigante nasconde qualcosa. Forse sono sulla pista giusta!

Domani c'è la festa di Marietto, e all'ultima ora Paolini mi si è avvicinato tutto serio sussurrando: – Ti serve l'indirizzo?

Poi mi ha riso in faccia.

«No,» ho pensato «l'indirizzo non mi serve». Anche se stavolta vorrei davvero finire in mezzo a un campo e tornarmene subito a casa.

**STASERA È ARRIVATA DOMI.**

Per cena c'erano le valdostane col purè, che è uno dei suoi piatti preferiti.

Poi la mamma ha detto che ha telefonato zia Ester. Voleva avvertirci che dovrà andare all'ospedale per operarsi la cataratta all'occhio sinistro, la prossima settimana. Mamma ha chiesto se aveva qualcuno che poteva accompagnarla e zia Ester ha risposto che viene uno del Comune, che la porta dove vuole con la macchina.

– C'ho lo SCIAFFER – ha detto la zia, che non so cosa voglia dire.

– La cataratta – ha spiegato papà – è una specie di velo che ti viene sugli occhi a una certa età.

– Ma quanti anni ha la zia Ester? – ha chiesto Domi.

Mamma e papà si sono guardati.

Io avrei risposto almeno cento. Ma siccome non ne sono sicuro sono stato zitto.

– Dovrebbe averne come zia Marta – ha detto papà.

– Cioè due più di nonno Alfio – ha risposto mamma.

– No, nonno Alfio è del '**31**. Zia Marta è del '**29**. O del '**28**?

– La prossima volta glielo chiedo.

– Comunque, – ha detto la mamma – prima o poi zia Ester avrà bisogno di noi. È sola. E lontana.

Nella nostra famiglia si parla spesso di lei. Zia Ester ha fatto questo, zia Ester si è rotta questo, zia Ester racconta che, zia Ester di qua, zia Ester di là. Si parla di lei molto più di quanto si parli dei nonni. E a volte questa cosa non mi piace.

Alla fine, però, non la vediamo mai. A pensarci bene, Zia Ester è un po' come se fosse ***INVISIBILE***.

E non si è mai sposata.

– Se si fosse sposata – ha detto la mamma – avrebbe qualcuno che si occupa di lei.

– È per questo che mi hai sposato? – ha chiesto sorpreso papà. – Per avere qualcuno che ti accompagni dai dottori?

– Come?... Certo che no!

Papà si è messo a ridere. – Scherzavo! Comunque hai ragione – ha continuato. – Prima o poi dovremo occuparcene noi. Che ci piaccia o no. La cataratta è il problema minore. Zia Ester ha pure una protesi all'anca, due ernie al disco e una valvola nel cuore!

Insomma, si capisce che papà considera un miracolo che la zia se ne vada ancora a spasso per questo mondo.

– E i nonni? – ho chiesto. – Come stanno i nonni?

– Che c'entrano i nonni? – ha detto papà.

– Come stanno loro? Hanno malattie o strane valvole?

Papà si è come spento. Prima era tutto euforico, adesso manco mi guardava negli occhi. Ha fissato il telefono, per qualche secondo, come se si dovesse mettere a suonare proprio in quel momento, e io scommetto che pensava che era un pezzo che non sentiva nonno Alfio e che magari non stava bene e che un bravo figlio avrebbe dovuto almeno fare una telefonata ai suoi genitori di tanto in tanto.

– Quando ti sembra di non avere più nulla, hai sempre la famiglia – ha detto Domi come se lo stesse leggendo da un libro.

È stato come se avesse rimesso in moto tutto il mondo, che per un po' si era come fermato. Non so cosa volesse dire con quella frase e se fosse riferita alla zia Ester o a nonno Alfio o al papà. So solo che papà ha annuito e ha finalmente staccato gli occhi dal telefono. Mamma è passata dietro di lui e gli ha posato una mano sulla spalla, dolcemente.

**HO DATO UN'OCCHIATA AL COPIONE.**

Era lì, tra i quaderni, e mi ci sono cascati gli occhi.

La storia del mio personaggio è strana, mi ha fatto pensare a quello che sta succedendo a Domi.

Il tizio fatto tutto di latta vuole che il Mago di Oz (quello sfigato, che fa finta di essere un mago) gli regali un CUORE. Lui infatti non ce l'ha per colpa della perfida Strega dell'Est. Quando il boscaiolo di latta non era ancora di latta, ma di carne, s'innamorò di una bellissima ragazza. Ma la Strega, invidiosa, fece un incantesimo all'ascia del boscaiolo che cominciò a tagliuzzarlo di qua e di là. Prima una gamba, poi l'altra, poi un braccio, poi l'altro, e ogni volta il boscaiolo si faceva mettere a posto da una specie di fabbro che gli costruiva dei pezzi nuovi fatti di ferro, proprio come un SUPEREROE. Alla fine, però, la Strega fece in modo che l'ascia gli affettasse anche il cuore. Ma un cuore di ferro non si poteva fare, così il boscaiolo divenne tristissimo.

*"Quando ero innamorato ero l'uomo più felice della terra. Ma nessuno può amare se non ha un cuore. E se non ami non puoi essere felice."*

Questa è una delle battute che devo dire e in bocca a me fa un po' ridere. Se penso a Domi, però, sembra quasi che sia stata scritta per lei.

Forse anche lei avrebbe bisogno di un **CUORE NUOVO**.

Peccato che non ci sia nessun Mago di Oz a cui chiederlo.

**DA OGGI** sul profilo di LOOKatme c'è la mia foto.

Intendo la mia **VERA** foto. Mi sono tolto gli occhiali e ho chiuso la bocca (così non si vede l'apparecchio per i denti). E ho spostato i capelli in avanti (così non si vede il magnete dell'impianto che ho in testa).

Ma Deborah non era online. E non posso neanche aspettare che si colleghi perché sono già le 15 e tra poco vado alla **FESTA DI MARIETTO!**

Mia madre conosce perfettamente la casa dei genitori di Marietto. E infatti ha insistito per accompagnarmi.

Dopo scriverò della festa.

La festa è stata uno SCHIFO. Della nostra scuola, oltre a quelli della mia classe, c'erano Daniele, il biondino della I B, e un paio di altri, che stavano con Marietto alla materna. E poi Acco, De Luca e la Visco, che erano alle elementari con me e con Marietto. Niente Casagrande e niente Da Lio.

C'era musica a palla e qualche ragazza ballava. L'unico maschio che ballava (che insomma si muoveva un po') era Daniele. Faceva un po' ridere, ma le femmine sembravano trovarlo fichissimo e gli ronzavano intorno.

Gli altri maschi (a parte me) stavano tutti ammucchiati insieme, in gruppo, a guardare questa o quell'altra e a ridacchiare.

Sara mi ha chiesto di ballare. Si è mai sentita una stupidaggine più stupidaggine di questa???

Ho risposto:

– MANCO MORTO!

Per un po' sono stato con lei (cioè ero VICINO a lei, che si dimenava come una matta) e con i compagni delle elementari con cui, però, non sapevo di cosa parlare. E poi Sara mi metteva a disagio perché mi stava addosso e non volevo che qualcuno pensasse che fosse la mia ragazza. Così ho deciso di fare merenda.

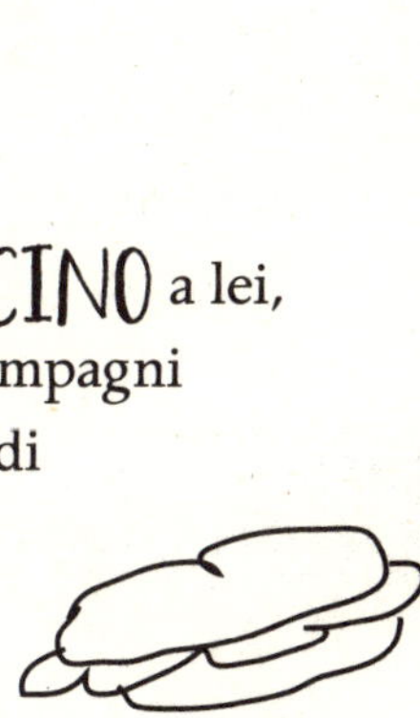

C'era un mucchio di panini allo speck, i preferiti di Marietto, che si rimpinzava come un maiale. Ho assaggiato le pizzette, ma erano fredde e dure e mi si appiccicavano all'apparecchio. Così sono finito sul vassoio delle patatine fritte.

Quando della musica non ne ho potuto proprio più, ho staccato l'impianto. Mi si sono avvicinati De Luca e Acco ma non capivo bene quello che mi dicevano e siccome le patatine mi avevano messo sete, sono andato a prendere da bere.

Al tavolo delle bibite Nerini e Labranca facevano dei rutti colossali e le femmine scappavano schifate mentre loro si scompisciavano dal ridere.

A un certo punto qualcuno ha detto che era ora di giocare al GIOCO DELLA BOTTIGLIA.

Al gioco della bottiglia si gioca così: ci si mette in cerchio, maschi e femmine, e in mezzo ci va appunto una bottiglia, vuota e distesa per il lungo. Poi la si fa girare e quando si ferma si sta a vedere verso chi punta il collo, per esempio un maschio. Poi la si fa girare di nuovo e si aspetta che indichi una femmina. Poi i due scelti dalla BOTTIGLIA vanno di là e si baciano sulla bocca. Quando tornano si ricomincia a far girare la BOTTIGLIA. È un gioco un po' cretino, ma se c'è una ragazza che ti piace diventa un gioco FIGHISSIMO.

Io non ci volevo giocare ma Sara ha detto che dovevo partecipare anch'io.

La bottiglia si è fermata su di me e poi sulla Conte che di faccia non è male. Allora tutti sono scoppiati a ridere e io sono diventato ROSSISSIMO e lei, un po' scocciata, ha detto: – *Andiamo.*

Siamo andati nell'altra stanza e lei mi ha detto:

– *Ti dispiace se non ci baciamo?*

Io mi sono sentito sollevato perché in realtà ero molto nervoso e avevo iniziato a sudare. Quindi le ho risposto che andava bene. Lei ha guardato l'orologio e ha fatto passare qualche minuto. Poi ha detto:

– *Possiamo tornare di là.*

Io un po' mi sentivo figo, perché gli altri pensavano che ci fossimo baciati davvero e ho notato che perfino Ronchese mi guardava con invidia.

Le femmine hanno cominciato a fare dei versetti stupidi e a ridacchiare. Pensavo che ce l'avessero con me. Invece ce l'avevano con la Conte, che è diventata tutta rossa.

A quel punto Marietto l'ha indicata e, con un tono di cantilena (non so se somigliava più a un bambino piccolo o a un bambino indemoniato da film dell'orrore), ha iniziato a dire:

– LA CONTE HA BACIATO STANGHELLI...

Le femmine gli sono andate subito dietro canticchiando:

– LA CONTE HA BACIATO STANGHELLI
– LA CONTE HA BACIATO STANGHELLI
– LA CONTE HA BACIATO STANGHELLI

Ho guardato la Conte e ho visto che per l'imbarazzo le erano venuti gli occhi lucidi e stava per piangere. Credo che si vergognasse.

Allora, anche se stavo sudando ed ero rosso come un pomodoro pure io, ho detto:

– Non ci siamo baciati.

Le femmine hanno smesso di cantare.

– Abbiamo fatto finta – ho spiegato.

Ho visto che la faccia della Conte riprendeva un colorito normale. Si è messa giù, ma un attimo prima di sedersi mi ha lanciato un'occhiata furtiva. Non era un'occhiata arrabbiata, ma una specie di "**grazie**" buttato così nell'aria, che solo io potevo cogliere al volo.

Ronchese invece è scoppiato a ridere e il suo è stato come un segnale, perché anche tutti gli altri maschi hanno cominciato a ridere.

E Marietto, scuotendo la grossa testa, ha aggiunto:
**– MAX, SEI PROPRIO UNO SFIGATO!**

Ho guardato la Conte, ma il suo breve momento di umanità era finito con quell'occhiata. Allora ho sperato che la festa finisse all'istante, in quel preciso momento, che crollasse il tetto, che qualcuno si sentisse male, che esplodesse un tubo del gas, qualsiasi cosa.

Invece non è successo niente (quando si pensa intensamente a una cosa e si vorrebbe che accadesse NON ACCADE MAI, cara Domi, i pensieri non plasmano proprio un bel NIENTE e men che meno la realtà!) e io sono rimasto a quella stupida festa per un'altra ora abbondante, finché mia madre finalmente è venuta a prendermi.

A casa c'era Domi.

Mi ha chiesto com'era andata la festa e io le ho detto: – Bene, a parte che non vedevo l'ora che finisse.

Ma lei, invece che chiedermi perché non mi ero divertito, ha sorriso e ha risposto: – Sono contenta per te –. Ed è andata a farsi un tè.

Cioè, non mi stava neanche ascoltando! Non è da lei!

Il fatto è che non è più la stessa. Ci prova, ma si vede che non è più lei. Non ce la fa. È come se si trovasse dietro uno di quei vetri spessi attraverso i quali intravedi solo una sagoma. Come in quei cosi alle giostre, i labirinti di specchi. Ecco, Domi è in un labirinto e non riesce più a trovare l'uscita.

Stasera l'ho vista che abbracciava CICCIO (che sembrava sul punto di dire "Per favore, mettimi giù che con tutto quello che ho mangiato potrei vomitarti addosso") e gli dava un bacino sul naso.

Deve essere sempre per via di quella storia con quel ragazzo, all'università.

Com'era quella cosa?

*Quando ero innamorato ero l'uomo più felice della terra. Ma nessuno può amare se non ha un cuore. E se non ami non puoi essere felice.*

Domani voglio fare qualcosa per Domi, per aiutarla.

Forse qualcuno le deve indicare l'uscita.

**PAPÀ, UNA VOLTA, HA PORTATO A CASA** un cuore di legno. Era una specie di pubblicità, qualcosa che gli avevano regalato.

*IL LEGNO SCALDA LA CASA*

c'è scritto su un lato.

È grande come un melone, chiaro, con le venature un po' più scure.

Quella volta papà ha detto che potevo tenerlo io, per giocarci e io me l'ero attaccato al collo con uno spago e facevo finta che fosse il mio cuore vero.

Stamattina mi sono messo a cercarlo e l'ho trovato in fondo alla cesta dei miei vecchi giochi, sotto una pila di pupazzi e di macchinine. L'ho pulito con uno straccio e l'ho annusato. Sa ancora di legno. Ci ho messo intorno un nastro rosso, quello dell'uovo di Pasqua, così sembra proprio un regalo. Poi l'ho fatto vedere a *CICCIO* e gli ho chiesto: – Che ne dici?

Lui non mi ha risposto. Mi ha guardato con la sua solita espressione nauseata e io l'ho preso come un sì.

Ho tenuto nascosto il cuore nell'armadio tutto il giorno, pronto per essere consegnato. E prima di cena ho chiesto a Domi se poteva venire in camera mia.

– *È per te* – le ho detto dandoglielo. Ero tutto emozionato perché non sapevo che faccia avrebbe fatto.

Lei ha spalancato gli occhi.

– *Per me?*

Io ho fatto sì con la testa.

– Per te – ho ripetuto come un pappagallo.

Poi ho aggiunto: – Forse hai bisogno di un cuore nuovo perché il tuo si è rotto.

E sono diventato tutto rosso perché così le avevo fatto capire che io sapevo della sua storia con quel tipo all'università, e non ero sicuro che lei volesse che io lo sapessi.

Le si sono bagnati gli occhi e le è scesa una lacrima.

Allora io mi sono detto che ero stato proprio uno **STUPIDO**, perché invece di farla stare meglio l'avevo fatta stare peggio. L'avevo fatta **PIANGERE**.

– Scusa – ho detto riprendendomi il cuore.

– *Che fai?*

– È meglio se lo rimetto via.

– *Perché?*

– Volevo tirarti su il morale perché ti vedevo triste. Invece ti ho fatto piangere.

Lei allora si è ripresa il cuore quasi strappandomelo dalle mani e mi ha abbracciato stretto, strettissimo, e per così tanto tempo che credevo che fosse svenuta o altro, e ancora un po' non respiravo più!

– *Grazie, Max!* – ha detto alla fine. – Sei il miglior fratello che una sorella possa avere!

E io: – Davvero?

– *Davvero!* – ha ripetuto lei sorridendo, e mentre sorrideva piangeva. – *Un cuore nuovo era esattamente quello di cui avevo bisogno!*

**PRIMO GIORNO** di prove del **MALEDETTO** musical!

La prof Ferri ci ha piazzati sopra il palco dell'AUDITORIUM, ognuno con il foglietto con la parte da recitare tra le mani.

Tutti in classe hanno una parte, grande o piccola, tutti fanno qualcosa. In effetti la storia del Mago di Oz ha un sacco di personaggi. Oltre alla bambina, al tizio di latta (che *DOVREI* essere io), allo Spaventapasseri, al Leone e al mago, ci sono gli zii della bambina, le Streghe (Nord, Sud, Est e Ovest), i **MASTICHINI** (strani esseri vestiti di azzurro), il Guardiano della Porta della Città di Smeraldo (un omino verde vestito di verde), le Scimmie Volanti, gli abitanti del Paese di Porcellana, le Teste a Martello della collina di Teste a Martello e i **QUADLING** (altri strambi esseri di colore rosso).

La prof ci ha detto che avremmo dovuto leggere i dialoghi e intanto lei ci avrebbe fatto vedere come spostarci sul palcoscenico. Questo si chiama fare la *REGIA*, ha spiegato. Infatti la prof Ferri, oltre a fare la dolce Strega del Sud, è anche la *REGISTA* dello spettacolo.

Qualcuno l'ha presa sul serio (tipo la Conte e Sara), altri facevano gli stupidi (**indovinate CHI?**).

Ronchese faceva i versi da scimmia anche quando non doveva e in mezzo ci metteva pure qualche rutto, e Serracchiani a imitarlo. E la prof per poco non li sbatte fuori tutti e due.

C'era chi leggeva senza rispettare la punteggiatura e non si capiva niente, chi non seguiva le battute degli altri e, quando toccava a lui, rispondeva: – Eh?

Chi cambiava voce, chi gli veniva da ridere perché, come

me, si sentiva ridicolo... E la prof sembrava un domatore dentro una gabbia di leoni impazziti.

**Insomma, un disastro.**

Uscito da scuola ero lì che pensavo a tutte queste cose, al fatto che non ne volevo più sapere di quell'INUTILE musical, quando ho sentito qualcuno che diceva qualcosa a voce alta. Ho guardato e ho visto che c'era gente affacciata sul ponticello che attraversa il canale accanto alla fermata dell'autobus. C'era qualcosa, giù nell'acqua.

Mi sono avvicinato.

– Affoga! – ha detto uno.

– No – ha risposto un altro. – Non affoga.

Ho guardato. Secondo me rischiava di AFFOGARE.

Era un GATTO, che con il pelo tutto bagnato e i baffoni sembrava quasi un topo.

Vicino a me c'erano Serracchiani, Ronchese e Labranca che si davano di gomito. Scommetto che l'avevano buttato loro in acqua. E se non erano stati loro, scommetto che avrebbero voluto averlo fatto.

Qualcuno era sceso lungo la sponda e cercava di prendere il gatto con le mani. Ma quello si agitava e stava proprio in mezzo al canale, e miagolava.

MIAOOOOOOOOOOOOOOOOO

Non sapevo cosa fare. Mi dispiaceva, poverino, ma non sapevo come aiutarlo. Se solo avessi avuto un salvagente o una corda da buttargli... Allora mi è venuta in mente una cosa.

Sono sceso giù fino alla sponda, scivolando sull'erba e sulla terra bagnata dalla pioggia del giorno prima, e per un secondo ho pensato che se ci finivo anch'io nel canale facevo proprio la figura dello STUPIDO che per salvare un gatto annega lui!

Invece sono arrivato sulla riva, mi sono inginocchiato e ho allungato la stampella verso il gatto. (Per inginocchiarmi ho fatto una fatica tremenda, perché mi fa male la gamba, quella più storta.)

«Dai, scemo di un gatto» ho detto tra me e me. «Prendi questa cavolo di stampella!»

Lui prima si è come allontanato, quasi avesse paura, poi deve aver pensato che si trattava del ramo di un albero e ci si è attaccato con i denti e con le unghie.

– Dai, non mollare che ti tiro! – ho gridato.

Il gatto (un bel gattone rosso) è arrivato sulla terra, ha mollato la stampella e si è scrollato l'acqua di dosso. Poi ha preso la fuga ed è sparito in direzione dei palazzi.

«Grazie tanto, eh? Scusa se ti ho salvato la pellaccia!»

Quando sono tornato su, la prof di italiano, la De Vecchi, mi ha detto che avevo avuto coraggio, ma che potevo anche cadere in acqua. Di non farlo mai più.

– Non farlo mai più, Stanghelli – ha detto. – Meglio te di un gatto randagio, non trovi?

Sul ponticello non c'era più nessuno. Spettacolo finito.

Mentre mi allontanavo, però, ho visto Sara che mi guardava a distanza. Ha alzato il pollice, come un imperatore romano, e mi ha sorriso.

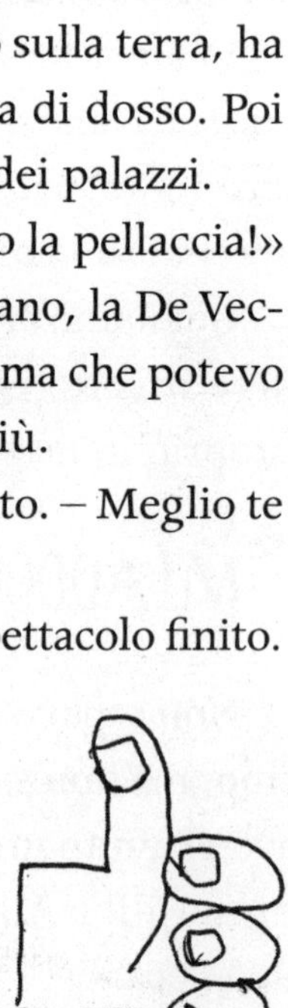

A casa ho raccontato questa cosa del gatto ai miei. Ma non perché volessi ricevere dei complimenti.

L'ho fatto perché vorrei avere un animale. Mi piacerebbe davvero. Forse potrei vedere se quel gattone rosso cerca casa.

I miei però hanno detto che un animale in casa è un bell'impegno, che non è una cosa facile, che si decide così su due piedi. Che tradotto dal GENITORESE vuol dire un NO grande come una casa.

– E poi – ha aggiunto la mamma – adesso c'è Pablo. Un animale potrebbe procurargli un'allergia.

– Ma Pablo non vive con noi! – ho obiettato.

– Verrà sicuramente qui da noi, quando sarà cresciuto – ha risposto la mamma. – Potremmo tenerlo anche a dormire o per qualche giorno, così magari Carolina e Giorgio potrebbero fare una piccola vacanza.

A quell'idea mi sono sentito morire. Avrei dovuto dividere la mia casa con quell'essere dalla CACCA color zabaione???

Alla fine, per consolarmi, papà ha aggiunto che anche zia Ester una volta ha salvato un animale che stava affogando nel fiume. Doveva essere ancora una bambina e quella volta si è tuffata, anche se era inverno! E poi è stata a letto due mesi con la BRONCOPOLMONITE.

Proprio una bella storia.

– Lo scrivi un bell'articolo sul salvataggio del gatto? – gli ho chiesto.

– Mi piacerebbe, Max – ha risposto – ma in questi giorni sono davvero presissimo con…

– …la tua inchiesta – ho concluso io.

– Max, ho scoperto un pentolone…

– Cosa vuol dire?

– Che stanno venendo fuori delle cose. Salterà qualche poltrona! C'è gente che in questa storia ci ha guadagnato tanto e io sono riuscito a trovare qualcuno disposto a parlare, a dire la verità.

– Ma non è una cosa che dovrebbero fare i poliziotti? – ho obiettato.

– A volte i bravi giornalisti fanno le indagini proprio come i poliziotti.

– E tu sei un bravo giornalista!

– Non lo so – ha risposto lui. – Mi piacerebbe.

## SAI CHE SEI CARINO?

Deborah. Ore 17 e 20.

Io non sapevo cosa rispondere, così le ho scritto che

sabato sono stato a una festa e che ho giocato al gioco della BOTTIGLIA e che una tipa mi ha baciato.

Lei ha scritto: *Sono gelosa!!!!!!*

Mi ha fatto piacere.

Poi ha scritto che le piace ballare e io ho pensato che a tutte le ragazze piace ballare.

Io avrei dovuto rispondere che mi piace il calcio perché a tutti i maschi piace il calcio.

Invece a me no. Ho fatto il portiere, una volta, a scuola, e mi è bastato, ho preso tante di quelle pallonate che mi sembrava di essere la pallina di un flipper.

Così ho scritto:

A me piace l'ordine.

E ci ho aggiunto:

E le investigazioni.

Non so perché l'ho fatto. Forse proprio per sembrare molto misterioso ai suoi occhi o perché sia io sia mio padre, in un certo modo, stiamo facendo gli Sherlock Holmes.

– *A cosa stai investigando?* – ha domandato.

E io: Misterooooooooo!

E lei: *Auguri per le tue investigazioni, Sherlock Holmes!!!!!!*

Seguito da una sfilza di lenti d'ingrandimento.

Stasera, dopo cena, papà ha telefonato a nonno Alfio.

Io avrei dovuto già essere a letto, ma siccome avevo sete mi ero alzato per andare in bagno a bere.

Non ho sentito bene cosa si sono detti, però papà mi sembrava tranquillo.

È stato un pezzo al telefono, tanto che la mamma è venuta a controllare un paio di volte (forse perché il telefono serviva a lei).

– Va bene, papà – ha detto papà alla fine, il che è un bene perché di solito lui nonno Alfio lo chiama semplicemente Alfio, come non fosse nemmeno suo parente. E quando ha riattaccato è rimasto ancora un po' a guardare il telefono.

Tornando in salotto, canticchiava.

**CI RISIAMO**. Altre prove per il musical.

Rispetto all'altro giorno, oggi tutti facevano meno gli stupidi, sembravano più interessati. Tutti tranne me.

Comunque ho letto le mie BATTUTE, ho fatto quello che voleva la prof. E quando ci ha obbligati a cantare quella STUPIDA canzoncina del sentiero di mattoni gialli, io ho aperto la bocca senza dire niente. E per un po' è andato tutto bene, finché non mi sono ritrovato la prof alle spalle che mi chiedeva:

– Stanghelli, perché fai finta di cantare? Mi sembri un pesce nell'acquario!

E tutti giù a ridere.

– Non mi piace cantare – ho risposto.

– Perché? Cantare è come parlare, solo con la musica sotto.

Io sono stato zitto, ma intanto pensavo che non era vero. Per niente.

Marietto ha qualche difficoltà a imparare la parte. Lui dice che è a causa del calo degli zuccheri, che dovrebbe mangiare un panino per ricordare meglio le cose.

La prof gli ha detto che mangerà il panino quando avrà finito le prove.

A un certo punto mi è venuta in mente quella frase che la mamma mi ha ripetuto 1.000 volte, forse 1.000.000 di volte.

*Avere coraggio significa sapere di essere sconfitti prima ancora di cominciare e cominciare ugualmente e arrivare fino in fondo qualsiasi cosa succeda.*

Parla di coraggio, come quello che serve a Marietto, cioè al leone.

E un po', ma non so bene perché, mi ha fatto tornare in mente la telefonata di papà al nonno.

Continuo a pensare a quella cosa dell'uomo di latta, al cuore che non ha più. E mi viene in mente Domi.

Ma anche a quell'altra cosa, a tutti i pezzi del corpo che non ha più e che gli hanno sostituito. E mi vengo in mente IO. Quei pezzi mi fanno pensare ai pezzi di me che non funzionano bene. E anche all'operazione che il dottor Turri e i miei vorrebbero farmi fare.

Magari mi sveglio con una
GAMBA DI LATTA!

**SONO PASSATI DUE GIORNI** e ho rivisto il Gigante passare davanti al muro di Villa Felice.

Ero uscito per comprare una penna cancellabile alla cartoleria che c'è all'angolo della via e l'HO VISTO.

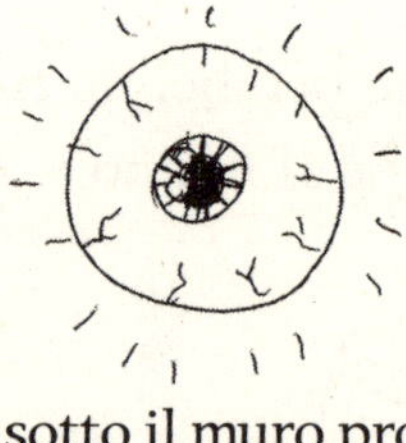

Camminava sotto il muro proprio in direzione del buco. Allora l'ho seguito.

Seguire il Gigante senza che lui lo sappia significa
RI-SCHIA-RE-LA-VI-TA.

Ma la mia indagine alla Sherlock Holmes è TROPPO importante per fermarsi davanti a questi dettagli.

Che sarà mai essere pestati a sangue, perdere due denti

e un occhio quando in cambio si può **SCOPRIRE LA VERITÀ?**

Sono stato attento a non farmi vedere. Mi sono tenuto distante e ho camminato di schiena, così se si girava non mi riconosceva.

Ma lui camminava come al solito, come un automa, con il cervello spento, senza badare a quello che gli stava intorno.

È passato sotto il buco nel muro senza neanche guardarlo e ha girato l'angolo infilandosi proprio nella cartoleria dove dovevo entrare io.

Ho aspettato un po', ma poi, visto che non usciva, ho deciso di entrare.

In fondo dovevo comprarla davvero la penna. Che poteva farmi? Pestarmi perché volevo comprare una PENNA???

Così mi sono fatto coraggio e ho messo dentro la testa.

Il Gigante non c'era.

Mi sono guardato intorno sorpreso perché ero sicurissimo di non averlo visto uscire. Dov'era sparito?

– Hai bisogno? – mi ha chiesto il tipo dietro il bancone.

– Sì – ho risposto. Avrei voluto aggiungere: "Dove caspita è finito quella specie di troll che è appena entrato?". Invece ho detto: – Mi serve una penna cancellabile blu.

Allora lui ha chiamato:

– FABIOOOOOOOOOOOO!

E il Gigante è apparso.

Per la sorpresa ho fatto due passi indietro e sono andato a finire contro uno scaffale. È venuto giù di tutto: penne, pennarelli, matite, pastelli, righe, squadre, quaderni!

– Cosa faiiii? – ha chiesto il tipo al bancone facendo l'imitazione del prof Pirro quando dice "Silenzioooooo".

– SCUSI... – ho balbettato.

Mi aspettavo che il Gigante si piegasse in due dalle risate, invece no. Mi guardava come se fosse sorpreso di vedermi lì davanti a lui.

Io mi sono messo a tirare su quello che avevo fatto cadere, ma il tipo è uscito dal bancone e mi ha detto: – Lascia stare che non sai dove va la roba –. Poi, rivolto al Gigante: – Fagli vedere le penne cancellabili.

Il Gigante (Fabio) ha preso un contenitore di penne e me l'ha messo sotto il naso.

Ho fatto finta di guardarne un paio, ma intanto pensavo a cosa dire.

– Ma tu lavori qui? – gli ho chiesto alla fine.

Lui ha fatto sì con la testa.

– Vi conoscete? – ha chiesto il tipo che intanto aveva finito di rimettere in ordine.

– Siamo nella stessa scuola – ho risposto.

Ora che lo guardavo bene, anche il tipo era una specie di Gigante.

– Lui è mio zio – ha detto il Gigante indicandolo. – Gli do una mano.

Dov'era finito il bullo della scuola? Sembrava proprio un

altro. Incredibile. Mi ha fatto tenerezza, come un cucciolo di elefante o di bue muschiato o di orango.

– Beato te – gli ho detto.

– Perché?

– Perché così guadagni dei soldi – "e non li vieni a chiedere a me", mi sarebbe piaciuto aggiungere.

– Allora – ha detto lui – la vuoi 'sta penna sì o no?

– Sì – ho detto. – Quella blu.

Me l'ha messa in un sacchetto e poi ho dato i soldi a suo zio, alla cassa.

– Ci vediamo – ho detto uscendo.

Lui, Fabio, ha alzato la mano, una mano davvero GIGANTE, una mano con cui aveva smontato parecchie persone, ho pensato, e l'ha tenuta così finché me ne sono andato.

Era questo il suo **MEGA SEGRETO!**

Adesso ho capito perché quel giorno a scuola, quando gli ho detto che sapevo cosa faceva, lui non mi ha frantumato la faccia di sberle.

Credeva che sapessi che lavorava in cartoleria! E si vergognava di farlo sapere agli altri.

E io che avevo pensato che c'entrasse con

DRAGON BOY!

**POCO FA** ho telefonato a Domitilla. Al cellulare.

Volevo dirle che non farò lo spettacolo.

Lei ne sa di cinema, spettacoli e cose simili (infatti fa il DAMS). Perciò ho deciso di parlarne con lei.

E poi volevo sentire come stava, com'era il tono della sua voce.

– *Pronto?*

– Sono Max.

– *Che è successo?*

– Niente. Volevo salutarti.

– *Ah! Hai fatto bene. Come va?*

– Lo sai che a scuola stiamo facendo le prove per uno spettacolo? – le ho detto.

– *Davvero? È fantastico!*

(Ha detto "Fantastico!" ma il tono non era da FANTASTICO!)

– Mamma e papà ancora non lo sanno – ho detto.

– *Perché?*

– Tanto non lo voglio fare.

– *Perché?*

– Così...

– *Come sarebbe, così?*

– Mi vergogno.

– *Ti vergogni?*

Io non ho risposto. Era inutile dire due volte la stessa cosa.

Lei allora ha riso. – *Perché dovresti vergognarti? Uno spettacolo è una cosa bella e divertente!*

– Non per me.

– *Anche per te. Che spettacolo è?*

– Il Mago di Oz.

– *Scherzi? È uno dei miei libri preferiti! Che parte hai?*

– Quello di latta.

– *Il boscaiolo! È una parte bellissima! Dimmi che la farai!*

Io non ho risposto.

Lei ha detto: – *Venerdì, quando torno, ti aiuto con la parte. Ci stai?*

– Non lo so.

– *E dai!*

– Forse.

– *Di' di sì.*

– Forse.

– *Ti voglio bene* – ha detto prima di riattaccare. E a me è sembrato che il tono della sua voce fosse all'improvviso meno spento.

**OGGI ME NE ANDAVO IN GIRO** per la scuola facendo domande a tutti.

Domande tipo:

- ti piacciono i fumetti?
- conosci Villa Felice?
- sai disegnare?
- ti piacciono i draghi?
- hai ricevuto dei messaggi?

Ma anche con le domande non sono arrivato a niente.

Forse dovrei smetterla.

Scrivo un altro biglietto e domani lo infilo nel buco.

Caro autore di Dragon Boy,
ho notato che nei tuoi fumetti succedono delle cose che somigliano a certe altre cose che capitano dalle mie parti.
Vieni nella mia stessa scuola, per caso?
Mi piacerebbe tanto essere tuo amico.
Ma tra amici bisogna dirsi le cose ed essere sinceri.
Che ne pensi?

Il tuo AMICO Max

Finito di scrivere il biglietto mi è venuta in mente Deborah.

Anche se solo in chat, è pur sempre mia amica. E se è vero che tra amici si deve sempre essere sinceri, mi sa che io, invece, le ho detto un sacco di bugie.

– **SI VA A FARE LE PROVE** in AUDITORIUUUUM!!! – ha detto oggi la prof Ferri appena siamo entrati in classe. L'ha detto come se annunciasse una gita o chissà che.

Speravo che se ne fosse dimenticata. O che avesse deciso di lasciar perdere, visto lo SCARSISMO della nostra classe.

A parte la Conte, Sara e un paio di altri, il resto fa proprio ***PENA.*** Me compreso.

Io ho fatto il minimo indispensabile, cioè ***NON*** ho cantato (ho fatto finta) e ho ripetuto le battute come facevano gli altri, cioè ***MALE.***

Quando la prof ha chiesto: – La state studiando a casa la vostra parte?

Io ho annuito come tutti gli altri.

Poi è arrivato il preside.

– Vediamo un po' cosa sanno fare questi benedetti ragazzi – ha detto.

Ronchese ha dovuto smettere di fare i versi esagerati da scimmia mescolati ai rutti e Serracchiani ha fatto altrettanto.

Io però mi sono sentito svenire. Dovevo recitare davanti al preside Scognamiglio???

– Su, sentiamo – ha detto il preside incrociando le braccia, come a dire "Non mi smuovo di qui finché non mi fate vedere qualcosa". – Forza, continuate da dove vi ho interrotto.

La prof Ferri ci ha fatto segno di continuare.

Eravamo alla scena di quando io, Dorothy (Sara) e lo Spaventapasseri (Labranca) incontriamo il leone (Marietto).

Lui salta fuori dal bosco e cerca di azzannare Toto, il cagnolino (*FINTO*) di Dorothy. E lei lo prende a sberle. È una scena che fa ridere.

– Vergognati! – dice Dorothy. – Grande e grosso come sei, mordere un povero cagnolino indifeso! Sei un vigliacco! Ecco cosa sei!

– Lo so, – dice il leone. – Tutti pensano che sia coraggioso, perché sono grande e grosso. Ma non è vero. (Marietto leggeva il COPIONE perché non si ricordava le battute.)

Poi toccava a Labranca e la prof, siccome lui non partiva, gli ha dato un colpetto sulla schiena.

– Non è giusto! – ha strillato Labranca, cioè lo

Spaventapasseri. – Il re degli animali non può essere un vigliacco!

– Hai ragione – ha detto, anzi LETTO, Marietto. – Ma non so cosa farci. Quando sento odore di pericolo il cuore si mette a correre.

TOCCAVA A ME.

– Beato te. Se corre allora vuol dire che tu un cuore ce l'hai. Io invece non ce l'ho e mi piacerebbe tanto averlo.

– Bene! – ci ha interrotto il preside. – Però bisogna che impariate la parte a MEMORIA. Mica potete leggere durante lo spettacolo!

– La impareranno, stia tranquillo – lo ha rassicurato la prof.

– È una bella storia – è intervenuto il preside. – Parla di coraggio, di cervello, di cuore. Chi mi dice cosa significa avere coraggio?

Tutti hanno cominciato a guardare in giro per non incrociare gli occhi del preside. Sembrava un'interrogazione.

– Nessuno lo sa? – si è stupito lui. – Allora non siete coraggiosi neanche voi! È importante avere coraggio nella vita, altrimenti non si va da nessuna parte. Allora? Chi è così coraggioso da dirmi secondo lui cos'è il coraggio?

Io non sono coraggioso, ma avevo una frase bella e pronta.

E l'ho detta.

Ho sentito la mia voce che ripeteva.

*– Avere coraggio significa sapere di essere sconfitti prima ancora di cominciare e cominciare ugualmente e arrivare fino in fondo qualsiasi cosa succeda.*

Il preside (ma non solo il preside) è rimasto in silenzio e con gli occhi spalancati. Poi ha detto: – BRAVO!

– Bravo, Stanghelli. È una bellissima definizione di coraggio – ha aggiunto la prof Ferri.

– Dove l'hai trovata? – mi ha domandato il preside.

– In un libro – ho risposto.

Il preside ha sorriso.

– Molto bene – ha detto. – E visto che l'hai trovata in un libro mi piacerebbe che la vostra professoressa la mettesse nello spettacolo. È una frase che tutti dovrebbero sentire.

Poi il preside è uscito. Però sembrava soddisfatto e continuava a fare sì con la testa.

Sara mi è venuta vicino e mi ha chiesto da quale libro avevo preso la frase.

Io le ho detto che non lo sapevo.

Poi mi è arrivato alle spalle Ronchese e mentre la prof era girata e non guardava mi ha mollato una STECCA sulle orecchie che per poco non mi salta via l'apparecchio.

Io, per scansarmi, sono scivolato e sono caduto per terra. La prof è venuta subito ad aiutarmi e mentre mi tirava su, la maglietta mi è salita scoprendomi la schiena.

Qualcuno si è messo a ridacchiare e Ronchese, invece di "Che schifo!" ha detto una cosa che mi è entrata dentro come una freccia e che mi è rimasta là, fredda e tagliente.

– Sembra un drago!

UN DRAGO!!

CAPITO?

LA MAMMA HA VISTO il COPIONE sulla mia scrivania.

– Che bello! – ha detto. – Fate uno spettacolo come saggio di fine anno! Avrai una parte!

– FORSE – ho risposto.

La sera, quando è tornato papà, è corsa subito a dirglielo, neanche fosse la notizia del secolo!

Papà ha detto che è una bellissima cosa e che lui e la mamma verranno sicuramente a vedermi.

– FORSE – ho ripetuto.

Papà mi ha anche chiesto se per caso ho intenzione di seguire le orme di Domi, cioè se voglio fare anch'io una scuola artistica come il DAMS. Ho risposto che non mi passa neanche per l'anticamera del cervello (come dice mamma) e che, anzi, era la prof che aveva insistito. A me non importava niente di recitare in uno STUPIDO musical.

– Perché dici che è stupido? – ha chiesto la mamma.

– Perché È stupido.

– Invece sono convinta che sarà una bella esperienza.

Lo dice solo perché non mi ha ancora visto all'opera.

Comunque la conversazione si è interrotta perché il telefono si è messo a squillare.

Era Carolina. Pablo aveva vomitato.

Dopo cena, Domi ha voluto che le mostrassi il COPIONE.

– Non so se lo faccio – ho detto subito, prima ancora di cominciare.

– Sì che lo fai – ha detto lei. – Recitare in uno spettacolo è qualcosa che resta per sempre.

– In che senso?

– Nel senso che non lo dimenticherai mai.

– Ma la gente mi guarderà!

(Anche CICCIO mi stava guardando, con quei suoi occhioni da indigestione e intanto mi diceva "Non lo fare, non lo fare, non lo fare".)

– Certo che la gente ti guarda! Si chiama PUBBLICO! – ha detto Domi. – Ti guarda e poi ti applaude!

– Io non lo voglio il PUBBLICO. Mi vergogno. Voglio essere **invisibile**.

– Macché **invisibile**! Dai, buffone! Proviamo la parte!

Io ho sbuffato un bel po', ma alla fine ho acconsentito perché è bello stare con Domi e fare qualcosa con lei.

Lei mi faceva vedere come dovevo muovermi o dire le battute e io cercavo di copiarla.

Alla fine è stato divertente.

NON ho detto che è stato divertente IL MUSICAL, ma solo fare le prove con mia sorella. Che è MOLTO diverso.

Quando le ho fatto vedere il pezzetto che dovevo cantare, quello del sentiero di mattoni gialli, Domi si è messa subito a canticchiarlo. Ma lei è davvero brava.

Poi ha detto: – Adesso tocca a te! È facile.

Io mi sono rifiutato.

Non ho avuto il coraggio di dirle che tanto è solo per finta, che per me non ci sarà nessun musical, che prima dello spettacolo mi farò venire un mega mal di pancia e buonanotte.

E proprio mentre pensavo questa cosa, Domi è saltata fuori con le cose del cuore: – Ti ricordi quando mi hai regalato un cuore nuovo?

In realtà si trattava solo di un insulso cuore di legno.

Ho fatto sì con la testa, comunque.

– Adesso tocca a me regalarti qualcosa.

Poi ha aperto un cassetto e ha tirato fuori un suo vecchio braccialetto di cuoio. Me l'ha legato al polso.

– Fai finta che io sia il Mago di Oz – ha detto. E questo è il coraggio che io ti dono. Portalo sempre con te.

Io ho guardato il braccialetto come se davvero fosse un braccialetto del CORAGGIO.

E sono andato avanti a guardarlo per un bel pezzo anche prima di dormire.

NEL BUCO DEL MURO
C'È UN NUOVO,
STUPEFACENTE,
FIAMMEGGIANTE,
STRASTELLARE,
MEGASTRATOSFERICO
FUMETTO

DRAGON BOY
AMORE MOSTRUOSO
FORZA! FUOCO A VOLONTÀ! DOBBIAMO FERMARLO!
E STATE ATTENTI A NON COLPIRE LA RAGAZZA!
PUM
PUM
KLATAKAN
OH CAVOLO!
Una macchina?
SKRANG
VIA!
NON POSSIAMO FARE NULLA CON LE NOSTRE ARMI! CI VUOLE QUALCUNO DI STRAORDINARIO PER QUESTO!
ECCOMI! HO GIÀ SENTITO TUTTO NON DOVETE SPIEGARMI NULLA!
TUMP

UAURGG
AAAHHHH! AIUTATEMI!
WOW! QUESTO SÌ CHE È BELLO GROSSO!
AAHHH AIUTAMI DRAGON BOY!
PROVIAMO COL FUOCO!
WOOSH
OUCH!
CRASH
NIENTE DA FARE!

E SE NE VA VIA. COME SE NON ESISTESSI!
AIUTOOOO!
UMRG
UIUUU
UIUUU
KRANG
UIUUU
UIUUU
SI STA DIRIGENDO VERSO QUEL GRATTA-CIELO DALLA FORMA STRANA!
Cosa Sembra?
WARGH
DEVO PROVARE CON IL RAGGIO SCIOGLIENTE!
ECCOTI QUA MOSTRO!
GRRR
AIUTOO!
VEDIAMO SE FUNZIONA!
BZZZZZZ
ZOOOT
RUARGH

AHHHH AIUTO!
MUUAARGH
AAAAIUTO!
AAAAHHOUCH!
UMPF!
GRAZIE DRAGON BOY MI HAI SALVATA!
È NELLA MIA NATURA!
TUMP
OH! DRAGON BOY!
UHM?
AAAAAAAHHH!
?
?
Si baceranno?
QUALCUNO È IN PERICOLO DEVO ANDARE! ADDIO!
UFF!
MA CHE SSSFIGATO! NON L'HA NEANCHE BACIATA!!!

**QUESTA VOLTA** Dragon Boy mi ha preso in contropiede. Cioè, non è la solita storia, che salva il mondo o gli abitanti di una città o i ragazzini che hanno fame. Stavolta ha salvato una ragazza da un mostro brutto e sfatto che la voleva rapire. E la ragazza, alla fine, sembrava un po' innamorata di lui.

Anche Dragon Boy ha dei sentimenti, giusto???

Però che strano il palazzo a forma di bottiglia.

non è che c'entra con il gioco della bottiglia?

Oggi abbiamo fatto le prove dei costumi.

I costumi sono stati fatti un po' da tutti: genitori, insegnanti, alunni.

Ci si è messo pure papà che, anche se è presissimo dalla sua inchiesta, con la plastica e la colla con cui fa i modellini, mi ha fatto una specie di casco a forma di imbuto. Poi l'ha dipinto con la vernice argentata.

I vestiti sono un vecchio paio di pantaloni e una giacca colorati di argento.

La prof Ferri mi ha detto che anche la mia faccia dovrà essere colorata di argento.

Poi ho dei pezzi di alluminio sulle braccia e sui piedi, che sembrano di metallo, e la stampella che per l'occasione è diventata un'ascia (da taglialegna).

Mi sono guardato allo specchio e quasi non mi riconoscevo.

Tutta questa cosa della prova costumi l'ho fatta solo perché così nessuno mi rompe le scatole. È tutto per finta perché tanto, alla fine, non salirò su quel palcoscenico davanti a un vero pubblico.

Io mi farò venire il mal di pancia, la prof troverà un sostituto, e tanti saluti.

A proposito di costumi, dopo il mio, il **COSTUME** più bello ce l'ha Marietto. È un vestito da carnevale da leone, con tanto di criniera. Solo che Marietto dice che là sotto non si respira. A guardarlo bene, grasso com'è, sembra un po' CICCIO, il gigantesco peluche di mia sorella.

La Conte è tutta verde, dalla testa ai piedi, e Paolini, Ronchese e Serracchiani (le Scimmie Volanti) hanno dei camiciotti di pelo e le maschere da scimpanzé.

Devo dire che stanno proprio bene, conciati così, cioè, gli viene naturale.

Labranca è il più sfortunato. Il suo costume da spaventapasseri è misero: un vecchio vestito un po' striminzito con qualche CIUFFO DI PAGLIA che spunta dalle maniche e dai pantaloni. Credo sperasse in qualcosa di meglio.

La prof ci ha fatto una foto, tutti insieme.

E dopo la foto, Ronchese mi ha dato una botta sul casco a forma di imbuto e me l'ha schiacciato.

Ma la cosa più brutta della giornata è stata quando ho sentito mamma e papà che parlavano di me.

Erano in cucina e quando io sono arrivato dietro alla porta non mi hanno sentito.

Dicevano che questa operazione alla gamba bisogna farla, prima o poi. Che è inutile aspettare perché "Più si aspetta e peggio è."

Così ha detto la mamma.

Stasera mi sono chiesto:

«**Lui**, che farebbe?» (**LUI** è Dragon Boy.)

Facile rispondere. Lui andrebbe avanti, sempre e comunque. Lui affronterebbe le sfide, i pericoli, tutto quanto. Lui continuerebbe.

**LUI È INVINCIBILE.**

Perfino quella volta che gli è cascato in testa il meteorite ce l'ha fatta.

Lui.

Ma io non sono Dragon Boy.

Purtroppo.

| |
|---|
| **Handicappato:** *aggettivo. Che si trova in condizioni di manifesta inferiorità.* |

**È COSÌ CHE MI SENTO**, in condizione di inferiorità.

CAVOLI!!!!!

E vorrei vedere! Steso sul letto e con una gamba BLOCCATA!!!

Caro DIARIO, è da un bel po' di giorni che NON scrivo e sono successe PARECCHIE cose.

Per esempio, sono finito all'**OSPEDALE**.

L'ho riconosciuto subito, l'ospedale, dall'odore.

È un posto dove mi è capitato di andare spesso, anche da piccolo.

Poi ho sentito il rumore delle macchinette, tutte quelle robe elettroniche che ti controllano il battito del cuore eccetera eccetera.

Solo che non ricordavo di esserci andato, all'ospedale.

COS'ERA SUCCESSO?

Quel giorno (**10** giorni fa **10**) pioveva a dirotto e io stavo uscendo di casa per andare a nuoto (la mamma mi aspettava davanti al garage con la macchina accesa) quando sul marciapiede dall'altra parte della strada ho intravisto Sara.

Dico INTRAVISTO perché pioveva veramente tanto e io ero incasinato tra stampella e ombrello.

Indossava una cerata rossa, con il cappuccio tirato su. Ma anche se aveva il cappuccio, ero sicuro che fosse lei.

Che ci faceva vicino a casa mia?

Ho sentito una specie di fiammata salirmi alla faccia e un sacco di domande al cervello.

Per un attimo ho pensato che potesse essere veramente lei, la misteriosa disegnatrice di Dragon Boy.

Forse aveva paura che il fumetto si rovinasse a stare nel buco del muro con la pioggia e così, magari, me lo voleva lasciare nella cassetta delle lettere.

Oppure era lì solo per caso? Come il Gigante che lavorava alla cartoleria?

Non so se mi abbia visto o no. So solo che io ho cercato di raggiungerla, deciso a farmi dire una volta per tutte la VERITÀ.

Il marciapiede era scivolosissimo, pieno di acqua e di gente frettolosa e, insomma, non so bene come, mi sono ritrovato per aria. Cioè stavo cadendo, ma era come se fosse tutto al rallentatore.

Ho visto la bici che arrivava, ma non potevo fare niente per evitarla. E l'ho presa in pieno! **SBAM!!!!!!!**

Conclusione della faccenda mi sono ritrovato per terra con un male pazzesco e il tizio della bici che diceva alla gente intorno: – Non l'ho visto! Non l'ho visto! È saltato fuori all'improvviso!

Ricordo di aver pensato che forse ero diventato davvero INVISIBILE, ecco perché non mi aveva visto.

Poi si è fatto buio anche se erano solo le quattro del pomeriggio.

Quando mi sono svegliato, ero all'ospedale. Accanto al letto, invece della mamma o del papà, c'era il dottor Turri.

– Fatto – ha detto. Sorrideva, con tutte le rughe sulla testa.

– Fatto cosa?

Poi è comparsa la mamma.

– Ecco il mio bambino! – ha urlato come fanno le mamme in queste situazioni. Turri ha riso e io mi sono un po' vergognato.

– Sei caduto – ha detto dopo avermi riempito di baci. – Hai avuto un incidente e ti sei rotto la gamba.

Ho guardato in basso. La gamba destra, quella un po' storta, era attraversata da ferri, da una parte all'altra, come succede in quei numeri di magia, con le spade che trapassano le vallette.

Mi è preso un COLPO e ho cominciato ad agitarmi.

– Calma, calma! – è intervenuto il dottor Turri. – Va tutto bene.

– MA QUEI FERRI? – ho gridato. – PERCHÉ NON ME LI TOGLIETE? COL CAVOLO CHE VA TUTTO BENE!!!

Il dottor Turri ha riso anche se io non ci trovavo niente da ridere. Il dottor Turri ride un po' troppo per essere un dottore. E poi avrei voluto vedere lui con quelle spade che gli uscivano dalla gamba!!!

– Si chiama **FISSATORE ESTERNO** e dovrai tenerlo per circa un mese – ha detto.

Insomma, pian piano mi ha spiegato tutto. Il fissatore esterno è un sistema per aggiustare le ossa rotte. Solo che a vederlo fa impressione, perché ci sono questi ferri che sembrano frecce senza punta lanciate da un indiano tecnologico.

Siccome mi ero rotto la gamba e avrei dovuto essere operato perché tornasse a posto, i miei e il dottor Turri avevano deciso che se dovevo essere operato tanto valeva fare anche quell'ALTRA operazione, quella per raddrizzare la gamba. Cioè fare due operazioni insieme.

– Come al supermercato – ha scherzato papà. – Due al prezzo di una!

Tutti avevano voglia di ridere e di scherzare.

Tutti tranne me!

A quel punto, ho cercato di capire quanto dolore provavo, perché sapevo che quell'ALTRA operazione doveva essere stata MOOOOOOOLTO dolorosa.

Però, anche se mi sforzavo di sentire male, in realtà sentivo solo UN PO' di male, niente di così pazzesco, niente che non potessi sopportare.

La mamma mi ha spiegato che mi stavano dando degli antidolorifici, delle medicine che facevano sentire meno dolore.

Avevo avuto un mucchio di paura di quell'operazione e adesso scoprivo di averla fatta senza quasi accorgermene.

Papà mi ha detto che anche zia Ester, una volta, si è rotta una gamba. Però a lei avevano messo semplicemente un gesso.

Al secondo giorno di ospedale è venuta a salutarmi mia sorella Carolina (ma senza Pablo, perché ha detto che gli ospedali sono i posti migliori dove prendersi una malattia).

Poi sono venuti dei compagni tra cui Marietto (obbligato da sua madre), Sara, la Conte, Nerini, Paolini e Labranca (Ronchese no, lui è TROPPO DURO, e neanche Serracchiani, perché fa sempre quello che fa Ronchese). Paolini e Labranca sono riusciti a far arrabbiare le infermiere con le loro stupidaggini. Insieme a loro c'era la prof Ferri che mi ha detto: – Non ti preoccupare per la parte, Stanghelli.

(Veramente la parte era la mia ultima preoccupazione!)

– Troveremo un sostituto.

Avevo risolto il problema del musical, e senza bisogno di inventare un mal di pancia!

Quando finalmente è venuta Domi, le ho fatto vedere il braccialetto che portavo al polso. Una delle infermiere me lo aveva tolto quando ero svenuto, ma io me l'ero fatto ridare IMMEDIATAMENTE.

– Mi dispiace tanto per lo spettacolo – ha detto.

E io ho fatto finta che dispiacesse anche a me.

– Purtroppo, non potrò farlo... – ho mugolato facendo una faccia triste. – La prof mi ha detto che troverà un altro al posto mio. Forse Chiari, che sa fare la **BREAK DANCE** e sembra proprio un robot.

Ma dentro di me ero strafelice.

E poi sono arrivati i nonni.

Questa proprio non me l'aspettavo.

Nonna Paola è entrata per prima ed è corsa ad abbracciarmi.

– Come stai? – mi ha chiesto.

– Bene, nonna.

– Sei un ragazzino coraggioso.

Nonno Alfio stava sulla porta.

– Ciao, nonno – ho detto io sollevando un braccio.

Lui si è avvicinato con calma e ha messo una mano sulla sponda del letto. È rimasto un po' a guardarmi e alla fine ha detto: – Come te la passi, amico?

Sembrava la scena nel mio sogno con Dragon Boy.

– **BENE, AMICO!** – ho risposto.

E lui si è messo a ridere.

**QUAND'ERO ALL'OSPEDALE** ho chiesto a Domi di farmi un favore.

– Puoi andare a vedere se c'è una cosa per me in un posto?

– *Una cosa per te? In che posto?*

Le ho spiegato del buco nel muro. Ero sicuro, più che sicuro, che ci fosse un nuovo fumetto, lì ad aspettarmi.

Così ci è andata.

– Non c'era niente – mi ha detto quando è tornata.

Io ci sono rimasto male, perché ho calcolato che dall'ultima storia di Dragon Boy fossero passati tantissimi giorni, tipo quindici o più.

– Sei sicura? – ho chiesto.

E lei: – Cioè, c'era un foglietto, ma l'ho buttato via.

– COSA? L'HAI BUTTATO?

– Era fradicio di pioggia!

Giuro che anche se Domi è la sorella migliore del mondo, in quel momento l'avrei STRANGOLATA!!!!!

Poi, visto che mi stavo agitando troppo e un'infermiera stava già correndo per calmarmi con una siringona, Domi ha sorriso e ha tirato fuori dalla borsa un foglio tutto arrotolato.

– Scherzavo! Eccolo qui. Nel buco del muro c'era questo!

Ho preso il fumetto come un assetato nel deserto prenderebbe una bottiglia d'acqua, e l'ho aperto.

Non era un fumetto, questa volta, anche se c'era sempre Dragon Boy.

Era un foglio solo.

Questo.

**ADESSO SONO A CASA.** Finalmente.

Il dottor Turri ha detto che dovrò stare a letto o sul divano per un'altra settimana. Poi potrò cominciare a camminare (sempre con la stampella, almeno per i primi mesi) e a fare la MALEDETTA rieducazione.

I miei hanno parlato con i prof perché avevano paura che potessi perdere l'anno di scuola. Ma i prof hanno detto che alla fine le assenze non supereranno il mese e che non ci saranno problemi.

Domi resterà a casa ancora qualche giorno. Dice che vuole farmi un po' di compagnia. Io le ho chiesto se è ancora tanto triste per quella storia con il suo ragazzo.

Mi ha sorriso e ha risposto che ci pensa molto meno. Che il tempo aggiusta tutto. Anche la mia gamba. E poi ha sempre il mio cuore di legno!

In questi giorni facciamo mega partite a Monopoli, a carte e a Scarabeo. Guardiamo film e ascoltiamo i suoi vecchi dischi.

L'altra sera mi ha perfino portato al concerto di Jovanotti con lei! Non ero mai stato allo stadio e quel mare di gente che cantava insieme e alzava in alto le mani nel buio era uno spettacolo incredibile.

Non siamo potuti stare sul prato dove si ballava, per via della mia gamba, ma dalla tribuna si vedeva tutto benissimo.

Jovanotti saltava e correva come un matto da una parte all'altra del palco e usciva sempre con dei vestiti colorati e stranissimi. Alla fine del concerto si è presentato addirittura con un mantello rosso tutto luccicante con una saetta blu disegnata sulla schiena, sembrava quasi Dragon Boy!

È stata una notte magica e anche Domi da come rideva e saltellava secondo me non ha pensato alla storia del suo ragazzo per tutta la sera.

Oggi pomeriggio io e Domi abbiamo sfogliato gli album delle foto. Anche il mio, quello con la copertina blu.

Domi mi ha detto che lei c'era sempre in quelle foto, anche quando non si vede, perché sono state scattate mentre lei era lì vicino.

– Qui, per esempio – ha sorriso indicando una foto in cui ero seduto sull'altalena. – Non si vede, ma ti stavo spingendo.

Mi sono abbassato per guardarla meglio, cercando di immaginare la presenza invisibile di Domi alle mie spalle...

e quello che ho notato mi ha colpito come uno schiaffo partito dalle mani del Gigante.

Ho preso la lente d'ingrandimento dalla scrivania (a volte la uso per dare fuoco a un pezzo di carta usando i raggi del sole) e come Sherlock Holmes l'ho messa sopra la foto.

ERA PROPRIO VERO!

– MAMMA! – ho strillato.

Domi mi guardava stupita. – Che è successo?

– Cosa c'è? – ha chiesto la mamma infilando la testa nella camera.

– Guarda qui – le ho detto. – Ce l'hai ancora?

Lei ha guardato attentamente, anche con la mia lente d'ingrandimento. Poi ha risposto: – Non so. Forse tra le cose vecchie... Perché?

– È importante! Importantissimo!

– Va bene. Vado a vedere. Domi, mi dai una mano?

Sono tornate dopo un bel pezzo. Intanto io avevo fatto 10.000 pensieri diversi e la mia testa fumava come un VULCANO!

Portavano una scatola.

La mamma l'ha messa sopra la scrivania e ha tirato fuori vecchie maglie, pigiamini estivi con immagini di cagnetti, gattini e coniglietti, cappellini con la visiera...

E finalmente è arrivata a quello che cercava.

– Ecco! – ha detto mostrando quella cosa.

Sono rimasto inchiodato a guardare per tipo **1 ora 1**!

Domi e la mamma mi facevano delle domande, mi parlavano, e probabilmente avevano già chiamato l'ospedale pensando che mi si fosse bloccato l'impianto cocleare o l'intero cervello.

Ma io non le sentivo.

All'improvviso tutto era chiaro.

Mi sono alzato e arrancando con la stampella sono andato alla libreria. Ho preso i fumetti di Dragon Boy, tutti, li ho riguardati uno per uno, ed era come se li vedessi per la prima volta, come se li leggessi con occhi diversi.

E alla fine ancora non sapevo chi disegnava quei fantastici fumetti.

Ma SAPEVO chi era Dragon Boy.

**– DOMI, PUOI FARE UNA COSA PER ME?**

– Certo. Dimmi.

– Potresti portare questo nel buco del muro?

– Cos'è?

Tenevo in mano un pacchetto avvolto nella carta regalo di Natale, chiuso con un nastro bianco.

– Puoi portarlo? – ho ripetuto.

– Certo che posso.

Ho preso un foglio dalla scrivania e ci ho scritto sopra queste parole:

Caro amico,

ho capito. Grazie di tutto.
Chiunque tu sia.

Dragon Boy

Sara è venuta a trovarmi nel pomeriggio e mi ha annunciato che lo spettacolo è stato fissato tra due settimane, per l'ultimo giorno di scuola.

Quando ha saputo che tra poco mi toglieranno il fissatore esterno e potrò rimettermi in piedi ha detto: – Perché non riprendi il tuo posto nel musical? Perché non lo fai tu il boscaiolo di latta? –. Saltellava e batteva le mani come una bambina.

– Non posso, non posso – le ho detto senza neanche lasciarla finire. – Non posso.

– Sì, che puoi. La parte la sai bene, molto meglio di Chiari, che a parte la break dance non sa fare altro!

– No, non posso – ho ripetuto. – Davvero, non posso.

Invece, a ripensarci...

Che cosa farebbe Dragon Boy?

Facile rispondere.

Lui andrebbe avanti, sempre e comunque.

Lui farebbe lo spettacolo fregandosene di tutto e di tutti.

Lui continuerebbe.

Lui non mentirebbe.

LUI.

IO.

ALLA FINE CI SONO ANDATO. L'HO FATTO.

Il musical, intendo.

Una settimana prima dello spettacolo mi sono presentato a scuola e l'ho detto alla prof Ferri.

– Prof, voglio la mia parte. Voglio fare il musical.

In apparenza non era cambiato niente, nel senso che andavo ancora in giro con la mia fedele stampella (e mi sa che dovrò utilizzarla ancora a lungo, «ma non per sempre» ha detto il dottor Turri). Eppure qualcosa, dentro di me, era cambiato.

Lei era stracontenta. – Fantastico! – ha esclamato.

E anche Chiari era contento. – Grazie amico – mi ha detto. – Mi hai tolto un bel peso!

Però non avrei mai immaginato che lo spettacolo si sarebbe trasformato in…

In COSA non l'ho ancora capito!

È difficile spiegarlo.

So solo che, anche se non è andato proprio come doveva, è stato comunque un grande **GRANDISSIMO SUCCESSO!** ***APPLAUSI APPLAUSI*** e ancora **APPLAUSI!!!**

**CLAP CLAP CLAP**

Ma andiamo con ordine.

Prima la prof ci ha messi tutti insieme, in cerchio al centro del palcoscenico, con le tende ancora chiuse. Abbiamo unito le mani e abbiamo cacciato un urlo che deve essere arrivato fino in strada! Abbiamo detto anche una parolaccia ~~(merda)~~, una cosa che si usa nel mondo dello spettacolo (così almeno ha detto la prof e sentir dire una parolaccia da una prof è stato strano ma anche DIVERTENTE!!).

Poi si sono spente le luci in sala ed è calato il silenzio.

Io avevo il cuore a **1.000**. Sara mi ha stretto la mano e mi ha sorriso con i suoi denti mezzi storti.

Aveva le trecce e il vestitino a quadretti da Dorothy.

Lei, Nerini e la Tosetti (che facevano la parte degli zii di Dorothy) si sono sistemati sulla scena e, a un cenno della prof, si è aperto il sipario.

CLAP! CLAP!

Dalle poltrone che salivano ad anfiteatro il pubblico ha subito applaudito, calorosamente.

Per rendere l'effetto del ciclone, la prof Ferri aveva messo un filmato alle spalle del palco, così sembrava davvero che la casa di Dorothy volasse via, e un ventilatore enorme che faceva muovere tutto. Al posto del cane vero, Toto, Sara teneva in braccio un peluche!

Insomma, anche noi avevamo i nostri **EFFETTI SPECIALI!**

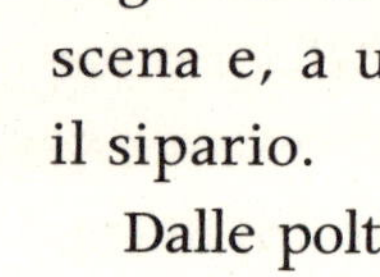

La casa è precipitata sulla **Cattiva Strega dell'Est** facendola secca e Dorothy le ha preso le scarpette d'argento (delle scarpe con il tacco della mamma di Sara). Quindi si è incamminata lungo il sentiero di mattoni gialli per andare a trovare il potente Mago di Oz e chiedergli di tornare a casa dai suoi zii. Tutto è proseguito come doveva fino all'incontro con il boscaiolo. A quel punto sono entrato in scena io.

Il costume mi stava una meraviglia, ma sotto il costume ero nervoso ed emozionato.

Più che altro avevo paura di dimenticare qualche parola o di inciampare da qualche parte. Comunque c'era pronta la prof Ferri (vestita da Glinda, la buona Strega del Sud, con una parrucca rossissima e la gonnellina da ballo) a suggerirci le battute.

In sala c'erano Domi, i miei, Carolina (che aveva lasciato Pablo con Giorgio, il pittore) e i nonni. Sì, anche loro!

Nonno Alfio mi ha pure dato dei consigli.

– Non sapevo avessi fatto l'attore! – gli ho detto sorpreso.

– Non ho fatto l'attore – ha risposto. – Ho visto il film!

Sono entrato in scena come se mi ci avessero SPARATO e ho detto quello che dovevo dire senza scordarmi niente. Poi ci siamo incamminati sul sentiero di mattoni gialli per andare alla Città di Smeraldo e io ho cantato la canzoncina del film. Mi sono sentito ridicolo, ma, concentrato com'ero, ho continuato.

Abbiamo incontrato Marietto, il Leone, che stava già sudando, sotto tutta quella pelliccia.

Marietto ha sbagliato un paio di battute, ma nessuno se n'è accorto e a me stava venendo da ridere.

Quando siamo arrivati alla Città di Smeraldo (che era un altro bellissimo sfondo preparato dalla prof), la Conte si è presa la scena, nel senso che recitava come non aveva mai fatto prima, alle prove.

La Conte è davvero brava. Credo che da grande potrebbe anche fare l'attrice.

Dalla Città di Smeraldo, il Mago di Oz ci ha mandato a uccidere la perfida Strega dell'Ovest (cioè la Pandolfi, che aveva sulla fronte un grande occhio disegnato e pareva più Polifemo), la quale, per difendersi, ha convocato le Scimmie Volanti. Quando Paolini, Ronchese e Serracchiani sono entrati sul palco facendo tutti quei versi da scimmie la gente in sala è scoppiata a ridere e ad applaudire.

Poi abbiamo lottato con le Scimmie Volanti.

## E LÌ È SUCCESSO IL GUAIO

Preso dalla foga, mi sono appoggiato male sulla stampella travestita da ascia e sono andato per terra, come un salame. L'imbuto che avevo sulla testa (quello fatto da papà) si è spiaccicato come una frittella e io non riuscivo più a rialzarmi.

Sara è corsa e mi ha tirato su.

La platea era silenziosa. Nessuno ha riso, c'è stato un silenzio imbarazzato. Poi è partito un applauso.

Dentro di me, però, qualcosa era cambiato. Un'altra volta, ma in peggio.

Come una crepa, un CRACK. E non sto parlando della gamba o di qualche altro osso. Intendo qualcosa nella testa o nel cuore o nella pancia, non lo so.

Ho sbagliato un paio di attacchi e le battute degli altri sono sembrate fuori fase.

La prof Ferri ha cercato di suggerirmi qualcosa, ma io stavo sudando e la consapevolezza che il trucco argentato si stava squagliando sotto il mio sudore era l'unica cosa su cui riuscivo a concentrarmi.

Mi mancava il respiro e volevo quasi scappare dal palco. Nemmeno Marietto, che si è dovuto togliere la testa di leone perché stava soffocando, è servito a distrarmi.

«Lo sapevo» continuavo a ripetermi. «Lo sapevo che andava a finire così. ACCIDENTI A ME!»

Sono calati un silenzio di tomba e un gelo che mi ha raffreddato all'istante tutto il sudore.

Ho provato a continuare ma ormai ero fuori controllo, farfugliavo frasi che non c'entravano niente con il punto in cui eravamo. E alle mie insulse battute, i compagni non sapevano cosa rispondere.

Qualcuno in sala ha preso a ridacchiare. Forse pensavano si trattasse di un musical comico.

AH! AH!

Ho sperato che l'auditorium prendesse fuoco o arrivasse una scossa di terremoto o una banda di rapinatori di teatri o un'astronave aliena, ma niente sembrava potesse distogliere l'attenzione da me e dalla mia goffissima interpretazione.

IH! IH!

Chissà che effetto dovevo fare lì, fermo in mezzo al palco con lo sguardo perso nel vuoto, appoggiato a una stampella che si vedeva che era una stampella e non un'ascia, il trucco colato e l'imbuto schiacciato sulla testa.

Forse proprio ciò che ero e che sono sempre stato, un perfetto SFIGATO.

Altro che Dragon Boy.

Poi mi è scivolata la stampella (avevo le mani tutte sudate). Stavolta non sono caduto, ma la stampella è finita giù dal palco davanti alla prima fila.

Si è sentito un rumore metallico, che ha risuonato nella sala come se fosse quello di un palazzo che crolla.

Poi tra il pubblico, dalla prima fila, qualcuno si è alzato. È venuto fuori dall'ombra, fino alla luce dei riflettori. Ha raccolto la stampella ed è salito sul palco per ridarmela.

Era Daniele, il biondino della I B.

Mi ha dato la stampella e io ho borbottato un "grazie" tra i denti.

A quel punto il ventilatore che c'era dietro il palco, quello usato per fingere il tornado, è partito. Non so come, ha ripreso a girare.

Daniele indossava una camicia aperta che con l'aria del ventilatore si è spalancata e si è messa a svolazzargli intorno come una specie di mantello.

Ho visto che sotto la camicia portava una maglietta...

LA MAGLIETTA DI DRAGON BOY!

Quella che la mamma aveva tirato fuori dalla scatola.

Quella che aveva stampato il disegno del drago e la D.

Quella che IO avevo impacchettato e che Domi aveva portato al buco nel muro!

LA MIA MAGLIETTA DI QUANDO AVEVO 4 ANNI!

E se ce l'aveva lui, allora significava 1 cosa

e 1 soltanto: che lui e nessun altro era il disegnatore di Dragon Boy!!

Daniele il biondino della I B. Chi l'avrebbe detto?

– Dai, eroe – mi ha sussurrato. – Fagli vedere chi sei.

Eroe?

IO?

Anche se sapevo che Dragon Boy in qualche modo ero io, anche se sapevo che era Daniele a disegnarlo (l'avevo appena scoperto!), ancora non sapevo perché nei fumetti mi trasformava in un supereroe.

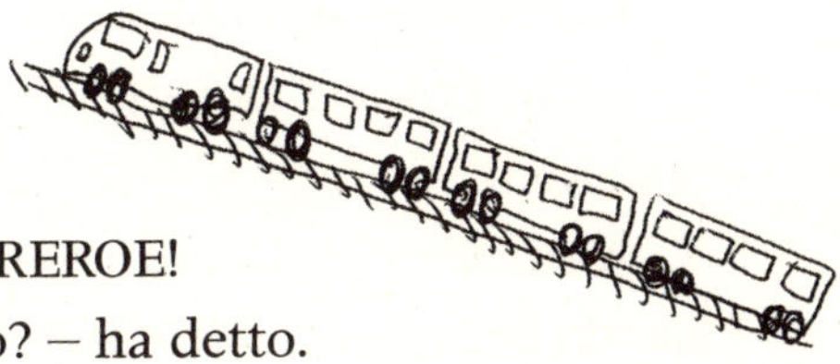

IO NON sono un SUPEREROE!

– Ricordi il trenino rosso? – ha detto.

L'ho guardato senza capire.

– Un giorno mi hai salvato – ha continuato lui, come se non fossimo al centro di un palcoscenico davanti a 300 persone, come se fossimo solo noi due, in una stanza chiusa, e nessuno potesse sentirci. – Mi hai salvato, proprio come un supereroe.

IO un SUPEREROE???

– Sono tuo amico – ha aggiunto. – Non ho mai avuto il coraggio di dirtelo. Ma oggi il coraggio ce l'ho, l'ho trovato.

CORAGGIO, ho pensato. Alla fine, è sempre una storia di CORAGGIO.

Il pubblico era ammutolito. Anzi, era INTERESSATO a quello che stava accadendo. Credeva che facesse tutto parte dello spettacolo, anche se non capiva bene.

Solo io capivo. Anzi, io e Daniele, perché solo noi due sapevamo di Dragon Boy.

Il musical non c'entrava niente.

Ho guardato Sara, che aveva sentito tutto.

– Anch'io sono tua amica – ha detto.

La prof Ferri era impietrita. Una statua. I suoi occhi guardavano in tutte le direzioni cercando disperatamente di capire cosa stesse accadendo. E anche gli altri compagni, sul palco, erano disorientati e si guardavano uno con l'altro.

– Io sono Deborah – ha detto a quel punto Sara con una voce forte e limpida, da grande attrice.

– Ma non eri Dorothy? – ha gridato qualcuno dalla platea.

E lei, senza badargli: – Sono stata io a scriverti in chat. La foto sul profilo è di mia cugina Beth, che vive in Inghilterra. Uso la sua perché è una bella ragazza, altrimenti a me non risponderebbe nessuno… Per questo motivo ero sotto casa tua, il giorno dell'incidente, ero venuta per dirti la verità.

CLAP!

CLAP!!

CLAP!

Io l'ascoltavo come in un sogno. Non mi sembrava possibile che quella cosa, quella scena stesse accadendo davvero. Che fine aveva fatto il nostro spettacolo?

– Ma poi non ce l'ho fatta – ha continuato Sara. – Ci ho provato anche quando sei venuto da me e anche alla festa di Mario, ma ogni volta mi è mancato il coraggio. Scusami…

Mi ha preso per mano.

A quel punto il pubblico è esploso in un mega applauso.

Quando l'applauso è finito, è stata la volta di Marietto.

– Visto che state tirando fuori queste cose – ha iniziato

– e che io, come leone, dovrei sapere qualcosa a proposito del CORAGGIO… –. Ha fatto una pausa. – Allora dico che anche a me dispiace per quello che ho detto alla mia festa. Non lo pensavo davvero. Non è vero che sei uno sfigato, Max. Scusa.

Era strano sentirgli dire una cosa così seria vestito da leone.

– Siamo amici da tanto tempo – ha aggiunto – ma non mi sono comportato proprio da amico.

La Conte ha fatto un paio di passi in avanti, mettendosi al centro del palco.

– È giusto, – ha detto – bisogna avere coraggio di dire la verità – e dal tono con cui lo diceva sembrava una professoressa che inizia una ramanzina. Oppure il vero mago di Oz! – Io so che non sono simpatica a nessuno perché vado bene a scuola. Ma non è colpa mia se mi piace studiare. Vorrei essere più simpatica, ma mi pare che tutti mi odino…

La voce ha iniziato a tremarle. E io che credevo che la Conte fosse fatta di ferro, che si sentisse superiore a tutti quanti…

– Non è vero che tutti ti odiano – ha detto Sara prendendo anche la sua mano. – Io non ti odio.

– IO NEMMENO – ho detto.

– Neanch'io – ha aggiunto Marietto. – Però, alla prossima verifica, passa! Capito? Altrimenti…

AH! AH!
IH! IH!

Il pubblico ha riso di gusto e perfino la Conte si è lasciata scivolare un mezzo sorriso.

Labranca, perdendo sul palcoscenico un po' di paglia che il ventilatore disperdeva ovunque, è saltato fuori pure lui con la faccenda del fisico da manico di scopa.

– Io sembro un palo della luce – ha detto – e questo non mi piace. Così, per non farmi prendere in giro dico cose che a volte non penso, ma è solo per piacere agli altri. Almeno credo...

– Io spero di non essere bocciato – ha detto Nerini, che faceva Henry, lo zio di Dorothy. – I miei ci resterebbero male.

E ha guardato in platea, dove probabilmente c'erano i suoi genitori. Truccato da vecchio com'era, non sembrava per niente credibile. Cioè, un vecchio che ha paura di essere bocciato! Chi l'ha mai sentito?

Qualcuno tra il pubblico gli ha urlato:

– E ALLORA STUDIA!

Ci sono stati un altro applauso e qualche risata divertita.

Intanto io mi domandavo cosa stesse succedendo. Perché i miei compagni tiravano fuori tutte quelle cose? Lo facevano per aiutare me? Guardavo Daniele alla ricerca di una spiegazione, ancora incredulo che tutto fosse partito da lui.

La Biffi, che interpretava una dei Mastichini, ha detto: – Io ho paura di ingrassare. Perciò mangio poco anche se ho sempre fame.

Io avrei voluto dirle che lei è GIÀ grassa, però non mi sembrava il caso.

Poi è stata la volta di Ronchese che si è fatto avanti, con quel ridicolo costume da scimmia e la faccia rotonda, e a me sembrava impossibile che Ronchese si stesse facendo avanti per dire qualcosa di UMANO! Si è fatto un silenzio profondo, come di attesa.

– Io ce l'ho, il coraggio – ha detto con aria di sfida. – E non ho paura di niente.

– Non è vero – ha replicato Sara. – Tu hai paura, come tutti. Solo che non hai il coraggio di ammetterlo. Sei un vigliacco!

– Non è vero! – ha detto lui.

– Invece è vero – ha risposto Sara, ma come se quasi non le importasse. – Ci vuole coraggio a dire di avere paura.

Allora Serracchiani, Scimmia Volante anche lui, si è scostato da Ronchese e ha detto: – Io ce l'ho una paura. Poi ha guardato giù, nel buio della sala, perché anche lui aveva qualcuno tra il pubblico a cui voleva bene. – Ho paura che i miei genitori non stiano più insieme.

– Io invece – ha aggiunto Trabucci – non ho il coraggio di vedere da solo i film dell'orrore, però faccio finta di averli visti e guardo le trame su Wikipedia così se mi chiedono di cosa parlano sembra che li abbia visti.

– Io – è intervenuta la Gracchi con un'aria tristissima – ho paura che mia nonna muoia, perché è molto anziana.

Insomma, un IO dopo l'altro, ciascuno di noi ha tirato fuori qualcosa che aveva dentro e che non era mai venuto allo scoperto davanti agli altri.

Alla fine la prof è entrata in scena, ci ha messi in fila, tenendoci per mano, e insieme abbiamo detto: *Avere coraggio significa sapere di essere sconfitti prima ancora di cominciare e cominciare ugualmente e arrivare fino in fondo qualsiasi cosa succeda!*

Giuro che c'è stato un applauso così lungo che non finiva più e talmente forte che a un certo punto sembrava che venisse giù il tetto dell'auditorium!

**LO SPETTACOLO È FINITO.**

Quando l'applauso si è spento, la prof Ferri ha fatto un segno a Gino, il bidello, e lui ha tirato le corde che chiudono le tende.

Dietro il sipario, la prof ci ha messi in cerchio, come all'inizio.

– Non so cos'è successo – ci ha detto con le lacrime agli occhi per la contentezza. – Però è stato semplicemente

FAN-TA-STI-CO!!!

Abbiamo unito le mani come i moschettieri del re e abbiamo cacciato un urlo tremendo! Poi ci siamo applauditi da soli.

Sara mi è venuta vicino e mi ha abbracciato e io l'ho lasciata fare anche se gli altri ci guardavano, e quando si è staccata mi ha scoccato un bacio sulla guancia.

Dopo c'è stata una piccola festa, sempre lì sul palcoscenico, con bibite, pizzette, patatine (tutto comprato dalla prof Ferri) e panini allo speck (portati dalla mamma di Marietto). La festa era per tutti, attori e spettatori.

La prof Ferri aveva tutti intorno, che le stringevano le mani, che le dicevano quanto era stata brava a fare uno spettacolo così nuovo, originale, trasgressivo, intimista, psicologico e non so che altro!

Lei, tutta rossa in viso per l'emozione, rispondeva che era tutto merito dei suoi ragazzi, i suoi ECCEZIONALI RAGAZZI, così diceva.

Io ho ricevuto i complimenti dei miei e di Domitilla. Ma soprattutto ho visto Carolina che mi veniva incontro e i suoi occhi erano diversi dal solito. Sembrava imbarazzata, impacciata. Ho capito che voleva abbracciarmi, ma non riusciva a muovere il primo passo. Così l'ho abbracciata io e lei mi ha stretto forte, come mai aveva fatto. Quando ci siamo staccati, la mamma era una fontana di lacrime. Però, mentre piangeva, rideva.

Anche papà e nonno Alfio sorridevano commossi e quando è stata la volta di papà, di congratularsi con me, mi ha detto, forte in modo che tutti sentissero: – Sono davvero orgoglioso del mio ragazzo!

Domi mi ha preso in braccio da dietro come faceva quand'ero più piccolo e mi ha fatto girare come una trottola. Quando mi ha messo giù sembravamo ubriachi tutti e due.

Dopo un po' sono andato a prendermi un panino (rigorosamente allo speck) e mentre masticavo, in mezzo a tutta quella confusione di gente, cercavo con lo sguardo una persona.

Una sola.

– Ciao, Daniele – gli ho detto quando finalmente l'ho visto.

Se ne stava in un angolo, da solo, a guardare gli

spettatori che facevano i complimenti agli attori. Indossava quella ridicola, bellissima maglietta. (Chissà come era riuscito a infilarla.) – Ce l'hai ancora il trenino? – gli ho domandato.

Lui ha sorriso, di quei sorrisi che capisci tutto quello che c'è dietro.

– Sicuro – ha risposto. – Non lo mollerei per niente al mondo!

– Mi ricordo. Era il tuo gioco preferito – dichiarai. Ci stavamo mangiando un panino insieme, come due vecchi amici. – Però non mi ricordo com'è andata esattamente – ho proseguito.

– Eravamo alla materna, tu e io, stessa classe... E c'era quel tipo, quello che fregava sempre i giochi a tutti, quello prepotente. Un giorno ha preso il mio trenino rosso e lo voleva gettare dalla finestra. Io piangevo. Allora sei arrivato tu, con questa maglietta addosso – ha detto indicando se stesso. – E come se niente fosse l'hai allontanato strappandogli il trenino dalle mani!

– Davvero? –. Mi sembrava impossibile di averlo fatto. – E poi?

– E poi mi hai ridato il trenino. Tutto qui. Come se fosse la cosa più facile del mondo!

– Allora è per questo che hai inventato Dragon Boy! Ma come ti è venuto in mente di farmi i superpoteri? Uno come me, con i superpoteri...

– Guarda che tutti hanno dei superpoteri!

Ho sorriso e per la prima volta da quando ho l'apparecchio, non mi sono preoccupato di avere dei pezzetti di panino tra i denti.

– Sai che lo ha detto anche Jovanotti? – ho buttato là.

– Jovanotti?

– Sì. Sono andato a vedere il suo concerto, la settimana scorsa, con mia sorella. Alla fine si è messo un mantello e ha detto che in giro ci sono un mucchio di superpoteri! L'amicizia è un superpotere, l'intelligenza è un superpotere, l'immaginazione è un superpotere, la diversità è un superpotere... Noi siamo il superpotere, insomma.

– È proprio quello che intendevo dire io –. Poi, dopo una lunga pausa, ha aggiunto: – Non ti ho mai ringraziato.

– Ti sbagli – ho risposto io. – L'hai fatto.

Con Daniele ora siamo amici. Veri amici.

O forse, senza saperlo, lo siamo sempre stati.

Mi ha detto che il disegno è la sua grande passione e che gli capita di disegnare sempre, dovunque. Infatti, il fumetto che io avevo trovato in sala professori, nel cestino, glielo aveva sequestrato il prof di italiano dopo averlo scoperto a disegnare durante la sua ora di lezione.

Poi quello stesso giorno, in cortile, quando Daniele ha notato che il fumetto ce l'avevo proprio io, ha pensato a una incredibile coincidenza e così gli è venuta l'idea di farne altri. E soprattutto di farmeli trovare.

Ogni volta che succedeva qualcosa che mi riguardava, Daniele tornava a casa e provava a trasformarlo in un fumetto di Dragon Boy.

Quando a scuola c'era stata l'invasione di scarafaggi, per esempio, o quando i bulli erano scappati dal bar senza pagare e io avevo dovuto affrontare il barista con la faccia da bulldog, Daniele aveva visto tutto e aveva pensato che ero stato CORAGGIOSO.

O alla festa di Marietto... Dover dire davanti a tutti che io e la Conte non ci eravamo baciati mi era sembrata una cosa da sfigato, mentre secondo Daniele intervenire a salvare una ragazza dai compagni che la prendono in giro era stata una cosa da CORAGGIOSO supereroe!

Lui in qualche modo voleva farmelo capire, anche se non aveva abbastanza CORAGGIO di essere mio amico davanti agli altri. Per questo non ha mai neanche risposto ai miei messaggi...

E poi mi ha spiegato anche del posto segreto, il buco nel muro: è stato un caso. Un giorno aveva notato che io passavo di là per tornare a casa e così gli era sembrata una buona idea metterci dentro i fumetti, non prima di aver segnalato il nascondiglio con una inconfondibile D.

Insomma, Daniele si è dimostrato davvero in gamba. E soprattutto un vero amico.

**PAPÀ HA PUBBLICATO IL SUO ARTICOLO** sulle eco-truffe scatenando un vero polverone. O forse dovrei dire un tornado, come quello del Mago di Oz!

Grazie al suo articolo, *L'Opinionista* ha venduto un mucchio di copie, e la polizia ha aperto un'inchiesta che ha portato all'arresto di alcune persone importanti.

A papà gli hanno dato perfino un premio di giornalismo e la sera della premiazione, in un bellissimo albergo della città, c'era anche nonno Alfio, seduto in prima fila, con una faccia che sembrava che avesse vinto lui il premio. Alla fine è andato a stringere la mano a papà e gli ha detto la stessa cosa che papà ha detto a me dopo il musical. E papà l'ha abbracciato.

Per quanto mi riguarda, l'anno scolastico è terminato e a settembre inizierò la seconda.

Le medie mi sembrano più sopportabili, ora.

Quando la mattina scendo dal 12, sui gradini di scuola c'è sempre qualcuno che mi saluta (**il musical mi ha reso molto popolare**).

Ieri, sui gradini, ad aspettarmi c'era Sara. Quando mi ha visto ha sorriso mettendo in mostra un nuovo, scintillante apparecchio per i denti!

– Che ne pensi? – mi ha chiesto.

– È più bello del mio! – le ho risposto.

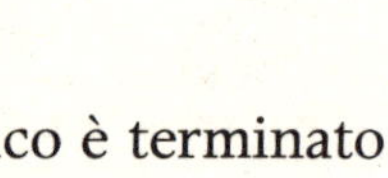

Oggi, all'intervallo Daniele mi ha proposto di scrivere un nuovo fumetto di Dragon Boy. Cioè, io e lui, INSIEME!

– Io e te?

– Io e te – ha risposto. – Tu scrivi, io disegno.

DRAGONBOY
LA SFIDA PIÙ DURA
TESTI: MAX - DISEGNI: DANIELE
NUOVA SERIE!
TA DÀ!
NON MI SONO MAI TROVATO IN UNA SITUAZIONE COSÌ DIFFICILE!
GASP!
MI SENTO STRITOLARE E NON RIESCO A REAGIRE.
AAAARGH!
Iniziamo bene!
QUESTA CREATURA COLOSSALE MI HA INTRAPPOLATO.
UOARGH
SEMBRA CHE MI TOLGA OGNI SUPERPOTERE, LA MENTE NON RAGIONA.
OUCH!
ma 'sto mostro? È MOSTRISSISISSIMO!
HO PERSO IL MIO LANCIAFIAMME E HO IL CUORE A PEZZI
NOOOO!
E INIZIO A PROVARE PAURA.
È LA FINE!
QUESTA VOLTA SONO SICURAMENTE SPACCIATO
Questa l'ho già sentita! EH GIÀ.

MA ARRIVA UN AIUTO INASPETTATO.
DRAGON BOY! SONO QUI PER AIUTARTI!
CONOSCO QUEL MOSTRO!
VELOCE, DAMMI LA MANO!
Dai dagliela!
TI SEI DISEGNATO PIÙ BRUTTO! Eh Eh
DRAGON BOY!
MAX!
SVEGLIA, DRAGON BOY!
?
MI SOMIGLIA UN SACCO!
VIENI DRAGON BOY!
CLAP
DAI CHE TI LIBERO!
UFF, NON MI MOLLA!
UOARGH
LASCIAMI PURE QUI. È IMPOSSIBILE!
SONO COSTRETTO A LASCIARTI SOLO...
...A MENO CHE...

...L'AIUTO INASPETTATO NON SIA SOLO UN SUPEREROE, MA UN GRUPPO INTERO!
Spitfire
Wizard
Miss D
LionDude
Elymzé
FORZA!!!
FINALMENTE LIBERO!
SNAP
UEEEEEERGHHH
PFSSS
PSSSS
PFSSS
PFSSSS
PFFFSS
NON AVREI MAI IMMAGINATO DI USCIRE DA QUEL CASINO, MA...
...A VOLTE, LA REALTÀ È PIÙ SORPRENDENTE DELLA FINZIONE.
MA VERAMENTE APPLAUDONO NOI?
AVEVI DUBBI MAX?
Ma è finito, Max? - NO! INIZIA ADESSO!

In effetti, grazie a questo diario, ho scoperto che è questo che vorrei fare da grande, SCRIVERE. Fumetti, libri, articoli di giornale, non ha importanza cosa, ma SCRIVERE.

SCRIVERE significa mettere in ordine le cose e i pensieri. Significa anche dire le cose come stanno, la verità, e non aver paura di farlo. Questo l'ho imparato da papà.

Non so se ne sarò capace ma l'importante è provarci, giusto? Altrimenti, senza un po' di CORAGGIO, che eroe sarei?

So che anch'io, come Dorothy, lo Spaventapasseri, il Boscaiolo di Latta e il Leone, ho il mio sentiero di mattoni gialli da seguire. E so che prima o poi mi porterà alla Città di Smeraldo.

Ma quella strada non possono farla i miei genitori o mia sorella o Daniele per me. Non può farla nessuno.

Eccetto me.

Devo seguirla e quando arriverò dal mago, vero o fasullo che sia, gli chiederò di ottenere ciò che voglio.

Sempre che, senza saperlo, io non ce l'abbia già!

D

# Ringraziamenti

Grazie a Chiara Fiengo, che ha contribuito in modo determinante alla realizzazione di questo libro. L'ha migliorato suggerendomi dove intervenire e mi ha spronato quando ne avevo bisogno. Questo è il lavoro dell'editor. L'idea del musical finale è sua.
Grazie anche a Chiara Pullici che insieme a Chiara ha seguito e valutato ogni fase del progetto.
Grazie a Enrico Macchiavello, che ha dato forma perfetta a dei fumetti che erano solo vaghe idee.
Grazie a Lorenzo, Jovanotti, che ci ha permesso di utilizzare una sua bellissima frase, in perfetta sintonia con l'idea che muove tutta la storia di Max.
Grazie a Gioia Giunchi dell'Ufficio Grafico Piemme, e Sara Migneco di Noesis, per l'incredibile lavoro fatto.
E grazie ad Harper Lee, per aver scritto *Il buio oltre la siepe*, uno dei libri più belli che abbia mai letto e dal quale è tratta la frase sul coraggio.

Loredana Frescura
Marco Tomatis

# TI VOLIO TANTO BENE

Illustrazioni di Sara Menetti

# Nota degli Autori

Se ami i ramarri e i gatti che mangiano i ramarri, questa storia fa per te.

Se a volte ti senti diverso da tutti gli altri e anche incompreso, questa è la storia giusta.

Se almeno una volta ti sei innamorato, se pensi che ti innamorerai prima o poi, o che mai l'amore possa raggiungerti, allora questa storia ti convincerà.

Se nelle storie cerchi divertimento, avventura, ma anche riflessione, allora ne hai una tra le mani proprio così.

Se ami leggere le storie "più o meno" a lieto fine, leggi questa e "più o meno" così sarà.

Se fai un po' fatica a leggere, qucsta è la storia perfetta per te!

Ti auguriamo buon viaggio... in fondo ogni storia lo è!

*Loredana e Marco*

# 1
# Michele

Sto uscendo di casa con mia sorella Alba. Giornata nera. Nerissima. Catrame puro.

Primo giorno di scuola secondaria di primo grado, classe prima, per il sottoscritto. Michele Dorsi.

Tutto diverso. Tanti prof. Chissà come saranno.

Tante materie. Una dozzina. Qualcuna mai sentita.

Tanti libri. *Quindici chili e quattro etti*, letto sulla bilancia del bagno di casa mia.

Andiamo verso la fermata dell'autobus.

Dicono che nella secondaria quelli di terza fanno scherzi terribili a noi primini. Mia sorella sostiene di no. Che sono sempre e solo i ragazzi che nessuno considera a fare i bulli. Basta non dar loro retta. Sarà. Ma se vogliono farmi qualcosa, io non posso nemmeno contare sui compagni nuovi.

Non li conosco. Non so chi sono. Tranne due.

Uno è Vincenzo. Però con lui non andavo d'accordo già alla primaria. Come non averlo.

L'altra è Clotilde.

Clotilde.

Penso a lei e il nero diventa ancora più nero. Buio assoluto. Quello che deve esserci in una grotta sprofondata all'infinito verso il centro della terra.

L'autobus arriva. Mia sorella sale e io subito divento un fantasma. Saluta a destra e a sinistra e fa come se non esistessi.

Mi guardo in giro. Non c'è nessuno che conosco. Non mi stupisco. È possibile che per il primo giorno i genitori li abbiano accompagnati con l'auto. Per fortuna ci sono ancora posti a sedere. Mi metto in un angolo e penso che in fondo me la sono voluta.

Ieri sera a cena la mamma me l'aveva chiesto se volevo un passaggio. Le avevo risposto con sguardo omicida. Aveva capito e sorriso.

«Vabbe'. Tanto c'è tua sorella. E poi l'autobus, sei abituato a prenderlo.» E non aveva insistito.

Già. L'autobus. Lo prendo da cinque anni infatti. Il problema è che di autobus ce ne sono due. Quello per gli alunni della primaria e quello per la secondaria.

Con la conseguenza che l'anno scorso ero in quinta ed ero uno dei più grandi.

Adesso faccio la prima e sono tra i più piccoli.

E poi mia sorella, che fa la terza nella mia stessa scuola, aveva immediatamente espresso il suo punto di vista.

«Io la baby-sitter a quello lì non la faccio.»

Poi mi aveva guardato tirando fuori l'arma definitiva.

«Pensa se la tua Clotilde ti vedesse con la sorellina che magari ti tiene per mano.»

Papà ha alzato lo sguardo dalla bistecca che stava mangiando. «Clotilde? Chi è Clotilde?»

Io sono diventato in rapida successione una specie di bandiera italiana, prima bianco, poi rosso, poi verde.

La mamma è intervenuta in mia difesa. Appena in tempo. Stavo per commettere un sorellicidio. «Hai matematica domani Alba?»

Colpo bassissimo. Matematica è il problema eterno di mia sorella.

Papà ha tenuto la testa alta. Adesso guardava lei. «Eh già. Vedi di darti da fare quest'anno. Debito formativo in prima. Debito anche in seconda. Va bene che non c'è il due senza il tre, ma...»

Alba non ha più detto niente. Ma ormai la frittata era fatta. E io ancora una volta avevo Clotilde al centro dei pensieri.

Clotilde. Un nome bellissimo, anche se molti ridono a sentirlo. Bello come lei. È arrivata l'anno scorso nella mia scuola. Faceva la quinta come me. Solo in un'altra sezione. Di lei mi piace tutto. I capelli. Neri e corti. La bocca. Il naso. Gli occhi scuri. Tutto mi piace.

Quest'estate le ho mandato un messaggio, il giorno del suo compleanno. La foto dei fiori del mio terrazzo. Anche se non mi aveva invitato alla festa.

Mi ha risposto con un "grazie".

E dopo tre mesi senza vederla, quando l'ho incontrata? Proprio ieri. Nel momento sbagliato, nel posto sbagliato. Al supermercato dove ero andato a comprare le ultime cose per la scuola con la vipera. Sì, proprio lei. Alba. Mia sorella.

Me la sono improvvisamente trovata davanti. Sobbalzo. Cuore in gola e stomaco nelle caviglie. L'aria che sparisce immediatamente intorno a me come risucchiata da una forza misteriosa. Vuoto pneumatico. Polmoni che non funzionano. Era ancora più bella di come la ricordavo. È cresciuta. Alta quasi quanto me.

Raccogliendo con difficoltà le ultime molecole di ossigeno rimaste negli alveoli polmonari avevo cercato di salutarla. Poco più di un rantolo.

«Ciao Clotilde.»

Fine. Nient'altro. Completamente annientato.

Mi ha risposto, gentilissima, con un sorriso splendido: «Ciao Mario».

Mario?

Io non mi chiamo Mario. Michele mi chiamo. Si era sbagliata. Sbagliata!!! Volevo dirglielo ma non ne ho avuto il tempo. Clotilde stava salutando un ragazzo che l'aspettava fuori, che poi è partito sgommando con un motorino.

Ho sentito un rumore strano dietro di me. Mi sono girato. Mia sorella rideva a crepapelle. Non ho detto niente. Ho solo chinato la testa.

L'autobus è arrivato a scuola. Dobbiamo attraversare. Il vigile ci fa cenno di passare.

Clotilde è già lì. Vorrei sprofondare. Mi sento le gambe di piombo. Naturalmente è con quello del motorino.

Mi avvio a testa bassa. Se tutta la secondaria sarà come l'inizio, sono rovinato.

*Beep beep.*

Un Sms sul cellulare. Guardo. Alba. Mia sorella. Lo apro.

"Vai! Non avere paura. Sei un grande! E non fare caso a quella là."

La guardo. Mi fa ciao con la mano, poi si gira e corre strillando ad abbracciare una sua compagna.

Mi vengono le lacrime agli occhi. Mia sorella quando vuole è una forza. E allora vado avanti verso il mio destino.

Poi sento una sensazione strana. Come di essere osservato. Giro la testa. Dietro una delle colonne del portico c'è Maria Vittoria. Marvi, come la chiamo ogni tanto.

Ha in mano un cellulare e lo guarda come se fosse un alieno verde e viscido. Proprio con espressione di schifo.

Vorrei salutarla. È brava, mi piace. Fa la quinta della primaria. L'anno scorso la vedevo sempre nel corridoio quando faceva la quarta e in quinta c'ero io.

Ma arriva una maestra e la porta via.

E penso che forse è meno bella di Clotilde, ma più simpatica.

Con lei sto benissimo. E sicuramente non frequenta uno con il motorino.

# 2

# Maria Vittoria che sono io

Primo giorno di scuola, classe quinta. V C, per la precisione, della scuola primaria, dell'Istituto comprensivo Gianni Rodari.

Grembiule bianco a pois che odio, zaino a fiorellini dell'anno scorso appartenuto per due anni a mia sorella, astuccio pieno di penne colorate e... cellulare.

Sì sì sì.

Non potevo perdere l'occasione. Oggi lo vedo. Dopo tre mesi. Lunghissimi. Infiniti.

Giugno luglio agosto.

16 settembre.

Michele.

Io Maria Vittoria.

MVM.

Fantastico.

Oggi faccio la foto a Michele. Con il cellulare di mia sorella Valeria.

Lei va alle superiori e torna non prima delle 14.30. Così io scarico la foto nel computer di papà che non si sveglia fino a stasera (ho il cavetto e ho fatto le prove con altre foto), la stampo, poi cancello la foto sul cellulare e lo riposiziono sotto il letto.

Stamattina Valeria è quasi impazzita perché non trovava il cellulare. Mamma alla fine l'ha accontentata e con il suo ha composto il numero di quello di mia sorella per farlo squillare. Ma io l'avevo spento! Ovviamente! Però la paura che mi scoprissero era così forte che sono dovuta andare in bagno tre volte. La prima, la seconda, la terza.

Faccio tutte le cose in ordine come mi ha insegnato il dottore.

Meglio dire Gustavo, anche se la mamma quando si rivolge a lui lo saluta sempre con: «Dottore, alla prossima, sono in ritardo spietato!».

Io dentro di me lo chiamo *Gustavo gusterò*... un gelato, un panino, a seconda delle preferenze del momento.

*Gustavo gusterò* dice che devo mettere sempre le cose in sequenza per aiutare il mio cervello a essere ordinato.

Sono dislessica. Vabbe', non è come avere il mal di pancia. Non è una malattia. Non ti fa venire i dolori, solo ti confonde un po'.

Se penso a qualche anno fa... direi che "confusa"

lo ero un po' tanto. Confusa e impaurita. Sì, la paura di essere stupida mi aveva presa, anche se mamma e papà mi dicevano che non era vero.

Ma io continuavo ad avere paura. Ora no, non più. Ora mi sono fatta coraggiosa e *Gustavo gusterò* dice che sto andando alla grande, in più stamattina il mio obiettivo è una foto di Michele.

Mia sorella cercava il cellulare dappertutto. A me era preso proprio il terrore e avevo paura che mi si leggesse sulla fronte la frase: *È nel mio zaino*.

Comunque alla fine mia madre, stanca e inviperita perché eravamo in ritardo "spietato", come dice sempre lei, l'ha trascinata fuori di casa dicendole che del cellulare poteva farne a meno quel giorno.

Lei urlava: «No no no... Come farò se mi arrivano messaggi?».

A dire la verità uno è arrivato. Di un certo Diddi. Naturalmente io l'ho letto. L'unica cosa chiara era la faccina sorridente.

Comunque, devo riuscire ad avere una foto di Michele. Aspetto che mamma se ne vada. Lei ha provato a dire: «Se vuoi, Maria Vittoria, aspetto che suoni la campanella!».

Io ho fatto la faccia di chi vede un ragno nel panino.

Mamma ha riso e ha detto: «Ok ok, sei grande! Vado che sono in un ritardo spietato».

Mi sono appostata in posizione strategica evitando di salutare le mie compagne di scuola. Sto dietro alla colonna di mattoni del portico della scuola. Per fortuna l'ingresso della primaria e della secondaria è unico.

Ho il cellulare pronto. Lui arriva con l'autobus. Abita un po' fuori città, in via Gorizia, e d'estate va dai nonni che abitano al mare.

C'è gran confusione stamattina, ma io faccio l'indifferente. L'autobus arriva e si ferma davanti al cancello. Controllo di aver messo l'opzione "macchina fotografica".

Scendono ragazzi, bambini e anche qualche adulto. Finalmente. Credo di non avere più la saliva.

Inquadro con il cellulare gli scalini dell'autobus. Sposto in alto un po' e... eccolo... Michele... lo guardo nello schermo mentre scende con lo zaino su una spalla

e la testa rivolta verso il portone. Scatto. Sento un *beep*. Cosa significa quel suono? Leggo con difficoltà ma leggo. "Batteria insufficiente per lo scatto".

Nooo.

Riprovo. Inquadro e scatto. *Beep*.

No no no.

Avrei voglia di buttarlo a terra. Mia sorella! Come si fa a non pensare di ricaricare la batteria!

– Maria Vittoria! La campanella è suonata.

Nascondo il cellulare dentro la tasca del grembiule bianco a pois che odio. La maestra Rossana mi guarda sorridendo.

– Arrivo subito.

– Dura la ripresa... Dai, coraggio. Sarà un bellissimo anno.

Cominciato in maniera pessima. Ma non dico nulla. La seguo su per le scale ed entro in aula.

# 3
# Michele

Ok. Dopo qualche giorno di scuola posso dire, tirando un enorme sospiro di sollievo, che la scuola secondaria di primo grado non è poi tanto male. Anzi, devo ammettere che è meglio della primaria.

I prof sono piuttosto simpatici e li capisci quando spiegano. E poi, se uno o una di loro non ti piace, non resta mica tutta la mattina! Al massimo sta in classe un paio d'ore e poi esce e tu puoi respirare.

A queste condizioni si può sopravvivere.

Le materie per il momento non mi hanno dato problemi. Quei compiti che i prof chiamano "test d'ingresso" sono andati tutti molto bene. Me l'hanno scritto sul diario e a casa i miei genitori mi hanno fatto i complimenti. Papà ha fatto notare ad Alba che lei risultati così in matematica non li aveva proprio mai visti. Secondo me ha sbagliato, perché Alba ci è rimasta molto male.

I compagni sono quasi tutti simpatici. Anche Livio, che ha ripetuto non so quante classi, è il doppio di me e ha delle gambe così pelose che sembra un orso. I primi giorni mi faceva perfino un po' paura. Appena ha saputo che gioco come portiere negli esordienti della Virtus Gasometro, che è il nome del mio quartiere, anche se il gasometro non c'è più da anni, è venuto a chiedermi se ci stavo a far parte della squadra della classe per poter partecipare al torneo di calcio che la scuola organizza ogni anno.

In tre giorni abbiamo scoperto di essere in undici a voler giocare. E siccome il campo della scuola è piccolo e si può solamente giocare in sette, va benissimo. Così giocheremo tutti, senza titolari o riserve, perché faremo a turno. Tranne il sottoscritto perché non c'è un altro portiere e nessuno vuole farlo. E la settimana scorsa, quando ci siamo trovati per allenarci, abbiamo finito per ridere per due ore di seguito praticamente senza nemmeno tirare un calcio al pallone.

Tutto bene dunque. Non proprio. È meglio usare "quasi" invece di "tutto". Perché con Clotilde finora è stato un disastro. In due settimane non sono riuscito a parlarle nemmeno per due secondi.

Nell'intervallo sta sempre con le sue amiche, e ne ha molte anche di seconda, e non posso avvicinarmi a lei. Tutte loro si chiudono nell'atrio che c'è davanti ai bagni delle femmine e noi maschi lì proprio non possiamo stare. Ieri poi, per colpa di Clotilde, a momenti mi prendo un brutto voto. Be', in realtà la responsabilità è stata tutta mia, però lei non ha avuto nessuna comprensione per me quando mi ha visto in difficoltà, rosso come la lava appena uscita da un vulcano. E anche dopo non si è comportata bene nei miei confronti.

È successo che la prof stava per chiamare qualcuno alla lavagna e nessuno voleva andare.

Nessun rumore in aula. Lo stesso silenzio crudele e pauroso delle segrete di un castello medioevale un attimo prima che il boia inizi a torturare qualcuno. Poi la prof ha chiamato Clotilde. Sospiro collettivo di sollievo di tutta la classe mentre lei si alzava.

In un primo momento mi ha fatto piacere che fosse toccato a lei invece che a me e mi sono anche un po' vergognato del pensiero. Poi ho visto la sua faccia da condannata a morte, e allora mi ha fatto tenerezza.

Così mi è venuta in mente un'idea un po' strana. Alzare la mano e dire a voce alta e chiara: "Prof, lasci stare, vengo io". In definitiva volevo sacrificarmi per lei per dimostrarle il mio affetto. È stato un impulso così forte che stavo quasi per farlo. Mi sono fermato all'ultimo secondo. No. No.

Mai avrei potuto comportarmi così. Avevo paura della reazione della prof, delle prese in giro dei compagni, della sgridata che mi sarei preso a casa se avessi sbagliato l'interrogazione e preso un brutto voto.

Però mi avrebbe fatto piacere e mi sono messo a fantasticare. A immaginare lo stupore di Clotilde, il sorriso solo per me, il suo grazie. E usciti da scuola un abbraccio e chissà, magari un bacio sulla guancia.

Senza accorgermene mi sono messo a sorridere tutto da solo e la prof mi ha visto. «Dorsi, cosa ti fa ridere?»

Panico. Mi è mancato il respiro, ho sentito le guance prendere fuoco e il cuore battermi più forte di quando durante una partita stanno per tirare un rigore contro di me.

«E allora? Non vuoi rispondere?»

Quando la prof ha continuato, non sapendo cosa dire ho balbettato la prima sciocchezza che mi è passata in mente. «No... ecco... no... ridevo... ridevo... perché stavo pensando a una barzelletta che mi hanno raccontato.»

E così è andata come doveva andare.

La classe si è messa a sghignazzare. La prof ha mandato a posto Clotilde e alla lavagna ha chiamato me. Martire e salvatore di Clotilde mio malgrado. E meno male che me la sono cavata bene.

Quando siamo usciti, comunque, mi sono avvicinato a Clotilde. In fin dei conti l'avevo salvata. Veramente non so cosa mi aspettassi. Certo non il bacio, ma almeno un sorriso, un ringraziamento.

Nello stesso momento è arrivato il solito ragazzo con il motorino. Mentre si girava per salutarlo lei mi ha visto e ha salutato anche me. «Ciao Massimo.»

Prima Mario e poi Massimo. Per la seconda volta ha indovinato appena l'iniziale del mio nome.

Sì, mi sta diventando antipatica.

# 4

# Maria Vittoria che sono io

Io e Michele ci conosciamo da tanti anni. Quattro anni sono tanti. Sono arrivata in I C con il grembiule bianco che non odiavo perché ero impegnata ad avere paura di lasciare la mamma e lui era nel corridoio appoggiato alla finestra che guardava fuori.

Ho pensato subito che forse guardava la sua mamma anche lui. Siccome che sono curiosa (lo so che non si dice "siccome che", ma seguo l'esempio di zia Paola che comincia tutte le frasi con "siccome che") ho guardato cosa guardava lui e mi sono distratta un attimo.

Quell'attimo è bastato perché la mamma sparisse. Se ne era andata così, senza baciarmi ancora e senza salutarmi. Era in ritardo spietato anche quella mattina. Volevo piangere.

Mi veniva da piangere però poi lui, cioè Michele,

ha detto a voce alta: «Wow» e io mi sono distratta di nuovo. Distratta dagli occhi così lucenti e dal sorriso senza due denti davanti che sembrava una galleria. Meraviglioso.

Quando mi sono spostata verso la finestra lui mi ha detto: «Hai visto che spettacolo?».

«Quale?» ho chiesto con voce sottile.

«Quel gatto... si è mangiato una lucertola in sette secondi. Non male...»

Avevo dato un'occhiata al piazzale dove alcune mamme e qualche papà sostavano salutando con la mano aperta e un gran sorriso, e in disparte avevo visto sotto un albero un grosso gatto arancione con la faccia a forma di triangolo che si leccava i baffi mentre qualcosa gli fuoriusciva dalla bocca.

La coda... la coda della lucertola. Una cosa che somigliava a un filo d'erba che si muoveva a destra e sinistra.

Mi era venuto da vomitare, ma mi ero trattenuta. Ero rimasta ferma finché la maestra Rossana non era venuta a prendermi per portarmi in aula.

Così mi ero innamorata di Michele. Durante l'intervallo mi aveva spiegato che era normale per un gatto mangiare una lucertola, come io mangiavo le code di rospo.

Inutile dire che io non avevo mai mangiato le code di rospo e non conosco nessuno che le abbia mangiate.

Però non avevo detto niente.

Da allora sono passati quattro anni e il mio amore per lui è sempre lo stesso. Anzi è aumentato.

Quando mi bacerà, gli chiederò di sposarmi. Una cosa giusta questa. Devo aspettare che mi baci. Poi è fatta.

– Maria Vittoria, che ne dici di accendere il registratore?

– Sì, maestra.

Siccome che sono dislessica e cioè ho questa cosa particolare che mi fa confondere quando leggo e quando scrivo, la maestra mi fa usare il registratore.

Registro cosa dice la maestra, registro quello che leggono i miei compagni e così, se mi dimentico qualcosa, posso riascoltare. È comodo. La maestra ha detto che lo usano anche i giornalisti quando fanno le interviste o quando non possono prendere appunti.

A casa mi sono esercitata a usarlo. Ho registrato la voce della mamma che parla con la sua amica al telefono e mi sono divertita molto.

«Sì, Elena... ma io credo che potremmo fare così... certo... ma no, ma no, vedrai che passa... Be', sarà stato un colpo di freddo... ciao ciao, a dopo.»

Praticamente non si capiscono né il soggetto né le espansioni. Non si capisce nulla.

La maestra Rossana ci tiene che io formuli la frase con il soggetto e il verbo.

Io amo Michele. Michele ama me? Metto il punto interrogativo solo perché ancora non mi ha baciato. E perché ora sono preoccupata. Certo. Non lo vedrò più nel corridoio prima di entrare in aula o a ricreazione e neppure faremo le gite insieme quest'anno. Lui è alla secondaria. Nello stesso edificio ma lontanissimo.

A giugno, prima che finisse la scuola, io ero triste perché lui se ne andava dai nonni, e Michele mi ha detto: «Marvi, ti riporto una lucertola e poi la liberiamo insieme».

A me era sembrato un regalo bellissimo. Non tanto la lucertola che mi fa un po' impressione, non certo paura, ma il fatto che aveva pensato di liberarla insieme. Io e lui.

E poi mi chiama Marvi. Certo non è il massimo, ma a me non dispiace. Lo dice con la *r* che quasi non si sente. Tra l'altro il mio nome è così lungo e così difficile da scrivere.

Se mamma e papà avessero saputo che sarei stata dislessica, forse avrebbero scelto un nome più semplice, tipo... Sara, Paola, Mara...

Però non avrei avuto la fortuna di sentire il suono "Marvi".

Da quando è iniziata la scuola io e Michele non ci siamo ancora visti. Cioè, visti sì. L'altro ieri vicino ai bagni durante l'intervallo.

Siccome che ci hanno portati in giardino e la maestra ha detto che potevamo restare un po' di più e siccome che il giardino è in comune con quelli della secondaria, io ho chiesto di andare in bagno.

Sono passata per il corridoio della scuola secondaria vergognandomi un po' per via del grembiule bianco a pois che le femmine della secondaria neppure si sognano, però con gli occhiali con la montatura argentata facevo la mia bella figura e anche le scarpe da ginnastica con la zeppa rossa non erano male e così, camminando non troppo velocemente, l'ho visto.

Lui mi ha guardata e ha sorriso. Mi ha salutata con la mano, poi però c'era Miriati.

Miriati Aldo è uno che non sopporto. A parte che ha i capelli "alti" e a me non piacciono i maschi che tengono i capelli così. Una volta che eravamo andati tutti a teatro e lui mi era capitato sulla poltrona davanti, l'ho visto fare una cosa incredibile.

Si è messo un dito nel naso e poi con quel dito ha toccato la mano di Francesca che non si era accorta di nulla e rideva pure. Io volevo avvertirla ma poi lei ha regalato una caramella all'arancia a Michele sorridendogli, io mi sono arrabbiata e così sono stata zitta.

Miriati ha preso Michele per un braccio e insieme

sono entrati nei bagni dei maschi. Così non ho potuto chiedergli nulla.

Neppure della lucertola.

Mi domando dove la tenga in attesa di liberarla insieme.

– Maria Vittoria... allora?

– Sì? Sì, sono pronta.

Premo i tasti REC e PLAY e registro la voce di Carolina che legge la leggenda di Osiride.

# 5
# Michele

Ho visto Marvi nel corridoio. Era buffa con il grembiule bianco a pois. Alla secondaria le ragazze non lo usano. Buffa e carina con quegli occhiali che sembrano d'argento.

Volevo parlarle. Chiederle come andava quest'anno. Poi mi sono ricordato della promessa che le avevo fatto. La lucertola. E allora sono stato contento che Aldo mi abbia fermato per discutere la formazione della squadra della classe per il torneo di calcio della scuola. Io sono il portiere.

Già. La lucertola. Le avevo promesso che gliene avrei portata una che poi avremmo liberato nel cortile della scuola. Allora nei giorni scorsi sono andato a caccia di lucertole. Ho fatto come mi aveva spiegato papà una volta.

Diceva che quando era bambino, in campagna dai suoi nonni, i miei bisnonni, per catturarle faceva una specie di nodo scorsoio usando uno stelo d'erba. Poi con attenzione cercava di infilare il cappio attorno alla testa della lucertola e quando ci riusciva, via!, tirava e la lucertola restava prigioniera.

Ho provato e riprovato nella stradina vicino a casa mia dove su un muro diroccato di un orto ci sono molte lucertole. Dopo tre giorni e un prato intero di steli d'erba, non avevo preso niente.

Però, quando ormai non ci speravo più, ci sono riuscito. L'ho afferrata con il laccio. Ma quando ho visto la lucertola appesa per aria, come impiccata, dibattersi disperatamente, ho pensato in un attimo diverse cose.

Che a me non sarebbe piaciuto sopportare una cosa del genere.

Che la lucertola è un animale che mangia gli insetti, ragni, bruchi e vermi.

Che beve leccando la rugiada, che è una cosa gentile e carina.

Che ha un sacco di nemici da cui guardarsi. Falchi, aironi, gufi, martore, volpi, cinghiali. E anchc un serpente dal nome strano, il colubro liscio, che non so cos'è e che probabilmente non vedrò mai perché è rarissimo.

E come se non bastasse ci sono animali che non lasciano tranquille neppure le sue uova perché il grillotalpa e il carabo, un altro animale che non so proprio cos'è, ne vanno matti.

Tutte cose che avevo imparato su Internet. E quindi non mi sembrava il caso di aggiungere anche Michele Dorsi ai suoi nemici.

E infine che non aveva nessun senso catturarla e poi liberarla in un posto, il cortile della scuola, dove non ci sono sicuramente cinghiali, volpi o martore, ma un gatto lucertolofago sì.

E allora l'ho liberata.

Però la lucertola a Marvi l'avevo promessa. E a questo punto ho avuto un'idea. Ci ho messo altri tre giorni, ma adesso è nel mio zainetto. In realtà non è una lucertola. Sono stato ancora più fortunato. È un ramarro. Un ramarro verdissimo e gigantesco.

Come ho fatto? A me piace fotografare. Ho una macchina digitale che mi hanno regalato a Natale l'anno scorso.

E allora con pazienza mi sono appostato lungo il muro delle lucertole. Stavolta non con il cappio, ma con la macchina fotografica. Una settimana ci ho messo.

Fino a quando non sono riuscito a fotografare il mio ramarro che se ne stava tranquillo a prendere il sole. Era un po' lontano, ma ho ingrandito la foto sul computer e l'ho stampata.

Avrei voluto mandargliela per email, ma Marvi non ha il computer.

Non che il mio sia granché. È gigantesco. Prima era di papà, poi l'hanno usato mamma, Alba e adesso io. È enorme, ha uno schermo pesantissimo e ultraobeso, altro che ultrapiatto!

sì. Un maschio può imparare cosa piace alle femmine e, dopo molti esami, può cominciare a conquistare la sua principessa.

Ieri zia Paola mi ha portato a fare shopping. Lei è come me. Dice che se un uomo non è pronto a fare follie per te, allora è meglio guardare altrove o passeggiare sola. Lei passeggia sola. Ed è pure bella. Oh sì. Ma nessuno ha fatto follie per lei.

Ho pensato a Michele. Il ramarro nel mio zaino mi ha fatto battere il cuore più forte. Aveva fatto tutto questo per me e di nascosto dagli altri. Fantastico!

Però poi ho pensato che Michele aveva mancato alla promessa. Dovevamo liberarlo insieme. Invece mi ha scritto una lettera.

Se sapesse che sono dislessica, ecco, non l'avrebbe scritta così lunga. Ho faticato molto a leggerla perché non era neppure in stampatello maiuscolo. L'ha scritta con la sua grafia che non si capisce. Le *p* sembrano *b* e le *l* sembrano *f*.

La fotografia di un ramarro può essere paragonata a un drago?

Ho raccontato tutto alla zia. Lei mi ha detto che era comunque un gesto carino e che i maschi raramente ricordano le promesse, quindi il fatto che Michele avesse in qualche modo cercato di mantenere la sua promessa gli dava dei punti.

«Ecco sì... dei punti. Quanti?»

«Mah, non so. Diciamo 7.»

«E quanti ce ne vogliono per essere davvero un principe?»

«Ah... vediamo. Circa 900.»

«900 punti?»

«Più o meno.»

Poi la zia ha riso e mi ha fatto scegliere tra una gonna di jeans e un paio di pantaloni.

Ho guardato la gonna di jeans con le tasche coperte di strass e i ricami di cuori rossi.

«Quella!»

Zia Paola ha detto che sono una vera principessa.

Peccato che la gonna verrà coperta dal grembiule bianco a pois. La commessa mi ha aiutata a misurarla. Quella in vetrina non mi entrava. Così ha preso una taglia più grande e ha detto: «Quanta bella ciccia!».

Io ho riso. A me piace la mia ciccia. È tutta composta da bei piatti di pasta al pomodoro, lasagne, pollo arrosto e patate, piadine al prosciutto, crostate di marmellata. Sono grassottella e non mi dispiace affatto.

Quando andiamo in palestra e facciamo gli esercizi sono la più brava con le capriole e se cado non mi faccio male per niente.

A un vero principe deve piacere un po' di ciccia.

Il pomeriggio è finito con un gelato di cioccolata in una gelateria che zia Paola frequenta con le sue amiche.

Un ambiente elegante, con i tavoli in pietra e ferro e le poltroncine al posto delle sedie, e il cameriere aveva anche il papillon.

«Siccome che... ci meritiamo un po' di *principessite.*»

A casa ho riflettuto sui punti che la zia ha dato a Michele: 7. Ho fatto la sottrazione, per arrivare a 900 ne mancano ancora 893.

Ho sospirato. Un numero enorme. Però le principesse devono avere pazienza. Questo sì. Una persona per perdere la testa ci può mettere un po' di tempo.

Ho pensato anche che dovevo rispondere a Michele.

È un problema scrivere una lettera! E poi se faccio errori, chi me lo dice? Non posso farmela certo correggere dalla maestra o da mia sorella Valeria. Sai le risate! Eh no... non voglio fare la figura dell'analfabeta.

Alla fine ho capito come fare. Ho preso un nastro nuovo e l'ho infilato nel registratore. Poi ho pensato a cosa rispondere e ho deciso di dire la verità.

Quasi.

*Ciao Michele. Ho visto il ramarro. Grazie. È molto bello, meglio di una lucertola. Ho messo la foto nella*

*mia camera e stanotte ho sognato che si era trasformato in un drago. Ma non ho avuto paura perché sapevo che lo avevi mandato tu. Marvi.*

Così poteva bastare. Meglio non dire troppo. Meglio non chiedere. Ho sfilato il piccolo nastro e poi ho messo di nuovo quello della lezione di inglese e ho ripetuto per una decina di volte quello che la maestra Elisabetta chiedeva.

– *Good morning, what's your name? Excuse me, where is the restroom?*

Ora il problema è come dare il nastro a Michele.

Ci ho pensato tutta la sera. Mi sono addormentata con questo problema da risolvere. Come quella volta che dovevo decidere se accettare l'invito di Giovanna al suo compleanno.

Io la detestavo da quando in seconda mi aveva dato della stupida. Stupida perché non riuscivo a leggere bene. Ancora non avevano capito che fossi dislessica. E che non leggevo bene lo sapevo, certo. Ma non mi sentivo stupida. Così io Giovanna non la consideravo proprio e non le prestavo neppure il temperamatite.

Ma le sue feste di compleanno erano da sogno. Giovanna vive in una specie di parco con tanto di altalene e di casetta sull'albero. Sua madre mette festoni tra gli alberi e palloncini legati ai rami. E poi cucina delle cose che a me piacciono tanto. Tipo le piadine al cioccolato e un pan di Spagna arrotolato con dentro la crema e pezzetti di cioccolata.

Però avevo deciso di non essere più sua amica. Così quando ricevetti l'invito scritto in un cartoncino con disegnate nove candeline ebbi voglia di strapparlo. Ci pensai tutto il giorno a cosa fare.

Certo non potevo perdonare così facilmente quello "stupida". Sul dizionario "stupida" c'è. E c'è scritto che si dice di persona che ha scarsa intelligenza.

Che ero dislessica me lo avevano detto e mi avevano spiegato che non era una malattia e neppure un problema di intelligenza. Io lo avevo capito, anche se continuavo a essere un po' agitata quando dovevo leggere o scrivere, ma i miei compagni non sapevano bene cosa fosse quella cosa che non mi faceva leggere in modo chiaro, automatico e veloce come molti di loro.

Però quello "stupida", secondo me, era troppo.

Era una grande offesa. Però c'erano anche le ballerine nuove che potevo indossare per la festa. Un regalo di zia Paola. Rosse e lucide con il fiocco davanti. Nessuno aveva delle scarpe così.

La sera andai a letto con il biglietto di invito sotto il cuscino. L'idea geniale era lì, al mattino.

Così, arrivata dal mio cervello non stupido. Le portai un regalo che avrebbe detestato. Un materassino. Con il biglietto: *Per le capriole all'indietro* (rivisto senza bisogno di correzioni da Valeria).

Giovanna ha paura di fare le capriole all'indietro e in palestra, quando è il suo turno, si blocca sempre.

Alla festa, lei mi era piaciuta perché aveva riso

quando aveva letto il biglietto e sua mamma mi aveva ringraziato molto.

Così il problema era stato risolto e mi ero goduta la festa. Prima di andare via le avevo anche detto: «Io non sono stupida e tu non sei imbranata!».

Lei aveva fatto una faccia strana. Poi aveva di nuovo riso. Pace fatta! Potevo di nuovo prestarle il temperamatite.

Anche stamattina l'idea è arrivata. Comincio a credere che la notte sia davvero magica.

Ho messo il nastro in una busta e l'ho chiusa con la pinzatrice.

Appostamento all'autobus della secondaria evitando di farmi beccare dalla maestra. Studio della posizione dell'autobus. Ora aspetto. Che agitazione!

– Oggi guardiamo insieme il diario?

Carolina mi ha seguita per le scale e si è messa vicina a me.

La guardo e vorrei fulminarla. – Certo, certo.

– Ma non vieni?

– Arrivo subito... tu intanto vai!

– Ma no, ti aspetto. Cosa fai qui, vicino al cancello?

Ci sono nella vita delle situazioni che vorresti proprio saltare. Come con la corda. Un salto e via, passi alla prossima.

– Ieri ho perso un braccialetto...

– Ah sì? Allora ti aiuto a cercarlo.

– No. Cioè no, grazie. Ho già guardato io. Aspetto la mamma che mi porta la merenda... tu vai pure!

Sono a quota due bugie e la giornata non è neppure cominciata.

Ho messo la busta per Michele tra due quaderni, che tengo in mano, e alcuni fogli liberi (ventuno per la precisione) che mi servono per il trabocchetto.

Carolina mi guarda dagli occhiali e so che non mollerà. È una pettegola curiosa. Più di me e di Anna messe insieme. E per di più fa anche la spia senza pensarci due volte. Ossessionata dall'ordine, stressa, a volte, anche la maestra.

– Carolina... hai le scarpe sporche... Dove l'hai pestata?

La mia faccia è tutta disgustata, lo so. Tre bugie.

Lei spalanca gli occhi e si guarda le scarpe in allarme.

– Ma che dici?

– Scusa... ma allora da dove viene questa puzza?

Annuso l'aria vicino a lei.

– Quale puzza?

– Mah... sento puzza.

– Oddio... davvero?

– Molto.

Non devo andarci leggera. Certo non è convinta, ma il dubbio ormai è nella sua testa.

– Vado in bagno a vedere...

Ha la voce mortificata e un po' incerta. Si volta e comincia a camminare con cautela strofinando le suole a terra come a volerle raschiare. La seguo con gli occhi sperando che non si giri.

Mentre Carolina scompare dentro il portone, arriva l'autobus della secondaria.

Faccio qualche passo indietro e comincio a contare nascosta dal tronco del pino con la corteccia lucida. Arrivo a cinque. Apertura porta.

Comincio a camminare come se arrivassi ora. Discesa. Sono importanti i tempi. La, accidenti come si chiama? Ah sì... *sincronia*.

Per fortuna il primo non è lui. È uno dei grandi. Di quelli di terza con la felpa a tracolla e l'aria assonnata. Il secondo è alto e magro con gli occhiali da sole. Io risulto invisibile per loro. Sono a un passo dall'autobus. Rallento... mi guardo intorno.

Lo vedo, vicino all'autista, prepararsi a scendere. Lui non è ancora alto. Ovvero: è più alto di me e ha i capelli girati a destra col gel. Bellissimo. E allora conto fino a cinque di nuovo e poi scatto in avanti senza rallentare.

*Sbam*. Lo prendo in pieno. I libri mi cadono dalle mani e i fogli si sparpagliano. Effetto disastro. Lui si ferma e per un attimo non sa cosa fare, poi lascia lo zaino a terra e mi aiuta a raccogliere.

Tutto come previsto.

– Scusa Marvi, non ti avevo vista arrivare.

Lo dice con la voce meravigliosa.

I fogli (ventuno) sono parecchi... penso che forse ho esagerato un po'.

– Cosa ci fai con tutta questa roba?

Oddio, riconosco questa voce.

– Dai che ti aiuto. Guarda che la campanella è suonata.

Carolina. Anche lei raccoglie i fogli. Vorrei disintegrarla. La guardo e giuro che mai le presterò il temperamatite. Mai.

Michele si rimette lo zaino sulle spalle. Adesso se ne va. Adesso o mai più.

Prendo la busta e, veloce, gliela metto in mano cercando di non urlare e di non affogare con tutta l'aria che sto ingoiando.

– È per te! –. Sono riuscita a dirlo.

Lui sorride e scuote la testa in orizzontale. Poi se ne va.

Lo guardo finché non gira l'angolo. Dovrebbe essere un angolo retto, ma lui fa la curva.

Tiene la busta in mano e l'ultima cosa che vedo di lui è un pezzetto di gomito che sta dentro una maglietta azzurra. Io adoro l'azzurro.

Poi corro verso il portone lasciando Carolina a raccogliere i fogli che non servono a niente. Non più. Prima di entrare mi fermo e urlo verso di lei con molta convinzione.

– Accidenti... ma da dove arriva questa puzza tremenda?

E mi precipito in classe. Sono felice.

# 7

# Michele

Una cassetta. Anzi una minicassetta per un registratore. Me la giro fra le mani sotto il banco mentre la prof di italiano sta spiegando i giudizi di una prova scritta.

Perché Marvi me l'ha data? Che me ne faccio? Dove l'ascolto?

La prof continua a parlare.

– Il tuo lessico è un po' povero, Ruzzi, dovresti sforzarti...

Lampo di genio!

Lessico! Ecco perché! Come ho fatto a non pensarci prima?!

Marvi è dis... come si dice... dislessica. Cioè, se ho capito bene, ha difficoltà a leggere e a scrivere. Lo so perché ho sentito le maestre che ne parlavano in corridoio qualche volta, gli anni scorsi.

Quindi la cassetta potrebbe essere una specie di lettera. Perché avrebbe fatto fatica a scriverne una vera.

Io invece l'ho scritta. Vabbe'. Era breve.

Bene, risolta la prima domanda, e anche la seconda, perché in qualche modo devo rispondere, resta la terza domanda. La più importante: come faccio ad ascoltare questa cassetta? In casa non abbiamo un registratore. E chi li usa più? Alba anche per registrare usa il suo Mp3 dove ha messo quintali di musica. Ma una cassetta non entra in un Mp3.

– Professoressa, alla fine dell'ora dovrebbe passare in segreteria –. Un bidello si affaccia alla porta con un messaggio per la prof.

*Segreteria?*

Altro lampo di genio!

Ecco come potrei fare! E naturalmente, perché nessuno metta il naso nei miei affari, dovrò aspettare di essere solo in casa. Che non è poi troppo difficile, almeno oggi. È martedì, uno dei giorni dell'allenamento di pallavolo per Alba. Mamma uscirà prima delle cinque per portarla in palestra. E io avrò campo libero.

Sì, perché nel soggiorno, abbiamo un telefono che è una specie di catafalco. Enorme. La mamma dice "preistorico". Entrato in casa addirittura prima che io nascessi. Funziona anche come fax e, importantissimo in questo momento, come segreteria telefonica. Che nessuno usa più.

Come dice mamma, ormai i cellulari l'hanno resa inutile. Ma nessuno ha tolto il sarcofago dal mobile in cui si trova.

Quando mamma prova a dire che forse occupa spazio inutilmente, papà appare irremovibile: «Funziona e non dà fastidio a nessuno. Lasciamolo lì. Non si sa mai».

E io so che la segreteria telefonica funziona con piccole cassette. Spero come quella che mi ha dato Marvi. È l'unica cosa che devo accertare.

A casa, appena posso, recupero le istruzioni per l'uso. È facile, i libretti che spiegano come funzionano gli oggetti passati in casa nostra, dal Paleozoico in poi, sono tutti ammucchiati in un cassetto. Nessuno pensa mai a gettarli nel riciclo della carta.

Sia benedetto il "non si sa mai" di papà. È grazie a quello che adesso sto leggendo in camera mia come funziona la nostra segreteria telefonica, mentre faccio finta di studiare. Fino a quando, alle cinque meno un quarto in punto, la mamma si affaccia nella mia camera. – Michele, io vado. Fai il bravo.

Annuisco, aspetto ancora qualche minuto prima di muovermi, la mamma ha la spiccata tendenza a tornare indietro per aver dimenticato qualcosa, poi mi avvicino al catafalco. E seguo alla lettera le istruzioni del libretto.

Apro lo sportellino, tiro fuori la minicassetta in dotazione alla segreteria, infilo al suo posto quella di Marvi. Fin qui tutto bene. Faccio un respiro profondo e premo il tasto PLAY.

Un attimo di silenzio sospeso... Poi la voce di Marvi si diffonde per la casa.

*Ciao Michele. Ho visto il ramarro. Grazie. È molto bello, meglio di una lucertola.*

*Ho messo la foto nella mia camera e stanotte ho sognato che si era trasformato in un drago. Ma non ho avuto paura perché sapevo che lo avevi mandato tu. Marvi.*

CIAO MICHELE. HO VISTO IL RAMARRO. GRAZIE. È MOLTO BELLO, MEGLIO DI UNA LUCERTOLA. HO MESSO LA FOTO NELLA MIA CAMERA E STANOTTE HO SOGNATO CHE SI ERA TRASFORMATO IN UN DRAGO. MA NON HO AVUTO PAURA PERCHÉ SAPEVO CHE LO AVEVI MANDATO TU. MARVI

Fa uno strano effetto sentirla. Bello. Come le sue parole. È gentile. Mi emoziona. Mi sembra di vederla. Poi vedo il biglietto. Lo apro. Incredibile!

Gli occhi mi fanno scintille. Allontano il foglio stendendo le braccia, ma l'effetto è lo stesso. Non ci capisco nulla. Lo giro e dietro vedo la frase.

IO, QUANDO HO UNA COSA DA LEGGERE, LA VEDO PIÙ O MENO COSÌ... SICCOME CHE SONO DISLESSICA. MA MI PIACCIONO LE TUE LETTERE.

MV

Ecco fatto. Bella figura! E adesso devo rispondere. Anzi voglio rispondere. E come faccio?

Una lettera? Escluso. La cassetta? E come la registro?

Improvvisamente ho il terzo lampo di genio della giornata. Questa che ho davanti è una segreteria telefonica. Quindi è in grado di registrare messaggi.

Quindi... Non resta che provare.

Prima cosa, stabilire cosa dire. Ci penso un po', poi per sicurezza me lo scrivo. Ci metto qualche minuto a trovare le parole giuste. Prendo il cellulare e faccio il numero di casa.

Incollo l'orecchio all'auricolare. Il telefono suona. Una. Due. Tre volte.

– Questa è la segreteria telefonica del... ecc... ecc... ecc...

Evvai! Finalmente arriva il punto che aspetto.

– ...Lasciate un messaggio dopo il *beep*. Grazie.

Aspetto un attimo. Parlo. Con la voce più bella che ho in dotazione. Almeno spero.

*Grazie del tuo messaggio. Ho pensato che però non abbiamo liberato la lucertola insieme. Per farmi perdonare ti farò una sorpresa. Non ti dico quale, altrimenti che sorpresa sarebbe?*

Fine. Premo PLAY per controllare.

Riascolto una voce che quasi non riconosco. Strana. Irriconoscibile. Mi suona perfino un po' sgradevole.

Ma gli altri sentono la mia voce così? Però è chiara e il messaggio si capisce bene.

Ok.

Estraggo dalla segreteria la cassetta destinata a Marvi. Rinfilo nello scomparto quella che c'era prima.

Controllo un'ultima volta il sarcofago. Nessuna traccia.

Torno in camera mia. Felice.

Perché l'idea della sorpresa è vera. Ne ho avuta una perché Marvi possa avere un mio saluto già al mattino, appena esce di casa. Mi è venuta in mente l'altro giorno, quando in auto con papà sono passato proprio davanti a casa sua e siamo stati fermi un quarto d'ora per dei lavori in corso.

Papà brontolava che era tardi, ma a me non è spiaciuto stare lì. Mi faceva piacere pensare che Marvi fosse a poca distanza da me e che magari l'avrei anche vista. Poi ho notato il distributore. Chiuso perché il proprietario è andato in pensione. Da poco però, perché papà faceva sempre benzina lì.

E accanto alle pompe con scritto NON IN FUNZIONE c'era una cosa strana che mi aveva sempre affascinato. Un pannello per scriverci sopra i prezzi della benzina.

È alto come me, cementato al suolo perché nessuno se lo possa portare via. Sopra ci sono quattro righe composte ognuna di altrettanti piccoli pannelli su cui, con un sistema strano di alette che si alzano e si abbassano coprendo o scoprendo delle strisce bianche, si possono comporre numeri e lettere con caratteri uguali a quelli degli orologi digitali. Quindi si possono scrivere messaggi. Brevi, solo sedici lettere al massimo. Ma meglio di niente.

Ho deciso. Domani o dopodomani prenderò la bici e verrò al distributore. Da casa mia non è lontano e c'è anche la pista ciclabile.

Fotograferò il pannello prima di scrivere. Metterò la foto insieme alla cassetta perché Marvi capisca. Scriverò anche: *Guardalo domattina*.

Sul pannello metterò: CIAO A DOPO.

Sono solo nove lettere. Dovrebbe riuscire a leggerle bene. Avrei anche pensato di scrivere: BACI.

Però non so se ne avrò il coraggio. Vedrò sul momento. Anche se "baci" è meglio di no.

## 8

# Marvi che sono io

Ora è tutto tondo. Tutto rotondissimo. E tutto rotola bene. Mi piace rotolare. Mi piacciono le cose che rotolano.

Alzo la mano. La maestra Rossana mi sorride.

– Sì, Maria Vittoria?

– La sfera! –. E lo dico con grande convinzione. Con grande soddisfazione.

La maestra ora dirà “brava” e io potrò continuare a pensare alle 16.45. Ma la maestra tarda a dire “brava”. Forse è rimasta sorpresa. Infatti ha lo sguardo meravigliato.

– Maria Vittoria... stavamo parlando dei cubi. Quello delle sfere era l’argomento di due minuti fa.

Nessuno ride per fortuna. Però, so che ridono dentro. Lo so. Be’, siccome che sono dislessica, se non mi impegno al massimo alcune cose le perdo. Cioè è come se le cose nel mio cervello avvenissero un po' al rallentatore.

*Gustavo gusterò* me l'ha spiegato e mi ha detto di non preoccuparmi. Non accade sempre e quando accade non devo spaventarmi.

– Sì, certo, maestra, lo so. Però volevo aggiungere che le sfere sono talmente perfette che i maghi le usano sempre per capire il passato e il futuro.

– Mmm, formidabile, Maria Vittoria. Trasferire le informazioni da un contesto a un altro è una dote rara. Brava.

Non esulto. Ho solo rimesso le cose a posto. Una dislessica deve imparare a cavarsela, altrimenti rischia grosso. A volte mi distraggo. Stare attenta costa molta energia e mi affatico. Così succede che quando sono stanca perdo dei passaggi e rispondo alla domanda precedente.

Le prime volte i miei compagni di classe ridacchiavano. Io rimanevo con gli occhi bassi. Umiliata. Confusa. Mi ero quasi convinta di essere stupida.

Poi Gustavo mi ha spiegato.

Non sono stupida. A volte salto. Appunto, come con la corda. Inoltre si può sempre dire: "Siccome che sono dislessica..." senza approfittarsene troppo.

Be', io me ne approfitto quando ce n'è bisogno. Mi pare un diritto per un dislessico. *Gustavo gusterò* dice che sono speciale perché mi sto impegnando tanto a prendere in giro la dislessia. È così che si deve fare!

Michele ormai deve averlo capito dopo il biglietto che ho allegato alla cassetta. È stata una buona idea, tanto per tenerlo lontano dalla tentazione di scrivermi molte lettere, che adoro, ma insomma, fatico a leggere.

(È stato facile. Ho scritto le frasi al computer e poi dentro una casella di testo le ho copiate e sovrapposte. Un esperimento di *Gustavo gusterò* per far capire alla mamma come io vedevo, più o meno, i testi scritti.)

Comunque stamattina ho riprovato con l'appostamento all'autobus. Senza fogli da far cadere, naturalmente.

Lui mi ha vista e si è avvicinato un po'. Non tantissimo ma quanto bastava per dirmi una cosa strana. «Guarda il tabellone del distributore di benzina, quello che sta davanti a casa tua... oggi!» E poi mi ha dato la busta con dentro la cassetta. È scappato via subito senza aspettare che riprendessi fiato per dire qualcosa.

Avrei potuto dire: "Accidenti quanto sei bello!" oppure: "Parli proprio bene". Mmm... no, non avrei potuto dire nulla di tutto questo. Non ce l'avrei fatta. Quindi meglio così, anche se mi è dispiaciuto vederlo andare via.

Ho preso il registratore che tengo sempre nello zaino e sono andata in bagno. Ho anche messo le cuffiette alle orecchie, così non si sarebbero sentite voci strane. Un maschio nel bagno delle femmine. Orribile!

Ho ascoltato la voce. La sua voce è magica. Prima di dire le parole c'è uno spazio. Una pausa. Mi piace. Il messaggio è breve. Però, come dice la maestra Gemma, "denso di contenuto". Una sorpresa. Una sorpresa per me! Certo me la merito.

Così ora tormento l'orologio di Giovanna. È un orologio tutto in gomma color rosa con il quadrante rettangolare. Giovanna sbuffa ogni volta che le chiedo di dirmi l'ora.

Le tre e venti. Le 15.20. Ancora un'ora e poi scoprirò cosa c'è alla pompa di benzina. Forse un regalo per me?

Impossibile. Non può aver lasciato un oggetto in un posto dove possono andare tutti. Lo prenderebbero. No, deve essere altro. Non riesco a immaginare cosa. E sì che di fantasia ne ho.

Ieri sera ho deciso di dargli dei punti. Sì insomma, per ogni cosa da principe che fa, gli assegno dei punti e un colore. Se arriva a 900 punti e al colore azzurro, allora lui diventa principe azzurro.

L'idea mi è venuta in corridoio mentre la mamma era al telefono con zia Paola.

Zia Paola si sposa. Mamma quasi urlava al telefono e poi si è messa seduta sulla poltrona del corridoio e piangeva e rideva. Io mi ero fermata alla parola "sposa". Quindi zia Paola doveva aver trovato il principe che ha fatto follie per lei.

Stavo aspettando il mio turno per parlare con la zia, prima di me c'era Valeria tutta eccitata come se fosse lei a doversi sposare.

Mamma diceva: «Ma neppure lo conosciamo! Ma chi è? Un tuo collega? Paola, tu fai sempre le cose in silenzio».

Nell'attesa guardavo le mie scarpe rosse e l'idea è arrivata.

Sicuramente anche zia Paola aveva fatto le prove per verificare se quello che stava per sposare era un vero principe. E io ero curiosa di sapere quali.

Poi Valeria aveva chiuso il telefono, senza passarmela. È disgustosa mia sorella certe volte. «Non l'ho fatto apposta... ti giuro...»

E chi le crede? La mamma ha detto di non preoccuparmi, che avrei potuto telefonarle il giorno dopo, ma non era la stessa cosa. E poi ha aggiunto che la pasta si stava raffreddando e papà aveva fame e poi doveva andare al lavoro.

Papà lavora come guardiano notturno. Povero! Deve stare sveglio tutta la notte e dorme al mattino fino a quando non torno io da scuola. Lui dice che vive a metà ma che presto cambierà lavoro e potrà accompagnarmi a scuola.

A me non importa di chi mi accompagna. Sono grande e non è un problema. Vorrei a volte stare un po' di più con lui, la sera. Guardare un film o ascoltarlo leggere. Papà legge molto bene. Meglio della mamma. Sa fare le pause e sa mettere paura quando occorre e fa ridere quando serve. È un attore. Io glielo dico sempre, anche quando legge le previsioni del tempo. Lui sorride e si mette di profilo toccandosi la barba. Non ci crede, ma è contento.

Comunque l'idea dei punti è diventata sempre più chiara. Solo volevo sapere da zia Paola quanti punti

Michele poteva avere per aver risposto e inciso il messaggio nella cassetta, invece che scrivere. Forse 20? Non ho potuto chiedere alla zia. Ho fatto 30. Tanto per dargli un extra di incoraggiamento.

Quindi ora Michele ha 37 punti. Per arrivare a 900 ne mancano ancora 863. Be'... non proprio una cosa veloce, ma la sorpresa di oggi potrebbe valerne 100.

Sì, potrebbe. Il massimo, ho deciso così ora, che si possa assegnare per una prova: 100 punti. L'ho detto anche nel diario che ho iniziato ieri sera. Un diario non scritto, ovviamente. Un diario vocale. Sulle cassette. Sì, dovevo raccontarlo a qualcuno di Michele. Ma Valeria ha sempre da fare. Cerca sempre le sue amiche.

Prima non era così. Quando facevo la seconda, Valeria giocava con me e anzi mi prestava le sue bambole e il pomeriggio guardavamo insieme il tramonto dal terrazzo di casa. Adesso lei è diversa. Dice mamma che anche io sarò così, poi fa gli scongiuri e ride.

Potrei raccontare tutto alla mamma. Mmm... non mi va. È una cosa mia mia. E allora ho pensato alle mie amiche che tengono i diari segreti... Scrivono pagine che poi chiudono con un lucchetto.

Allora io registro la mia voce.

*Ciao a me che sono Maria Vittoria. O meglio, Marvi. Be', Michele è stupendo e bellissimo, ma non so se può essere il mio principe. Non lo so perché non è che mi innamoro facile, io. E poi non è che i principi hanno la corona in testa per riconoscerli dai perfidi e dai malvagi. Penso che lo sia. Anzi, mi piacerebbe.*

*Però devo verificare. Bisogna sempre verificare. A scuola, per vedere se hai capito la proprietà della moltiplicazione, si fa una verifica.*

*Per un principe, credo non ne basti una sola. E allora penso sia utile dare dei punti per ogni verifica andata bene.*

*Ora Michele ha 37 punti. Deve arrivare a 900. Ecco, se arriva a 900, io saprò che lui è il principe azzurro.*

*Ora ha 37 punti ed è arancio. Deve passare al rosso, poi al verde, poi al blu, e infine all'azzurro.*

*Sono i colori che mi piacciono di più e quindi stabilisco che a 300 punti passa al rosso, a 400 punti al verde, a 600 punti al blu e a 800 è già azzurro. Non un azzurro luminoso, diciamo. Azzurro normale. A 900 punti l'azzurro diventa splendente.*

*Questo è il mio gioco e le regole le posso fare io. Le regole si possono cambiare se assolutamente necessario. D'altronde anche nel karate ci sono i colori a indicare la bravura.*

*Per ora basta così. Oggi, 24 settembre, Michele ha 37 punti e io sono molto felice.*

*Ciao a tutti e ciao a me che sono Maria Vittoria.*

# 9
# Michele

A Marvi voglio proprio bene. L'ho scoperto quasi per caso. Durante l'interrogazione di matematica mercoledì scorso.

Nessuno voleva andare alla lavagna. C'erano da correggere delle espressioni disumane, di quelle che le fai venti volte, ti vengono venticinque risultati differenti e, quando provi a correggerle, ti accorgi di aver sbagliato almeno cinque passaggi.

Il solito silenzio. Poi la prof ha parlato, quasi sussurrando: «Clotilde, vuoi venire tu?».

E per poco si è evitato un "evvai" collettivo per il pericolo scampato.

Clotilde si è alzata ed è andata verso la cattedra.

E nello stesso momento mi sono accorto improvvisamente di tre cose.

Primo. Ero contento che fosse toccato a lei.

Secondo. Mi sono reso conto che non pensavo a lei da parecchio. Non ricordavo più nemmeno da quanto. Proprio mi era passata di mente. Come se non facesse più parte della mia vita. Mentre durante le vacanze non riuscivo a togliermela dalla testa. Anche se non la vedevo mai.

Terzo. Mi sono accorto che invece pensavo sempre più spesso a Marvi.

Negli ultimi giorni ho immaginato mille situazioni in cui avrei potuto trovarmi con lei. Con il sottoscritto che faceva sempre la figura dell'eroe.

Per esempio che, se durante una gita in un bosco ci fossimo perduti, io l'avrei abbracciata e consolata, prima di trovare la strada giusta per tornare a casa. Dopo averla anche difesa dall'attacco di un branco di lupi.

No. I lupi meglio di no. Ci avrebbero sbranati tutti e due.

Piuttosto avrei dimostrato la mia abilità accendendo un fuoco sfregando due bastoncini, per scaldarci di notte, nella grotta in cui ci saremmo rifugiati per ripararci dalla pioggia.

Sì, una volta ci ho provato, mi sono venute le vesciche alle dita, ma nemmeno l'ombra di una qualsiasi scintillina sperduta, triste e capitata lì per caso.

O magari l'avrei difesa se fosse stata infastidita dai bulli di terza. Anche a costo di essere picchiato.

O salvata se fosse caduta in mare dalla nostra nave

investita da una burrasca tremenda. Anche se non avevo ancora pensato a cosa ci facevamo su una nave in pieno oceano con onde alte dieci metri.

Ma non importano i dettagli. Tanto lo so che sono sogni a occhi aperti. Però mi fa piacere pensare di comportarmi in modo da colpirla, meravigliarla, stupirla.

Comunque mi sono accorto di pensare a lei al mattino appena sveglio, sull'autobus che mi porta a scuola, mentre faccio i compiti a casa e alla sera, prima di andare a dormire.

E anche sabato, durante la partita di calcio. Stava piovendo, ma c'era anche il sole. Io ero in porta e stavo guardando l'arcobaleno e pensavo a lei. Così, quando è arrivato un lancio lungo e il difensore mi ha urlato: «Tua!», io non mi sono accorto di niente, il pallone mi è rimbalzato davanti, mi ha scavalcato ed è entrato in rete.

Uno a zero per gli altri. E urla del mister e dei miei compagni.

Ho spiegato poi nell'intervallo perché mi ero distratto. No, non ho parlato di Marvi. Figuriamoci. Ho solo detto che stavo guardando l'arcobaleno e quindi non avevo visto la palla. Il mister allora mi ha sostituito, dicendo che in campo aveva bisogno di portieri e non di poeti.

Alla fine però ero quasi contento. Ho fatto la doccia, mi sono cambiato, mi sono seduto in un angolo riparato delle tribune del campo sportivo e stavo benissimo lì, caldo e asciutto, a far finta di guardare la partita e a pensare a Marvi mentre la pioggia batteva sul tetto di lamiera.

Tanto la squadra stava perdendo cinque a zero perché il secondo portiere, anche se non guarda gli arcobaleni, è una vera schiappa e la prossima partita giocherò sicuramente di nuovo io.

Così al mattino, adesso, quando scendo dall'autobus e mi avvio verso la scuola, la cerco sempre e faccio in modo di avvicinarmi a lei. Anche se qualcuno ha cominciato a prendermi in giro. Ma non importa.

È una cosa strana. Diversa. Nuova.

Io ho un amico a cui voglio molto bene. Silvio. Mamma dice che ci conosciamo da sempre. È nato un giorno dopo di me. Il 25 gennaio invece del 24. Le nostre mamme erano già amiche ed erano nella stessa stanza in ospedale quando ci hanno partorito. Ci sono delle foto in cui giochiamo insieme quando abbiamo pochi mesi.

Silvio è stato mio compagno all'asilo e alla scuola primaria. Siamo nella stessa squadra di calcio da quando eravamo nei pulcini. Magari qualche volta litighiamo, ma sono contento quando sono con lui.

Con Marvi però è diverso. Completamente. Per esempio non ho mai pensato che mi sarebbe piaciuto salvare Silvio in un mare in burrasca. Certo non mi girerei dall'altra parte se capitasse, ma proprio non ho mai pensato una cosa del genere. Per Marvi sì.

E poi c'è un'altra cosa. Con Silvio ci siamo abbracciati un sacco di volte, ci siamo rotolati per terra insieme, facciamo sempre la doccia insieme, dopo gli allenamenti.

E mi fa uno strano effetto pensare invece di fare le stesse cose con Marvi. Non so nemmeno se ne avrei il coraggio.

C'è differenza. Molta differenza.

Ma allora è questo l'amore? Quello di cui parlano le canzoni, i telefilm, i libri e i giornali. Che si vede al cinema e in Tv.

Questo vuol dire essere innamorati?

Ho provato a guardare papà e mamma. Li ho osservati attentamente.

Non mi sono sembrati tanto innamorati, anche se vivono insieme da tanti anni. Almeno non come si vede in Tv o nei film. Non stanno lì a farsi bacino bacino, coccole e tenerezze tutti i momenti. Non li ho quasi mai visti nemmeno tenersi per mano.

Quando ci alziamo al mattino, prima c'è la discussione per andare in bagno. Anche se è colpa soprattutto di mamma e Alba, che là dentro, come dice papà, sembra "ci bivacchino".

Così lui comincia a dire di sbrigarsi ché deve farsi la doccia e radersi perché non può andare in ufficio come un barbone ed è già tardi e se aspetta ancora a uscire di casa trova traffico.

Mamma risponde che, se si fosse alzato dieci minuti prima, invece di cincischiare per mezz'ora dopo il suono della sveglia, a quest'ora sarebbe già arrivato al polo nord, altro che ufficio.

Poi c'è la colazione.

A casa nostra è un po' diversa da quelle che si vedono nelle pubblicità in Tv, tenerezze, biscottini, sorrisi, coccole e case perfette. Molto diversa. Papà e mamma la fanno in piedi. Insieme. Pigiandosi nella cucina stretta.

Papà brontola perché la macchinetta per l'espresso fa solo un caffè alla volta.

Mamma ribadisce che c'è l'aggeggio apposta per farne due. Basta usarlo.

Papà risponde che così non può regolare la densità del caffè come piace a lui. E che se questa storia va avanti, la colazione la farà al bar. E che a forza di discutere partirà da casa già stanco.

«Insomma,» mi sono chiesto «l'amore tra i miei genitori dov'è?». A me non sembra che in Tv, al cinema, gli innamorati si comportino come loro. Là si abbracciano, si dicono in mille salse "ti amo", si disperano, piangono, ridono, si baciano, si stringono.

Al massimo, invece, io ho visto papà abbracciare mamma improvvisamente, magari mentre la sta aiutando a sparecchiare. E lei gli dice di smetterla perché le sta facendo cadere il contenitore dei formaggi. Anche se, in queste occasioni, poi la vedo ridere contenta.

Lei invece qualche volta, quando lo vede di cattivo umore prima di cena, fa la pizza con le acciughe che a lui piace tanto. Anche se poi deve sopportare le lamentele di Alba perché lei la detesta. Mentre a me piace.

Magari papà e mamma ormai sono troppo vecchi per innamorarsi. O magari da grandi l'amore va via.

Scade, come il latte o le uova dopo un po' che sono in frigo. Però la zia Dina, che è più vecchia di mamma, l'anno scorso si è separata dallo zio Enrico che era antipatico anche a me, ed è andata a stare con un altro uomo perché, l'ho sentita io che lo spiegava alla mamma: «È l'uomo della mia vita, non ho mai amato nessuno come lui. Sono felice».

E poco dopo, un giorno li abbiamo visti al supermercato. Facevano la spesa mano nella mano e non si scollavano uno dall'altro. Come fa Alba con Stefano della III F, quando esce da scuola.

Insomma, non ci capisco niente. So solo che voglio vedere Marvi, fare delle cose che le piacciono, esserle simpatico, stare con lei, anche se poi non saprei nemmeno bene cosa dire. O cosa fare. E comunque non mi importa nemmeno se stiamo in silenzio guardando il mondo. Mi basta essere vicino a lei.

## 10
## Marvi che sono io

Ci vuole qualcosa di speciale per essere candidati a principi. Per esempio Marco Aurelio non potrebbe mai. Cioè, io non lo sceglierei mai e come me ogni femmina che abbia un po' di cervello.

Tra l'altro in prima lo detestavo anche per via del doppio nome. Sì, un doppio nome come il mio da scrivere in ogni elenco che la maestra iniziava alla lavagna e noi dovevamo finire. Una gran fatica. Ma poi questa cosa è passata; lui però è rimasto sempre antipatico.

Marco Aurelio fa la spia. È disgustoso. Ma non se ne accorge? dico io. Racconta alla maestra ogni cosa e si lamenta di tutto, sbuffa e si imbroncia e poi dice: «Ma no, è stato lui... Non sono stato io!». Anche le maestre a volte non lo ascoltano e lo invitano a crescere.

Mi chiedo... si dice così: "Fatti i fatti tuoi?". Mah.

I grandi hanno parole diverse a volte. Comunque Marco Aurelio ha raccontato a tutti cosa ha letto sul diario di Carolina.

A dire il vero non credo abbia letto, non sa leggere bene e non è neppure dislessico. Ha visto una pagina intera di cuori disegnati e trafitti da frecce che sembravano rami schiantati a terra. «Mazze da baseball» ha detto lui, e tutti hanno riso. Carolina invece ha cominciato a piangere. A me è venuta la rabbia e la paura. La rabbia per una cosa così brutta da fare a una compagna, la paura che possa scoprire il mio diario "vocale". Però ha prevalso la rabbia.

Marco Aurelio merita una punizione. Non si spia tra le cose degli altri. E se lo si fa, almeno poi si sta zitti. Carolina ha appoggiato la testa sul banco e singhiozza nel silenzio assoluto.

La maestra Rossana cerca di consolarla raccontando che anche lei a dieci anni disegnava cuori e ogni tanto lo fa ancora.

– Non ci credete?

Si alza dalla sedia e con il gesso rosso disegna un grande cuore alla lavagna, cambia gesso e con il verde disegna una grande freccia, poi mette le iniziali: RS.

Vedo gli altri sorridere. Nessuno osa chiedere chi è S.

La maestra Rossana non è sposata, ma credo lo farà presto anche lei, come zia Paola.

Marco Aurelio ha la faccia imbronciata. Nessuno lo considera.

Poi la maestra dice: – Ognuno di voi disegni un

cuore grande sul foglio del quaderno e scriva le iniziali del proprio amico o della propria amica più cari. Non c'è niente di più bello di sentirsi amati.

«Ah ecco! Che grande! Forte maestra.» Ma non lo dico. Carolina sembra aver smesso di lacrimare. Io prendo il quaderno e faccio il mio cuore grande e scrivo le lettere MVM.

Funziona. Tutti lo fanno con impegno. Marco Aurelio buca il foglio per cancellare. Vorrei sbirciare nei cuori degli altri per vedere le iniziali. Mi trattengo. Una vera principessa lo farebbe.

Magari giusto un'occhiata a quello di Giovanna per verificare se ha cambiato innamorato. In terza le piaceva Samuele. La S la vedo. Scommetto che nessuno ha messo le iniziali di Marco Aurelio.

Un principe non può nascere così. Un principe nasce con un po' di difetti ma tutti sopportabili. Per esempio uno che guarda un gatto mangiare una lucertola è un difetto sopportabile. Eh sì. Michele è diverso. È più grande. È molto più bello. Non fa il viziato. Bene bene non lo conosco, ma certe cose si sentono. Vorrei tanto che si laureasse a principe azzurro luminoso.

Però so che deve raggiungere i benedetti 900 punti. L'altro ieri comunque gliene ho dati 100. Be', trovare sul tabellone della pompa di benzina un CIAO A DOPO, scritto tutto per me... insomma è come aver ricevuto un regalo. E mi sono sentita molto amata. E ha ragione la maestra. Non c'è niente di più bello.

Zia Paola stamattina mi ha accompagnata a scuola. Voleva parlarmi. Mi è piaciuto molto, così ho anche potuto capire alcune cose sui principi che fanno follie.

Questo Fausto - il nome mi ha fatto un po' ridere perché la maestra è fissata con il significato dei nomi e ci fa sempre cercare sul dizionario (che fatica!), così ho scoperto che "fausto" significa "un buon evento", un uomo fortunato e felice - insomma questo Fausto lo ha incontrato tanti anni fa a un corso di aggiornamento.

Zia Paola è una prof di italiano e storia alle superiori.

Erano seduti vicini e lui le ha fatto un sorriso, di quelli che vogliono dire molte cose.

Non ho capito bene cosa voleva dire perché io quando sorrido voglio dire una cosa sola e cioè che sono contenta, però non l'ho interrotta con domande.

Volevo che raccontasse e arrivasse al nocciolo della questione.

Perché Fausto è un principe?

Zia Paola guidava e parlava e io stavo attentissima. Allora questo Fausto sorridente le aveva chiesto di uscire insieme, però aveva chiarito che si stava separando dalla moglie. Zia Paola allora aveva detto che forse era meglio rimandare.

Per un anno si sono sentiti ogni tanto, con telefonate e qualche messaggio. Finché due mesi fa lui le ha detto che ora viveva solo e che l'invito a uscire non poteva più rimandarlo. Zia Paola ha accettato. Non sono andati a cena con violini o cose del genere. Sono andati a guardare il tramonto sul mare e lui aveva portato due panini con pomodoro e formaggio, una bottiglia di vino bianco e due bicchieri di vetro.

Zia Paola ha detto che questa è stata la cosa migliore che potesse fare, una vera follia, perché ha capito cosa piaceva a lei. Ha cercato di conoscerla e poi ha studiato qualcosa che la rendesse contenta.

La cosa mi ha fatto pensare. Zia Paola sembra più bella. Quando gliel'ho detto ha risposto che era felice. La felicità rende più belli.

«Anche io sono più bella, zia?»

Lei mi ha guardata. Un attimo solo perché stava guidando.

«Sì, siccome che hai un occhio a forma di stella, dico di sì.»

«Un occhio solo?»

Abbiamo riso e siamo arrivate troppo presto davanti alla scuola, ma troppo tardi per intercettare l'autobus della secondaria. Be', non si può avere sempre tutto. E poi ormai la mia sorpresa l'avevo preparata e ho anche registrato tutto sul mio diario speciale.

*Ciao a me che sono Marvi.*

*Oggi sono andata alla pompa di benzina in bici. Ho una vecchia bici, quella di Valeria. Naturalmente va così, che i secondogeniti ricevano le cose dei primogeniti: bici, pantaloni, magliette, zaino, cappotti... La maestra ha detto che siamo fortunati e che nel Medioevo i secondogeniti finivano in convento o in guerra. Be', la cosa mi ha fatto impressione.*

*Io sarei più portata per la guerra. Combatterei per prima cosa chi ha messo questa legge. Comunque alla pompa di benzina ci sono arrivata in quattro minuti senza sudare. Ho guardato mille volte la scritta e ho fatto una foto con la macchina digitale che hanno regalato a mia sorella per la cresima.*

*Io ho chiesto un Pc tutto per me. Ma devo aspettare due anni. La foto è venuta benissimo. Poi ho "cancellato" dal tabellone le lettere, a una a una.*

*Mi veniva voglia di baciarle perché erano bellissime.*

*Michele le aveva sistemate. Tutto per me. Una follia.*

*Ha capito che ne sarei stata felice e lo ha fatto. Mi pento di aver dato la regola del 100 punti massimo, perché questa ne valeva almeno 200.*

*Però cerchiamo di andare con calma e di essere onesti. Così sul tabellone ho composto:*

137

CIAO

*Poi ho legato un tovagliolo di carta, su cui avevo dipinto un cuore arancione, al paletto che sorregge il tabellone. Facile. Fantastico.*

*Chissà se capirà. Questo è meno facile. Ma non importa. Certo che non importa. Be', se capisse guadagnerebbe subito 1000 punti e forse vorrebbe dire che è anche un mago. Un principe mago. E con 1000 punti sarebbe pure un... re... non un principe. Mi piacciono di più i principi rispetto ai re.*

*Sono tornata a casa e, quando si è svegliato papà, la mamma ha chiesto a tutti se avevamo voglia di andare a fare una "tardi merenda" con il gelato. Tardi merenda perché ormai erano le 18, ma qualche volta bisogna ignorare gli orologi.*

*Quando siamo passati davanti alla vecchia pompa di benzina papà ha borbottato: «È sceso il prezzo della benzina! Accidenti!».*

*La mamma ha detto che era strano perché quella pompa non funzionava più da quasi un anno. Nessuno ha detto altro. Io sul sedile posteriore ho ammirato il mio capolavoro.*

*Valeria neppure ha capito niente, sempre presa a*

*guardare il cellulare e a scrivere messaggi. Io ho paura dei cellulari. Anzi ho terrore.*

*So che fra pochi anni potrò averne uno, ma ho pensato di dire agli amici che i miei genitori non vogliono, così non faccio la figura della tanto diversa.*

*Siccome che sono dislessica, come potrò scrivere messaggi senza fare milioni di errori? Detesto scrivere male.*

*Ma certo un cellulare sarebbe utile per telefonare a Michele e sentire la sua voce. Penserò domani a come risolvere il problema.*

*O forse ci sarà uno scienziato che inventerà un cellulare per i dislessici e per i disgrafici. Perché io mi sa che sono tutte e due le cose.*

*Be', domani* Gustavo gusterò *me lo dirà. Ma io lo so già. Certe cose si sentono.*

*Ciao, a presto.*

*Ciao a me che sono Maria Vittoria.*

# 11
# Michele

Non sono riuscito a incontrare Marvi la mattina dopo aver scritto sul tabellone del distributore.

Quando sono arrivato con l'autobus, lei non c'era. È arrivata pochi minuti dopo su un'auto con una signora. Quasi in ritardo. Io ero già in classe e guardavo la strada. Peccato!

Nell'intervallo poi non sono riuscito a scendere al piano di sotto, dove c'è la primaria. Per le scale mi ha fermato una prof per chiedermi dove stavo andando. Cavoli! A quell'ora sono tutti barricati in sala insegnanti a prendere il caffè. E l'unica fuori dovevo incontrarla proprio io?

Volevo sapere se Marvi aveva visto il mio messaggio. L'avrei capito sicuramente dagli occhi, dal sorriso, da un gesto. Invece mi sono tenuto i dubbi per tutta la mattina. Perché mi sarei aspettato una risposta. Una qualsiasi. Non so nemmeno quale.

Invece, quando sono passato davanti al tabellone per venire a scuola, al posto della mia scritta c'erano un numero e una parola:

137

CIAO

Ah, poi attaccato al palo che lo regge c'era un tovagliolo di carta con un cuore disegnato. Arancione. Almeno mi è parso. Non sono riuscito a capire bene, perché l'autobus andava veloce.

Non credo però sia stata lei. Chissà chi è stato. E cosa vuol dire.

Cavoli! Quel cartellone è rimasto lì per un anno e nessuno l'ha toccato. Mai! E adesso sembra l'abbiano scoperto in tanti. Be', mi spiacerebbe. E anche se fosse solo un'altra persona sarebbe lo stesso. Saremmo sempre in troppi.

Il problema è che Marvi e io non riusciamo a vederci se non di sfuggita. E il fatto che lei non abbia né un cellulare né un computer non facilita le cose. Però è dislessica e non sa leggere e magari nemmeno scrivere bene, e se può cerca di evitare Sms o email.

Be', però potremmo parlare.

Le ho telefonato qualche volta con il fisso, ma il telefono in casa nostra è nel soggiorno dove tutti vanno e vengono, il *cordless* è rotto da una vita, i miei non lo sostituiscono perché ormai tutti usano il cellulare e a me non va che mamma, Alba o papà sentano gli affari miei. L'ho chiamata un paio di volte a casa sua con il mio cellulare, così, per salutarla, ma dal telefonino al fisso costa una fucilata e io non ho i soldi per tante ricariche telefoniche.

E poi forse da lei è lo stesso che da me. Telefono in un luogo frequentato e poca voglia di farsi sentire dagli altri.

Anche perché poi ci ho pensato tanto, ma non so mai nemmeno bene di cosa parlare con lei. Di calcio no di sicuro. Di scuola forse. Di altro? E di cosa? Invidio Alba che passa ore e ore al telefono e sa sempre cosa dire.

D'altronde non saprei neanche cosa fare esattamente se mi trovassi da solo con lei. Di sicuro non l'abbraccerei e la bacerei come si vede alla Tv o nei film. Avrei paura di prendermi uno schiaffo. Anche se è più piccola di me e non mi farebbe tanto male. Però mi spiacerebbe.

Non so nemmeno a chi chiedere come comportarmi. Forse ad Alba. Lei dovrebbe sapere cosa fa piacere sentirsi dire a una ragazza.

No, no! Piuttosto di fare una cosa del genere sparecchierei la tavola e riempirei la lavastoviglie un anno di seguito. È un lavoro che la mamma fa fare a turno a me e mia sorella e non mi piace per niente.

Però ho anche letto su uno dei giornali che compra mamma e che anche Alba legge, una cosa da femmine piena di consigli per vestiti e scarpe, che non bisogna preoccuparsi. Perché al momento buono parole e gesti vengono spontanei se ami davvero la persona che è con te.

Sarà. Io ci spero. Il giornale rispondeva alla lettera di una ragazza di sedici anni. Più grande di Alba, quindi. E io invece di anni ne ho solo undici. Compiuti però. Sono di gennaio.

Comunque ho poi capito che Marvi aveva visto il tabellone quando sono riuscito a vederla all'uscita da scuola. È bastato guardarla negli occhi. Lei ha sorriso e fatto ciao con la mano.

Incredibile quante cose si possano dire con un sorriso e un gesto.

E allora ho avuto un'altra idea. Farmi vedere da lei un pomeriggio, mentre è a scuola. No. Non aspettandola davanti all'uscita. Troppo banale, e poi penso venga qualcuno a prenderla perché al pomeriggio l'autobus non c'è.

L'ispirazione mi è venuta durante la lezione di informatica. Quando ho pensato che la sedia su cui ero seduto magari l'aveva anche usata Marvi e forse conservava ancora il ricordo di lei. E soprattutto quando mi sono ricordato che la primaria e la secondaria hanno il laboratorio di informatica in comune.

Ci ho messo una settimana a organizzare tutto. La cosa più difficile è stato spiegarle cosa doveva fare. Scriverle una lettera no. Troppo complicato per lei leggerla e magari avrebbe capito male e fatto tutto all'incontrario.

Allora ho deciso di usare di nuovo la cassetta della

segreteria telefonica. Mi sono scritto bene cosa avrei voluto dirle, ho aspettato di essere solo in casa, ho fatto il nostro numero con il cellulare, è partita la segreteria, ho aspettato il *beep* e ho parlato.

*Ciao Marvi. So che il martedì pomeriggio alle tre hai lezione di informatica.*

*Allora, mentre sei al computer, vai su Google e digita* webcam *più il nome della nostra città. Ti usciranno tre soluzioni. Clicca su* piazza del Municipio. *Fallo alle 15.15 in punto e aspetta.*

Il problema è che ho dovuto togliere la cassetta dalla segreteria per darla a lei. Vabbe', tanto non la usa più nessuno. Basterà far finta di niente quando qualcuno in casa chiederà dove è finita.

E cosa avevo in mente? Molto semplice. Ho scoperto che nella mia città ci sono delle webcam in punti diversi. Per vedere cosa riprendono è sufficiente andare sul sito del comune e cercarle.

Per la mia idea, quella che funziona meglio è in piazza del Municipio. Inquadra il monumento ai caduti. Un soldato seminudo che sta morendo ed è sorretto da una donna più nuda di lui. Chissà perché. Non credo che i soldati andassero in guerra svestiti.

Se una persona si mette davanti al monumento, è inquadrata dalla webcam che cambia l'immagine ogni cinque minuti. Lo so perché c'è scritto e ho anche controllato. Quindi se io sto fermo lì e Marvi, sul computer della scuola, va sul sito della webcam, mi potrà vedere da scuola.

Non ci sono problemi a farlo perché per andare all'allenamento di calcio il pulmino della squadra passa a prendermi proprio in piazza del Municipio, dove la mamma mi porta con l'auto. Le ho già detto che martedì devo partire mezz'ora prima perché il mister vuole parlarci.

A quella fermata del pulmino salgo solo io e a quell'ora del pomeriggio sulla piazza non c'è mai tanta gente.

Ho anche pensato di farmi vedere con un foglietto con scritto qualcosa. Non sarà nemmeno necessario stare lì come un salame dieci minuti a fissare la webcam.

Mi siederò sul gradino del monumento e ogni tanto alzerò il foglietto per farlo vedere qualche secondo.

Per ricordarle di fare quello che le avevo detto la mattina di martedì ho usato ancora il cartello del distributore. Ho scritto: OGGI 15.15 MEMO.

Geniale. Poi alle tre mi sono messo davanti alla webcam. Ogni tanto tiravo fuori il cartello. Sopra c'era scritto: UN BACIO.

Grande. Con un pennarello rosso. Sono stato lì fino alle tre e venti. Mi stavo spostando perché il pulmino

UN BACIO
AS. SPORT

della squadra arriva alle tre e mezzo, quando ho visto i vigili.

Due. Un uomo e una donna.

Stavano venendo verso di me. Non c'erano dubbi. Sulla piazza c'ero soltanto io.

Ho fatto finta di non vederli mentre il cuore si metteva a ballare.

Poi uno dei due, l'uomo, mi ha puntato l'indice contro e ha parlato: – Ehi tu! Vieni un po' qui!

# 12

# Marvi che sono io

Quando penso a Michele a me viene una specie di latte caldo dentro lo stomaco. Un latte tiepido veramente, che non scotta e non fa male.

Mi sa che potrei sentire il latte bollire e forse diventerà anche buon formaggio. Adoro il parmigiano sulle tagliatelle.

Valeria invece mangia pochissimo e due giorni fa mi ha detto: «Cicciona!».

La mamma l'ha sentita e le ha fatto segno con la mano come a volerle dare uno scappellotto. Però si è fermata.

A me un po' è dispiaciuto. Non del "cicciona". Ma del tono che ha usato mia sorella. Proprio da cattiva, come se io non fossi sua sorella, ma un alieno mostruoso da umiliare e distruggere.

Poi la mamma ha detto che la prossima volta la mano colpirà l'obiettivo, dato che la sua lingua fa sempre movimenti sbagliati.

Mi ci è voluto un po' per capirla questa frase, ma non credo dipenda dalla dislessia. È proprio che mamma a volte fa ragionamenti molto difficili. Alla fine ho capito e ho riso.

Io sono un po' cicciona. Non mi dispiace affatto. Anzi. Zia Paola ha detto che quando crescerò tutto si metterà a posto. Secondo me sono a posto anche ora. Però...

Stamattina, dato che andiamo a teatro, non ho l'obbligo del grembiule.

Questa cosa davvero mi fa stare meglio. Ho indossato la gonna di jeans e le ballerine rosse e la felpa con la principessa Sissi che è pronta per il ballo. Ho anche lasciato sciolti i capelli che sono lunghi fino alle spalle e si arricciano un po' sulle punte.

Mamma dice che sono uno schianto e aggiunge che siamo in "ritardo spietato".

Valeria sale in auto pestando i tasti del cellulare, la testa bassa e una smorfia. Bah... è difficile capire cosa le stia succedendo.

Io prendo posto davanti. Mamma ha la guida da città. Cioè, punta gli occhi all'orologio che ha incastrato sul cruscotto e ogni due secondi ripete: – Dai, dai che siamo in ritardo spietato.

Passiamo davanti alla pompa di benzina che sono le 7.47. Mi incollo al finestrino e... vedo!

Non riesco a leggere così in fretta.

– Mamma fermati!

Urlo fortissimo. Frenata rumorosa. La cintura di sicurezza tira e mi sbilancio in avanti. Poi il caos. Mi ritrovo con la faccia premuta contro il finestrino.

La voce di mamma è quasi isterica. – Maria Vittoria! Oh no... Maria Vittoria, come stai?

Mi metto dritta e cerco di rispondere. – Bene... bene...

Suono di clacson. Di molti clacson.

Mamma scende dall'auto e urla qualcosa agli automobilisti che si sono fermati dietro di noi.

Non ho il coraggio di guardare. Lo sportello si apre e le mani della mamma mi aiutano a uscire. Oddio, cos'ho combinato!

Siamo davanti alla vecchia pompa di benzina e mamma mi fa sedere proprio sullo scalino sopra il quale c'è il tabellone.

– Sei sicura, tesoro mio, di star bene? E smettetela di suonare, sorpassate, no?

– Scusa mamma!

Sento la mia voce disperata. Valeria scende e mi viene vicino. Mi prende la mano.

– Ma cosa ti è successo? Sembra anche lei preoccupata per me.

E come faccio a dirlo! Lungo la strada i pochi a piedi sul marciapiede di fronte si fermano a guardare. Molti sono studenti ancora assonnati che vanno verso la fermata dell'autobus.

Come faccio a dire che ho causato tutto questo trambusto solo per leggere il messaggio sul tabellone?!

– Dobbiamo andare al pronto soccorso. Per fortuna l'airbag non si è aperto. Posso guidare senza problemi.

– No! No... sto bene davvero. Ecco... mi ero spaventata perché dal finestrino era entrata un'ape!

La mamma mi guarda stupita. Mia sorella sogghigna.

– Un'ape? Ma ti ha punto? –. Mentre parla, mamma si mette a esaminarmi il collo e le braccia.

– No, non mi ha punto. Ho avuto solo paura che lo facesse. Mi è venuto da strillare. Scusa.

Non conto più neppure le bugie che sto dicendo. Mamma ha inserito le quattro frecce, ma la coda di auto che si è formata è lunghissima.

– Per favore, mamma... andiamo a scuola.

Non è sicura. Mi fa camminare un po' sul marciapiede per vedere come va.

Obbedisco in silenzio. Farei qualsiasi cosa per cancellare quell'urlo disumano che ho tirato fuori dalla gola.

Intanto sbircio verso il tabellone con il cuore che batte forte. Vedo numeri: OGGI 15.15 MEMO.

«Ricorda oggi alle 15.15.»

Mi viene da sorridere. Mi trattengo. Non c'è più il tovagliolo con il cuore arancio. Deve averlo preso lui. Ha il mio cuore arancio.

Ma cosa deve accadere oggi alle 15.15? Io sono a scuola. Non può accadere nulla di eccitante e di così emozionante.

– Va bene, andiamo a scuola. Parlerò un attimo con la maestra. Se ti senti poco bene fammi chiamare e ti vengo a prendere.

Sono sollevata. Ho dimenticato anche di sentirmi in colpa. Ho una cosa da fare alle 15.15 di oggi e anche se non so cosa sia... sono felice.

Mi siedo sul sedile posteriore vicino a Valeria che guarda davanti e sembra pensierosa. Poi si avvicina al mio orecchio sinistro e soffia qualcosa che mi ferma per un attimo il respiro: – Non c'erano finestrini aperti... come ha fatto a entrare un'ape?

Abbasso la testa. Sto zitta zitta. Anche lei non parla. La ringrazio col pensiero. Lei sorride e mi stringe la mano. Oggi è meno disgustosa. Anzi, sembra addirittura umana.

La mamma telefona al lavoro e avverte che arriverà con un po' di ritardo.

Parcheggiamo davanti alla scuola e sono le 8.17. La campanella è già suonata e l'autobus della secondaria è già ripartito.

La mamma mi accompagna in classe mentre Valeria corre verso la sua scuola che sta a cento metri dalla mia.

La maestra Rossana mi guarda incuriosita mentre mamma le racconta l'accaduto.

Mi metto al mio banco e Carolina mi sorride, ma io penso solamente al futuro prossimo. Alle 15.15.

È all'intervallo delle 10.20 che accade quello che non avrei mai pensato avvenisse.

Dobbiamo andare a teatro e per farlo dobbiamo

prendere il pulmino. E allora ci mettiamo in fila e la maestra dice che è meglio usare l'uscita posteriore così siamo direttamente sul piazzale. Scendiamo verso la scuola secondaria. L'orario di intervallo è lo stesso per tutti e molti ragazzi e ragazze sono fuori dalle aule. C'è confusione davanti alle porte dei bagni.

Io cammino vicino a Giovanna e cerco di non far vedere quanto sono emozionata. Nessuno di noi ha il grembiule. Siamo uguali a quelli della secondaria oggi. Benedetto il teatro e chi l'ha inventato e meravigliosa la maestra Rossana che ne è appassionata. Lo vedo.

Eccolo lì. Michele. Si stacca un po' dal gruppo dei compagni. Ci sono due ragazze che lo guardano camminare. Viene verso di noi. Non credo di riuscire a dire nulla. Mi preparo a un "ciao" e spero di riuscire a fare un sorriso decente. Ma lui mi stupisce. Ancora.

Lui è meraviglioso.

*Ciao a me che sono Marvi.*

*Oggi sono successe cose stupende e cose terribili. Alla fine le cose terribili pesano di più di quelle stupende. Non è come con il gioco "pesa di più un chilo di ferro o un chilo di ovatta"? Che la risposta è semplice. Pesano uguali. Le cose terribili pesano cento volte più di quelle stupende.*

*Zia Paola dice sempre che la vita è un po' un percorso*

*a ostacoli: se non hai il coraggio di saltarli, almeno devi saperli aggirare. Un po' come con la mia dislessia. Devo imparare a ingannarla, a farmi più furba di lei. E la zia dice che sono diventata molto brava in questo.*

*Comunque oggi mentre andavamo a teatro, Michele si è avvicinato e mi ha detto: «Ciao... ci vediamo dopo!» e subito mi ha messo in mano una piccola scatola di cartone, di colore blu con il coperchio, come quelle dove incartano gli orologi.*

*Io ho detto solo: «Ciao!». Niente altro perché eravamo in fila per prendere il pulmino e non potevo certo urlare un'altra volta: "Fermatevi... c'è un'ape!".*

*E poi c'era il calore della sua mano che aveva toccato la mia a togliermi ogni parola. Mi guardavo la mano e mi sembrava si fosse staccata dal braccio. Poi Stefano mi ha dato una spinta e l'incanto è sparito.*

*Però per fortuna nessuno si è accorto di Michele e della scatoletta.*

*A teatro ho chiesto di andare in bagno e ho guardato nella scatoletta. Una cassetta. Ho preso il registratore e ho ascoltato il messaggio. L'ho ascoltato tre volte e l'ho imparato a memoria.*

Gustavo gusterò *dice che devo sviluppare la memoria. Questo è un modo per essere più furba della dislessia.*

*Il messaggio era chiaro. Non ci ho messo tanto a impararlo. «Vai su Google e digita* webcam *più il nome della nostra città... Clicca su* piazza del Municipio.*»*

*Poi sono andata a sedermi sulla poltrona vicino a*

*Carolina e dello spettacolo non ho capito nulla. Pensavo solo a cosa poteva accadere andando a vedere la piazza del Municipio alle 15.15. Pensavo anche e soprattutto che se uno si impegna così per te, vuol dire che ci tiene davvero. E gli ho dato 100 punti per questo. Quindi Michele è a 237 punti e sta per passare al colore rosso.*

*Per fortuna la maestra non è del tipo "raccontate lo spettacolo mettendo in evidenza personaggi, luoghi e tempi" perché altrimenti avrei preso sicuramente insufficiente. Lei dice che certe cose si devono godere per quello che sono. Meditarle e magari parlarne.*

*Infatti ne hanno parlato. Lei e i miei compagni. Da loro ho capito che si trattava di una storia che voleva dimostrare come sia importante la diversità e che ognuno di noi è diverso e con la propria diversità si arricchisce il mondo.*

*Bah... per me era abbastanza chiaro, ma la maestra ha detto che tutti noi abbiamo paura della diversità degli altri ma... la nostra?*

*Questa cosa devo pensarla meglio. Cioè ci devo riflettere. Devo metterla in cose che conosco per capirla.* Gustavo gusterò *ha detto che questo è un altro modo di essere più furba della dislessia. Devo trasformare le parole. Le parole devono diventare cose e immagini che io posso riconoscere subito. Così sono a posto.*

*Comunque finalmente sono arrivate le 15. Andiamo al laboratorio di informatica una volta la settimana e abbiamo un lavoro da fare. Oggi dobbiamo terminare una tabella.*

*So bene come si fa e ho calcolato che ci avrei messo non più di cinque minuti. Potevo provare. Il collegamento a Internet è sempre attivo.*

*Così alle 15.10 precise ho cercato il sito della città e ho trovato la webcam di piazza del Municipio.*

*La maestra Gemma che ci accompagna al laboratorio di informatica a volte gira tra le postazioni. Altre volte deve firmare circolari e parlare con il preside. Altre ancora è stanca e si siede un po' vicino a qualcuno.*

*Infatti si era seduta vicino a Marco Aurelio per aiutarlo, così io stavo tranquilla.*

*Avevo aperto la pagina Word e fatto la tabella con "inserisci tabella" e dato il numero di colonne e di righe. Dovevo solo inserire il titolo, la data e il mio nome per registrare il lavoro. Ma non era un problema, così ho cliccato su una delle postazioni della webcam e, dopo qualche secondo di caricamento, è apparsa la piazza con il monumento ai caduti.*

*Avevo pensato che forse Michele fosse riuscito, a scapito della vita, a salire fin sopra la testa della statua del soldato e a mettere un lenzuolo con scritto il mio nome e magari un cuore vicino. Avevo immaginato anche che il mio candidato a principe luminoso potesse aver inciso sulla pietra del basamento della statua le nostre iniziali, come eterna promessa.*

*Alle 15.15 l'immagine era la stessa. Non avevo visto né sventolare lenzuola né lettere incise. Avevo consumato gli occhi per controllare e usato lo zoom fino a far diventare l'immagine grigia e irriconoscibile. Alle*

*15.37 avevo sentito la voce: «E così Maria Vittoria stai ignorando una regola che ci siamo dati!».*

*Non ero riuscita a chiudere l'immagine e tanto sarebbe stato inutile. Chissà da quanti minuti la maestra Gemma era dietro di me. E io non me ne ero accorta. Avevo sobbalzato e balbettato, ma sapevo benissimo che non avrei risolto il problema.*

*Ho chiesto scusa. Ho inventato la bugia che mi ero collegata a Internet per errore.*

*La regola era chiarissima. Ci si collega alla Rete solo in presenza della maestra o al limite chiedendo il permesso e spiegando cosa si vuol fare. E io non avevo fatto nessuna delle due cose.*

*«Volevo vedere questa statua così particolare...» Anche io sentivo la mia voce falsa.*

*E Marco Aurelio ha aggiunto: «Anche la scorsa settimana ha fatto il collegamento!».*

*Non era vero. Ma era inutile. Quindi sono in punizione. E non una punizione da poco. La prossima lezione di laboratorio non avrò una postazione tutta per me, ma la dovrò dividere con Marco Aurelio. Un supplizio.*

*Mi veniva da piangere. E ho tolto 100 punti a Michele. Subito, senza pensare. Mi aveva presa in giro? E come si permetteva? Avevo deciso di non pensarci per il momento. Piuttosto stavo pensando a come farmi commutare la pena. Io con Marco Aurelio proprio non ci volevo stare. E non voglio dividere nulla con lui.*

*Una notte di sogni orrendi mi aspetta.*

*Ciao a me che sono Maria Vittoria non felice.*

# 13
# Michele

I vigili sono arrivati. Cercavano proprio me. Ed è cominciato subito l'interrogatorio. Da parte della vigilessa. Perfino gentile.

Prima domanda. «Cosa fai lì?»

Risposta? Niente. Scena muta. Mi sono venute in mente le scene di certi film quando interrogano un testimone: «Mi avvalgo della facoltà di non rispondere».

Però non l'ho detto. Solo pensato.

D'altronde cosa avrei dovuto rispondere? Spiegare di Marvi, della webcam ecc... ecc... ecc...

No. Neanche per idea.

Quindi seconda domanda. «Come ti chiami?»

Be', potevo rispondere e l'ho fatto. «Michele Dorsi.»

A seguire la terza. «Perché stavi lì con un cartello in mano?»

Ci ho pensato un attimo e poi ho risposto. Dicendo la verità. Una parte almeno.

«Non era un cartello, ma un foglio formato A4 *extrastrong.*»

Allora è intervenuto il vigile maschio. Quarta domanda. Meno gentile. «Fai il furbo? Fa' attenzione ché noi ti facciamo passare la voglia.»

Ho taciuto. Mi sembrava inutile rispondere. Poi la seconda parte della frase non era nemmeno una domanda.

Allora è nuovamente intervenuta la vigilessa: «Dove abiti?».

L'ho spiegato.

Mi hanno portato nel loro ufficio che è proprio sulla piazza e mi hanno fatto sedere mentre la vigilessa digitava su un computer.

Quando ha finito ha alzato la testa. «Adesso telefoniamo ai tuoi. Se non rispondono a casa ci dai il numero del loro cellulare.»

Il cellulare di mamma gliel'ho dato subito, tanto sarebbe stato inutile non farlo.

Mentre entravamo nell'ufficio avevo visto il pulmino della squadra passare, rallentare un attimo e poi ripartire. Ovvio. L'autista non mi aveva visto, quindi non si è fermato. Però ha creato un ulteriore problema.

Per evitare che facciamo i furbi, il mister, se qualcuno è assente all'allenamento e non ha avvertito prima, fa una cosa semplicissima. Manda un Sms ai genitori. Per cui mamma nel prossimo quarto d'ora sarebbe stata comunque informata che io ero uscito di casa per andare all'allenamento, ma non ci ero mai arrivato. Meglio quindi evitare guai maggiori.

In quel momento però è successa una cosa strana. La donna si è messa a ridere.

«Dai, non hai fatto niente di male, ma sei minorenne e ti dobbiamo affidare a un adulto responsabile. Prima di telefonare a tua mamma però vieni di là un attimo. Ti offro qualcosa da bere e ti faccio vedere una cosa.»

La vigilessa ha preso una lattina da un frigo, me l'ha data e poi mi ha accompagnato nella stanza accanto.

C'erano parecchi monitor sulla parete. Lei ha lavorato un po' su un computer, poi mi ha fatto cenno di guardare.

C'ero io con il foglio in mano. *Un bacio*. Si leggeva benissimo.

Poi ha spiegato: «Credo di aver capito. Volevi far vedere il cartello a qualcuno».

Ho fatto cenno di sì con la testa.

«Be', ti sei messo davanti alla webcam sbagliata. Quella è collegata al nostro ufficio e la controlliamo sempre per motivi di sicurezza.»

Ho cominciato a capire mentre la verità emergeva in tutta la sua catastrofica evidenza.

Ho balbettato: «Ci sono due webcam?».

«Sì. Una trasmette le immagini al sito del comune e l'altra a noi. Se esci te le faccio vedere.»

Non ne ho avuto il tempo.

Il cellulare è suonato.

Inutile anche guardare chi era.

Mamma.

Pressione sul tasto verde.

«Dove sei?»

La voce di mamma era arrabbiata a livello *tsunami*. Non ho saputo rispondere. E allora è intervenuta la vigilessa prendendomi il cellulare.

«Buongiorno, signora. Sono l'agente Blocchi della polizia municipale. Suo figlio è qui con me. Stia tranquilla. Sta benissimo.»

Anche se il cellulare ce l'aveva all'orecchio la vigilessa, ho sentito ugualmente l'urlo di mia mamma.

«Che ha fatto?»

La risposta è stata gentile. «Assolutamente nulla. Può andare via quando vuole, ma secondo il nostro regolamento deve venirlo a prendere un maggiorenne responsabile.» Stavolta non ho capito la risposta, ma non ce n'era bisogno. Infatti la vigilessa ha confermato: «Ha detto che viene subito».

Mamma è arrivata cinque minuti dopo. Credevo di aver toccato il fondo.

Mi sbagliavo. Con lei c'era Alba.

La vigilessa ha spiegato tutto sorridendo.

Io a quel punto avrei voluto sprofondare nella Fossa delle Marianne, sparire per sempre dalla faccia della terra, emigrare ai confini dell'universo, lontano quattordici miliardi di anni luce. Tutto pur di non essere lì.

La mamma poi è venuta verso di me. Non ha detto

nulla. Aveva una faccia strana. Siamo usciti. Sulla piazza ha parlato: «Vuoi ancora andare all'allenamento o vuoi tornare a casa?».

«Casa» ho sussurrato.

Poi ho guardato Alba. L'ho vista. Si stava preparando. Stava cominciando a prendermi in giro.

E allora il mio sguardo è diventato omicida. Non solo, ma devo averle trasmesso con il pensiero un concetto molto semplice: «Provati ad aprire bocca e io spiego per filo e per segno che due sabati fa eri a spasso al parco mano nella mano con quel cercopiteco della III F, quello con il ciuffo tenuto su da una tonnellata di gel. Ti ho anche visto che lo baciavi, mentre a casa avevi detto che saresti uscita a fare una passeggiata con le amiche».

Deve aver capito perché ha deglutito ed è stata zitta. Anche se forse l'ha fatto perché mamma le ha dato un piccolo calcio "tattico" alla caviglia. Per chiederle scusa immediatamente dopo.

«Non l'ho fatto apposta.»

Ma io ho capito che l'aveva zittita prima che potesse aprire bocca.

In auto, però, è stato un disastro. Nessuno fiatava. Un silenzio imbarazzante. E oltretutto, vedevo benissimo che ad Alba stava scappando da ridere. E che anche la mamma evitava di guardarla, per non mettersi a ridere anche lei.

E allora ho parlato io: «Sono stato stupido. Ho sbagliato webcam. Ma non ho fatto niente di male. Solo volevo far vedere il foglio a una mia amica. Punto. E adesso ridete pure».

E allora la mamma, nonostante stesse guidando nel traffico, ha allungato un braccio e mi ha toccato. Voleva accarezzarmi ma ovviamente non poteva riuscirci, visto che ero sul sedile posteriore.

«Non importa. È vero. Non hai fatto nulla di male, anzi quello che avevi in mente è una cosa bellissima. E la ragazza che riceve un regalo così è fortunata.»

E anche Alba mi ha stupito. Si è girata e mi ha preso per mano: «Vorrei anche io che qualcuno facesse una cosa simile per me».

E mentre lo diceva non solo non si è messa a sghignazzare, ma sembrava perfino triste. Poi però si è messa a parlare con mamma delle scarpe che doveva comprare.

Sembrava tutto a posto, ma io avevo ancora un tarlo che mi rodeva. E che anche quando sono andato a letto non mi lasciava dormire.

«E Marvi cosa avrà fatto quando non mi ha visto sul computer? E cosa penserà adesso?»

Avrei dovuto spiegarle tutto il più in fretta possibile.

# 14

# Marvi che sono io

Zia Paola è venuta a casa a trovarci e ha portato i pasticcini che mi piacciono di più, quelli con la granella ripieni di cioccolato. Non ne ho mangiato neppure uno.

La zia mi ha sorriso e ha detto: «Capisco».

Beata lei. Io non capisco nulla. Mi sento strana. La notte è stata tranquilla. Ho dormito e ho sognato di stare su una nave in un mare in tempesta. Michele era caduto in acqua e io avevo il salvagente in mano, ma l'ho poggiato a terra e l'ho usato come cuscino per dormire.

– Andiamo insieme a vedere i vestiti da sposa?

Ecco, una cosa così, sono certa, due giorni fa mi avrebbe fatto saltare di gioia. Ora, a dire il vero, non ne ho voglia. Mamma mi guarda con la faccia preoccupata.

– Non stai bene, Maria Vittoria?

Non rispondo. Scuoto la testa e vado in camera.

Mi siedo sul letto e mi sdraio. Siccome che sono dislessica, ho sviluppato una sensibilità maggiore. Così dice *Gustavo gusterò*. Sento le cose. Le sento dentro.

Ora sento che Michele era un falso principe. Come gli orecchini di Valeria che sembrano d'oro ma non lo sono affatto. Be', io non voglio qualcuno che sembra ciò che non è. E vado sì con zia Paola. Di sicuro dopo la scelta del vestito andiamo a chiacchierare in un caffè di quelli con i camerieri che ti portano i bignè su piatti decorati da schizzi di cioccolato vero e da scorzette di agrumi canditi. Una meraviglia.

Io sono Maria Vittoria che non ha paura dei falsi amici e dei falsi principi. – Aspetta zia... vengo con te!

Usciamo insieme e mi sento più tranquilla. Non chiede nulla. Io veramente avrei un po' voglia di raccontarle, ma evidentemente lei ha altro a cui pensare. Zia Paola è sempre elegante. Mi piace con i suoi tacchi alti e la gonna stretta.

È ottobre, ed è autunno. Le foglie si sono colorate. Sono bellissime. Passiamo davanti alla pompa di benzina. Chiedo alla zia di fermarsi un attimo. Lo chiedo con la voce normale. Lei non dice nulla.

Scendo e vado al tabellone. Tolgo le lettere e metto tutti gli zero che posso:

0000
0000
0000
0000

Sedici zero ai falsi principi. Mi aggiusto i jeans e salgo sulla macchina grigia. Lei riparte e sorride.

– C'è anche Fausto al negozio?

– Oh no. Si annoierebbe. A dirti la verità, non mi piacerebbe affatto. Preferisco scegliere il vestito insieme a te.

– Lo devi scegliere con il pizzo. Ti sta bene, zia.

– Ah ah ah... davvero? Bene. Proverò solo abiti con il pizzo.

– Fausto è il tuo principe?

– Credo proprio di sì.

– Ci sono in giro molti principi non veri.

– Mmm... Sì, hai ragione.

– Bene.

– Come bene?

– Siccome che uno lo sa, può stare meglio e imparare a riconoscerli.

– Ah ah ah. Maria Vittoria, sei uguale a tua zia. Fausto mi dice sempre che a volte ha paura che lo azzanni per capire se è fatto di carne di prima qualità!

– Perché?

– Ah, per via dell'oro... Sai come facevano un tempo a capire se una moneta era d'oro puro? La mettevano sotto i denti. Se la moneta non si modificava era vera, altrimenti... sparavano a chi gliel'aveva data.

– Che meraviglia! A me piacerebbe molto mordere Michele e sono certa rimarrebbe l'impronta dei miei denti nella sua carne. Lui non è un vero principe!

– Non sempre è così, Maria Vittoria. Bisogna anche

mettere nel conto che ci si può sbagliare, non abbiamo il controllo su tutto. Un po' di rischio non guasta.

– Ma tu... non hai rischiato.

– E chi lo dice? Io credo solo che i principi, più che parlare, agiscono. Se una persona tiene a te non si limita alle parole.

Ci penso tutto il pomeriggio a questa cosa, ci penso mentre zia misura abiti con il pizzo e con il velo e mi pare più di una principessa. Torniamo a casa che è già buio e papà si è svegliato da poco e Valeria è da una sua amica.

La mamma, per recuperare il ritardo del mattino precedente, era dovuta rimanere in ufficio un'ora in più e la cena l'aveva preparata papà.

Papà è bravissimo a leggere, a fare le voci e, dice la mamma, anche a stirare, ma con la cucina è terribile.

Dopo aver mangiato qualcosa di bruciato che somigliava a un hamburger, avevo deciso che la mia vita doveva farsi coraggiosa. Non potevo lasciare che l'idea di un principe la consumasse tutta.

Michele poteva andare a farsi friggere. Altra bellissima frase rubata a zia Paola.

*Ciao a me che sono Maria Vittoria.*

*Devo parlare sottovoce perché altrimenti la mamma*

*potrebbe venire a vedere se sono diventata tutta matta. Le ho detto che dovevo ripetere la lezione di storia, ma non si sa mai con gli adulti. Prima ti dicono che non ci si deve mai innamorare di qualcuno che non è innamorato di te, poi ti mettono il dubbio che bisogna rischiare. Ti confondono, insomma.*

*Fino a poco fa questa giornata sembrava sprecata. Inutile. Tranne per gli abiti da sposa e per la cioccolata con panna che ho mangiato insieme a zia Paola in un* bistrot, *che è un nome francese per dire "caffè". Ma insomma... avevo un po' di tristezza ed ero arrabbiata perché proprio non volevo la tristezza.*

*Poi il fatto. Valeria che arriva in camera mia con il* cordless *in mano bofonchiando con poca pazienza: «È per te... Sbrigati che mi serve!».*

*Dico «pronto» e sento «ciao». Sento centinaia di migliaia di cuori in battito che fanno rumore. Dico «niente» e sento «sono Michele». Dico «oddio»... anzi non lo dico.*

*Penso a poco e niente. Dico «ah!» con il punto esclamativo. Sento sette parole tutte insieme e mi confondo. «Ho sbagliato webcam e ho fatto un disastro, scusa. A me piace osservare gli animali.»*

*Capisco sì e no quattro parole. Ma sono convinta che anche le altre tre siano meravigliose. Mi ha telefonato. Questo non l'ha detto ma l'ha fatto. I principi veri debbono fare più che dire. Quindi ho restituito i 100 punti. Gliene ho dati altri 100 velocemente. Più un bonus di 70. Ora Michele è a 407. È passato al colore verde saltando il rosso. E sono certa che il suo è un rosso così luminoso che può stordirti. E un verde più verde dello smeraldo.*

*Stanotte dormo di sicuro. Oggi è il 12 ottobre e sono le 21.43 di una giornata... libera... certo... arancio rosso verde... ma Marvi sei un genio: il semaforo!*

*Semaforo verde: via libera! Mi dico brava da sola. E certo! Me lo stramerito. A volte sento cose sbagliate, ma sono lo stesso un genio.*

*Sono riuscita a rispondere a Michele... Gli ho detto:*

*«Sì, anche a me piace osservare gli animali». Ed è vero. Magari non mentre si mangiano tra loro. Ma questi sono dettagli e un po' di rischio è consentito.*

*Così ho chiesto a Valeria se mi accompagnava alla pompa di benzina. Lei ha sgranato gli occhi e ha detto: «Cosa?». Ma io ho insistito e le ho raccontato tutto. Non proprio tutto ma quasi. Lei ha riso tanto, però poi ha detto alla mamma che andavamo in garage a cercare un vecchio libro.*

*Per arrivare alla pompa di benzina basta attraversare la strada. Ci abbiamo messo quattro minuti perché abbiamo anche saltato gli scalini due a due. Ho attaccato il tovagliolo di carta verde dove ho incollato un cuore rosso ritagliato da una carta luccicante. Poi ho visto quelle lettere in disordine:*

*SCUS*

*ASCU*

*SASC*

*USA*

Scusa *ripetuto tre volte.* Scusa, scusa, scusa. *Michele quindi era stato lì per scrivere che dovevo perdonarlo.*

*Avrei voluto ballare.* Certo che ti perdono. *Troppo lungo da scrivere, così ho scritto:*

*407*

*MV*

*M*

*Un'auto ha rallentato e mia sorella ha detto: «Sbrigati altrimenti ci arrestano». A me è venuta paura. Siamo risalite in casa.*

*In tutto siamo state fuori nove minuti. Potrebbe essere un record. Ora che ho detto tutto e che ho rischiato anche io, dormo e dormo bene, e se sogno Michele che annega in mare gli lancio il salvagente e quasi quasi mi butto anche io, così ci salviamo insieme.*

*Ciao a me che sono Marvi geniale.*

# 15
# Michele

Papà e mamma non vogliono che si guardi la Tv mentre si cena. Dicono che è incomprensibile che si sprechi l'unico momento della giornata in cui si può stare tutti insieme.

E, anche se a volte non ho voglia di tenere la televisione spenta, devo dire che a cena, di solito, ridiamo e scherziamo.

Di solito. Non l'altra sera. A tavola infatti c'era silenzio. Ma un silenzio che non mi piaceva. Perché c'era un argomento di cui tutti, meno io, avrebbero voluto parlare e nessuno affrontava.

IL DISASTRO DELLE WEBCAM.

Tutto maiuscolo. Si sentiva nell'aria. Si capiva, dalla conversazione che non andava avanti, dai silenzi, dalle risatine che Alba soffocava nel piatto, da papà e mamma che ogni tanto mi guardavano e sorridevano. Da tutto insomma. E a me dava fastidio.

Ma come avevo fatto a confondere le webcam? Avevo controllato velocemente quando eravamo usciti dall'ufficio dei vigili. Erano veramente ben distanti!

E così mi sentivo stupido, sciocco, babbeo. Tutto insieme. Ed ero sicuro che, se ci avessi messo un po' di impegno, avrei trovato qualche altro milione di aggettivi per definirmi.

E stavo male per il comportamento di papà, mamma e Alba. Perché a quel punto avrei quasi preferito che mi sgridassero o mi prendessero in giro apertamente. Così mi sarei messo a litigare, a urlare e alla fine mi sarei sfogato, sarei stato meglio e avrei avuto qualcuno con cui prendermela.

Qualcun altro, voglio dire.

Perché adesso ero arrabbiato solo con me stesso.

In più non avevo avuto il coraggio di telefonare a Marvi. Proprio no. Per paura di quello che avrebbe potuto dirmi. O peggio, che dichiarasse che non voleva più vedermi né parlarmi. Che dicesse di non volermi più vedere.

Il giorno dopo a scuola è stato anche peggio. Marvi l'ho vista da lontano. Di solito guarda verso il mio autobus. Anche quella mattina l'ha fatto. Stavo per avvicinarmi e dirle qualcosa e ho alzato la mano per farle un cenno. Non ho finito il movimento.

Perché lei non ha nemmeno girato la testa per non vedermi. Semplicemente ha continuato a guardare nella mia direzione senza mostrare di avermi visto. Come se fossi una lastra di vetro. O non esistessi proprio.

Nel pomeriggio ho preso coraggio e le ho telefonato. Niente. Nessuno in casa.

Allora ho pensato di usare il tabellone del distributore. Ho preso la bici, di nascosto perché piovigginava e mamma non vuole che la usi se non c'è bel tempo, e sono andato là. Pensando che magari avrei incontrato anche lei e avrei potuto parlarle.

Non l'ho vista. E sul tabellone c'erano solo zeri. Sedici.

0000
0000
0000
0000

E il fazzoletto di carta con il cuore arancione che avevo visto appeso alla sbarra era per terra, bagnato perché stava piovendo, calpestato e schiacciato.

E non so perché questa cosa mi ha fatto venire una tristezza infinita. Come se fosse una cosa che mi riguardasse in qualche modo.

Comunque ho scritto quello che avevo in mente.

SCUS
ASCU
SASC
USA

A casa, dopo essermi cambiato i vestiti, ho riprovato a telefonare a Marvi. Stavolta ha risposto una ragazza. Sua sorella, penso. Me l'ha passata.

Non ricordo quello che ho detto. Mi ero preparato un bellissimo discorso, l'avevo scritto sul computer per ricordarlo meglio, studiato quasi a memoria per non correre il rischio di impappinarmi o, peggio ancora, tacere. E nel momento stesso in cui lei ha risposto, il mio cervello si è spento. È diventato di colpo una pagina scritta su cui qualcuno aveva passato un pennarello nerissimo su tutte le parole.

So di aver balbettato qualcosa del tipo: "Sbagliato. Webcam. Scusa".

Poi basta. Anzi no... altre parole che non ricordo. Farfugliate.

Lei ha risposto con sillabe. E quando ho sentito il suo silenzio, ho riattaccato. Se voleva dirmi qualcosa di spiacevole meglio non sentire. Così poi stavo peggio di prima perché lei non aveva detto quasi nulla e io non avevo saputo spiegare. Ho pensato allora di usare la solita cassetta della segreteria telefonica. Così il discorso che mi ero preparato avrei potuto leggerlo. Poi mi sono ricordato che la cassetta non c'era più. L'avevo data a lei e non me l'aveva più restituita. E non sarebbe stato semplice comprarne un'altra.

Stavo pensando, dislessia o no, di scriverle una lettera, quando papà ha bussato alla porta della mia stanza.

«Dai, sto andando dallo zio Giorgio a prendere

dei documenti. Vieni con me? Al ritorno prendiamo la pizza per tutti.»

Ho detto sì. Tanto in casa non ci facevo niente. Zio Giorgio è simpatico e poi, per andare da lui, si passa davanti a casa di Marvi. Era buio, non pensavo di vederla.

E invece...

Marvi!

Al distributore.

Non era sola. Con lei c'era una ragazza. Sicuramente sua sorella.

Ho chiesto a papà con la voce più normale che avevo se poteva rallentare un attimo perché mi era parso di vedere qualcuno che conoscevo, ma non sono riuscito a distinguere altro.

Però mi sono sentito più tranquillo. Se era lì, aveva sicuramente visto le mie scuse.

# 16

# Io che sono Maria Vittoria

Siccome che stanotte ho avuto mal di pancia, oggi non vado a scuola. Ho insistito tanto con la mamma e lei era stupita e incredula.

– Ma che dici? Per oggi rimani a casa. Chiamo la signora Miriam.

– A parte che posso stare da sola, adesso sto bene e voglio andare a scuola.

Valeria si ferma un attimo a guardarmi e scuote la testa. Poi riprende con la fase zig zag. Ogni mattina è una tortura. Fa avanti e indietro dal bagno alla sua camera, cambiando maglietta o felpa e truccandosi. Il trucco varia a seconda del vestito e quindi è veramente una fortuna quando riesci a trovare il bagno libero e ti puoi chiudere dentro sorridendo alle sue lamentele e soprattutto ignorandole. Tanto non si può alzare la voce. Papà dorme e c'è il divieto assoluto di fare rumori inutili.

Se non vado a scuola, non lo vedo. Non vedo Michele. Non ho neppure una sua foto. Ma se lui non mi vede forse si preoccupa e telefona di nuovo. Sarebbe bellissimo. Ascoltare di nuovo la sua voce attraverso il telefono e sentire anche il respiro e come cerca le parole. Davvero bellissimo.

Così alla fine cedo. Rimango a casa. Guardo la mamma e Valeria uscire.

La signora Miriam, che abita nel palazzo di fronte, ha detto che arriverà alle 9.30. Mamma le ha lasciato un biglietto con il cellulare del medico casomai mi sentissi poco bene e con il suo numero diretto dell'ufficio scritto in rosso.

Guardo l'orologio. Sono le 8.07. Fra due minuti l'autobus della secondaria arriva e lui scende e si guarda intorno. Io non ci sono.

Gli farà male la mia assenza?

Zia Paola dice che spesso apprezziamo cose e persone solo quando ci vengono a mancare. Forse allora Michele mi apprezzerà di più.

Mi viene un'idea. Ho un'ora abbondante di libertà. Un'ora e ventinove minuti. Posso farcela. È rischioso, ma zia Paola ha detto che bisogna metterlo nel prezzo dell'amore. Mi vesto con la tuta rosa e preparo lo zaino. In camera di mia sorella trovo quello che mi serve e spero che non lo scopra mai. In fondo lei butta via le cose che non le piacciono, solo che invece di usare il bidone dell'immondizia utilizza la cassapanca dove ha anche messo i giochi che non usa più, ma che non ha mai voluto darmi.

Ecco sono pronta. Papà dorme. Sfilo la chiave dalla serratura ed esco.

*Ciao a me che sono Marvi.*

*Che dire di questa giornata? Be', adesso la racconto e poi mi verrà un'idea per definirla. Un'idea viene sempre. Anche la maestra Rossana lo dice e lei non mente. Quando dobbiamo fare un testo è vietato dire... non ho idee, a meno che non si voglia che qualcuno sospetti che non abbiamo cervello. Se hai cervello, le idee ci sono. Vanno cercate con pazienza e senza fretta. Giovanna ha spesso belle idee e non sembrerebbe neppure una con il cervello. Ah ah ah. Se mi sentisse mi ucciderebbe.*

*Ma questo è il mio diario segreto e posso dire quello che voglio. Un diario segreto è un luogo di libertà. Quando lo riascolto a volte mi stupisco delle cose che ho detto. Davvero. Forse perché in questi momenti mi sento libera e spesso non lo sono.*

*Non si può dire per esempio a Carolina che le treccine non le stanno granché bene perché escono fuori tutte le sue orecchie. E non perché ne abbia più di due. Ma perché sono grandi. Molto grandi. Si offenderebbe.*

*Anche se non vorrei mai offenderla. Io le voglio bene. Così a volte certe cose è meglio tenersele per sé e raccontarle solo nei diari che rimangono segreti. Chissà se mia sorella ne ha mai scritto uno.*

*No! Valeria non è il tipo. Lei somiglia più a un triceratopo in cerca di far fuori qualcuno per evolversi.*

*Comunque a me le idee vengono. Anche troppe. A volte si accavallano. Una sopra l'altra come formaggio e prosciutto nel panino.*

*Stamattina sono stata allo stadio dove fa gli allenamenti la squadra di Michele. Ho preso l'autobus e ho usato l'abbonamento di mia sorella. Avevo i minuti contati perché alle 9.30 sarebbe arrivata la signora Miriam.*

*Non era la prima volta che andavo da sola in autobus. Lo avevo già fatto due volte per raggiungere mamma in ufficio, che si trova in centro, proprio davanti a un giardino con una fontana dove una ragazza di pietra sorride ai piccioni.*

*Quindi, questa era la terza volta. Ho fatto attenzione alle fermate e in via dei Giardini sono scesa. Lo stadio è proprio a pochi metri. Forse cento. Il cancello era chiuso. Ma non importava.*

*Per quello che volevo fare io non c'era bisogno di entrare. A quell'ora non c'era nessuno. Così ho tirato fuori dallo zaino la vecchia T-shirt di mia sorella che ha un cuore enorme stampato davanti e ho scritto* MV M PARCO *16 con il pennarello nero.*

*Un principe deve essere intuitivo, altrimenti non è di razza. Ho legato la T-shirt alla rete con le mollette*

MV M
PARCO
16

*da bucato. Sono passati due signori che correvano con calzoncini e felpa e hanno dato un'occhiata e sorriso appena. Non hanno detto una parola, forse risparmiavano il fiato per la corsa.*

*Poi sono tornata ad aspettare l'autobus e alle 9.15 ero di nuovo a casa.*

*Missione compiuta. Prima parte.*

*La signora Miriam è arrivata con dieci minuti di ritardo. Potevo prendermela più comoda.*

*La signora Miriam ha cinquantaquattro anni e tre figli grandi che vivono in giro per il mondo. Ha un marito che fa il vigile del fuoco e a volte è venuto a liberare papà che avevamo chiuso dentro casa.*

*Succede così. Mamma in ritardo perenne spietato al mattino esce portandosi via le chiavi. Non si sa come, ma le porta via tutte. Riesce a mettere in borsa le doppie chiavi e il mazzo di papà senza accorgersene e poi usciamo e chiude la porta a doppia mandata. A volte papà neppure si accorge perché dorme fino al pomeriggio. Altre volte invece, se deve fare qualcosa di urgente, si sveglia e si trova chiuso in casa. Invece di telefonare alla mamma papà chiama Luigi, il marito della signora Miriam, che viene con la scala a liberarlo.*

*Penso che la mia famiglia sia un po' strana, ma poi dico: «No! Forse sono strani gli altri». Papà non si arrabbia molto e ormai ha smesso anche di fare duplicati delle chiavi da nascondere per casa, tanto mamma, non si sa come, li ritrova tutti e li mette in borsa.*

*Comunque con la signora Miriam abbiamo fatto*

*una torta di mele. Io ho sbucciato e affettato le mele e poi, mentre la torta cuoceva in forno, mi ha parlato dei principi. Così, come se fosse un argomento di cui avevamo sempre parlato. Invece io di principi parlo solo con zia Paola.*

*Però un altro punto di vista mi interessava.*

*La signora Miriam mi ha detto che i principi hanno una cosa particolare che li distingue, anche se spesso la nascondono per non essere subito riconosciuti.*

*Bellissimo. Ero attentissima.*

*«Perché non vogliono essere riconosciuti?»*

*«Be', facile.»*

*«Non tanto.»*

*«Dai che hai capito.»*

*«Forse perché se fossero facili da riconoscere avrebbero tante pretendenti?»*

*«Ah ah ah! Anche se la cosa è leggermente diversa, ci sei vicina.»*

*«E cos'è che tengono nascosto?»*

*«Io la chiamo... la medicina.»*

*«Cosa? La medicina?»*

*«Eh sì. Hanno una medicina sempre pronta.»*

*«Ma... anche se uno non sta male?»*

*«Ah... la medicina è la cura per te, solo per te. Hanno cura di te.»*

*«Accidenti...»*

*«Eh sì. Accidenti davvero.»*

*Poi il timer ha suonato e la torta era "abbronzata" al punto giusto e la signora Miriam l'ha messa sul piatto*

*a raffreddare e poi ha telefonato la mamma per sapere come stavo e il discorso sulla medicina del principe non è più stato possibile finirlo.*

*Ma a me è rimasta la parola. "Medicina." E un'altra parola. "Cura."*

*Un principe ti cura anche se non hai mal di pancia o febbre. Allora cosa cura? Ecco un bel problema su cui ragionare e farsi venire delle idee.*

*Comunque dopo pranzo si è svegliato papà e la signora Miriam è tornata a casa.*

*È scattata allora la seconda parte della missione. Trovarmi al parco per le 16. Naturalmente sola.*

*È stato questo il difficile.*

*Papà mi avrebbe accompagnata volentieri, ma poi sarebbe rimasto con me. E non era possibile. Dovevo vedere Michele da sola.*

*Allora...*

– Maria Vittoria, cosa fai ancora alzata? Sono le undici...

– Sì??? Non mi ero accorta. Scusa mamma.

– Stai registrando qualcosa?

– Ripetevo la lezione di scienze.

– Ah brava. Però adesso dormi. Ok?

– Certo... notte.

– Buonanotte... e non far finta di darmi ascolto per poi continuare quello che stavi facendo.

– No, mamma. Certo che no.

*Le mamme sono incredibili. Ti leggono nel pensiero.*

*Continuerò domani a raccontare. Intanto mi è venuta in mente la definizione da dare alla giornata di oggi. Istruttiva.*

*Mi viene da ridere.*

*Mi chiudo tra le coperte e mi distendo. Sono contenta. Michele ha 100 punti in più. 507 punti. Il livello principe azzurro splendente si avvicina.*

*Notte mondo e ciao a me che sono Maria Vittoria.*

# 17
# Michele

Scendo per andare a scuola il mattino dopo aver visto Marvi al distributore di benzina e guardo immediatamente il tabellone. Le mie scuse non ci sono più. Al loro posto:

407

MV

M

E appeso al solito palo un tovagliolo con un cuore rosso luccicante.

Mi viene il nervoso. Mi piacerebbe sapere chi è che gioca con il tabellone. Perché ormai lo considero mio e mi dà fastidio che gli altri lo usino.

E meno male che Marvi ieri sera è passata di lì. Così

le mie scuse deve averle viste. Almeno spero. Anche se le avevo già parlato.

In ogni modo ho già deciso cosa fare. Appena scendo dall'autobus la cerco e le spiego per bene tutta la faccenda delle webcam.

A scuola però Marvi non c'è.

Penso di telefonarle per chiederle se non sta bene, ma rinuncio subito. Impossibile avere un po' di privacy a scuola. Decido che la chiamerò nel pomeriggio, mentre aspetto il pulmino della squadra in piazza del Municipio. Lì sarò da solo, senza nessuno che possa ascoltare.

Non ce la faccio perché la mamma mi porta in ritardo e mi stanno già aspettando.

Quando arrivo al campo di allenamento vedo all'ingresso un gruppo di persone che ride e indica qualcosa. Mi avvicino.

Una maglietta con un cuore rosso. Con delle scritte:

MV M PARCO 16

Non mi viene da ridere come gli altri. Anzi, mi sento dentro qualcosa di strano, una sensazione indefinibile che mi colpisce a fondo. Come se quella maglietta, le scritte potessero in qualche modo riguardarmi.

Negli spogliatoi apro la borsa per cercare le cose che mi servono per entrare in campo e l'occhio mi cade su una grossa M che ho disegnato sopra con un pennarello per riconoscerla immediatamente in mezzo alle altre.

M. Come Michele.

MV. Come Maria Vittoria.

Marvi!

Qualcuno in quell'istante preme un interruttore nel mio cervello, scatenando una tempesta di domande.

Che la maglietta sia per me? Da parte di Marvi? Che mi chiede di andare al parco alle 16?

Occavoli!

Ma allora anche il messaggio sul tabellone del distributore, con le stesse lettere e il numero 407, era di Marvi! Per me! E magari anche tutti gli altri messaggi. Anche se non capisco cosa vogliono dire i numeri sempre diversi.

Decido che devo andare al parco. Guardo l'ora. Le 14.45. L'allenamento comincia alle 15 e ne abbiamo per un'ora e mezzo, minimo. Se voglio essere là per tempo devo andare via subito.

In un attimo decido di saltare l'allenamento. Alle domande che mi girano in testa non so rispondere. E magari le risposte sono tre sonori "no". Ma non voglio correre rischi.

Vado dal mister, invento che non sto bene, chiedo se posso farmi portare a casa dal pulmino che, dopo aver portato noi, sta tornando in città a prendere un'altra squadra, e alle 16 in punto sono all'ingresso del parco.

È un posto che conosco bene. La mamma e la nonna mi portavano lì a giocare quando ero piccolo.

Mi accorgo immediatamente che le risposte sono tre bellissimi "sì".

Marvi.

C'è anche lei. All'ingresso. Vicino a una vasca dove una volta c'erano i pesci rossi e che adesso è vuota, da quando un bambino ci è cascato dentro rischiando di annegare.

Caldo, freddo, cuore che balla l'hip hop e nodo allo stomaco che mi taglia perfino il respiro.

La stessa sensazione di quando stanno per batterti contro un calcio di rigore. Che però è una cosa che dura un attimo e poi tutto in qualche modo finisce.

Qui no. Qui è diverso. Non finisce in pochi secondi. Devo parlare a Marvi. E non so assolutamente cosa dirle.

Lei illumina il viso con un sorriso bellissimo: – Sei venuto! Hai capito!

Rispondo con la prima cosa che mi viene in mente. – Non era difficile.

Mi accorgo immediatamente di sembrare presuntuoso. Cerco le parole giuste per correggermi, ma lei mi anticipa.

– Facciamo un giro?

Annuisco e mi metto a camminare accanto a lei. Mi piace, anche se il borsone che mi sono trascinato dietro mi dà un fastidio incredibile, mi fa sentire goffo e mi rende difficile adeguare i miei passi ai suoi, più corti.

Mi chiedo se posso prenderla per mano. Decido di no, anche se forse sarebbe più facile camminare accanto a lei, mentre cerco di capire di cosa parlare.

Di scuola? Non mi piace.

Della sua dislessia? Sì, per farmi odiare immediatamente.

Raccontare la storia delle webcam? Non ci ho fatto una bella figura e ormai “scusa” gliel’ho già chiesto.

Così sto zitto per un po’. Lei anche. E comunque almeno ho deciso dove andare. Al prato dei crochi. Dove mi portava sempre la nonna. Mi pare di ricordare che alcuni fioriscano in questo periodo dell’anno, anche se non ne sono sicuro.

Arriviamo in pochi minuti. Fortuna sfacciata. Ricordavo bene. L’erba del prato è disseminata di centinaia di piccoli, magnifici fiori violetti.

– Sono bellissimi – dice Marvi quando li vede.

Allora mi butto e comincio a ripetere tutto quello che la nonna mi aveva detto su quei fiori.

– La sai la leggenda del croco?

Lei fa cenno di no con la testa.

– Croco era un bellissimo ragazzo che si era innamorato di una ragazza.

Mi guarda e mi interrompe.

– Come si chiamava?

Non capisco: – Chi?

Spiega: – La ragazza.

Per fortuna me lo ricordo: – Un nome strano. Smilace, mi pare.

Poi continuo, senza pensare, come se qualcuno al di fuori di me stesse premendo la

sequenza di pulsanti giusti per farmi parlare senza dire sciocchezze.

– Però lei, che era una ninfa, non lo contraccambiava e allora gli dei lo trasformarono in questo fiore. Che ha ancora il suo nome.

– E la ragazza che fine ha fatto?

– Hanno trasformato anche lei. In una pianta dal nome buffo.

– Quale?

– Salsapariglia. Oppure anche *stracciabrache*, perché ha sul fusto delle spine terribili che si attaccano dappertutto.

Marvi si mette a ridere.

– Salsapariglia! Quella che mangiano sempre i Puffi nei fumetti e nei cartoni animati!

– La nonna mi ha detto che cresce solo in zone più calde della nostra.

– Peccato.

Sorrido. Non ho ancora finito. – Però scommetto che qualche volta il croco lo hai mangiato.

Scrolla il capo.

– No, mai.

– Sì invece, se hai mangiato il risotto allo zafferano. Si ricava da questo fiore. Lo zafferano. Non il risotto.

Mi viene il terrore che mi chieda come si fa. La nonna deve avermelo spiegato di sicuro, ma non me lo ricordo assolutamente.

Lei invece ride. – Lo zafferano! Mi piace il risotto allo zafferano.

AS. SPORT

Marvi è bellissima quando ride. E io allora dico un'ultima cosa. Tutta di un fiato.

– Il croco per gli antichi era uno dei simboli dell'amore.

Mi pento immediatamente. Anche perché sento che sto diventando di tutti i colori.

Lei mi guarda. Poi si volta verso i fiori. In silenzio.

Non so più come proseguire. Spero di non aver detto una sciocchezza. Poi, mentre il mio viso ritorna lentamente di un colore accettabile, penso che possiamo prenderci un gelato o qualcos'altro al bar dall'altra parte della strada.

Faccio un rapido conto mentale di quello che ho in tasca. Venti euro che la mamma mi dà con il divieto di spenderli se non è proprio necessario. E cinquantacinque centesimi tutti miei. Vabbe'. Questa è un'emergenza vera. Poi mi inventerò qualcosa.

– Ehi! –. La voce di Marvi mi distoglie dai miei pensieri.

Mi volto.

Sta parlando decisa a tre ragazzi che stanno attraversando il prato dei crochi.

– Perché calpestate i fiori? È vietato! E poi sono così belli!

Marvi ha ragione. Ma il mio cuore ricomincia a fare un po' di capriole. Perché i tre ragazzi li conosco bene. Giocano nella mia squadra e non ci sono mai andato d'accordo.

Specialmente con uno di loro. Sandro si chiama, è il

secondo portiere. Fa il bullo con tutti, mi è antipatico e lui non mi sopporta perché io gioco quasi sempre e lui invece sta in panchina.

Il mister dice che in una squadra di calcio è meglio essere amici, ma non è grave se non lo si è. L'importante, ripete sempre, è remare tutti nella stessa direzione.

Avrà anche ragione, ma a me ogni tanto il remo piacerebbe darglielo in testa a Sandro e ai suoi amici. Specialmente adesso. Perché capisco che tutti e tre devono essere usciti prima che finisse l'allenamento per essere qui a quest'ora. E solamente per darmi fastidio! Ma perché? Non hanno di meglio da fare?

Lui risponde alle parole di Marvi rivolgendosi a me.

– Allora... eri tu la M della maglietta. Con il cuore rosso –. Poi mi lancia contro qualcosa che ha tirato fuori da una tasca: – Tienila, femminuccia.

La maglietta! Non l'avevo presa perché non ero proprio sicuro che fosse destinata a me e non volevo toglierla dal cancello nel caso fosse stata per qualcun altro.

Mi colpisce in faccia. Ha un buon profumo. Di borotalco e pulito. Come Marvi.

Sandro continua, stavolta guardando lei: – E tu? Che cosa vuol dire MV? Melmoso Vagone? Cicciona come sei, direi proprio di sì.

Il cuore ormai è un po' nelle scarpe e un po' in gola. Non oso guardare Marvi. Perché non so assolutamente cosa dire o cosa fare. Sono in tre.

Se fossi solo a questo punto sarei già scappato.

Inutile rischiare di prenderle. Ma c'è lei. E l'hanno pure insultata.

Mi viene per un attimo la tentazione di saltare addosso a Sandro e prenderlo a pugni, a costo di prenderle poi dagli altri. Però non voglio che facciano male anche a Marvi.

Sento improvvisamente la mano di lei nella mia.

– Lascia stare. Andiamo.

La voce le trema un po', però è bello sentire il suo contatto. E poi sono contento che mi stia dando una via di uscita.

Sandro continua: – Sì. Vattene vigliacco. E aspetta che il mister sappia che hai saltato l'allenamento per venire qui con questa grassona. Non giocherai mai più.

Sento Marvi che cerca di trascinarmi via, ma stavolta la risposta esce fuori da sola.

– Sì invece. Perché tu sei una schiappa. Lo sanno tutti.

Immediatamente dopo lo vedo venire verso di me con il pugno alzato.

Senza pensare alzo il borsone. È così grosso da coprirmi tutto e il pugno di Sandro ci va a sbattere contro. Fa un bel botto, e dal grido e dalla smorfia di dolore capisco che deve aver centrato la parte più dura. Il fondo. Dove ci sono le scarpe. Spero che avessero i tacchetti verso l'esterno. In più, nello slancio il borsone ha preso Sandro sul naso e l'ha buttato a terra.

Adesso Marvi mi sta proprio trascinando via quasi di corsa quando una voce risuona alla mia sinistra.

– Cosa fate?

Mi pare di riconoscerla. Infatti. È la vigilessa della webcam. Sandro e i suoi due amici scappano immediatamente. Noi restiamo lì.

La vigilessa guarda me e Marvi e porge la mano a lei. – Lui so che si chiama Michele. E tu?

La voce di Marvi trema un po'. – Mi chiamo Maria Vittoria e quelli ci prendevano in giro e volevano picchiarci.

– Va bene. Venite con me. Vi accompagno fino alla strada. Poi mi dite dove volete andare.

Camminiamo. E Marvi non lascia la mia mano. È bello. Mi piace. E non mi importa se il mister non mi farà giocare la prossima partita e se quei tre mi prenderanno in giro.

## 18

# Io che sono Maria Vittoria

Ho scoperto oggi insieme alla maestra Gemma una cosa su di me. Sul mio cervello, per la precisione.

Siccome che sbaglio sempre il *precedente* con il *seguente* quando ci sono tabelle con numeri da completare, ho detto: «Ecco, quello che è di qua mi pare di là e quello che è di là mi pare di qua... sbaglio per questo maestra!».

La maestra si è fermata un attimo e ha guardato la mia tabella sul quaderno: «E se tu facessi che quello che ti pare di qua lo metti di là e quello che ti sembra di là lo metti di qua?».

«Wow! Ci provo subito!»

E in effetti ho sbagliato meno.

La maestra ha riso e mi ha dato una carezza: «Maria Vittoria che impara a prendere in giro la dislessia».

Lo ha detto sottovoce, ma io ho sentito. Questo dimostra che sono abbastanza intelligente.

Vorrei capire anche un'altra cosa. Primo: cosa ha provato Michele al parco. Cioè, se è stato contento di guardare i crochi con me.

Secondo: se si è accorto che mi ha preso la mano e che le nostre mani erano perfettissime per stare insieme.

Terzo: se ha notato le mie ballerine rosse.

È valsa la pena anche essere stati aggrediti da quei tre australopitechi ed essere stati accompagnati dalla vigilessa alta e aver pagato mia sorella Valeria. Per andare al parco infatti ho dovuto ricorrere all'aiuto di Valeria. Che ha un prezzo. Alto. Più alto della vigilessa.

Papà ci avrebbe accompagnate al parco e ci avrebbe lasciate sole se fossimo state insieme. Era già successo. Solo che Valeria mi aveva sibilato con la voce da serpente: «Non ci pensare nemmeno! No!».

E io avevo dovuto ricorrere alla supplica unita a pagamento.

«Ti prego, Valeria. Ti prego. Tu stai un po' lì e poi vai dove vuoi e alle cinque precise mi vieni a riprendere. Solo un'ora. Non di più. E io rinuncio al mio regalo di Natale per un cellulare nuovo per te.»

Ho visto subito che la cosa si era fatta interessante per lei. Sono settimane che parla di un nuovo modello dove è possibile caricare più musica.

I miei fanno finta di niente davanti a queste richieste. A me i cellulari fanno paura. Ma il mio regalo di Natale sarebbe stato un microscopio di quelli da attaccare al

Pc che avrò fra due anni tutto per me, ma che intanto potevo collegare a quello di papà. Una cosa fantastica.

Ma un principe che sta per raggiungere la soglia dell'azzurro val bene un microscopio.

Valeria me lo ha fatto giurare tre volte. Quando papà si è svegliato, ho chiesto di accompagnarci verso il centro perché io e Valeria avevamo voglia di una passeggiata in città.

Papà era un po' intontito dal sonno, ma ha fatto lo stesso la faccia stupita. Comunque tutto è andato bene.

Valeria ha aspettato che l'auto di papà scomparisse nel traffico e poi, senza neppure salutare, mi ha lasciata davanti alla fontana del parco.

Per fortuna Michele è stato puntuale. Un principe deve esserlo. Un vero appuntamento. Ero così felice.

Lui mi guardava come dovrebbe fare un principe. Io l'ho capito. Era come se dicesse: "È un privilegio starti vicino!". E anche per me lo era e lo sarà. Un privilegio. Una cosa da nobilissimi.

Anche quando quelli dell'era mesozoica mi hanno dato della grassona io l'ho visto che a Michele dispiaceva perché lui non mi vede così. Grassa.

Io sono "in carne", come dice la mamma. E ne sono contenta. Tanto io non voglio fare la modella o la velina. Io voglio fare la naturalista o la geologa. Un po' di carne mi serve perché dovrò camminare, arrampicarmi, faticare parecchio tra i campi, le montagne, i fiumi, i torrenti.

E poi la mia ciccia ci sta bene con me. Non mi fa

stare male, non mi impedisce di correre veloce e di fare le migliori capriole della classe. Il mio problema è come fare a leggere veloce e senza errori e non la mia carne che protegge le ossa. Pfui!

Se non ci fosse stato Michele, a quei tre avrei dato dieci calci sugli stinchi senza stancarmi.

Ma c'era lui. Non volevo si mettessero a litigare al parco, con mio padre che stava per tornare. Sono certa che anche Michele li avrebbe presi a calci se non ci fossi stata io.

La medicina? Oh, cielo, forse è questa la medicina? Chissà. Quando capita la signora Miriam devo chiederglielo.

*Ciao a me che sono Maria Vittoria.*

*Ci sono domande che rimangono senza risposta. E la risposta io la vorrei subito, ma capisco che non posso arrivarci da sola.*

*E non per via del mio cervello che ha il vizio di confondersi... Credo sia perché non riesco a vedere le cose nel loro progredire... dopo il seguente c'è un altro seguente e un altro ancora. È stato* Gustavo gusterò *a suggerirmi di far riferimento sempre ai numeri. Il fatto è che i numeri sono infiniti. Forse non ci aveva pensato. Glielo dirò domani quando vado a fare gli esercizi.*

*Insomma quello che vorrei tanto sapere è:*

*Primo: Michele si è accorto che mi batteva il cuore? Cioè il cuore mi batte sempre, ma quando lo vedo, batte più velocemente e più forte. Secondo: si è accorto che ero senza grembiule? Terzo: sfiderebbe con la spada quei tre che mi hanno dato della grassona senza motivo?*

*In questo luogo libero che sei tu, diario vocale, penso che le domande non hanno una direzione diretta... no... le domande sono circolari e quindi non c'è bisogno dell'infinito perché poi la linea si chiude.*

*Wow! Ecco cosa! La risposta c'è, basta fare la domanda alla persona giusta. Cioè a lui.*

*Oddio no! Io sono coraggiosa, ma non così tanto. Oppure... non lo so se sono coraggiosa così tanto perché non ho mai provato.*

*Bene. Proverò. Se balbetto vuol dire che devo aspettare. Altrimenti... ci provo, anche se divento rossa e sudo. Il rosso e il sudore facciamo che non contano. Certo non posso farne tante di domande.*

*Una. Quale? Dunque credo che sia importante scegliere bene la domanda. La domanda numero UNO.*

*"Ma io ti piaccio?"*

*Be'... certo che gli piaccio. Non sarebbe venuto al parco. Non lascerebbe messaggi sul tabellone della pompa di benzina e neppure mi manderebbe foto di ramarri.*

*È ovvio che io gli piaccio. Ma lui sa che mi piace tanto tanto tanto?*

*ECCOLA. La domanda.*

*Certo è questa la domanda giusta. Ancora non te la dico, diario, perché prima faccio le prove davanti allo specchio. Voglio vedere come può risultare.*

*Oggi ho anche finalmente visto Fausto, il fidanzato di zia Paola. È venuto insieme a lei a prendermi a scuola. Anche loro si tenevano la mano.*

*Io l'ho guardato attentamente per capire dove tenesse la medicina miracolosa.*

*Siccome che si è fatto freddo che sembra inverno, il fidanzato Fausto aveva il cappotto e sotto una giacca pesante. Quattro tasche il cappotto e quattro tasche la giacca. Troppe tasche da controllare.*

*Lui guidava e zia Paola ogni tanto si girava verso di lui e lo guardava come a volerlo dipingere. Invece lui le prendeva la mano e poi la lasciava.*

*Forse la medicina la passano così i principi veri. Toccandoti la mano ogni tanto. E allora Michele lo ha fatto anche con me. Mi sto guardando la mano. Sembra normale. Ma chissà se la medicina è già penetrata attraverso la pelle e nei muscoli.*

*Comunque il fidanzato Fausto mi ha offerto la crema catalana in un* bistrot *dove non ero mai stata.*

*Zia Paola mi ha raccontato che Fausto è un insegnante di lingua spagnola.*

*«Ah ecco» ho detto io. E non so perché lo abbia detto. Forse per via della crema dal nome spagnolo!*

*Avrei voluto chiedere a zia Paola a quanti punti era arrivato. Però mi sono trattenuta. Non potevo certo svelare il segreto davanti a lui.*

*Tornando a casa è accaduta una cosa strana. Non so bene cosa sia successo a dire il vero perché era buio e Fausto non è che andasse tanto piano.*

*All'incrocio di via Gorizia, che è la via dove abita Michele, ho visto Clotilde, una della secondaria che è in classe con Michele, che camminava quasi abbracciata con un ragazzo. Sembrava che lui la sorreggesse. Oppure che la baciasse. E ho pensato... senza invidia ma con tanta ammirazione... «Che brava che ha trovato il suo principe!» E poi ho pensato ancora che mi sarebbe piaciuto che Michele un giorno mi baciasse. Ma... prima deve diventare principe splendente!*

*Ora dormo, diario... Ho sonno e ho voglia di sognare.*

*Ciao via Gorizia. Ciao a me che sono Marvi!*

# 19
# Michele

Quando la vigilessa ci ha accompagnati fuori dal parco, ho continuato a sostenere che i tre che ci stavano dando fastidio non sapevo chi fossero. Proprio no. Mai visti prima. Ne ero sicuro. Marvi e io stavamo facendo una passeggiata quando erano arrivati e avevano cominciato a insultarci, senza motivo.

Marvi è stata bravissima. Ha capito che non volevo rivelare i loro nomi e ha detto di non averli mai incontrati prima. Poi le ho spiegato il motivo del mio comportamento. Non volevo che la mamma venisse a sapere che mi ero allontanato con una scusa dall'allenamento per venire al parco. Si sarebbe arrabbiata parecchio.

E poi speravo anche che i tre energumeni tacessero con il mister.

Infatti, all'allenamento successivo, ho detto a Sandro di non aver fatto il suo nome alla vigilessa. Ha capito subito che, a questo punto, parlare avrebbe potuto creargli dei guai, ed è stato zitto. Anche se si vedeva benissimo che avrebbe preferito vedermi sepolto sotto due metri di terra piuttosto che in porta al suo posto. In ogni modo, a me andava bene così. Non era successo nulla di grave, non credo mi avrebbe dato ancora fastidio e in fin dei conti la borsa sul naso se l'era presa lui.

E quindi ero felice. Per tutto. Il papà di uno dei miei compagni, che fa il turno con mamma e altri genitori, era venuto a prendermi al pulmino, stavo tornando a casa cantando sottovoce e pensando a Marvi, a quando l'avrei rivista, al parco, ai crochi e a un sacco di altre cose belle, quando il mio cellulare ha cominciato a suonare.

Alba.

Ci ho messo un attimo a capire cosa stava dicendo.

«Papà... papà... ha avuto un incidente... ospedale... Mamma è là...»

Si è messa a piangere disperata. Poi ha riattaccato.

Ho sentito improvvisamente un freddo intenso come se mi avessero immerso in una vasca di acqua gelata. La testa ha cominciato a girarmi e mi è venuta voglia di vomitare. A questo punto ho cominciato a sentire caldo come fossi in un forno. Mi sono appoggiato al muro per non cadere, mentre il mondo intorno a me stava diventando sempre più nero. Ho sentito una mano toccarmi una spalla. Ho guardato.

Clotilde. Proprio lei. Eh già, non abita lontano da me. Ho sentito la sua voce arrivare come da un paese lontanissimo.

«Michele! Stai male?»

Ho fatto segno di sì. Stupidamente mi sono messo a ridere perché stavolta mi aveva chiamato con il mio nome. A scuola usa il cognome.

E in quel momento improvvisamente è stato come se qualcuno mi avesse tolto di dosso il peso enorme che mi stava schiacciando.

Con le lacrime che cominciavano a uscire ho spiegato a Clotilde quello che mi era successo. Però continuava a girarmi la testa e lei mi ha sostenuto, fino a quando non è arrivata sua mamma che aveva appena messo l'auto in garage.

Mi hanno fatto salire in casa e sedere su un divano, mentre il mondo smetteva di girare in tondo e riprendeva lentamente i suoi colori.

Quando mi sono sentito meglio mi hanno accompagnato a casa. C'era zia Dina, la sorella di mamma.

Ha spiegato che papà era uscito dall'ufficio e, mentre stava attraversando la strada sulle strisce, un'auto non si era fermata e l'aveva investito. Era all'ospedale. In coma. Lo stavano operando. Poi si è messa a piangere.

Alba non l'ho vista perché si era chiusa nella sua camera.

Io sono andato nella mia perché non volevo stare lì a vedere zia Dina che stringeva un fazzoletto fra le mani e cercava di sorridermi riuscendo solo a fare smorfie tristi. Ho acceso il computer. Senza nemmeno pensare ho digitato *coma* su Google. Ho scoperto che ce ne sono quattro gradi.

Primo. Secondo. Terzo. Quarto.

Se papà fosse stato nel primo grado si sarebbe risvegliato in poco tempo. Il quarto è quello del coma irreversibile.

*Irreversibile.*

Non ho avuto bisogno di controllare sul vocabolario per capire cosa voleva dire.

Quando la mamma è tornata con gli occhi rossi, non ho avuto il coraggio di chiedere il grado del coma di papà. Però volevo sapere. Allora le ho chiesto se trapianteranno a qualcuno i suoi organi. A lei sono venute le lacrime agli occhi e Alba si è messa a urlare che ero disgustoso.

Allora mi sono messo a piangere anche io e la mamma mi ha abbracciato. Ma sapeva di medicine e di ospedale, e il suo non era un abbraccio morbido e vicino. No. Piuttosto spigoloso e distante.

Allora sono tornato in camera mia e ho telefonato a Marvi. In casa non c'era nessuno.

Adesso, una settimana dopo, tutto sembra sospeso. Come se il mondo si fosse fermato. Ma non è vero, il mondo va avanti.

Alba va a scuola. Io vado a scuola e anche agli allenamenti. Non ne ho voglia, ma zia Dina insiste per portarmi. Il mister, quando mi vede, mi chiede se papà sta meglio, mi dice di stare tranquillo e poi inizia l'allenamento come sempre. I compagni ridono, scherzano e si arrabbiano come tutte le altre volte. L'erba del campo è sempre uguale. Anche il sole. E il cielo. E le strade. Tutto è uguale.

Meno casa nostra.

Mamma è quasi sempre in ospedale. Zia Dina sta con noi, prepara da mangiare, ci sveglia al mattino, è simpatica, ma non è mamma. E poi è sempre triste, anche se si sforza di sorridere.

Alba è insopportabile. Non è solo per papà. Io lo so. È per colpa del cercopiteco della III F, quello con cui usciva. Da una settimana invece quel tipo con i brufoli e l'andatura da cammello circola mano nella mano con un'altra ragazza della II C. Insomma ha lasciato Alba. E adesso qualunque cosa si dica, lei si mette a urlare e a trattarti male.

In questo momento per esempio Alba è di là che sta litigando con mamma. Di brutto.

Ho sentito mamma rientrare. Non sono andato a salutarla. Mi fa male vederla con una faccia che non le appartiene e gli occhi rossi. Poi ha detto qualcosa ad Alba e Alba ha risposto in modo sgarbato. Almeno penso che sia così perché adesso stanno urlando tutte e due.

Mamma sta ripetendo per la terza o la quarta volta che Alba è un'egoista. Suo padre è all'ospedale e lei si preoccupa per un ragazzo.

Alba invece sta dicendo che mamma non capisce. Perché il ragazzo l'ha lasciata dopo l'incidente di papà, dicendo che non le piaceva più perché era sempre troppo triste. E lei quindi è ancora più triste. Poi si mette a piangere. Mamma dice qualcos'altro con voce normale.

E allora mi avvicino di più alla porta del soggiorno. No, non per origliare. Sì, anche per quello. Voglio sentire, ma senza entrare mentre Alba sta piangendo. Diventerebbe una furia e direbbe che mi devo fare una padellata di cavoli miei. La sento parlare tra un singhiozzo e l'altro.

– Sono una stupida. Papà sta male e io non posso fare a meno di soffrire anche per altro. Stupida e cattiva perché non so se sto peggio per quello là o per papà.

E allora capisco cosa sta provando Alba. Perché è quello che sto sentendo io. Marvi non mi vuole più vedere da quando papà ha avuto l'incidente. Dopo la telefonata di quella sera l'ho cercata a scuola il giorno dopo. Ha fatto finta di non vedermi. Come dopo la volta della webcam, ma adesso non ho proprio fatto nulla.

L'ho chiamata a casa tre volte. L'ultima ho sentito benissimo che diceva a sua sorella di non volermi parlare.

Allora ho scritto sul tabellone:

COSA
C'È?

Il giorno dopo la scritta sul tabellone mi ha gelato. Era come dopo l'episodio delle webcam:

0000
0000
0000
0000

Impossibile sbagliare. Marvi non voleva più saperne di me.

L'ho cercata nell'intervallo a scuola e si è chiusa nel gabinetto senza rispondere, fino a che una maestra mi ha chiesto cosa ci facevo nel bagno delle femmine, per giunta della primaria, e mi ha mandato dal direttore. Secondo me non sono stato punito solo perché papà sta male.

Non so cosa fare. Non so cosa dire.

Le ho scritto una lettera, ma non oso dargliela. Domani vado in centro e provo a comprare una cassetta da registrare. Chissà se vorrà ascoltarla.

Mentre penso, arriva ancora la voce di Alba che

sta di nuovo parlando con mamma: – È difficile. È difficile. Non capisco.

Qualche secondo di silenzio, poi mia sorella ricomincia.

– Mamma, ma tu vuoi bene a papà come io ne voglio a quel ragazzo?

Tendo l'orecchio e, dopo una pausa che mi sembra lunghissima, mamma risponde.

Con voce tranquilla.

– Vedi Alba, quello che provo per papà non è l'amore come lo concepisci tu.

Mamma si interrompe per qualche secondo, come se stesse raccogliendo le idee.

– Per certi versi è di meno. Molto di meno. Io e papà non ci strappiamo i capelli se non ci vediamo per una settimana, né ci scambiamo Sms a ritmo vorticoso o andiamo sui social network quando non siamo insieme.

Un'altra pausa. Sento il mio cuore che batte.

– Nello stesso tempo è di più. Molto di più. Perché sappiamo che l'altro c'è. Che è lì. Pronto a starti accanto. A prendersi cura di te se stai male. Se hai un incidente. O se qualcosa è andato storto sul lavoro.

La sento sorridere prima di continuare.

– O anche solo se tua figlia non studia matematica e ti fa arrabbiare.

Sospira. La sua voce si fa decisa.

– Lo so che vuoi bene a papà. E se soffri anche per un ragazzo che non merita le tue lacrime non è certo perché sei insensibile. E adesso vai a studiare. Vediamo se, quando papà tornerà a casa, riuscirà a trovare, oltre ad affetto, anche qualche bel voto in matematica.

Poi sento che si allontana. E io resto lì senza sapere cosa pensare.

Perché mi sento come Alba. Anche io, come lei, soffro per papà. Voglio vederlo tornare a casa. Riprendere la vita di prima.

Ma non posso fare a meno di pensare a Marvi e al perché non vuole più vedermi. E mi fa male.

E ho anche capito quello che mamma ha voluto dire ad Alba.

Che alla fine voler bene a una persona, amarla, vuol dire prendersi cura di lei. Ma non per finta, come nei sogni a occhi aperti che faccio io quando salvo Marvi da diecimila pericoli diversi. Sul serio invece. Come fa mamma con papà.

E allora, se Marvi non volesse più vedermi per lo stesso motivo per cui il babbuino della III F ha lasciato Alba, perché sono troppo triste per papà, vorrebbe dire che non gliene importa proprio niente di me. Il solo pensare una cosa del genere mi fa stare male. E se fosse così la odierei anche se le voglio bene.

# 20

# Io che sono, forse, Maria Vittoria

Certo certo certo... Certissimo. Ora come posso tornare indietro? Dice la mamma che a volte non si può. Rabbrividisco e non solo perché fa freddo e non ho messo la giacca a vento.

Qui sul terrazzo di casa, tra i vasi di basilico e di salvia che non so come sopravvivano, se immagino di abbattere gli ultimi piani dei tre palazzi di fronte e altri tetti di altri palazzi più in là, riuscirei a vedere la casa di Michele.

Se costruisco un aeroplano di carta e lo faccio volare, può darsi che arrivi da lui. Come ho fatto a sbagliare così?

Giovanna ha detto quella frase e io non ho capito più niente.

«Lo sapete che Clotilde ha un nuovo tipo?»

Io ho pure sorriso. Volevo aggiungere che lo sapevo, ma la frase successiva mi ha fulminata.

«Ieri sera l'ho vista abbracciata a Michele Dorsi. Beata lei. Lui è così carino. E sembrava molto innamorato... Aveva la testa appoggiata sulle sue spalle e gli occhi chiusi!»

Avevo ritrovato nella memoria la scena vista dal finestrino dell'automobile di Fausto.

Nel buio della sera i particolari mi erano sfuggiti. Via Gorizia. Clotilde che cammina abbracciata con qualcuno... che ha una sacca da calcio.

Ecco cosa! Michele gioca a calcio. Si allena due volte la settimana. Quindi era lui il nuovo fidanzato di Clotilde! Quindi, era solo un principe falso. Una moneta di finto oro. Ecco cosa.

Mi ero sbagliata. Stavo per perdere la testa per uno che l'ha persa per un'altra. Gravissimo ERRRORE. Con tante *r*.

Mi è venuto da piangere, ma ho continuato a leggere il libro che stavo leggendo senza capirci niente e non per via della dislessia, ma perché proprio sentivo il cervello vuoto. Così addio ai crochi, allo zafferano e al risotto, addio ai cuori da ritagliare e da cucire. La prima cosa che ho fatto è stata andare al tabellone della pompa di benzina e togliere i punti al principe traditore e mettere tanti zero. Sedici, per la precisione. Sedici volte zero. Cioè un niente ripetuto sedici volte.

Poi sono tornata in camera mia, sul mio letto ad ascoltare la lezione di scienze al registratore.

Certo io non piango facilmente. Lo dice anche la mamma. È Valeria quella delle sceneggiate. Piange per tutto e per niente. E non si vergogna neppure.

Quel giorno è stata la prima volta che io e Valeria abbiamo pianto insieme. Lei è tornata da scuola sbattendo zaino, giacca, porte... Così papà si è alzato per vedere cosa fosse accaduto.

Lei era chiusa in bagno e non rispondeva. Allora è venuto da me. Ho fatto finta di sorridere. Lui aveva sonno e non si è accorto che facevo finta. Io ho detto che era arrabbiata per aver preso un'insufficienza in storia.

Papà si è tranquillizzato ed è tornato a dormire. Poi Valeria è venuta in camera mia.

Aveva gli occhi gonfi e mi ha detto un "grazie" quasi senza voce.

Io non ho risposto, così lei si è seduta sul tappeto vicino alle mie scarpe e ha stretto le mani a pugno e aveva cominciato a piangere e a parlare.

«Mi ha mollata! Per una vecchia di vent'anni, non è possibile... Non è giusto.»

Mia sorella quindi aveva un ragazzo. Ho immaginato fosse quello che le mandava le faccine sorridenti e scriveva in egiziano con dialetto di Marte. E ora si erano lasciati. O meglio lui l'aveva lasciata.

«Be', certo... vent'anni non sono pochi! Lui quanti ne ha?»

«Diciannove... ma ti pare? Ed è pure cicciona! Scusa, Marvi... Non volevo.»

Ah, ecco. Così mi sono messa a piangere. Ma proprio a fontana. E pure con qualche gemito. Ma non per il "cicciona", che non me ne importa niente, era per il fatto che anche io ero stata lasciata per una più vecchia di me.

Valeria era venuta sul letto munita di fazzoletti e abbiamo cominciato a soffiarci il naso e a piangere senza riuscire a smettere.

Una volta, qualche anno fa, avevamo fatto la stessa cosa, ma con le risate. Eravamo in chiesa a un matrimonio di una cugina di papà.

Lei aveva un vestito azzurro con una coda di tanti colori. A noi era sembrata un pavone che fa la ruota. Così ci eravamo messe a ridere.

Poi, il futuro marito era arrivato con un cappello a cilindro nero e i capelli lunghi e ricci che gli coprivano anche la fronte e a noi era sembrato uno dei conigli di Pinocchio, quelli che portano la bara. Un pavone e un becchino.

Ci era presa la ridarella e non riuscivamo a smettere e tutti ci davano occhiate poco simpatiche e la mamma alla fine ci aveva portato fuori dalla chiesa ed era arrabbiata, ma quando le avevamo raccontato del becchino e del pavone si era messa a ridere anche lei.

È stata una delle poche volte in cui io e Valeria ci siamo comportate come amiche. E anche nel piangere io la sentivo diversa dalla sorella che spesso mi odia e mi evita anche con i pensieri.

Il giorno dopo ho fatto in modo di entrare a scuola

prima dell'arrivo dell'autobus della secondaria. E il giorno dopo ancora l'ho visto scendere ma non l'ho neppure degnato di un'occhiata e ho camminato con tranquillità verso il portone senza voltarmi mai. Altro che principe! I principi lottano per te e fanno cose e soprattutto non tradiscono così. Non tradiscono neppure cosà.

Fino a ieri. Ieri ho saputo. La verità.

*Ciao a me che sono Marvi. Un po' stupida. Un po' molto stupida.*

*Ho saputo questa mattina che Michele ha il papà in ospedale. È stato investito. Una cosa terribile. E ho saputo che è accaduto nove giorni fa e che Clotilde lo ha accompagnato a casa quella sera perché aveva appena ricevuto la notizia. E che Clotilde ha un nuovo fidanzato ma si chiama Carlo ed è uno di terza. E poi penso che ho perso un vero principe.*

*A scuola lo avevano anche detto, ma io non ascoltavo niente. Oggi durante la mattina ho pensato a come poter rimediare. Mi servirebbe la medicina di cui parla la signora Miriam e che Fausto dà a zia Paola. Oppure servirebbe poter tornare indietro e, invece che credere subito a quello che dice Giovanna, andare a verificare.*

*E io che voglio diventare naturalista. Una scienziata*

*che non verifica ciò che studia non vale niente. Meno di sedici zero messi in fila. Sono certa, Michele mi odierà.*

*Ho raccontato tutto a Valeria che mi ha detto: «Bel pasticcio». Però poi ha detto anche che si può rimediare. Secondo lei gli devo parlare e chiarire l'equivoco. Con la verità si aggiustano le cose. Io, a esser sincera, non ho il coraggio di parlargli. Però ho pensato di fare qualcosa perché lui capisca che sono innamorata. Fare qualcosa. Così, diario vocale, l'ho fatto.*

*Ora aspetto i risultati. Come una vera scienziata che attende con pazienza che il gatto mastichi la lucertola. Bleah... Magari questo lo salto.*

*In ogni caso l'idea è arrivata da mamma che, a proposito dello spezzatino bruciato di papà, ha detto che lei adora i suoi esperimenti.*

*Io allora ho pensato che desideravo tanto un esperimento di Michele. Ma tantissimo. Così sono tornata indietro nel tempo. Al primo regalo di Michele. La foto del ramarro.*

*L'ho presa e ho scritto sul retro:*

*Sei tu il mio principe 900. Scusa, non avevo capito di Clotilde. Auguri per tuo padre. MV*

*Volevo mettere il punto interrogativo dopo la prima frase, ma poi ho pensato che i dubbi ormai erano esauriti. Ho fatto vedere a Valeria che ha detto che non c'erano errori. Lei è brava a scrivere.*

*Poi ho spedito... cioè, poi sono andata con Valeria*

*fino al palazzo dove abita Michele e ho infilato la foto, che era già sistemata in una busta, nella cassetta delle lettere con il suo nome scritto in azzurro splendente.*

*Se Michele non mi perdona, non credo però faccia bene. Cioè, è vero che io ho sbagliato a non accertarmi, ma è anche vero che i principi hanno il dovere di perdonare le principesse, per via che è proprio una qualità dei principi splendenti e anche perché il mio errore non era colpa mia.*

*La medicina che hanno i veri principi io l'ho capito qual è: i veri principi combattono per te. Oh, certo, non con le armi vere che mi farebbe impressione. Combattono aspettando e riuscendo a capire come sei e quel "come sei" è assolutamente meraviglioso e tutti gli altri "come sei" non interessano più.*

*Se lui è il principe splendente allora possiede la medicina, quella proprio adatta a me. Ora aspetto.*

*Più che altro ora dovrei dormire, ma non ho sonno. Domani lo vedrò e capirò.*

*Sei tu il mio principe?*

*Spero di sì.*

*Ciao ramarro... ciao Michele.*

*Ciao a me che sono Marvi. Stupida ma innamorata.*

# 21
# Michele

Sono felice. Papà torna a casa. No, non è guarito completamente, però sta molto meglio. Per questo sono in ospedale. Lo vedo per la prima volta dopo l'incidente.

Mi sorride. Lo abbraccio cercando di non impigliarmi nella rete di tubicini, condutture e cavi che lo avvolgono.

– Appena avrò finito la convalescenza ci facciamo un mese di vacanza. Tutti insieme –. La voce è bassa e un po' roca, ma è la sua. La riconosco.

Sorrido anche io. – Anche se Alba e io dobbiamo perdere la scuola?

Interviene la mamma.

– Non se ne parla proprio, non farti illusioni.

Ma lo dice con voce allegra e ridiamo tutti. È la prima volta dopo l'incidente che vedo mamma ridere.

Curioso. Prima avevo paura che ormai fosse iniziata una sequenza infinita di ultime volte prima dell'incidente.

L'ultima volta che ho visto papà.

L'ultima volta che è uscito di casa.

L'ultima volta che ha sgridato Alba per la matematica.

Adesso invece mi rendo conto che, per fortuna, mi aspetta una serie ancora più lunga di prime volte dopo l'incidente.

La prima volta che vedo papà.

La prima volta che andremo in auto insieme.

La prima volta che verrà a vedermi giocare a calcio.

Milioni di prime volte.

Ma non con Marvi. Con lei solo ultime volte. Dopo l'incidente non si è più fatta viva e fa finta regolarmente di non vedermi.

Al ritorno, man mano che ci avviciniamo a casa, divento sempre più triste. Non riesco a capire cosa sia successo. No. Non riesco. E anche scrivere una lettera o mandarle una cassetta adesso non mi sembra proprio una buona idea. E se non rispondesse? E se mi trattasse male? Perderei ogni speranza.

No. Per il momento ho deciso di lasciar stare. E se non vuole vedermi, vada pure a quel paese. Già. Me lo dico dieci volte al giorno, ma dirlo è facile.

All'ingresso mamma ritira la posta dalla buca. Guarda una busta, la gira e poi me la porge con un sorriso strano.

– Deve essere per te.

La prendo, la guardo e il cuore diventa una specie di canguro con il mal di denti, tanto si mette a saltellare.

Sento appena la voce di mia sorella che sta sbirciando da dietro le mie spalle: – Cos'è?

La stringo nelle mani perché Alba non possa vederla.

– Non sono affari tuoi.

Appena in casa mi chiudo nella mia camera e faccio il numero di Marvi sul mio cellulare. Risponde lei, come se fosse lì ad aspettare.

– Ciao.

Poi resto in silenzio perché è l'unica cosa che riesco a dire.

Lei risponde: – Ciao –. Continua dopo un attimo di esitazione. – Come sta tuo papà?

– Molto meglio. Tra qualche giorno viene a casa.

E allora lei comincia a parlare senza più fermarsi. Spiega. Spiega. Spiega. Tutto.

In un primo momento mi arrabbio anche un po'. Poteva chiedere invece di fare l'offesa e saltare subito a conclusioni sbagliate. Non dico niente però. Non ne vale la pena.

Marvi è tornata.

Quando finisce, faccio io una domanda. C'è una curiosità che mi voglio togliere.

– Cosa vuol dire "principe 900"?

E allora lei comincia a raccontarmi del principe azzurro e dei punteggi dati e tolti.

Poi, dopo una pausa, continua: – Volevo anche aggiornare il tabellone, ma non ne ho avuto il tempo. Ora però non è più necessario.

L'idea mi viene in mente fulminea. Anche perché se io sono il suo principe azzurro, allora lei è la mia ragazza.

– No! Facciamolo insieme!

Lo dico appena in tempo perché il credito della mia scheda esala il suo ultimo respiro un attimo dopo e il cellulare diventa una specie di rottame inutile.

Dieci minuti più tardi siamo davanti al tabellone e io mi accorgo di una cosa. Lo spazio per le lettere in realtà è da entrambe le parti. Davanti e dietro. Non me ne ero accorto prima perché uno dei lati era coperto da un pannello di legno su cui c'era la scritta: IMPIANTO FUORI SERVIZIO. Solo che adesso se n'è staccato un pezzo. Io finisco l'opera e mentre Marvi scrive da una parte, io lo faccio dall'altra.

MV99
9999

9999
9999

Quando Marvi lo guarda incuriosita, spiego: – MV vuol dire "Maria Vittoria". E novantanovemilanovecentonovantanove miliardi novecentonovantanove milioni novecentonovantanovemilanovecentonovantanove è il numero più alto che si può comporre con quattordici cifre, tutte quelle che ci sono e che ho a disposizione.

Non le dico che mi sono esercitato per strada a pronunciare esattamente il numero. Faccio una pausa.

– È il punteggio che ti do io. Perché sei Marvi.

Mi sposto dall'altra parte e leggo.

MICH
900
LUMI
NOSO

Adesso è lei a spiegare.

– *Mich* vuol dire Michele.

Stavo per dire che l'avevo capito, quando lei prosegue, cambiando completamente discorso.

– Guarda. È come se le nostre scritte sul tabellone fossero le due facce di una stessa medaglia.

Fa una pausa e poi ripete il mio nome.

– Michele.

È come se fosse la prima volta che lo pronuncia.

CHIUSO

Perché è completamente diverso da come l'ho sempre sentito. Come se il posto giusto per il mio nome fosse proprio la sua bocca.

Poi ci avviciniamo e, senza nemmeno sapere cosa sto facendo, la bacio. Sulle labbra. Come alla Tv.

Sa di dentifricio al limone.

È bello.

Un'auto suona il clacson.

Marvi si allontana in silenzio.

Io sono felice e mi sento come se nella mia vita si fosse aperta una porta su un mondo nuovo, strano, bellissimo e sconosciuto.

# 22

# Io che sono Maria Vittoria. Proprio

Questa proprio non la volevo vedere. E invece la vedo. Be', mi viene da sorridere. Sorrido.

In cucina, sopra il mobile dove teniamo le posate, i piatti e le tovaglie, oggi c'è una grande cornice. Che prima non c'era. Dentro c'è un foglio, anzi quattro fogli tenuti insieme dal nastro adesivo e un po' stropicciati.

Attorno alla scritta *Ti volio tanto bene* ci sono fiori e lucertole e alberi e gatti e lumache con le antenne colorate e un grande cuore con le iniziali MVM, Maria Vittoria e Mamma.

Lo avevo fatto in seconda per la festa della mamma.

Accidenti... e forse si vedeva già la mia dislessia. E le iniziali... Mi viene da ridere. Ma guarda un po'. MVM.

Perché la mamma lo ha incorniciato? Deve averlo ritrovato da qualche parte... ma perché incorniciarlo dopo tre anni? Gli adulti sono poco logici. Be', oggi anch'io. Oggi è un giorno dopo IL GIORNO.

Ehi, mondo... io ho baciato Michele e lui ha baciato me. E così ci siamo fidanzati. Fidanzatissimi.

– Maria Vittoria!?

La voce mi pare diversa eppure è la sua.

– Ciao mamma...

Mi viene vicino e mi prende per le braccia. Forse è accaduto qualcosa. Papà? Valeria?

– Cosa succede?

– Niente... cioè tutto. Cioè... sono contenta, sai, di averti come figlia.

– Vorrei vedere!

– È che cresci in fretta. Forse non riesco a starti dietro... Ti vedo sempre piccola. Non è che tu sia grande, ma insomma stai crescendo.

Gli adulti spesso, anzi molto spesso, confondono i pensieri.

– Sì... se tutto va bene, vado a fare i compiti.

– Ma sì... non vuoi fare merenda? Ho preparato una crostata. Anche io mi sono innamorata per la prima volta a dodici anni. Lui ne aveva quattordici e si chiamava Fabio...

Ecco qua. Ha saputo.

Be', credo sia normale che le mamme sappiano. E poi ho anche io voglia di raccontare. Non importa come abbia saputo. Vado in cucina e taglio una fetta di crostata con la marmellata. La mamma mi guarda sorridendo senza dire niente.

– È bello essere innamorati!

Annuisco con la bocca piena. Deglutisco e poi glielo dico.

– Si chiama Michele. È un principe di quelli azzurro splendente per cui non preoccuparti.

– Davvero? Un principe?

– Oh sì. L'ho messo alla prova e ha fatto più di 900 punti. Ha detto zia Paola che sono abbastanza per un principe. In più, lui li ha superati. Penso che insieme guarderemo gli animali e anche le piante. I crochi, per esempio. E insieme andremo dentro le grotte a studiare i pipistrelli. E se mi passa la paura, anche gli orsi. Lui ama i gatti che mangiano le lucertole. Io amo soprattutto le farfalle, ma le cose non credo siano incompatibili.

– Interessante.

– Molto. Non fa la spia, è gentile e ha la medicina per me. È speciale.

– Come te.

– Però non metterti strane idee in testa, mamma... ancora non mi sposo!

*Ciao a me che sono MV.*

*Siccome che stasera sono troppo agitata, fatico a dormire. Oggi mamma mi è piaciuta.*

*Di solito ho visto come fanno i grandi. Sorridono*

*e ridacchiano. Come se non fosse importante. Come se essere innamorati a dieci o dodici anni fosse una cosa diversa, che vale poco. Sì, tipo... ma figurati, cosa vuoi che importi? Che ne sanno i ragazzi dell'amore? Pazzesco!*

*Noi ci innamoriamo molto. Carolina è innamorata e anche Giovanna. Vabbe', è un modo tutto nostro. Ma non per questo meno importante.*

*I grandi ci insegnano tante cose ripetendo che servono per quando saremo grandi.*

*"Impara a fare i conti che ti servirà da grande. Impara l'inglese. Impara a parlare in modo corretto."*

*Perché non ci dicono di imparare ad amare? Perché non lo insegnano?*

*Per fortuna zia Paola mi ha dato delle dritte. Mi ha detto: «Mettilo alla prova per vedere se è un vero principe».*

*Ma non tutti gli adulti sono così. Ed è un peccato. Però, a me è andata bene. Neppure mamma ha riso. Solo Valeria, ma all'inizio. Poi anche lei mi ha aiutata. Sono fortunata.*

*Senti diario, il fatto che ora ho un ragazzo forse un po' cambia la mia vita. Cioè, dovrò imparare a conoscerlo meglio e ci vorrà tempo. Ma insomma, di tempo ne ho. Lo so che sono troppo piccola per uscire da sola e per fare le cose che fanno Valeria o zia Paola. Però posso pensarci ogni tanto e intanto aspettare.*

*La cosa più straordinaria è che ora ho una foto di Michele. Eh sì.*

*Dopo il bacio, cioè dopo il secondo bacio, perché il primo è stato sulle labbra ma il secondo è stato sulla guancia e mi sono piaciuti tutti e due perché sono stati leggeri proprio come una farfalla.*

*Ecco, dopo il secondo bacio a me è presa un po' di timidezza. Un po' tanta veramente. Anche lui sembrava un po' spaventato. Così ho detto: «Facciamoci un regalo! Un regalo bello, però!».*

*Be'... caro diario, se tu fossi un quaderno di parole scritte, potrei allegare la foto che abbiamo fatto nella cabina che sta davanti al centro commerciale e che la gente usa per fare fotografie per i documenti.*

*Noi siamo entrati insieme e abbiamo messo due euro ciascuno e poi abbiamo ascoltato la voce di una signora che diceva che dovevamo guardare davanti e aspettare che una luce si accendesse. Ci è presa un po' di ridarella e abbiamo messo le teste vicine per poter entrare nell'inquadratura e poi ci sono stati i flash.*

*Quando siamo usciti c'era un signore che aspettava il suo turno e ci ha guardati come fanno tanti adulti che pensano che l'amore valga poco o niente.*

*Abbiamo ignorato il signore e aspettato le foto. Non posso allegarle, ma posso registrare la mia voce di quando le ho viste.*

*«Siamo troppo belli!»*

*Ho detto proprio così. E a voce abbastanza alta. Senza vergognarmi.*

*Io sembro un po'... come dire... tonta. Con lo sguardo perso e un sorriso ebete. Ebete, ma felice.*

*Michele è proprio bellissimo e mi tiene un braccio sulla spalla. Lui non gioca con i sentimenti. Lui è uno che deve aver fatto molti anni di scuola di principe e presto prenderà la laurea. Forse, dopo la laurea ci sposiamo pure.*

*Ora provo a dormire.*

*Tengo la foto vicino a me, così appena mi sveglio lo vedo e mi vedo... in una foto a colori, i colori migliori.*

*Spero nessuno voglia trasformarla in una foto in bianco e nero.*

*Ciao foto a colori migliori.*

*Ciao Michele.*

*Ciao a me che sono Maria Vittoria dislessica e innamorata.*

# La parola all'Associazione Italiana Dislessia

Un "diario vocale", un particolare diario segreto raccontato a voce. È la storia dell'amore tra Maria Vittoria (Marvi) e Michele, due adolescenti che ci fanno immergere con immediatezza e sincerità nel loro modo di vedere il mondo. Marvi è una ragazza "dislessica" innamorata che vuole coltivare il suo amore cercando di non metterlo a rischio con i suoi problemi di scrittura e lettura.

La dislessia è presente in modo leggero nella vita di Marvi, che è in grado di convivere con serenità e da vincente con questa sua speciale caratteristica. La presenza nel titolo dell'errore ortografico (*volio* al posto di *voglio*) non è rilevante, così come la dislessia è per Marvi solo un elemento accessorio e non essenziale, in grado cioè di non condizionare la sua vita. Marvi riesce a vivere la sua difficoltà con meravigliosa serenità e piacevole leggerezza.

Marvi mette anche in risalto le difficoltà che incontra nell'affrontare alcuni aspetti della vita quotidiana, come accedere in modo fluido alla lettera scritta dal ragazzo di cui è innamorata o comunicare con lui attraverso la scrittura.

Marvi ha consapevolezza del modo in cui la sua mente funziona. Ne trae forza e percepisce gli ostacoli che incontra come sfide da affrontare. Inventa efficaci strategie di "sopravvivenza", per provare poi il piacere di avere raggiunto i propri obiettivi e di aver imparato a "...prendere in giro la dislessia".

La lettura di questo libro può essere di stimolo e di esempio per tutti i ragazzi perché cerchino risposte e trovino soluzioni adeguate a costruire il proprio successo formativo e un positivo senso del sé. La lettura collettiva di questo "diario vocale" a scuola può costituire uno spunto per parlare di dislessia con gli studenti e contribuire alla sensibilizzazione sul tema.

Marvi utilizza con disinvoltura una serie di strumenti compensativi come la macchina fotografica, il computer, il cellulare, la segreteria telefonica, Internet e il registratore, indispensabile per il suo "diario vocale". Tali strumenti sono vissuti come oggetti amici, che le permettono di accedere al mondo, di comunicare con gli altri, di lasciare traccia di sé e dei propri pensieri.

In tutto il libro la dislessia fa da sfondo: c'è, ma non è invasiva. Non è presente come nei manuali diagnostici, nella sua accezione di "disturbo specifico". La scuola, la famiglia, i coetanei sono un esempio di sfondo educativo protettivo e rassicurante, capace di promuovere la crescita.

Nessuno avverte la presenza della dislessia come un ostacolo. Nessuno la vive nella sua accezione deprivativa, suggerita dal prefisso "dis", ma come una realtà alla quale ci si accosta con naturalezza, perché viene riconosciuta come una normale differenza individuale, come uno dei tanti possibili modi di essere di una persona. Questo è un contributo significativo alla diffusione tra i giovani di una giusta rappresentazione sociale delle differenze.

*Luciana Ventriglia*<br>
formatore AID,<br>
ex presidente comitato per la scuola AID

# INDICE

Furto a scuola
*di Christine Nöstlinger* 5

Dragon Boy
*di Guido Sgardoli* 197

Ti volio tanto bene
*di Loredana Frescura e Marco Tomatis* 431